KB237328

나비잠

천상의 신들을 꺾을 수 없다면, 저승을 움직여야지.

베르길리우스, 「아이네이스」 제7권 312행

최제훈 장편소설
나비잠

펴낸날 2013년 10월 4일

지은이 최제훈
펴낸이 주일우
펴낸곳 (주)문학과지성사
등록번호 제1993-000098호
주소 121-840 서울 마포구 서교동 395-2
전화 02) 338-7224
팩스 02) 323-4180(편집) 02) 338-7221(영업)
전자우편 moonji@moonji.com
홈페이지 www.moonji.com

ⓒ 최제훈, 2013. Printed in Seoul, Korea
ISBN 978-89-320-2457-8

나비잠

최제훈
장편소설

문학과지성사
2013

차례

1부... 하루

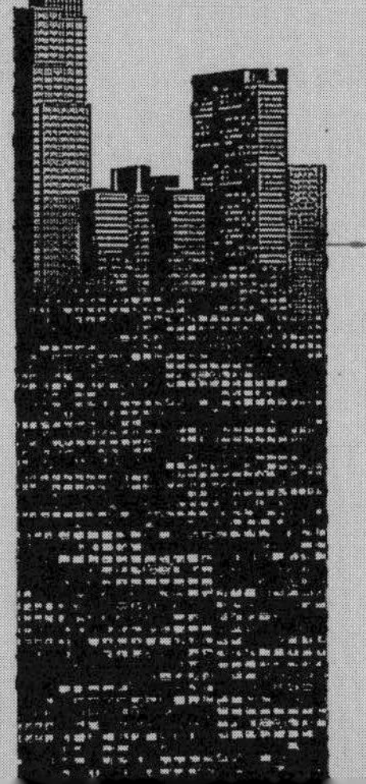

1

"아저씨 감옥에서 나왔죠?"

여자애는 숟가락으로 하얀 생크림 케이크를 쿡쿡 찔렀다. 의자 다리 사이에서 조그만 맨발 두 개가 앞뒤로 엇갈리며 흔들렸다. 푸석한 단발머리에 가무잡잡한 얼굴. 열 살이나 되었을까? 대리석 식탁 위로 늘어진 갓등 불빛에 댕그란 눈이 호기심으로 반짝였다.

"그 파란색 옷, 감옥에 있는 사람들이 입는 거잖아요. 이름표에 숫자 써진 거. 영화에서 봤어요."

커튼 틈새에 눈을 붙이고 밖을 살폈다. 열두 대의 경찰차가 집을 반달꼴로 둘러막고 있었다. 번쩍이는 경광등 뒤쪽으로 경찰특공대의 시커먼 서버밴도 보였다. 제길, 많이도 왔네. 경찰들은 열어젖힌 차 문 뒤에 몸을 엄폐한 채 2층 베란다를 향해 총구를 겨누고 있었다. 어둠 속에선 저격수들이 적외선 조준경으로 커튼 틈새를 노려보고 있을 테고. 굳이 생포할 마음도 없겠지. 인질만 없었다면 벌써……

"탈출한 거예요? 그래서 경찰들이 잡으러 온 거죠?"

벽에 등을 기대고 어스레한 거실을 둘러보았다. 어딘가의 갈림길에서 다른 선택을 했다면, 나도 이렇게 살 수 있었을까? 흩날리는 벚꽃이 수채화풍으로 인쇄된 벽지에 보송보송한 카펫을 깔아놓고, 장식장에는 고급 양주 컬렉션과 이국의 목각 인형을 진열해놓고, 휴일이면 푹신한 통가죽 소파에 파묻혀 아내와 리모컨을 두고 아웅다웅하면서.

"아저씬 무슨 죄를 지었어요?"

여자애가 발랄하게 다리를 흔들며 물었다. 인생을 낭비한 죄다, 요 꼬맹아. 나는 입속말로 대꾸하고 주방 베란다를 향해 움직였다. 쩔뚝거리는 내 발걸음을 따라 여자애의 고개가 천천히 돌아갔다. 동그란 조명이 내리비치는 식탁에는 푸짐한 생일상이 차려져 있었다. 프라이드치킨과 피자, 쿠키, 푸딩, 오렌지 주스, 뭉개진 생크림 케이크. 색이 바래고 소매가 해진 노란 원피스로 보건대, 이 애가 오늘의 주인공이 아닌 건 확실했다.

"와, 아저씨 키 정말 크다. 근데 다리는 왜 그래요? 탈출하다 다쳤어요?"

너도 소아마비란 걸 앓으면 이렇게 쩔뚝발이가 된단다. 주방 베란다 창문을 열고 난간 너머로 아래를 내려다보았다. 집 뒤쪽은 깎아지른 낭떠러지였다. 덤불 사이로 우툴두툴한 바윗덩이들이 달빛에 민머리를 내밀고 있었다. 바닥은 계곡으로 이어지는지 희미한 물소리가 어둠을 뚫고 올라왔다. 한 발만 삐끗했다가는…… 곱게 다진 고기 반죽이 머릿속에 그려졌다. 앞베란다와 뒷베란다, 어느 쪽으로 나갈 것인가. 결정은 어렵지 않았다. 기약 없는 수감 생활은 눈앞의 낭떠러지보다 훨씬 더 까마득했으니까.

"아저씨, 물어보고 싶은 게 있는데요."

지금도 쉴 새 없이 묻고 있잖니.

"다른 애들도 많았는데 왜 하필 절 인질로 잡았어요?"

"네가 제일 말이 없게 보여서."

댕그란 눈이 나를 빤히 쳐다보았다. 여전히 입속말로 대꾸한 줄 알았는데, 퉁명스런 목소리가 내 귀에도 또렷이 들렸다. 여자애가 시무룩한 표정으로 고개를 숙였다.

"아…… 전 그냥, 좋아서 물어본 거예요."

"좋다니, 뭐가?"

"아까 아저씨가 나를 선택해서 좋았다고요. 전 원래 친구도 없고, 실은 오늘 생일파티에 초대받지도 않았어요. 이 집에 꼭 와보고 싶어서…… 몰래 따라온 거예요. 선물도 없이. 어차피 아무도 저한테 신경 쓰지 않거든요. 애들도, 선생님도, 엄마도."

메트로놈처럼 박자를 맞춰 흔들리던 다리가 축 늘어졌다.

"근데 아저씨 실수한 거예요. 인질은 중요한 사람을 잡아야 인질이지."

이거 참. 밖에 깔린 짭새들만큼이나 골치 아픈 상대였다. 경찰에 쫓겨 이곳에 들이닥쳤을 땐 이력서 받아가며 인질을 선발할 상황이 아니었다. 고깔모자 쓴 꼬맹이들이 울고불고 사람 혼을 쏙 빼놓는 통에 옆에 선 노란 원피스만 붙들고 소리쳤던 것 같다. 다 꺼져!

"아저씨 별명이 뭐게?"

"……"

"웃긴데."

여자애가 목을 움츠리고 눈만 살짝 치떴다.

"뭔데요?"

"쩔곰."

"쩔곰?"

"쩔뚝발이 곰탱이."

잠깐 생각에 잠겼던 여자애가 입으로만 헤 웃었다. 나는 과장되게 쩔뚝이며 곰처럼 어슬렁어슬렁 안방으로 들어갔다. 식탁에서 웃음소리가 터졌다. 다분히 억지스럽게 들렸지만, 돌아보니 의자 밑에서 가느다란 다리가 다시 살랑거리고 있었다.

협탁 위의 스탠드를 켰다. 불빛 속에 '월든'이란 제목의 두툼한 책이 나타났다. 잠자리에서 읽기 좋은, 아주 지루한 책일 것 같았다. 킹사이즈 침대에는 얼룩덜룩한 털가죽이 깔려 있었다. 침대 귀퉁이에 걸터앉아 엉덩이를 구르자 스프링이 점잖게 내 몸을 튕겨냈다. 손바닥을 허벅지에 문질러 닦고 털가죽을 천천히 쓰다듬었다. 어찌나 부드러운지 아랫배가 간질간질하며 절로 웃음이 났다. 퀴퀴한 군내에 벼룩이 득시글거리는 감방 모포가 생각났다. 여기서 붙잡히면 죽을 때까지 덮고 자야 하는.

옷장에는 돈푼깨나 줬음 직한 명품 정장이 가득했다. 탐나기는 했지만, 정장에 넥타이를 매고 낭떠러지를 내려갈 수는 없는 노릇이었다. 서랍을 뒤져 청바지와 체크무늬 셔츠, 후드 달린 녹색 방수 재킷을 찾아 입었다. 신기하게도 셔츠의 품이며 바지허리와 길이가 매장에서 입어보고 고른 옷처럼 몸에 꼭 맞았다. 집주인도 덩치가 어지간한 모양이었다.

화장대 보석함의 패물을 뚤뚤 뭉쳐 재킷 주머니에 쑤셔 넣고 지갑의 현금도 챙겼다. 더 가져갈 게 없나 살피는데 거울 앞에 세워진 액자에 눈이 갔다. 아기를 품에 안은 곱상하게 생긴 여자. 그런데 사진

구도가 좀 이상했다. 여자는 몸을 왼쪽으로 비스듬히 틀고 사진의 오른쪽 절반만 차지하고 있었다. 배경의 검은 돌담과 휑한 벌판이 한 사람 몫을 한다고 우기면 할 말은 없지만, 고개까지 갸웃 기울인 여자의 모습은 어딘지 허전해 보였다. 마치 옆에 함께 찍혔던 누군가가 교묘히 지워진 것처럼.

방을 나서다가 바닥에 널브러진 죄수복을 보자 문득 장난기가 발동했다. 나는 죄수복 상하의를 옷걸이에 단정하게 정리해 명품 정장 사이에 걸어놓았다. 빌려가는 옷과 패물에 대한 자그마한 답례였다. 사이즈도 꼭 맞을 테니까. 새 동료가 불편한지 정장들이 어깨에 잔뜩 힘을 주고 헛기침을 해대는 것처럼 보였다. 스탠드를 끄고 거실로 나왔다.

"어이, 꼬마……"

식탁에 여자애가 보이지 않았다. 활짝 젖혀진 베란다 커튼. 아이는 유리문에 매달려 번쩍이는 빨강 파랑 불빛을 내다보고 있었다. 제길! 달려가 여자애의 팔을 낚아챘다.

챙!

유리가 깨지며 뜨거운 통증이 어깨를 스쳤다. 아이를 질질 끌고 주방으로 뒷걸음질 쳤다. 베란다 문을 박차고 뛰어든 세 개의 시커먼 그림자. 딱정벌레처럼 보호 장구를 두른 특공대원들이 기관단총을 겨눴다. 나는 칼꽂이에서 식칼을 빼 여자애의 목에 들이댔다.

"최요섭, 칼 버려!"

"가까이 오지 마!"

"다 끝났다. 칼 버리고 손들어!"

"끝나기는, 썅, 물러서!"

대치 상태에서 짖어대는 고함이 오갔다. 레이저 조준기의 빨간 불빛이 날파리처럼 얼굴 여기저기에 달라붙었다. 허리를 한껏 웅크렸지만, 여자애의 몸뚱이는 방패로 삼기에 너무 작았다. 나는 주춤주춤 주방 베란다로 나가 난간에 등을 기댔다. 딱정벌레들도 거리를 유지하며 다가왔다.

"물러서, 피 보기 싫으면!"

고개를 돌려 낭떠러지를 흘끔 내려다보았다. 냉기를 머금은 바람이 솟구치며 얼굴을 훑고 갔다. 빨간 불빛을 노려보는 딱정벌레들은 조금의 빈틈만 보이면 가차 없이 방아쇠를 당길 태세였다. 톡, 톡, 톡. 무언가 팔뚝 안쪽을 노크하듯 두드렸다. 톡, 톡, 톡. 여자애의 심장 박동이었다. 여린 갈비뼈 뒤에서 팔딱이는 달걀만 한 심장을 떠올리자 뜬금없이 웃음이 났다. 안에서 병아리가 몸을 말고 바르작거리고 있는 게 아닐까? 심장 껍데기에 구멍이 퐁 뚫리며 작은 부리가…… 식칼을 쥔 손에 야무진 통증이 일었다. 노란 원피스가 품에서 빠져나가 팔랑팔랑 날아갔다. 손등에 찍힌 초승달 모양의 잇자국. 하, 꼬맹이…… 영화 많이 봤구나.

탕!

흩어진 총소리가 사방 벽에 메아리치다가 가슴팍의 한 점을 향해 몰려들었다. 무딘 정으로 쪼는 듯한 통증이 명치끝을 파고들었다. 뒤로 떠밀린 몸뚱이가 난간에 얹히더니 기우뚱, 하늘과 땅이 자리를 맞바꿨다. 아, 총에 맞는 건 이런 느낌이구나. 소리 무지하게 크네. 바위에 부딪치고 덤불에 쓸리며 그런 생각을 했다.

한참을 굴러떨어져 계곡 바위틈에 처박혔을 때는 손가락 하나 까딱할 수 없었다. 가슴에 뚫린 구멍으로 희끄무레한 연기가 빠져나가는 게 보였다. 맑은 물소리가 머리맡을 흘러갔다. 밤하늘에서 내 꼴을 물끄러미 내려다보는 희멀건 달. 보름달 한쪽을 강판에 대고 두어 번 석석 문지른 듯 이지러진 달이다. 반짝이는 달 가루가 소금을 뿌리는 것처럼 떨어져 내렸다. 나는 피거품을 물고 애먼 달을 향해 뇌까렸다.

"아, 씨…… 좆나게 아프네."

2

요섭은 게슴츠레한 눈으로 협탁 위에 떠 있는 빨간 숫자들을 쳐다보았다. 0, 5, 2, 7. 다시 잠을 청하기엔 애매한 시간이었다. 출근 준비를 하기엔 너무 이르고. 잠깐이라도 눈을 붙일까 말까 고민하던 중 삼 분이 더 흘렀고, 그는 눈곱을 떼며 몸을 일으켰다.

밀려 내려간 이불이 옆에서 자고 있는 하영의 골반에 대각선으로 걸쳐졌다. 희붐한 새벽빛과 실크 슬립에 감싸인 뒤태는 침대 광고의 한 장면을 연상시켰다. 아내의 몸매는 아직 충분히 유혹적이었다. 동창회나 학부모회 같은 비슷한 연령대 무리에서 시샘을 받을 만큼 충분히. 요섭은 어깨에서 허리, 엉덩이로 이어지는 도도한 곡선을 감상하며 광고에 어울리는 카피를 생각해봤다. 꽤 시간을 들였지만 '아내가 자고 있어요'라는 단조롭고 직설적인 문구밖에 떠오르지 않았다. 만취 상태로 귀가하는 주당들한테나 어필할.

하영의 자리에 두툼하게 깔린 알파카 러그가 눈에 들어오자 요섭은 이맛살을 찌푸렸다. 그녀의 예민한 성격이 세련된 취향과 풍부한 감수성의 징표로 여겨질 땐 참을 만했지만(심지어 날 사로잡은 매력이었지), 일상의 신경증으로 툭툭 던져질 땐 정말이지 한 대 쥐어박고 싶었다. 음대 동창들과 호주-뉴질랜드 여행을 다녀온 직후 침대에 깔린 얼룩덜룩한 털가죽만 해도 그랬다. 감촉은 절로 웃음이 날 정도로 부드러웠지만, 다른 짐승의 털가죽 위에서 잔다는 게 그는 영 내키지 않았다. 문명사회 율사로서의 하루치 노동이 돌도끼를 들고 매머드를 쫓아다닌 수렵 활동으로 환원되는 느낌이랄까. 물론 하영에게는 좀더 피부에 와 닿는 핑계를 댔다. 털이 간지러워 잠이 안 온다고. 눈썹을 찡그리고 쳐다보던 그녀는 말없이 러그를 반으로 접어 단을 쌓더니 그 위에 드러누웠다.

침대에서 나오는데 사타구니가 묵직했다. 요섭은 팬티 속으로 손을 집어넣어 도자기처럼 단단하게 발기한 성기를 주물렀다. 입가에 싱긋이 미소가 번졌다. '새벽 좆'은 생식에도 쾌락에도 기여하지 못하는 헛심이지만 당일의 막연한 기분을 좌우하는 효과가 있었다. 물렁한 찰흙 상태이거나 숫제 흙가루에 가깝다면 종일 움츠러드는 기분을 어쩔 수 없었다. 최 변, 한잔하고 가야지? 글쎄, 오늘은 좀 피곤해서 (발기도 안 되는데 술은 무슨……). 이렇게 잘 구워진 도자기는 오랜만이었다. 요섭은 입맛을 다시며 하영을 돌아보았다. '아내가 자고 있어요.'

유현이는 언제나처럼 책상 스탠드를 켜놓은 채 잠들어 있었다. 숙면에 좋지 않다는데, 도대체 캄캄하면 왜 잠이 안 온다는 건지…… 중학교 올라가면 고치기로 했다는 하영의 말에 그도 더 이상 어둠을 강요하지는 않았다. 시합 전날이라 베개 밑으로 야구 배트가 비쭉 튀어나와 있었다. '남자가 근성이 있어야지. 아빤 꿈속에서도 공부하려고 고시원에서 늘 법전을 베고 잤어.' 술김에 떠벌린 일화가 신성한 의식으로 굳어진 걸 볼 때마다 요섭은 아들이 기특하고 신통했다. 한편으론 양심에 찔리기도 했으나, 고시원 시절 한동안 베개 밑에 법전을 괴고 잔 건 사실이었다. 좀더 높은 베개를 사기 전까지. 아무려나, 무릇 신화나 전설이란 허풍스런 해석의 산물이 아니던가. 그는 스탠드를 끄고 조용히 방문을 닫았다.

　냉장고 문을 열다가 요섭은 비명을 지를 뻔했다. 거구의 사내가 냉장고 옆에 우뚝 서 있었다. 저승사자처럼 서늘한 낯빛의…… 전신 거울과 체중계. 겨우내 허벅지에 군살이 붙었다며 하영이 마련한 다이어트 전략이었다. 폭이 좁은 거울이라 그의 몸뚱이는 눈썹 윗부분과 양팔이 잘린 채 관짝에 욱여넣어진 모습이었다. 냉장고 조명에 팔자주름이 조각칼로 파낸 것처럼 강조돼 보였다. 요섭은 거울에 얼굴을 붙이고 양손으로 볼을 당겨 팔자주름을 펴보았다. 대여섯 살, 아니 서너 살은 젊어진 인상이었다.

　체중계에 올라서자 바늘이 110을 가운데 두고 절레절레 고개를 흔들었다. 요섭도 따라서 고개를 흔들었다. 십 킬로그램이면, 삼겹살 오십 인분…… 백구십 센티미터의 키를 감안하더라도 가급적 두 자릿수 몸무게는 유지하려 했다. 치명적인 성인병을 피하기 위해, 그리고 클라이언트들에게 총명한 변호사로 보이기 위해. 체중을 지성과 연결시키는 사람들의 고정관념은 생각보다 완고했다. 가뜩이나 손등의 수북한 털이 지적인 이미지를 갉아먹는 판에. 요섭은 냉장고에서 흑마늘진액을 한 팩 꺼내 마셨다. 씁쓸한 진액이 무딘 정으로 쪼는 것처럼 명치끝을 쿡 찌르고 내려갔다.

거실은 아직 어둠에 잠겨 있었다. 요섭은 식탁에 앉아 하루 일정을 체크했다. 열 시 케이엠 타이어 변론준비기일, 점심시간 이용해 야구장에 들렀다가, 장 선배 미팅, 서류 작업 몇 개, 저녁 때 캐빈의 아파트에서 모임, 귀가. 들어오는 길에 포차에서 소주나 한잔할까? 대개의 직장인들과 마찬가지로 그의 하루는 출근 전 십 초면 완성되는 밑그림에서 크게 벗어나는 법이 없었다. 채색할 때 가끔 붓질이 미끄러져 윤곽선을 살짝 침범하는 정도일 뿐, 언젠가 전시회에서 본 잭슨 폴록의 작품처럼 '우연과 카오스가 난장을 치는' 캔버스는 상상하기 힘들었다. 요섭은 폴록의 작품이 흥미롭긴 했지만 거기에 매겨진 가격은 터무니없다고 생각했다. 물감 대충 뿌려놓고는, 원.

어스레한 거실을 넋 없이 바라보던 요섭은 문득 서늘한 기시감에 사로잡혔다. 알 것 같았다. 늘 유현이가 들락거리며 쥐흔들어야 3단 변신 로봇처럼 간신히 일어나던 자신이 어쩌다 새벽 다섯 시 이십칠 분에 눈을 떴는지. 꿈 때문이었다. 미처 빠져나가지 못한 꿈의 잔상이 두개골과 뇌 사이 좁은 틈에서 날파리처럼 웽웽거렸다. 요섭은 눈을 감고 그 희미한 잔상을 들여다보았다. 분명 이 집의 거실이었다. 빨강 파랑 불빛들, 크리스마스트리처럼 반짝이는, 하얀 보름달, 팔랑거리는 노랑나비, 아니 병아리인가? 그리고 메아리치는 총소리, 총소리…… 가슴에 뚫린 구멍으로 희끄무레한 연기가 빠져나가는 느낌이 생생했다. 간만에 잘 구워진 도자기도 꿈 때문이었나? 교수형 당하는 순간의 사정(射精)처럼. 요섭은 쓴웃음을 지으며 여태 파자마를 밀어 올리고 있는 '새벽 좆'을 주먹으로 툭 쳤다.

부옇게 밝아오는 창밖으로 서울숲이 녹색 카펫처럼 펼쳐졌다. 숲

뒤쪽 굽이진 한강 줄기에 물비늘이 반득였다. 성수대교와 강 건너편의 아파트 단지만 지운다면 원시림에서 맞는 일출이라고 우길 수도 있을 듯했다. 프리미엄 이억 원짜리 조망이었다.

햇살이 거실로 스며들면서 가구들이 수면으로 떠오르듯 하나둘 모습을 드러냈다. 다갈색 통가죽 소파는 하영의 아이보리 라운드 소파와 치열한 혈투 끝에 들여놓은 그의 아지트였다. 맞은편에 걸린 64인치 벽걸이 TV와 짝패인. 요섭은 주말에 푹신한 카우치에 파묻혀 야구 중계를 시청하는 즐거움만은 절대 양보할 수 없었다. 대신 다른 선택권은 모두 하영에게 넘겨야 했다. 정신 사나운 벚꽃 뮤럴 벽지도, 거대한 말미잘을 밟는 듯한 새기카펫도, 가느다란 다리가 불안해 보이는 대리석 식탁도, 누가 봐도 털털한 카우치보다 아이보리 라운드 소파와 죽이 맞는 스틸 장식장도, 요섭은 기꺼이 수용했다.

거실을 가득 채운 햇살이 주방으로 밀려들었다. 지평선 위로 떠오른 단단한 태양이 머릿속에서 웽웽거리는 꿈의 잔상을 씻어냈다. 간만에 보는 일출이라 그런지, 불과 십여 분 사이에 밤과 낮이 뒤바뀌는 현상이 사뭇 경이롭게 다가왔다. 요섭은 괜스레 가슴이 뿌듯했다. 해돋이 풍경이 마치 자신의 반생을 압축한 공익광고처럼 보였다. 서울숲과 한강이 내려다보이는 삼십일억짜리 아파트, 내부를 채운 최고급 가구들, 그 보금자리에 곤히 잠들어 있는 아내와 아들. 이십여 년 전 한 학기 등록금 달랑 들고 혈혈단신 상경한 이래, 오롯이 스스로의 힘으로 이룩한 세계였다. 무릎 꿇고 기도만 해서는 결코 얻을 수 없는.

요섭은 코흘리개 시절 동네 자전거 대리점 앞을 매일 서성이던 기억이 새로웠다. 날렵한 은빛 몸체의 삼천리 자전거 때문이었다. 기도를 열심히 하면 생길 게다. 아버지는 늘 그런 판타지로 어린 요섭을 돌려세웠다. 그가 선택한 건 기도 대신 신문 배달이었다. 고사리손으로 넉 달 동안 신문을 돌린 끝에 꿈에 그리던 자전거는 현실로 건너와 그를 안장에 태웠다. 그 순간의 희열은 단순히 자전거 한 대의 가치로 설명할 수 없었다. 막강한 아버지ー하나님 복식조에 맞서 세상을 살아가는 독자적인 방법을 터득한 소년의 자신감. 어쩌면 그때의 희열이 마트료시카 인형처럼 몸집을 불려가며 지금에 이른 셈이었다. 요섭은 햇살이 들이치는 거실 한복판으로 갔다. 서울숲을 향해 다리를 쩍 벌리고 서서 늘어지게 기지개를 켰다. 우두둑, 전신의 뼈들이 경쾌하게 줄을 맞췄다.

"월든."

요섭은 허공을 빤히 쳐다보았다. 무심결에 내뱉은 단어가 눈앞에 떠 있기라도 한 것처럼. 대학 새내기 때 리포트 과제로 읽었던 두툼한 책을 떠올리기까지 잠시 시간이 걸렸다. 대자연 속에서의 자족적인 삶을 예찬하는 영혼의 고전. 하지만 스무 살 청춘들에게 호숫가 통나무집에 사는 아저씨의 일상은 너무나 따분했다. 결국 대부분 학생들이 백과사전 내용을 짜깁기하는 간사함을 드러냄으로써 『월든』이 현내인에게 던지는 메시지를 역설적으로 부각시켰다. 그러나 시작했으면 끝장을 본다는 신조를 가진 요섭은 우직하게 책장을 넘겼다. 마침내 오백 페이지에 달하는 책의 끝장에 보석처럼 박혀 있는 마지막 문장을 보는 순간, 그는 자신의 노력이 충분히 보상받았다고 느꼈다. 일출에 관한 근사한 통찰이 담긴 그 문장은……

뭐였더라? 술자리에서 폼 잡느라 수시로 써먹었는데. 태양은……

요섭의 미간 주름이 깊어졌다. 당장 서재에서 인터넷으로 검색할 수도 있지만, 그러면 왠지 문장의 가치가 퇴색될 것 같았다. 가급적 기억의 숲에서 자연스럽게 건져 올리고 싶었다. 울창한 숲길을 거닐다가 아름다운 님프와 조우하듯이. 하지만 님프는 나무들 사이로 휙휙 날아다니며 제 모습을 드러내려 하지 않았다. 제길, 뭐였지?

안방에서 하품을 흘리며 나오던 하영이 멈칫하더니 픽 웃었다.

"뭐야, 곰이 한 마리 서 있는 줄 알았네."

3

　"따라서 이번 소송의 초점은 불법 파업이 아니라, 사 년 전부터 발생한 근로자들의 집단 돌연사 사건으로, 근로자들은 최소한의 생명권조차 보장받지 못하는 상황에서, 사 측은 진상 조사와 보상은커녕……"

　아주, 천자문을 읊는구나. 요섭은 흐느적흐느적 문장을 잇대어 나가는 노조 측 변호사를 바라보며 한숨을 쉬었다. 성성한 백발에 동그란 안경을 걸친 행색부터가 영락없는 구한말 서당 훈장님이었다. 머리에 정자관까지 하나 쓰고 나오시지. 요섭은 옆에서 구한말 서당 학동처럼 훈상님 밀씀을 열심히 받아 저는 정우를 돌아보며 또 한숨을 쉬었다.

　"한국산업안전공단의 역학조사를 앞두고 사 측에서 증거를 인멸하려는 시도가 있었으며, 이 과정에서 근로자들과 몸싸움이 벌어져……"

　판사도 슬슬 지루한 표정으로 벽시계를 흘끔거렸다. 그의 앞에는 양측에서 제출한 준비서면이 쌍둥이 빌딩처럼 쌓여 있었다. 요섭은 마음이 급했다. 지금 출발해도 시합이 거의 끝날 시간이었다. 부디 격렬한 타격전이 벌어지고 있기를. 다행히 판사가 헛기침으로 노조 측 변호사의 말을 끊어주었다.

"그러니까 노조 측에서는 본 시위가 불법 파업이 아닌 사 측의 증거 인멸 시도를 저지하는 과정이었다는 취지로 변론하시겠다는 거죠?"

"통상적으로 실시되는 작업장 정비였습니다."

요섭이 재빨리 끼어들자 훈장님이 회초리라도 꺼낼 기세로 째려보았다.

"그 통상적인 작업장 정비가 왜 지난 사 년간 한 번도 실시된 적이 없는지 묻고 싶군요. 게다가 기존에 사용하던 불량 솔벤트 용기를 다른 것으로 교체하라는 공문까지……"

"근로자들의 사망과 작업 환경 사이에 인과관계가 증명되었나요? 일곱 건의 산재 신청 모두 불승인 판정이 난 걸로 아는데요."

"개별 역학조사가 제대로 이루어지지 않았으니까요. 현재 유족대책위에서 시민단체와 협력하여 행정 소송을 진행 중입니다."

"행정 소송과 본 손해배상 소송은 별도입니다. 명백한 불법 파업이 행해진 만큼……"

판사가 손을 들어 두 사람의 언쟁을 중단시켰다. 양측의 준비서면을 교대로 만지작거리던 판사는 요섭을 돌아보며 말했다.

"두 소송이 별도인 건 맞지만, 피고 측에서 변론 방향을 산재 쪽과 연계시킨 만큼 행정 소송의 진행 경과를 확인할 필요가 있다고 봅니다. 따라서 본 변론은 행정 소송 판결 이후에 속개하는 게 옳다고 보는데, 어떻습니까?"

예상대로였다. 손깍지를 끼고 고민하는 제스처도 생략한 채 요섭은 냉큼 준비된 답변을 내놓았다.

"그럼 재판이 속개될 때까지 위원장 조명기 씨 이하 노조 간부 열일곱 명의 집과 급여통장에 대한 가압류를 유지하겠습니다."

주차장에 세워둔 요섭의 은회색 랜드로버를 시커먼 에쿠스가 가로막고 있었다. 운전기사는 시트를 한껏 젖히고 낮잠을 즐기는 중이었다. 두어 번 안면이 있는 기사였다. 요섭은 창문을 두드려 차를 빼달라고 손짓했다.

대형 로펌들의 업무용 차량은 대부분 시커먼 에쿠스였다. 종종 시커먼 체어맨이 섞여 있기도 했다. 물론 '우리 잘나가'라는 과시효과 때문이지만, 몸값 비싼 변호사의 안전을 위한다는 실용적인 목적도 있었다. 정확히 말하자면, 몸값의 수십 배를 벌어들이는 변호사를 병원 침상에서 놀리지 않기 위해. 요섭도 기사 딸린 에쿠스를 신청했으나 배정을 받지 못했다. 회사 규모가 갑자기 불어나는 바람에 차량이 충분치 못한 실정이었다. 아무리 그래도 자신이 후순위로 밀렸다는 사실이 달가울 리는 없었다. 정확히 말하자면, 요섭은 욕설을 씨불이며 주먹으로 책상을 두 번 내리쳤다.

"식사하고 들어가시죠?"

정우가 조수석 문을 잡고 물었다.

"난 약속이 있어. 가는 길이니까 회사 앞에 내려줄게."

아무리 편한 후배라도 업무 시간에 아들 야구 시합을 보러 간다는 말은 할 수 없었다.

"장 선배한테는 얘기했으니까, 오후에 미팅하고 유학생들 건 논의하자고."

"그거 확정된 겁니까? 권 변호사님이 다른 케이스 얘기하시던데."

"권기용?"

"예."

"아이, 그……"

요섭은 혀뿌리까지 올라온 '오소리 새끼'라는 말을 간신히 되삼켰다.

"다른 어쏘 알아보라고 해. 이미 장 선배한테 너하고 팀 짠다고 했으니까."

정우는 짧게 고개를 끄덕였다. 희멀끔한 얼굴에 발그스름한 입술, 속쌍꺼풀 아래 무심한 눈빛. 요섭은 정우를 볼 때마다 입을 오물거리며 배추 잎을 뜯는 토끼가 떠올랐다. 여비서들 사이의 인기 순위에서 톱클래스라는 소문은 다소 의외였다. 유부남만 아니었다면 뒤의 '클래스'마저 떨어졌을 거라나. 사내가 뱃심이 부족해서 그렇지 똑똑하고 책임감 강하고 매너 좋은 건 사실이었다. 노문과 출신이니 우수에 잠긴 시인의 분위기까지도 인정할 수 있었고. 하지만 '완전 잘생겼다'라는 평은 선뜻 수긍하기 힘들었다. 그의 기준으로 봤을 때 정우는 결코 매력적인 수컷이 아니었다. 하긴 근래 TV를 점령한 남자 연예인들이 죄다 마찬가지였다. 미남 미녀 배우들의 변천사를 비교해보면, 여자들의 심미안이 남자들보다 훨씬 변덕스러운 건 분명했다. 이런 식이라면 '미남' 타이틀은 복불복이 되는 게 아닌가. 요섭은 룸미러를 힐끔 쳐다보았다. 미의 기준이 천변만화를 일으키면 내 차례도 오려나.

"산재 소송은 어떻게 될까요?" 정우가 물었다.

"인정되겠지. 같은 작업장에서 같은 질병으로 줄초상이 났는데, 그게 정상이겠어."

"그럼 우리 손배 소송도 불리하게 돌아가겠네요?"

"그거 금방 안 나와. 작업장 역학조사에, 개별 역학조사에, 추가 조사에, 보완 조사에, 최종 보고서까지 일 년은 더 걸릴걸. 그 후에나 행정 소송하고, 그거 끝나야 손배 소송하고, 항소하고 상고하고. 가압류 걸어놓고 그렇게 몇 년 질질 끌다 보면 없는 놈이 먼저 나가떨어지는 거지. 당장 애 분유 값이 묶이니까."

요섭은 정우의 입술이 살짝 실그러지는 걸 놓치지 않았다. 입속에서 윗니로 아랫입술을 깨물 때 나오는 입매였다. 저 버릇 빨리 고쳐야지…… 요섭은 속으로 혀를 찼다. 로펌에 적응하려면 칼과 저울은 정의의 여신 디케보다 푸줏간 아주머니에게 요긴한 물건이라는 현실을 받아들여야 했다. 만일 케이엠 타이어 회장과 노조위원장이 뒤바뀌어 태어났다면 어떻게 됐을까? 사랑이 넘치는 화기애애한 작업장이 됐을까? 사람만 바뀐 채 똑같은 분쟁이 일어나고 똑같은 소송이 벌어지리라는 게 요섭의 생각이었다. 그래서 변호사가 좋은 직업인 거고.

정우를 송무(訟務) 파트로 끌어온 건 요섭이었다. 자신과 여러모로 딴판이라 외려 마음이 쏠렸다고 할까. 연수원 성적도 딴판이라 본인이 원하면 판검사도 가능했다. 하지만 정우는 눈앞의 현찰을 택했다. 부모가 포천에서 조그만 돼지 농장을 한다고 들었다. 사법시험 합격 직후 결혼해 딸도 하나 있고. 요섭은 얼마 전 돌잔치에서 둥글둥글하고 수더분한 인상의 제수씨와 인사를 나눴다. 조실부모하고 외할머니 손에서 자란, 학습지 교사를 하며 뒷바라지해준 동갑내기 여인과의 결혼. 법조계에서 그 정도면 미담에 가까웠다. 아무도 부러워하지 않는 미담. 그러게 어떻게든 혼자 버텨야지, 뒷바라지 같은 건 함부로 받는 게 아니라니까. 요섭은 액셀을 꾹 밟았다.

“선배님, 이따 저녁에 시간 있으세요?”

“모임이 있는데. 왜?”

“그냥, 소주나 한잔할까 하고요.”

요섭은 늦게라면 괜찮다고 말하려다가 그만두었다. 아무래도 목소리 착 깔고 뭔가 상의하려는 눈치였다. 사타구니에 털이 북슬북슬한 어른들의 옹알이 받아주는 건 딱 질색이었다. 이정우, 차라리 어린 여비서 하나 꼬셔가지고 모텔 침대에서 러시아 시나 읊어줘라. 그쪽이 정신 건강에 한결 이롭다.

“이 변, 그거 누가 쓴 시지? 삶이 그대를 속일지라도……”

“슬퍼하거나 노여워하지 말라. 푸시킨이오.”

“오, 푸시킨. 제목이 뭐야?”

“그거예요. ‘삶이 그대를 속일지라도’.”

“그래?”

사거리 신호등이 황색불로 바뀌었다. 요섭이 통과하려 급가속을 하는데 갓길에 주차해 있던 하얀 딱정벌레 차가 깜빡이도 안 넣고 불쑥 머리를 내밀었다. 끼이이익— 요섭은 브레이크를 밟은 채 점프하듯이 튀어 나가 앞 유리에 이마를 들이박았다. 만화의 한 장면처럼 눈앞에 별들이 반짝였다. 거무죽죽한 선팅유리 뒤편에서 들창코 여자가 고개만 까딱하고 유유히 차를 뺐다.

“저런, 쌍!”

요섭은 차에서 내리려다 말고 머리를 감싸 쥐었다. 두개골이 찌잉 울렸다. 급하게 출발하느라 안전벨트를 매지 않은 게 화근이었다. 물론 더 큰 화근은 운전이라곤 핸들 돌리는 것밖에 모르는 들창코 여자였고.

“선배님, 괜찮으세요?”

“아, 씨…… 꿈자리가 뒤숭숭하더니만.”

핸들에 처박힌 가슴팍이 욱신거렸다. 심호흡을 해보니 다행히 갈비뼈에는 이상이 없는 듯했다. 요섭은 안전벨트를 매고 차를 정지선으로 가져가 신호를 기다렸다.

“무슨 꿈이었는데요?” 정우가 물었다.

“응?”

“방금 꿈자리가 뒤숭숭했다고……”

“아, 총에 맞는 꿈이었어.”

요섭은 손바닥으로 이마를 꾹꾹 눌렀다. 골이 흔들리는 바람에 바닥에 가라앉았던 꿈의 잔상이 다시 떠올라 부유하는 느낌이었다.

“죽었어요?”

“죽었겠지. 가슴 한복판을 맞았는데.”

“총 맞고 죽었으면 길몽이에요. 길몽 중에서도 특급 길몽. 당면한 문제들이 전부 잘 풀리는 꿈이래요.”

요섭은 고개를 대각선으로 기울여 정우를 빤히 올려다보았다. 정우는 눈길을 피하며 멋쩍게 웃었다.

“이 변호사님, 별걸 다 아세요.”

“와이프가 관심이 많아요. 꿈풀이, 점성술 그런 거.”

“특급 길몽이라…… 하긴 총 맞고 죽으면 당면한 문제들이 싹 풀리기는 하겠네.”

4

13 대 11. 요섭의 바람대로 격렬한 타격전이었지만, 유현이 학교가 두 점 뒤진 채 마지막 공격을 앞두고 있었다. 열중쉬어 자세로 감독 앞에 둘러선 선수들의 표정이 꽤나 비장했다. 유현이는 다른 애들보다 확연히 덩치가 작았다. 매달 백오십만 원씩 들여 맞고 있는 성장호르몬 주사는 제약회사만 열심히 성장시키는 중이었다. 난 저 나이 때 맹물만 먹어도 쑥쑥 컸는데. 요섭은 아들이 자신의 하드웨어를 물려받지 않은 게 못내 불만이었다.

스탠드 앞쪽에서 아이 이름을 붙여 '파이팅!'을 외치는 소리가 돌림노래처럼 이어졌다. 다양한 모자를 눌러쓴 학부모 무리에서 하영을 찾는 일이 만만치 않았다. 솜씨 좋은 야바위꾼이 섞어놓은 것 같았다. 요섭은 앞줄 왼쪽의 밀짚모자를 찍고 문자를 보냈다. '뒤에 왔어.' 반대편에서 하얀 선캡이 휴대폰을 확인하더니 가방을 챙겨 일어섰다.

"늦었네."

　야구장에 올 때면 늘 그렇듯 하영은 무난한 옷차림에 무난한 가방에 무난한 선글라스를 착용했다. 대부분 강북 중산층인 야구부 학부모들 틈에 섞이기 위해 특별히 장만한 의상과 소품 들이었다. 행여 자신에 대한 부당한 시새움이 자식에게 이어질까 염려하는 모정의 발로. 명품도 본토에서 생산된 제품만 고집하는 그녀로서는 맹모삼천지교 못지않은 헌신이란 걸 요섭은 잘 알고 있었다.

　"좀 쳤어?"

　"단타 하나. 중견수 직선타로 잡힌 게 아까웠어."

　"수비는?"

　"실책은 아닌데, 만세 한 번 불렀고."

　"오늘 지면 완전히 탈락인가?"

　"그럼, 토너먼트데."

　둘은 접선하는 첩보원들처럼 빠르게 정보를 주고받았다. 선두타자가 배트를 휘두르며 타석에 들어섰다. 요섭은 전광판에서 타순을 확인했다. 8번 타자니까 한 명만 살아 나가면 2번 유현이 타석을 볼 수 있었다.

　"약속은?"

　"충무로에 일식집 예약했어."

　요섭은 아디다스 로고가 찍힌 조그만 쇼핑백을 내밀었다. 안에는 양말 세트 상자가 들어 있었다. 하영은 내키지 않는 표정으로 쇼핑백을 받았다. 학부모 무리에서 함성이 터졌다. 타구가 좌중간을 가르고 있었다. 벌떡 일어나 '연준이, 파이팅!'을 외치는 밀짚모자가 8번 타자의 모친인 듯했다. 요섭과 하영도 손나발을 하고 환호를 보냈다.

　"그런데 꼭 이렇게까지 해야 되나?"

하영이 운동장에 시선을 둔 채 복화술사처럼 소곤거렸다.

"쇼하는 거지. 이래야 서로 덜 민망하잖아."

"그게 아니라, 이렇게까지 해서 야구를 계속 시켜야 되나?"

"어허, 또 왜 이러실까."

"괜히 시간만 허비할까 봐 그러지. 애 고생은 고생대로 하고."

"좋아하는 일 하는 게 왜 시간 허비냐? 못 하는 게 허비지. 중학교까지는 해본다잖아. 아니다 싶으면 그때 가서 공부해도 충분해."

"당신이 다른 애들 선행학습 하는 걸 몰라서 그래. 요샌 초등학교 때 뒤처지면 이미 따라잡기 힘들다고."

"선행이고 악행이고, 까짓것 하면 되는 거지."

하영은 쇼핑백을 가방에 집어넣었다. 하지만 지퍼를 닫지 않고 가방 안쪽에 떨떠름한 눈길을 던졌다. 9번 타자가 초구를 건드려 2루수 뜬공으로 아웃됐다. 이런, 멍청이. 요섭은 주먹으로 무릎을 내리쳤다.

"이거, 당신이 하면 안 되나?"

"……"

"나 이런 거 안 해봤잖아. 지금도 가슴이 막 울렁거린단 말이야."

"아, 그냥 좀 해라. 가서 던져주기만 하면 되잖아. 내가 명색이 변호산데 만일의 경우도……"

하영이 그의 옆구리를 쿡 찔렀다. 앞쪽에서 클리블랜드 인디언스 모자를 쓴 여자가 돌아보고 있었다. 붉은 얼굴의 인디언이 이를 드러내고 히죽 웃었다. 1번 타자가 타석에 들어서고 유현이가 대기타석으로 나왔다. 얼굴이 헬멧에 파묻혀 제대로 보이지 않았다.

"만일의 경우는 또 뭐야? 난 집에서 노니까 잘못돼도 된다는 거야?"

요섭은 혼자 구시렁거리는 하영을 애써 무시했다. 그녀는 처음부터 유현이가 흙바닥에서 뒹굴며 볕에 타는 걸 마뜩잖게 여겼다. 그걸 쫓아다니며 응원하느라 자신이 볕에 타는 것도 마뜩잖게 여겼고. 그보다는 마음 편히 명품을 차려입고 브런치를 먹으며 해외 보딩스쿨에 대한 정보를 교환하는 학부모 모임을 선호했다. 요섭은 그런 하영이 마뜩잖았다.

어쩌면 그쪽이 나을지도 몰라. 대기타석에서 열심히 배트를 휘두르는 아들을 보며 요섭은 생각했다. 냉정히 따져봤을 때, 하드웨어는 둘째 치고 유현이의 소프트웨어 자체가 운동선수용이 아니었다. 승부의 세계에서 살아남기엔 심성이 너무 여리고 깡다구가 부족했다. 평소엔 곧잘 치다가도 찬스만 오면 헛방망이를 돌리는 모습은 보기 안쓰러울 정도였다. 하드웨어와 소프트웨어 전부 모계 쪽 제품이었으니, 요섭은 하나뿐인 아들이 철저히 외탁을 했다는 점에 아쉬움을 넘어 섭섭한 마음까지 들었다. 내 정자는 대체 뭘 한 건지⋯⋯

원래 요섭의 자녀 계획은 최소 세 명이었다. 아이들을 끔찍이 좋아한다기보다는 자신의 유전자가 다채롭게 발현되는 양상을 직접 보고 싶었다. 어떤 외모와 성격과 재능을 가진 자식들이 태어날지, 훗날 제곱으로 불어난 손주들은 어떤 모습일지, 나무뿌리처럼 퍼져 나가는 가계도를 지켜보는 건 노년의 큰 즐거움이 될 터였다. 요섭은 영화 「대부」의 오프닝 신 같은 시끌벅적한 결혼식 풍경을 꿈꾸며 그때쯤엔 돈 코르네오네처럼 멋진 콧수염을 기르는 것도 고려했다. 하지만 그의 꿈은 유현이를 낳은 직후 '나 다시는 이 짓 안 해!'라는 하영의 단호한 선언으로 부질없는 백일몽이 되었다.

1번 타자가 내야안타를 치고 나가면서 1사 1, 3루. 그럴듯한 밥상이 차려졌다. 오호, 이것 봐라. 요섭은 자세를 고쳐 앉았다. 유현이가 천천히 왼쪽 타석에 들어서서 연습 스윙을 했다. 허리가 뻣뻣한 게 긴장한 기색이 역력했다. 옆에 앉은 하영의 어깨도 잔뜩 오그라들었다. 초구, 바깥쪽으로 빠지는 볼에 배트가 어이없이 헛돌았다.

"최유현! 힘 빼고 편하게 돌려!"

요섭은 저도 모르게 벌떡 일어나 운동장이 떠나가게 외쳤다. 학부모들이 박수를 치며 웃었다. 타석을 고르던 유현이도 뒤를 돌아보았다. 굳은 얼굴에 힘겹게 미소가 번졌다. 하영이 팔을 당겨 그를 자리에 앉혔다.

"가만있어. 애 부담 느낀다."

2구는 원바운드 볼. 투수가 모자를 벗어 이마의 땀을 닦고 로진백을 한참 만지작거렸다. 그래, 너도 후달리겠지. 요섭은 대기타석에서 몸을 푸는 훤칠한 3번 타자를 보았다. 배트 컨트롤이 좋고 배짱이 두둑한 녀석이었다. 더그아웃의 감독과 선수들 표정에서 이 찬스가 어떻게든 다음 타자까지 연결되기를 바라는 마음이 읽혔다. 물론 요섭이 그리는 시나리오는 여기서 유현이가 경기를 끝내고 영웅이 되는 것이었다. 푸른 하늘을 가르며 훨훨 날아가는 백구, 마운드에 주저앉은 투수, 13 대 14로 바뀌는 전광판, 유현이를 둘러싸고 환호하는 선수들.

투수의 와인드업과 함께 요섭은 주먹을 불끈 쥐었다. 손톱이 손바닥을 파고드는 순간, 그의 머리에 뜬금없이 아버지가 떠올랐다. 신심이 깊은 소박한 목사. 오이디푸스 콤플렉스 따위는 끼어들 여지도 없었고, 반항심을 불러일으키는 꼰대도 아니었으며, 타파해야 할 기성세대도 아니었던. 매는커녕 잔소리조차 삼가던 아버지가 그에게 꼭

한 번 강요 비슷한 걸 한 적이 있었다. 대입 원서 접수를 앞두고 신학대학 진학을 권고한 것. 아버지는 하늘의 계시까지 들먹이며 설득했지만 요섭은 결국 기계공학과를 선택했다. 그가 아는 세상은 기도가 아닌 톱니바퀴에 의해 돌아갔으니까. 제대 후 사법시험으로 방향을 튼 것도 좀더 크고 빛나는 톱니바퀴가 탐났기 때문이었다. 아버지는 그가 이등병 때 폐암으로 돌아가셨다.

틱.

배트가 중간에서 어정쩡하게 멈추며 공은 투수 앞으로 데굴데굴 굴러갔다. 공을 잡아 2루로 던지는 투수도 다시 1루로 던지는 유격수도, 애들답지 않게 침착했다. 병살타. 유현이가 경기를 끝냈다. 최악의 방식으로. 앞쪽 학부모 무리에서 요란한 탄식이 터져 나왔다. 그 서슬에 눌려 하영의 한숨은 잘게 쪼개져 힘없이 새어 나왔다. 악착같이 달려 1루에 슬라이딩한 유현이는 붉은 흙먼지를 뒤집어쓴 채 그라운드에 엎드려 있었다. 요섭은 두 손으로 얼굴을 감쌌다. 인마, 죽이 되든 밥이 되든 과감하게 돌렸어야지. 핸들에 부딪친 가슴팍이 욱신거렸다.

"아, 또 한동안 풀 죽어 지내겠네."

하영이 가방 속의 쇼핑백을 째려보며 볼멘소리를 했다.

"착실히 공부시키면 좀 좋아. 이렇게 가슴 졸일 일도 없고."

"……"

"적성에 맞는 걸 해야지, 적성에."

"이리 줘!"

요섭이 가방 속에 손을 쑤셔 넣어 빼앗듯이 쇼핑백을 꺼냈다.

"일식집이 어디야?"

5

1992년 어느 가을 저녁, 말년 병장 요섭은 내무반 모포에 기대 누
워 프로야구를 시청하고 있었다. 문제의 시합은 숙명의 라이벌 롯데
자이언츠와 해태 타이거즈가 플레이오프 진출의 길목에서 맞붙은 일
전이었다. 시종 엎치락뒤치락하던 경기는 롯데가 한 점 뒤진 채 9회
말로 접어들었다. 연속 안타가 터지며 무사 1, 2루 찬스. 사직구장은
뜨겁게 달아올랐다.

9번 타자 루키 송귀정이 긴장된 표정으로 타석에 들어섰다. 3루
코치가 양손을 분주하게 움직여 사인을 보냈지만, 사실 '보내기 번
트!'라고 소리쳐도 되는 뻔한 작전이었다. 예상대로 투수가 투구 동
작에 들어가자 송귀정은 배트를 고쳐 잡고 번트 자세를 취했다. 그런
데 초구가 얼굴을 향해 날아오면서 기묘한 상황이 벌어졌다. 배트 손
잡이 부근에 맞고 홈플레이트 앞에 떨어진 공, 뒤로 넘어져 손을 감
싸 쥔 타자, 멈칫하는 주자들. 그러거나 말거나 포수는 재빨리 공을
잡아 3루로 송구했다. 이어서 2루로, 1루로, 공은 베이스를 한 바퀴

돌았다. 트리플 플레이. 주심은 머뭇머뭇 경기 종료를 선언했다.

롯데 감독이 득달같이 달려 나와 주심에게 거칠게 항의했다. 감독은 송귀정의 장갑을 직접 벗겨 주심 코앞에 손을 디밀고 흔들었다. 주심은 그제야 부심들을 불러 모아 협의에 들어갔다. 결과는 손에 맞은 데드볼로 판정 번복. 그러자 이번에는 해태 감독이 득달같이 달려 나와 거칠게 항의했다. 양 팀 코칭스태프와 선수 들까지 홈플레이트로 모여들면서 그라운드에는 흉흉한 기운이 감돌았다. 우르르 일어난 관중들의 함성과 야유로 사직구장은 실제 들썩이는 것처럼 보였다.

그때 화면 가득 송귀정의 얼굴이 잡혔다. 요섭은 사타구니를 긁던 손을 우뚝 멈췄다. 현장에 운집한 삼만 관중과 오십이 명의 선수들, 십여 명의 코칭스태프, 네 명의 심판 중 진실을 알고 있는 단 한 사람. 이삼 초간의 짧은 클로즈업이었지만 수많은 표정이 얼굴에 난입해 아귀다툼을 벌이는 광경을 목격할 수 있었다. 이 표정은 저 표정에 주먹을 날리고, 저 표정은 그 표정의 멱살을 잡아끌고, 그 표정은 다시 이 표정을 걷어차고…… 몸속 깊은 곳에서 솟아오른 낚싯바늘들이 안면 근육을 꿰어 잡아당기며 낚싯줄이 엉망으로 뒤엉켰다. 화면이 넘어가기 직전 요섭은 똑똑히 보았다. 그의 내부에서 누군가 커다란 전지가위로 얽히고설킨 낚싯줄을 싹둑 잘라버리는 것을. 송귀정은 주심에게 터벅터벅 다가가 딱 한마디를 건넸다. 그것으로 소동은 끝났다.

장관이었다. 네 명의 심판과 십여 명의 코칭스태프, 오십이 명의 선수들, 삼만 관중이 일시에 침묵하는 장면은. 주심은 민망한 기색으로 재차 경기 종료를 선언했고, 해태 선수들은 얼떠름한 얼굴로 돌아섰다. 정신을 차린 관중들은 다시 열렬히 야유를 보냈다. 홈플레이트 부근에 우두커니 붙박인 롯데 감독과 선수들의 표정이 단연 압권이었다. 새파란 루키가, 그것도 해태와의 경기에서, 공이 배트 한가운데 맞았더라도 배트는 영혼을 나눈 몸의 일부이므로 데드볼이라고 우기는 투지를 보여야 할 판에…… 분노의 설 자리마저 앗아간 황당함. 게다가 그들의 뒤통수를 친 게 풋풋한 신인의 정직함이었기에, 그들은 패배의 쓴맛에 더해 지나온 야구 인생을 겸허히 돌아보는 부담스런 과제까지 떠안아야 했을 것이다. '너 잘났다'라는 반발심과 함께. 요섭은 다시 사타구니를 긁으며 중얼거렸다. 새끼, 배짱 좋네.

세상 좁네. 요섭은 송귀정의 잔에 사케를 따르며 생각했다. 그 배짱 좋은 루키와 이십여 년 후 도미 회를 사이에 놓고 마주 앉게 될 줄 어찌 알았겠는가. 송귀정은 전국대회 8강에 심심찮게 이름을 올리는 강일중학교 야구부 감독이었다. 그만큼 야구 명문 고등학교로 진학할 가능성이 높다는 의미였다. 강남이라 시설이 좋고 통학 거리가 가깝다는 점은 덤이었고. 요섭은 송 감독과 잔을 부딪쳤다.

"자식이라고 달랑 하난데, 힘닿는 데까진 밀어주고 싶은 게 또 부모 마음이잖습니까."

송 감독은 그럼요, 그럼요, 하며 고개를 주억거렸다. 오랜 세월 야외에서 운동한 사람 특유의 거무튀튀한 얼굴에 굵은 주름이 이리저리 그어져 있었다. 울근불근한 팔뚝은 아직 쓸 만했지만 늘어진 뱃살이 곧 허리띠를 잡아먹을 기세였다. 담뱃갑 모양을 따라 해진 와이셔츠 가슴 주머니가 이 자리에 인간적인 구실을 부여해주고 있었다. 그래, 이럴 때 한몫 챙겨라. 중학교 야구부 감독 월급이 얼마나 되겠어. 요섭은 잔을 비웠다.

"4학년 겨울방학부터 시작했으니까 아직은 많이 배워야죠. 절 보면 아시겠지만 덩치도 한참 덜 자랐고. 저도 중학교 올라갈 때까지는 작은 축이었거든요."

거짓말이었다. 그는 국민학교 때부터 덩치가 우람하고 몸에 털이 많아 늘 곰과 관련된 별명이 따라다녔다. 털곰, 웅맨, 우루사 등등.

"그럼요, 아직은 몰라요. 중학교 와서 체형 잡히면서 실력 쑥쑥 느는 애들이 많습니다. 몇 번 봤는데 유현이가 야구를 알고 하더라고요. 센스가 있어요. 기본기만 충실히 다듬으면 가능성이 있다고 봅니다."

송 감독은 초고추장을 듬뿍 묻힌 도미 회를 입에 밀어 넣었다. 입발림 소리인 줄 알면서도 요섭은 가능성이 있다는 말을 믿고 싶었다.

"아무쪼록 감독님이 잘 지도를 해주셨으면 합니다. 성공한 선수들 보면 어릴 때 어떤 지도자를 만나느냐가 중요하잖아요."

"예, 그건 중요하죠. 중요해요."

"다행히 제가 애 하나 뒷바라지할 여유는 됩니다. 앞으로도 기회 닿는 대로 야구부 발전을 위해 힘쓸 작정이고요."

"아버님께서 이렇게 관심이 많으시니, 뭐, 큰 어려움이야 있겠습니까."

송 감독은 버블헤드 인형처럼 고개를 주억거렸다. 하영에게 강일중 감독의 이름을 듣자마자 요섭은 오래전 들끓는 사직구장을 단번에 얼려버린 9번 타자를 기억해냈다. 참, 다들 어디선가 꾸역꾸역 살아가고 있구나. 요섭은 넥타이를 풀며 실쭉 웃었다. 반가운 이름이긴 했지만, 왠지 만나고 싶지는 않았다.

이튿날 각 스포츠신문에는 '송귀정 양심선언' 사건이 빠지지 않고 실렸다. 대부분 냉혹한 그라운드에 우담바라처럼 피어난 페어플레이 정신으로 다루었으나, 프로 선수로서 부적절한 행동이었다는 평도 적지 않았다. 오심도 경기의 일부라고 인정하는 대범한 견해에 비춰 본다면 오히려 스포츠 정신에 위배된다는 것. 요섭의 견해도 후자에 가까웠다.

그가 살면서 체득한 바에 의하면 모든 집단에는 보이는 룰과 보이지 않는 룰이 공존한다. 때로는 상호 보완적으로, 때로는 상호 배타적으로. 때문에 둘의 관계를 명확히 정립하기는 쉽지 않다. 거칠게 비유하자면, 보이는 룰은 집단을 기능하게 하는 사용설명서이고 보이지 않는 룰은 집단을 성립하게 하는 설계도였다. 가전제품을 살 때 사용설명서는 누구나 참고하지만 설계도를 확인하는 이는 거의 없다. 제품을 사용한다는 자체로 그 내부의 설계를 암묵적으로 받아들이는 셈이니까. 송귀정의 경우 공이 배트에 맞고 페어 지역으로 들어가면 인플레이 상황이라는 야구 규칙은 지켰으나, 어떻게든 승리를 쟁취해야 한다는 팀의 생존 수칙을 어긴 것이다. 보이지 않는 룰을 어기면 보이지 않는 제재가 따르는 법이었다.

남은 시즌 내내 송귀정이 타석에 들어설 때마다 중계진은 그날의 해프닝을 언급했다. 심판들은 그에게만 유독 엄격한 판정 기준을 적용함으로써 상대적으로 불이익을 주었다. 1992년 포스트시즌에서 롯데가 삼성, 해태, 빙그레를 연파하고 극적으로 우승 트로피를 들어올리는 동안, 송귀정의 모습은 끝내 보이지 않았다. 포스트시즌에선 무엇보다 팀의 단합과 투지가 최우선이었다.

요섭의 기억으로 이후 송귀정은 1, 2군을 오르내리며 드문드문 출전해 그냥저냥 활약하다가 흐지부지 그라운드에서 사라졌다. 경남고 시절부터 이름을 날린 유망주임을 감안하면 우담바라 사건으로 인한 정신적 스트레스가 선수 생명을 단축시켰다는 가설에 무게가 실렸다. 과연 그 한순간이 그럴 만한 가치가 있었을까? 요섭은 한번 물어보고 싶었다. 만일 그날로 다시 돌아간다면, 당신은 어떤 선택을 하겠느냐고.

　번지르르한 덕담이 오가는 사이 도쿠리가 비었다. 전희는 이 정도면 됐고 슬슬 삽입으로 넘어갈 시점이었다. 요섭은 식탁 아래서 가볍게 손마디를 꺾었다. 뇌물을 주고받는 일은 피겨스케이팅의 점프 동작과 흡사했다. 유연하게 얼음을 지치다가(을이 말줄임표로 끝나는 인사치레와 함께 봉투를 꺼낸다) 멈칫, 무릎을 굽히며 힘을 모아(갑과 을의 시선이 멈칫, 봉투에 머문다) 공중으로 힘차게 솟구치며 회전(갑이 신속하고 리드미컬한 동작으로 봉투를 품에 넣는다), 그리고 안정적인 착지(갑과 을이 짧게 눈빛과 미소를 교환한다). 요는 이 과정이 물 흐르듯 부드럽게 이어져야 한다는 것. 그래야 서로 자괴감이나 불안감 없이 돈독한 공모자가 될 수 있었다.

　요섭은 슬그머니 쇼핑백을 테이블에 올려놓았다. 삼만 관중의 함성에도 굽히지 않았던 그날의 송귀정을 떠올리자 짓궂은 쾌감이 일었다.

　"저, 이거 약소하지만……"

　"어이구, 뭘, 이런 걸……"

　공중으로 솟구쳐 회전하려는 찰나, 송 감독이 또 보이지 않는 룰을 어겼다. 눈치코치 다 알고 나왔으면서 쇼핑백을 바라보는 그의 얼굴에 곤혹스럽고 부끄러운 기색이 역력했다. 무릎을 굽히고 힘을 모으는 준비 동작이 길어지니 점프가 잘될 리 없었다. 송 감독은 투박한 손놀림으로 쇼핑백을 낚아채다가 물컵과 간장종지를 엎지르고 말았다. 요섭은 냅킨을 한 움큼 뽑아 접시들 사이로 흐르는 검은 물을 훔쳤다. 송 감독은 귓바퀴까지 벌게진 채 물수건을 들고 어색하게 웃었다. 결국 눈빛과 미소 교환도 못 하고 빙판에 엉덩방아. 가지런히 저민 제 살점을 등뼈 위에 올려놓은 도미가 입을 뻐끔거리며 쳐다보았다.

해머 치기 게임기. 해머로 원판을 내리쳐 반동으로 쇳덩이 추가 올라가는 높이를 겨루는 놀이기구이다. 눈금판의 꼭대기까지 올라가면 추가 공을 때려 땡, 경쾌한 소리가 울리는. 유원지에서 주로 보이는 그 게임기가 요섭의 머릿속에도 한 대 있었다. 눈금은 그의 불쾌지수를 나타냈다. 불쾌한 기분을 좋아하는 사람이 있을까마는, 그에게 불쾌함은 단순한 기분 상태가 아니라 몸에 이상 징후를 유발하는 바이러스였다. 전신에 열이 퍼지며 살이 썩는 악취가 스멀스멀 올라오고, 심장이 돌덩이처럼 굳어 숨이 가빠지고, 심할 경우 팔과 목 언저리에 벌겋게 두드러기까지 돋았다. 차를 몰고 사무실로 들어가는 길에 요섭의 머릿속에서 퍽, 해머 소리가 울렸다. 추는 눈금판의 75까지 올라갔다.

"미친 새끼! 당당하게 받아 처먹을 것이지, 아니면 나오지를 말든가. 어디서 되도 않는 연기하고 지랄이야, 지랄은! 그 돈 갖고 마누라, 애새끼 앞에서나 목에 힘주고 쇼해라, 이 곰팡이 같은 새끼야!"

앞 유리에 연신 침방울이 튀었다. 쇼핑백을 바라보던 송 감독의 표정은 요섭이 이십여 년 전 내무반 TV에서 보았던 바로 그 표정이었

다. 수많은 낚싯바늘이 안면 근육을 꿰어 잡아당기며 낚싯줄이 뒤엉
킨. 그래서? 그게 왜? 어쨌든 돈과 청탁이 오갔으면 그만이지 왜 그
의 표정 때문에 이토록 불쾌감을 느낀단 말인가? 요섭은 스멀스멀 올
라오는 악취에 콧살을 찡그렸다. 납득할 만한 이유를 찾을 수 없다는
사실이 그를 더더욱 불쾌하게 만들었다. 뒷유리에 초보운전 스티커를
붙인 마티스를 향해 요섭은 신경질적으로 클랙슨을 울렸다.

6

“잘됐네.”

장 선배는 책상에서 서류를 들여다보며 케이엠 타이어 건에 대해 논평했다. 그는 칭찬이건 위로건 책망이건 위협이건 최소한의 단어로 표현했다. 검사 시절 피의자들의 구구절절한 변명과 하소연을 차단하는 말투가 입에 붙은 것이었다. 억양도 거의 없는 탓에 그를 상대하는 이들은 몇 개의 단어 뒤에 숨은 의중을 헤아리느라 혼자 골머리를 썩이곤 했다. 장 선배는 그걸 은근히 즐기는 눈치였다.

“애 게임은?”

“졌어요. 마지막에 하나 날렸어야 하는 건데.”

요섭은 창가에 서서 한 블록 건너 시원하게 뻗은 테헤란로를 내려다보았다. 이렇게 전망이 훤히 트인 번듯한 사무실은 회사에 몇 개 없었다. 로펌에서 일한다고 하면 크고 화려한 사무실을 상상하는 이들이 많은데, 일반 어소시에이트 변호사의 사무실은 동네 노래방보다도 작았다. 업무용 책상과 책장이 바듯하게 들어가는 쪽방. 그런 벌집에 틀어박혀 하루 열두 시간 넘게 일하다 보면 고시원에서 공부해 고시원에 취직했다는 푸념이 나올 만했다.

"저거 언제 완공이라고 했죠?"

요섭이 테헤란로의 클라우드 타워 공사 현장을 바라보며 물었다. 십 주년을 맞는 〈사해(四海)〉가 제2의 창업을 내걸고 이전할 빌딩이었다. 내년 신입 변호사 수효까지 감안해 다섯 개 층을 통째로 임대한다고 들었다. 이미 뼈대는 다 올라갔고 시월 말 완공이라는 건 그도 잘 알고 있었다.

"시월 말."

장 선배는 고개도 들지 않고 대답했다.

"형님, 이번엔 확실한 거죠?"

"뭐가?"

요섭이 휘파람으로 장 선배 애창곡인 페티 페이지의 「체인징 파트너 Changing Partners」를 불렀다. 정식 파트너로 승진하면 현재 이억 천오백인 연봉에 수익 배당으로만 최소 두 배는 더 챙길 수 있었다. 사무실도 소파와 탁자가 딸린 가라오케 룸 크기는 될 테고. 그가 서울숲이 내려다보이는 주상복합아파트를 무리해서 계약한 것도 믿는 구석이 있기 때문이었다. 장 선배가 휘파람으로 답가를 불렀다. 요섭의 애창곡인 이문세의 「나는 아직 모르잖아요」.

"아, 자꾸 이러면 섭하죠. 해외 연수도 생략하고 십 년을 박박 기었는데."

"새끼, 숫제 협박을 해라. 골프는 계속해?"

"하프스윙 배우다 말았어요."

요섭은 맨손으로 자세를 잡고 하프스윙을 했다.

"발레도 아니고, 몇 달을 자세 연습만 하래."

"연습해라. 풀스윙까진 가야지."

이 정도 언질이면 장 선배로선 속내를 깡그리 내보인 거나 마찬가지였다. 요섭은 클라우드 타워의 뼈대 위에 아이스크림처럼 얹힌 뭉게구름을 바라보았다. 됐다, 이만하면. 사람도 동물처럼 자기 영역을 지킬 줄 알아야 한다는 게 그의 신조였다. '지키다'에는 빼앗기지 않는다는 의미와 함께 무리하게 넘어서지 않는다는 의미도 내포돼 있었다. 열 손가락 안에 드는 로펌의 파트너 변호사. 한양 공대 출신의 연수원 변호사로선 그렁저렁 성공적인 인생이었다. 요섭은 운때가 좋았다는 겸손한 의견까지 수용할 의향이 있었다. 솔직히 지금 규모의 〈사해〉라면 이력서도 내보지 못했을 테니까.

사법시험에 합격할 당시에는 요섭도 판검사의 꿈을 품었다. 솔로몬과 포청천을 합쳐놓은 지혜롭고 엄정한 판사, 어떤 압력에도 굴하지 않는 정의롭고 강직한 검사. 하지만 연수원 석차 482등으로는 어림없는 헛꿈이었다. 오라는 로펌은 없고, 개업할 형편은 안 되고, 사내 변호사로 빠지긴 억울하고. 갈팡질팡하던 중에 몇 다리 건너 소개받은 이가 고등학교 열두 해 선배인 장태건이었다. 팔짱을 끼고 요섭을 뚫어지게 쳐다보던 장 선배는 글라스에 양주를 따라주며 한마디 툭 던졌다. 골격 좋네.

요섭은 서초동에 있는 그의 사무실에 책상 하나 놓고 새끼 변호사로 법조인 생활을 시작했다. 부장검사 출신 변호사의 노하우를 흡수하는 것만으로도 쏠쏠한 자리인데 장 선배는 적잖은 보수에 더해 인센티브까지 챙겨줬다. 막연히 훈훈한 후배 사랑이라고 생각했으나 후에 듣게 된 장 선배의 설명은 달랐다. 그가 곁에 두는 사람을 선별하는 기준은 혈연이나 학연, 지연 같은 우연적인 요소가 아니라 팔이 안으로 굽는 각도였다. 위급할 때 그의 죄과를 어느 선까지 덮어줄 수 있는가 하는. 장 선배는 요섭에게 '피 묻은 칼을 맡길 수 있음' 등급을 매겼다. 요섭은 자신이 어떻게 그런 상위 등급을 받았는지 의아했지만, 본인이 동물적인 감각으로 판단했다기에 굳이 이의를 제기하진 않았다.

결혼과 출산이 겹치며 독립할 시기를 놓치고 미적거리던 차에 뜻하지 않은 기회가 찾아왔다. 장 선배가 사법시험 동기인 한승철 변호사가 새로 만드는 로펌에 합류하게 된 것이다. 급하게 법무법인 설립 신고를 해야 한다기에 요섭은 얼결에 그곳까지 책상을 들고 따라가 머릿수를 채웠다. 역삼동의 한 보신탕집에서 한 대표는 '사해'라는 이름을 내놓고 건배를 제의했다. 세상을 다 씹어먹자고!

요섭이 보기에 한 대표는 무에서 유를 창조할 줄 아는 사람이었다. 무에 가까운 변호사로서의 능력 대신 인맥을 활용한 사업 수완이 발군이었다. 그는 대선을 앞두고 유력한 대권 후보와 연줄이 닿는 법조인을 적극 영입했고, 그들은 새 정권의 인수위원회을 거쳐 정부 요직에 발탁되었다. 굵직한 정부 관련 소송을 몇 건 맡으면서 〈사해〉는 심심찮게 매스컴에 오르내렸다. 그러자 정권 실세에 줄을 대려는 기업들이 하나둘 몰려오기 시작했다. 이후부터는 탄탄대로였다. 한 대표는 재조(在曹) 출신 거물들과 사법연수원 상위권 인재들을 업계 최고 대우로 끌어오면서 본격적인 몸집 불리기에 돌입했다. 고만고만한 중소 로펌이었던 〈사해〉는 마법의 콩나무처럼 쑥쑥 컸다. 구름을 뚫고 올라가 거인의 성에 도달한 콩나무. 이제 〈사해〉도 사옥 이전과 함께 또 한 번의 싹쓸이 영입으로 단숨에 로펌 순위 십 위권을 뚫고 올라갈 참이었다.

그 와중에 요섭의 위치가 애매해진 것도 사실이었다. 회사는 차츰 송무 위주에서 탈피해 기업 자문에 치중했고 팀의 세분화, 전문화가 이루어졌다. 초창기부터 송무라면 일반 민형사부터 행정, 노동, 부동산 등 분야를 가리지 않고 마당쇠처럼 뛰어온 요섭은 상대적으로 전문성을 키울 기회가 부족했다. 뒤늦게 합류한 판검사 출신들은 그를 배척하는 기색이 역력했고, 운영위원회에서는 명성이 높아진 만큼 파트너 변호사의 스펙에 신경을 썼다. 스카이 법대 출신도 아니고 재조 경력도 미국 로스쿨 학위도 없는, 거구에 털만 수북한 변호사. 대놓고 말은 안 했지만 로펌의 얼굴로 내세우기에 격이 떨어진다는 눈치였다. 그간 온갖 궂은일을 떠맡아온 창업 공신을…… 요섭은 끓어오르는 울화를 꾹꾹 눌러 참고 있었다.

장 선배가 소파로 자리를 옮기며 손짓으로 요섭을 불렀다. 그의 트레이드마크인 무성한 눈썹은 오늘도 일렁이는 불꽃처럼 솟구쳐 있었다. 요섭은 장 선배가 거울에 얼굴을 들이밀고 조그만 빗으로 눈썹을 쓸어 올리는 모습을 상상하곤 했다. 검사 시절 피의자들을 볶아칠 때 저 범 같은 인상이 단단히 한몫했으리라. 뺨과 손등에 돋기 시작한 검버섯도 노화의 흔적이 아닌 위협적인 호피 무늬처럼 보였다.

"어제 한 대표하고 유학생들 대리인을 만났는데……"

"대리인이오? 부모가 아니고?"

장 선배가 넙데데한 콧등을 실룩이며 상체를 앞으로 기울였다. 지금부터 하는 얘기는 밖으로 새나가면 안 된다는 신호였다. 알겠다는 뜻으로 요섭도 상체를 마주 기울였다.

"가라오케 담당 웨이터가 증인으로 나서기로 했어. 중간에 서비스 안주를 들고 들어갔는데, 유소연이 남자애들하고 웃고 떠들면서 게임하고 있었대. 가슴 다 내놓은 채로."

"경찰에선 중간에 들어간 적이 없다고 했잖아요."

"이제 기억났대. 그날 워낙 정신이 없었다고."

요섭은 속으로 코웃음을 쳤다. 본인이 담당하는 룸에서 성폭행 사건이 일어났는데, 경찰에서 조사받는 내내 까먹고 있다가 검찰에 송치되고 나니 기억이 나셨다. 여자애가 가슴까지 다 내놓고 있었다면서. 요섭은 콧등을 긁적였다. 증인을 매수하려면 진작 할 것이지. 검사가 핫바지도 아니고, 간덩이가 부은 놈들 아닌가.

"그럼 게임 끝났네요. 지금도 증거가 없는 판인데."

"아직 몰라. 피해자가 워낙 강경하니까. 요즘 성범죄는 검찰에서도 함부로 뭉개기 힘들어."

"재판 가도 별수 있겠어요? 약물 쪽은 다시 안 건드린답니까?"

"경찰에서 다 조사해서 넘긴 거니까."

검경이 아주 신뢰가 돈독해졌군. 요섭의 머릿속에서 퍼즐 조각들이 이리지리 움직여 아귀를 맞춰갔다. 설마 검찰에까지? 사실이라면 간덩이가 부은 게 아니라 거대한 간덩이에 어울리는 덩치를 가진 놈들이었다. 양아치 유학생들의 허접스런 사건을 한 대표가 직접 들고 올 때부터 낌새가 이상하긴 했다.

"처음엔 돈으로 덮을 생각이었는데, 피해자가 합의금도 거절하고 세게 나오니까 당황한 모양이야. 이제 와서……"

장 선배도 이번 일이 딱히 내키지 않는 어투였다. 그는 범 같은 인

상이지만 사슴처럼 조심성이 많은 사람이었다. 어제 회동에서도 만년
필을 주머니에 꽂아두고 있었겠지? 요섭은 언젠가 만취한 장 선배가
만년필을 꺼내 흔들며 주절거린 말을 기억하고 있었다. '피라미드를
봐. 올라갈수록 발 디딜 곳은 좁아지지. 누가 살짝만 떠밀면 그대로
굴러떨어져 모가지 부러지는 거야. 그래서 난 거물들과 은밀한 상담
을 할 땐 몰래 녹취 파일을 만들어두지. 보험이야, 보험. 개인 상해
보험.' 만년필은 독일에서 구입한 고성능 녹음기라고 했다. 007 영화
찍는 것도 아니고 웬 오버인가 싶었는데, 요섭은 조만간 비슷한 장비
를 알아봐야겠다고 생각했다.

"자료 검토하면서 유소연이 뒤를 샅샅이 캐봐."

"예, 남자관계하고 평소에 어떻게 놀았는지 알아보죠."

"샅샅이. 사람 하나 붙여서 그 집 가족까지 압박할 만한 건 모조리
다 털어."

"그건, 압박이 아니라 협박이 되는 건데……"

"저쪽에서 원하는 건 어떻게든 재판까지 안 가고 끝내는 거야. 조
용히, 신속하게."

요섭은 지그시 고개를 끄덕였다. 한 대표가 설설 기는 거물이라면
왜 잘난 판검사 출신 제쳐두고 사건을 자신에게 배당했는지 의아했는
데, 마지막 퍼즐 조각이 맞춰졌다. 조용히, 신속하게. 어차피 전관에
우도 필요치 않은 마당에 조직 엘리트의 손을 더럽히면서까지 이목을
끌 이유가 없었다. 그저 차후에 뒤탈이나 없도록 우직한 놈을 골랐으
리라. 요섭은 일회용으로 고용된 싸구려 킬러 취급을 당한 기분이었
다. 하지만 자존심만 잠깐 접어놓으면 그로서도 나쁠 건 없었다. 어
쨌든 한 대표가 직속 라인으로 믿고 내린 오더 아닌가. 앞으로도 쭉

자신을 식구로 중용하도록 못을 칠 기회였다.

"애 게임은?"

장 선배가 소파에 등을 기대며 물었다. 요섭은 피식 웃었다.

"이겼어요. 극적인 역전승으로."

"잘됐네."

7

피아노 연주는 상가 건물 2층 빼꼼히 열린 창문에서 흘러나왔다. 〈가인 피아노 스쿨〉. 분홍색 네온등을 꼬아 만든 높은음자리표가 간판 앞쪽에 비스듬히 붙어 있었다. 어디서 많이 들어본 곡인데…… 요섭은 발길을 멈추고 우두커니 서서 귀를 기울였다. 한 번씩 툭툭 끊겼다가 풀칠해 붙이듯 서둘러 이어지는 음표들. 그 미숙함 때문에 피아노 옆에서 손가락을 내려다보는 것처럼 연주는 한층 생동감 있게 들렸다.

"피아노나 배워볼까?"

혼잣말이 혀끝에서 미끄러져 나오자마자 요섭의 머릿속에 검은 양복에 선글라스를 걸친 비밀 요원이 나타났다. 동그란 안경알을 보니 빈정거림 담당이었다. 피아노? 피아노라고? 볼만하겠네. 꼬마들 틈바구니에서 곰 한 마리가 수그리고 앉은 꼴이. 털북숭이 손으로 건반을 누르는 모습이 아주 깜찍하겠어. 피아노, 좋지. 파트너가 돼서 클라이언트들한테 우아하게 연주도 들려줄 수 있고.

요섭은 착잡하게 입맛을 다셨다. 늘 이런 식이었다. 일주일 단위로 돌아가는 일상은 저희들끼리 단단히 스크럼을 짜고 더 이상 새로운 멤버를 받아들이려 하지 않았다. 뭔가 '해볼까?' 하는 마음이 들기가 무섭게 비밀 요원들이 나타나 그를 어르고, 놀리고, 겁박하고, 타일러 본래의 궤도로 끌어당겼다. 이러니 마흔이 넘도록 제대로 된 취미하나 없지. 요섭은 열린 창문을 올려다보았다. 연주는 반복될수록 끊기는 빈도가 줄면서 한층 부드럽게 이어졌다.

"일찍 들어가시네요."

옆에서 권기용이 얼굴을 디밀고 있었다. 요섭은 주춤 피아노 학원을 등지고 섰다. 권기용은 유들유들 웃으며 은테 안경을 밀어 올렸다. 언제나처럼 왁스가 번들거리는 올백 헤어스타일이 언제나처럼 눈에 거슬렸다.

"클라이언트하고 저녁 약속이 있어서."

실은 캐빈의 아파트에 가는 길이었다. 차로 십 분 거리였지만 요섭은 삼십 분의 도보를 택했다. 새벽에 체중을 잰 이후 머리 위에 천사의 고리처럼 둥둥 떠 있는 양은 쟁반 때문이었다. 삼겹살 오십 인분이 쌓여 있는 쟁반.

"권 변도 일찍 퇴근하네."

"퇴근은요, 레슨 받고 다시 들어가야 돼요."

권기용은 어깨에 멘 나이키 스포츠백을 추어올렸다.

"골프?"

"예, 이제 똑딱이 시작했어요. 검사질 할 때 공 좀 칠걸, 남들 다하는데 혼자 뭘 그렇게 바쁜 척한다고."

권기용은 말끝에 너스레웃음을 흘렸다. 쇠구슬 같은 눈동자가 두툼

한 눈꺼풀에 짓눌렸다. 암, 바쁘셨겠지. 요섭도 너스레웃음으로 화답
했다. 권기용은 작년에 중앙지검을 나와 〈사해〉에 둥지를 틀었다. 검
찰 내부에서 스폰서 문제가 불거져 옷을 벗는 선에서 묻기로 했다는
후문이었다. 송무 파트는 고위 전관을 마구잡이로 스카우트하느라 가
뜩이나 파트너와 어쏘의 비율이 불균형한데, 왜 소문 구린 평검사까
지 영입하는지 이해가 안 갔다. 권기용이 한 대표의 사돈 쪽 친척이
라는 뒷말이 돌기 전까지는.

"최 변호사님도 골프 하시죠?"

"어…… 풀스윙 배우다 말았어. 조만간 다시 시작해야지."

"먼저 필드 나가면 머리 좀 올려주세요."

권기용은 손가락 세 개를 세워 눈썹 옆에 붙였다가 까딱 흔들고(저
런 재수 없는 동작은 일부러 연습하는 걸까?) 가던 길을 갔다. 나이키
스포츠백이 건들건들 흔들렸다. '오소리'라는 별명을 들었을 때 요섭
은 작명자에게 꽃바구니라도 하나 보내고 싶었다. 얍삽하고 의뭉스럽
고 맹수도 아닌 것이 성질만 극성맞은 족제비과 포유류. '오소리'는
권기용의 외모뿐 아니라 성격까지 아우르는 안성맞춤의 별명이었다.

저놈은 혹시 사이보그가 아닐까? 요섭은 진지하게 그런 의혹을 품
었다. 비밀 연구소에서 그가 싫어하는 요소들만 조합해 맞춤 제작한
사이보그. 그렇지 않고서야 정이 붙는 구석이 단 한 군데도 없는 완
벽한 밉상 인간을 설명할 길이 없었다. 물론 권기용이 서울 법대 출
신에 그보다 다섯 살 아래이면서 사법시험은 두 기수 차이라는 점이
영향을 미쳤다. 기업 형사와 화이트칼라 범죄 전문이라 값비싼 형사
소송은 주로 그에게 넘어갔다는 점도. 무엇보다 한 대표 백으로 내년
에 당장 파트너가 된다는 쑥덕공론이 그의 신경을 긁었다. 자신의 영

역에 불쑥 나타나 코를 킁킁거리며 돌아다니는 오소리가 요섭에겐 이래저래 눈엣가시였다. 내가 십 년간 공들여 다져놓은 영역인데 어딜……

"어떻게 오셨어요?"

빨간 카디건 앞자락을 여며 잡은 여자가 정면에서 올려다보고 있었다. 통통한 볼살에 이목구비가 아기자기한 앳된 얼굴이었다. 그녀 뒤로 뚫린 좁은 복도 양편에 방음문이 늘어서 있었다. 색색의 압정으로 각종 안내문을 꽂아놓은 코르크 게시판도 보였다. 〈가인 피아노 스쿨〉. 여길 언제 올라온 거지? 요섭이 멀뚱히 주위만 둘러보자 여자는 다소 겁먹은 표정이었다.

"피아노를, 배워볼까 하고……"

여자는 그제야 경계심을 풀고 요섭을 안쪽 사무실로 안내했다. 양편에 늘어선 문에는 유명 음악가들의 이름을 새긴 아크릴 표찰이 붙어 있었다. 쇼팽 룸, 베토벤 룸, 모차르트 룸 등. 요섭은 이대 사학과 출신(이라고 주장하는) 마담이 운영하는 룸살롱을 떠올렸다. 그곳도 방마다 유명인의 이름을 붙여놓은 게 특징이었다. 양귀비 룸, 클레오파트라 룸, 황진이 룸 등. 방음이 시원치 않은지 몇 개의 방에서 새어나오는 피아노 소리기 복도에서 카테일처럼 뒤섞였다. 그가 밖에서 감상하던 연주는 슈베르트 룸에서 흘러나오고 있었다. 문에 뚫린 창으로 피아노 앞에 앉은 호리호리한 남자애의 뒷모습이 보였다.

"전에 피아노를 쳐보셨나요?"

여선생이 찻잔을 건네며 물었다. 요섭은 멈칫하며 대답을 망설였다. 목사의 아들에게 피아노는 가장 친숙한 악기였다. 하지만 당시만 해도 피아노는 계집애들이나 치는 거라는 인식이 강해 그는 잠깐 뚱땅거리다 그만두었다. 배워봤자 찬송가 반주나 맡게 될 테고.

"아뇨, 전혀. 지금 새로 시작하는 게 가능한가요?"

"그럼요. 선생님 연배의 직장인도 많이 배우러 오세요. 요즘 악기 하나씩 다루는 꽃중년이 대세잖아요. 취미로 즐기시는 건 언제든 가능해요. 피아니스트는 힘들겠지만."

여선생은 보기보다 사근사근하고 붙임성이 좋았다. 덕분에 요섭도 마음이 느슨하게 풀어졌다.

"실은, 피아니스트가 될까 하는데요."

여선생이 까르르 웃었다. 요섭은 그녀가 웃음을 멈추고 '설마?' 하는 눈빛으로 쳐다볼 때까지 진지한 표정을 유지했다.

"농담……이시죠?"

"농담입니다."

요섭은 커피를 홀짝이며 강습 시간과 수강료, 교육 과정, 필요한 음악 지식 등에 대해 상담했다. 여선생 쪽에서 변호사라는 직업에 흥미를 보이며 이런저런 질문을 던지기도 했다. 대화는 자연스럽게 수강과 무관한 개인사로 옮아갔다. 음대를 갓 졸업한 그녀는 여행 경비를 마련하기 위해 선배의 학원에 취직한 참이라고 했다.

"어디를 여행할 계획인데요?"

여선생은 스푼으로 다 식은 커피를 휘저었다.

"이스터 섬에 가보려고요."

"이스터 섬? 그게 어디 있는 거죠?"

"폴리네시아 동쪽 끝이에요. 왜 있잖아요, 거대 석상들 있는 섬."

"아, 모아이라 그러나?"

"예, 모아이."

그녀는 손뼉을 치며 반색했다.

"어릴 때부터 모아이를 직접 보는 게 꿈이었어요. 해안에 늘어선 석상들 위로 퍼지는 남태평양의 노을, 상상만 해도 근사하지 않아요? 그 풍경 한 번 보려면 최소한 일 년은 모아야 돼요. 칠레에서 들어가기 때문에 비용이 꽤 많이 들거든요. 또 거기까지 가서 딱 이스터 섬만 보고 올 수도 없고……"

여선생은 생글방글 웃으며 꼼꼼하게 짠 여행 계획을 늘어놓았다. 사무실 창문으로 뿌연 주홍색 햇살이 비쳐 들고 복도에서는 레시피를 알 수 없는 피아노 칵테일이 계속 흘러들었다. 요섭은 몽롱하게 취기가 오르는 기분이었다. 이 여자와 함께 이스터 섬에 가고 싶다. 불현듯 그런 충동이 일었다. 서로에게 괜찮은 일탈이 될 것 같았다. 그는 그녀의 일 년을 절약해주고, 그녀는 그에게 잠시나마 우연과 카오스를 선사해주고. 해안에 늘어선 석상들 위로 퍼지는 남태평양의 노을, 상상만 해도 근사했다. 눈이 시리도록 붉은 기운이 태초의 제대혈을 심장에 흘려 넣어주리라. 폴리네시아가 정확히 어디인지는 모르겠지만, 그 동쪽 끝에 있는 외딴 섬에서 우연히 동행한 남녀가……

"오늘 등록하시겠어요?"

등록이라는 말에 요섭은 퍼뜩 정신을 차렸다. 여선생이 또랑또랑한 눈으로 쳐다보고 있었다. 벌긋하게 상기된 얼굴을 감추려 그는 서둘러 일어섰다.

"회사 스케줄 확인하고 다시 올게요."

여선생은 출입문까지 배웅을 나왔다. 복도를 지나면서 보니 슈베르트 룸은 그새 비어 있었다. 요즘 많이 온다는 꽃중년 직장인은 코빼기도 보이지 않았고. 요섭은 허리를 숙여 구두를 신으며 창문에서 흘러나오던 멜로디를 허밍으로 불렀다. 여선생은 의아한 표정으로 눈을 깜빡였다.

"저기, 이 음악 제목이 뭐죠?"

"아, 「엘리제를 위하여」예요. 베토벤이 작곡한."

요섭은 제목을 듣는 순간 어디서 들어본 곡인지도 떠올랐다. 예전에 골목에서 쓰레기차 후진할 때 나오는 경고음이었다. 퀴퀴한 악취와 함께 경망스럽게 울려 퍼지던.

"그거 치려면 얼마나 배워야 되나요?"

"그렇게 어려운 곡은 아니에요. 그래도 처음이시니까 『바이엘』을 육 개월 정도는 연습해야 손가락이 따라갈 텐데. 좋아하시는 곡인가 봐요?"

여선생이 목소리 톤을 높이며 물었다.

"예에, 아까 밑에서 그 곡이 흘러나오는 걸 듣다가 저도 모르게 올라왔어요."

"어디서요? 여기서요?"

"저 방에 있던 남자애가 치던데요."

요섭이 손가락으로 슈베르트 룸을 가리키자 여선생은 고개를 갸웃했다.

"이상하네, 저긴 계속 비어 있었는데."

"예? 들어올 때 분명히 봤는데. 호리호리한 남자애가……"

"잘못 보셨을 거예요. 지금 시간엔 레슨 받는 남자애가 없거든요."

8

"대선주, 빅 피쉬!"

캐빈이 가벼운 손놀림으로 다섯 사람 앞에 화투패를 두 장씩 날리며 말했다. 하얀 피부에 갈색 머리, 갈색 눈동자의 혼혈 미남이 능숙하게 화투를 다루는 모습은 언제 봐도 진풍경이었다. '섰다는 그리스 비극과 닮았어요. 처음에 정해진 패를 운명으로 받아들이고 끝까지 싸워야 하니깐. 중간에 패를 받으며 머리 굴리는 포커와 달리 비장미가 있잖아요.' 캐빈의 '비교문화적 섰다 예찬론'에 요섭은 조용히 감탄했다. 자식, 태생이 하이브리드라 그런지 아무거나 갖다 붙이는 재주가 있다니까.

"대선주? 이미 오를 만큼 올랐을 텐데. 아직 노출 안 된 게 있나?"

손바닥 안에서 패를 확인하는 상범의 귀뿌리가 꿈틀했다. 땡 하나 잡았구나. 저 습관 안 고치면 돈 따기 힘들지. 요섭은 혀를 찼다. 대학 동창인 상범은 다국적 컨설팅 그룹의 수석 컨설턴트였다. 노름판 컨설팅 솜씨를 봤을 땐 그리 믿음이 가지 않았지만.

"없겠죠. 후보들이 키우는 강아지 사료 회사까지 다 찾아냈을 텐데."

"그럼 어쩌자는 거요?"

한 부장이 알이 조그만 뿔테 안경을 밀어 올리며 퉁명스럽게 말했다. 원래 말투가 그런지라 아무도 신경 쓰지 않았다. 염색 부족. 요섭은 손아귀의 흑싸리와 홍싸리를 보며 고개를 가로저었다. 오늘 끗발 안 받네.

"없으면 만들어야죠. 삼만 달러 갑니다."

캐빈이 만 원짜리 석 장을 판돈 위에 올려놓았다. 문 대령이 와인을 한 모금 마시고 잿빛 콧수염을 정성껏 매만진 후 패를 내려놓았다.

"만든다고? 어떻게?"

상범이 십만 원 수표로 판을 키우며 반문했다. 요섭은 미련 없이 패를 접었다. 한참 고민하던 한 부장이 수표 한 장을 더 밀어 넣더니 국진 두 장으로 상범의 매조 두 장을 밟았다. 때때로 한 부장은 주식이 아니라 섰다로 돈을 따려고 나오는 사람처럼 보였다. 그가 화투를 섞는 사이 캐빈이 설명을 시작했다.

"코스닥에 '일렉코'라고 골프 카트 만들던 회사가 있어요. 멋모르고 전기차 사업에 뛰어들었다가 자본 잠식되고 대표이사 배임, 횡령까지 겹쳐 지금 상폐 위기죠. 유증에 BW 쏟아낸 거 개미들이 몸으로 다 받아내느라 지금 완전히 개미지옥이에요. 곧 인수의향서 받는데 울산의 선박 엔진 부품 회사가 인수할 겁니다. 어차피 진지하게 경영할 생각은 없고, 공동 대표이사로 조나단 강을 내세워 한미 기술 합작이니 뭐니 한바탕 띄울 거예요."

"조나단 강이 누군데?"

"노상민 의원 막내 사위."

패는 다 돌아갔지만 아무도 집어 들 생각을 하지 않았다. 노상민 의원이라면 현재 야당의 가장 유력한 대권 후보였다.

"노상민 의원이 줄기차게 주장하는 게 녹색 성장 아닙니까. 대선 공약에 전기차 시내 주행 허용과 보조금 얘기까지 들어간다는 정보가 있어요. 뭐, 더 볼 거 있겠습니까?"

캐빈이 싱긋 웃으며 화투장을 확인했다. 요섭은 그의 표정을 면밀히 살폈지만 패를 짐작하기 힘들었다. 상범에게 들은 바에 따르면, 캐빈은 한국인 어머니와 주한 미군 아버지 사이에서 태어나 중학교 때 미국으로 건너갔다. 예일인지 콜롬비아인지 아이비리그 대학에서 MBA를 땄고, 골드만삭스인지 모건스탠리인지 월가에서 일하다가, 미국 경제 불황으로 졸지에 실업자 겸 이혼남이 되었다. 빈털터리 신세로 돌아온 캐빈에게 어머니의 나라는 재기의 발판을 마련해주었다.

캐빈은 점조직 형태의 사설 투자그룹들을 운영하는 '자연빵' 타짜였다. 허위 공시 띄워가며 요란하게 작전을 치는 부티크와는 달리, 그는 사회에서 한자리씩 하는 회원들이 제공하는 알짜 정보를 바탕으로 합법적인 선에서 단기 투자를 설계했다. 일확천금이 생기는 건 아니지만 매번 30~40퍼센트 수익은 꾸준히 올려주는 안정적인 재테크였다. 골치 아프게 주식시장의 현란한 세계를 깊이 파고들 필요도 없었다. 오늘처럼 대략적인 설명을 듣고 베팅 액수만 정하면 그만이었다. 이게 갑오인지 장땡인지.

재작년에 상범이 〈사해〉에서 맡고 있던 M&A 관련 내부 정보를 요청하면서 요섭도 이 모임에 발을 들이게 됐다. 처음에는 망설였지만 캐빈이 미국 국적인데다 각자 현금을 투자해 현금으로 수익을 나누는 방식이라 뒤탈이 생길 위험은 없어 보였다. 뒤탈의 리스크가 훨씬 큰

저명인사들도 많다는 상범의 귀띔이 신뢰를 더해주었다. 안전하고 확실한 돈벌이를 지나칠 이유가 없었다. 요섭은 자신과 가족의 순수한 욕구가 천박한 숫자에 의해 저지되는 굴욕적인 상황을 원치 않았다. 돈이 사람을 돈으로부터 해방시키는 법. 느닷없이 현대 문명에 염증을 느껴 호숫가에 통나무집를 지으려 해도, 일단 호숫가 토지는 매입해야 할 게 아닌가.

"스탠바이 되는 대로 자세히 브리핑할 테니 오늘은 몸매 감상만 하시죠. 어떻습니까?"

캐빈이 좌중을 둘러보며 눈을 맞췄다. 상범이 팔짱을 끼고 뒤로 기댔다.

"성사만 되면야 몇 배는 거저먹는 아이템인데…… 정보는 확실한 거야?"

"이번 설계는 저 혼자 하는 게 아니고 얽힌 사람이 많습니다. 여권 수뇌부에서도 이미 알고 있어요. 가만히 지켜보다가 대선 때 물고 늘어질 속셈이죠. 문 대령님과 이미 크로스체크가 된 사항입니다."

문 대령이 절도 있게 고개를 끄덕였다. 그는 안기부 시절에 예편했으나 국정원으로 명칭이 바뀐 후에도 계속 요직에 몸을 담았다고 한다. 심심찮게 정재계의 굵직한 정보를 물어오는 걸 보면 지금도 수뇌부에 줄이 닿는 모양이었다.

"물론 우린 그 전에 털고 나올 겁니다. 막내딸 부부가 곧 미국에서 극비리에 귀국하는데, 매집 전까지는 비밀 유지가 생명입니다. 낌새라도 퍼졌다가는 개미들 좋은 일만 시키는 거죠."

"좀 위험한 거 아닙니까? 대선주라는 게 생짜 노름판인데, 우리가 해오던 방식하고는 다르잖아요."

한 부장이 퉁명스럽게 말했다. 이번에는 진짜로 못마땅한 기색이었다. 그는 항상 안전한 투자를 선호했다. 구땡으로 고작 이십만 원을 먹을지라도. 한 부장은 공무원이라는데 정확한 근무처는 알려지지 않았다. 금융 분야의 고급 정보를 제공하는 것으로 보아 금융위나 금감원 또는 한국은행 쪽이라고 각자 짐작만 할 뿐이었다.

"뭐, 주식 자체가 노름판이죠. 최 변, 네 생각은 어때?"

상범이 요섭을 돌아보았다.

"나야 전문가들 의견 따라야지. 그런데 노상민 딸은 어디까지 아는 거지? 대선 앞두고 아버지한테 악재가 될 일인 줄 알면 협조할까? 주식은 서민들한테 군대만큼이나 민감한 사안인데."

"역시 카운슬러라 숫자보다 내러티브를 먼저 짚으시네."

캐빈이 요섭을 향해 하얀 치아를 드러내며 웃었다. 적당히 해라, 캐빈아. 봐줄 사람도 없는데. 양성애자라는 말을 들은 후부터 요섭은 그의 매력적인 미소가 왠지 껄끄러웠다.

"바로 거기에 이번 설계의 휴머니즘적 매력이 있습니다. 아시다시피 노상민 의원은 순박한 이미지와 달리 야심이 큰 인물입니다. 젊은 시절 일찌감치 정치에 투신하면서 나중에 발목 잡힐 일이 안 생기도록 자식 단속에 엄격했더군요. 위로 두 아들과 딸 하나는 얌전히 따라왔는데, 이 막내딸이 문제였어요. 워낙 자유분방하고 튀는 성격이라 어릴 때부터 아버지와 사사건건 부딪쳤답니다. 결국 고등학교 마치자마자 미국으로 보내버렸죠."

"조나단인가 하는 그 사위는?" 상범이 물었다.

"제가 개인적으로 조금 아는 친구예요. 이런저런 사업한다고 판 벌리고 다니는데, 그냥 날건달이라고 보시면 됩니다. 당연히 집에선

반대했지만 딸은 아랑곳없이 식을 올렸죠. 그때부터 생활비도 끊고 아예 없는 자식 취급한답니다. 미국에서 친언니처럼 지내는 교포가 다리를 놓고 있는데, 딸은 아버지에 대한 반감으로 이번 일에 적극 협조하는 모양이에요. 자기 아버지 같은 위선자가 대통령이 되면 절대 안 된다고."

"애비 엿 먹이려는 딸내미가 우릴 부자로 만들어주는 거지."

문 대령이 투자 계획을 투박하게 요약했다. 모두들 겉웃음만 지은 채 말이 없었다. 요섭도 머릿속으로 부산하게 계산기를 두드렸다. 한 부장의 지적대로 기존 방식과는 다른, 조금은 찜찜한 도박이었다. 대신 기대되는 수익 역시 기존과 비교가 되지 않았다. 캐빈 입에서 이 정도 얘기가 나왔으면 패는 확실한데, 큰판이라 다른 변수가…… 영화 「대부」의 주제곡이 침묵을 깨고 울렸다. 요섭은 바지 주머니에서 휴대폰을 꺼내 주방으로 갔다.

"선배, 저 그만두겠습니다."

정우는 한 호흡에 털어놓았다. 술기운이 흥건한 목소리였다.

"더 좋은 데 있냐?"

요섭의 말투도 언제부턴가 장 선배를 닮아가고 있었다.

"그런 게 아닌 거…… 아시잖아요."

모르겠다, 난. 요섭은 머리를 쓸어 넘기며 벽에 걸린 시계를 보았다. 긴바늘이 막 열 시를 넘어서고 있었다. 상범이 거실에서 빨리 오라고 손짓했다. 결국은 한잔 마시게 되는구나.

"혼자 있어?"

"예."

"사십 분 뒤에 〈미네르바〉에서 보자."

정우는 대답인지 거친 숨소리인지 애매한 공기 덩어리를 내뱉고 전화를 끊었다. 주방 식탁에는 저녁으로 배달시켜 먹은 중화요리 접시들이 냄새를 풍기며 쌓여 있었다.

"판 커졌다. 칠십 넣고 들어오면 돼."

테이블 중앙에 수표와 만 원권이 수북이 쌓여 있었다. 저마다 그럴싸한 운명을 부여받은 듯 네 사람 모두 빨간 화투장을 움켜쥐고 눈동자를 굴렸다. 비장미가 넘치는 판이었다. 한 사람 빼고는 다 비극적 결말을 맞아야 하는. 요섭은 패를 집어 오늘의 마지막 끗발을 확인했다. 만발한 벚꽃과 공산에 떠오른 보름달. 손아귀에 들어온 빛 광(光) 자 두 개를 그는 황홀하게 바라보았다. 차에서 정우가 했던 말이 생각났다. '총 맞고 죽었으면 길몽이에요. 길몽 중에서도 특급 길몽.'

9

"뭐라고?"

요섭이 되물었다. 정우의 웅얼거림이 옆방에서 고래고래 불러대는 「여행을 떠나요」에 파묻혀 들리지 않았다. 땡땡이 원피스를 입은 아가씨가 이쑤시개로 딸기를 찍어 내밀었으나 정우가 손을 내젓는 바람에 딸기는 바닥으로 떨어졌다.

"왜 아무 말도 없냐고요, 선배."

요섭은 발렌타인 30년으로 폭탄주 두 잔을 말았다. 뇌관으로 쓰기에는 아까운 술이었지만 어차피 막판에 터진 삼팔광땡으로 챙긴 공돈이었다. 정우에겐 지루한 강의보다 체험 학습이 효과적일 거라고 생각했다. 자신이 곧 잃게 될 것들이 무엇인지 맛보는 시간. 다만 인사불성으로 취한 상태라 라벨의 숫자를 알아보기나 하는지 걱정이었다.

"너 같은 놈들 숱하게 봤다. 술이나 마셔."

"저 같은 놈이, 어떤 놈인데요?"

요섭은 천천히 폭탄주를 비웠다. 옆에 앉은 스팽글 드레스 아가씨가 멜론을 들이밀자 요섭은 손가락으로 딸기를 가리켰다. 스팽글은 눈을 흘기며 멜론을 자기가 먹고 딸기를 찍어 그의 입에 넣어주었다. 통통한 볼이 피아노 학원 여선생을 닮아 초이스한 아가씨였다.

"김중배의 다이아 반지냐 이수일의 순정이냐, 양쪽에 한 발씩 걸쳐 놓고 가랑이 아프다고 징징대는 놈들. 그러다 가운데로 쑥 빠져 허우적대는 놈들."

정우는 술잔을 단숨에 비우고 입술을 비틀며 웃었다.

"어쩝니까? 가랑이가 아픈데, 아프다고 해야죠."

"네 가랑이만 소중하냐? 이제껏 뒷바라지한 제수씨는? 딸내미는? 애 쑥쑥 크는 거 보면 금방 생각 달라진다. 남자가 태어났으면 고기 값은 해야지."

"예, 정말 쑥쑥 크데요. 그거 보니까 생각이 달라져서 이러는 겁니다. 아무리 생각해도, 이건 아닌 것 같습니다."

이건 아니다…… 요섭은 쓴웃음을 지었다. 인간은 자신이 만든 세상을 꾸준히 부정하는 유별난 종족이었다. 이 분열증적 치매의 원인은 스스로를 너무 과대평가하기 때문이었다. 우린 이보다 더 나은 세상에서 살 자격이 있어! 요섭이 보기에, 인간은 언제나 딱 제 수준에 맞는 세상에서 살아왔다.

"아니긴 뭐가 아냐. 이건 누가 만든 세상인데, 응? 외계인이 와서 만들었냐? 우리 고귀한 인간의 작품이잖아. 그럼 좋든 싫든 이 환경에 적응하며 살아가야지. 적자생존, 자연선택설, 학교에서 그런 거 안 배웠어? 적응하는 놈이 살아남아 번식하는 거야. 이놈이 우세하면 이놈이 번식하고, 저놈이 우세하면 저놈이 번식하고."

요섭은 스팽글을 끌어안고 드레스 속으로 손을 집어넣어 양쪽 젖가습을 번갈아 주물렀다.

"넌 왼쪽이 더 우세하네."

"몰라, 의사가 실리콘을 짝짝이로 넣었나 봐."

스팽글과 땡땡이가 손뼉을 치며 깔깔거렸다. 정우는 스트레이트 잔에 위스키를 철철 넘치도록 따라 급하게 들이켰다(라벨이 안 보이는 게 틀림없어).

"있는 놈들이 싸질러놓은 똥이나 치우는 게 적응입니까?"

"너, 돈 있고 힘 있는 사람들이라고 차별하면 안 된다. 만인은 법 앞에 평등한 거야."

정우는 손으로 제 머리를 헝클어뜨리며 키득거렸다. 침 한 줄기가 흘러내려 테이블에 떨어졌다. 요섭은 연말에 장 선배가 마련했던 송무 파트 입사축하연 자리가 떠올랐다. 제 돈 주고는 못 마실 고급 양주에 대학 퀸카를 모아놓은 것 같은 아가씨들. 오랜 전쟁은 끝이 났고 바야흐로 급여 통장에 다달이 여덟 자리 숫자가 찍히는 태평성대가 도래했음을 알리는 팡파르였다. 숫기 없이 주는 술만 홀짝이던 정우는 막상 이성의 안전핀이 뽑히자 난리도 아니었다. 내 파트너 남의 파트너 가리지 않고 주물러대고 김광석 노래를 헤비메탈처럼 불러제끼고 계곡주, 유두주를 넙죽넙죽 받아먹더니 급기야 얼음통에 머리를 처박고 오바이트를 했다. 역시 안전핀이 뽑힌 신입 하나가 그 얼음으로 온더록스를 만들어 마셨다.

'저, 멋지게 살아보고 싶습니다.' 정우의 혀꼬부랑 말을 들으며 요섭은 너무도 빤한 그의 인생 역정이 그려졌다. 주위의 기대를 한 몸에 받은 깡촌 신동, 돼지와 맞바꿔 올라오는 학비, 푸시킨과 형사소송법 사이의 깊은 골짜기, 수도승 같은 고시원 생활, 읍내에 펄럭이는 '축 합격' 플래카드, 넌지시 판검사를 권하는 노부모, 양심적이지만 기회비용이 컸던 결혼과 득녀까지. 마치 올림픽 메달리스트의 소개 영상을 보는 듯했다. 별반 구별도 되지 않는, 어쩌면 그렇기에 더욱 가슴 뭉클한 성공 스토리들.

답답한 놈. 요섭은 소매로 입가의 침을 훔치는 정우를 건너다보며 이쑤시개를 질겅질겅 씹었다. 올림픽은 막을 내렸고 금메달까지 따왔는데, 왜 발목에 두른 모래주머니를 풀지 못하겠다는 건지.

"알았으니깐 이번 건만 마치고 나가. 장 선배한테는 그때 가서 얘기하자고."

유학생 케이스에 정우가 꼭 필요한 건 아니었지만 요섭은 시간을 조금 더 벌어주고 싶었다. 막 방생된 생태계에 적응할 시간을.

"그렇게는 못하겠습니다. 제가 왜 결심을 굳혔는데요."

"아, 새끼, 너무하네. 당장 나 혼자 뺑이 치라는 거야?"

"뺑이는 무슨, 강아지를 앉혀놔도 이길 재판인데."

"이 자식이 정말⋯⋯"

요섭은 뒷말을 잇지 못했다. 이번에 치워야 할 똥은 특히 냄새가 구린 게 사실이었다. 방학을 맞아 미국에서 귀국한 스물두 살 유학생 콤비는 패스트푸드점 아르바이트생을 성폭행한 혐의를 받고 있었다. 유학생들은 함께 술을 마시며 왕게임을 했고 흥이 올라 쓰리섬으로 이어진 것일 뿐 강압은 없었다고 주장했다. 반면 피해자는 술을 얼마 마시지도 않았는데 기분이 고조되더니 이내 정신이 혼미해졌다고 진술했다. 깨고 나니 남자들이 교대로 자신을 범하는 장면만 조각조각 떠올랐다고. 가라오케에 함께 갔던 알바 친구의 진술도 비슷했다. 다만 그녀는 초장에 너무 과음한 탓에 술을 게워내고 귀가했기에 화를 면할 수 있었다.

속칭 '데이트 강간 약'으로 불리는 GHB 사용이 의심되는 정황이었다. 하지만 경찰은 소변검사에서 아무것도 검출되지 않았다며 약물은 제쳐두었다. 이십사 시간이면 체내에서 깨끗이 배출되는 GHB를 이틀 후에 검사했으니 당연한 결과였다. 경찰이 이를 모를 리 없건만 피의자나 사건 현장에 대한 추가 조사는 이루어지지 않았다. 별다른 증거가 없는 마당에 새로 추가된 웨이터의 맞춤형 증언은 결정타였다. 설령 기소까지 가더라도, 정우 말대로 강아지를 앉혀놔도 이길 재판이었다.

요섭은 씹고 있던 이쑤시개를 퉤 뱉었다. 그러니까 넌 개새끼가 되고 싶지 않다, 이거지? 이건 아닙니다. 인간에겐 더 고귀한 목적이 있음을 믿습니다. 똥 치우는 일은 저 마귀들에게나 시키소서, 아멘. 머릿속에서 다시 픽, 해머가 떨어졌다. 추는 눈금판 90 언저리까지 곧장 올라갔다. 요섭은 입안에 감도는 살이 썩는 악취를 폭탄주로 가셨다. 제길, 하루 두 번이나…… 일진 고약한 날이었다.

"어이, 이정우."

"예."

"넌 말이야, 이 세상이 지금보다 훨씬 더 정의로웠으면 좋겠지?"

"……"

"그래야 너도 이것저것 저울질할 필요 없이 마음껏 양심적으로 살 수 있을 테니까. 지금은 양심에 철판 깔고 여봐란듯이 잘사는 놈들이 많으니까 갈등 때리는 거잖아. 고생한 게 억울하기도 하고, 응? 아, 내가 너무 고지식한 게 아닌가, 이러다 혼자 낙동강 오리알 신세 되는 게 아닌가, 안 그래?"

“……”

“정의, 좋지. 그렇게 좋은 거면 가만 놔둬도 지가 알아서 살아남겠지. 쪽수로 다구리를 놓건 원터치로 강냉이를 날리건, 씨팔, 살아남아서 자기 존재를 증명하라 그래!”

요섭은 들고 있던 유리잔을 벽에 패대기쳤다. 날카로운 파열음과 함께 유리 조각이 산산이 흩어졌다. 스팽글과 땡땡이가 이중창 비명을 지르고 옆방에서 「여행을 떠나요」를 부르던 목소리가 욕설을 지껄였다. 정우는 양 팔꿈치를 무릎에 괴고 꺼떡꺼떡 방아만 찧었다. 요섭은 새 유리잔에 위스키를 반쯤 따라 쭉 들이켰다. 뜨거운 기운이 혀를 날름거리며 식도를 핥았다. 어두침침한 룸이 출렁거렸다. 야자 열매 자루를 타고 바다에 떠 있는 것처럼.

“정우, 너 ‘빠삐용’이란 영화 봤어?”

“……”

“빠삐용이 탈옥했다가 붙잡혀 독방에 갇혔는데, 꿈을 꿔. 사막 한가운데서 재판받는 꿈을. 빠삐용은 재판관한테 항변하지. 난 포주를 죽이지 않았다고, 누명을 썼다고, 억울하다고. 재판관이 뭐라고 하는지 알아? 네 진짜 죄는 포주를 살해한 게 아니다. 넌 인간이 저지를 수 있는 가장 흉악한 죄를 지었다. 그건 바로……”

“인생을…… 낭비한 죄.”

정우가 고개를 숙인 채 떠듬떠듬 말했다.

“어쭈, 아네.”

“선배가…… 얘기했잖아요. 저번에도……”

“그래, 그거야! 재판관이 죄의 대가는 죽음이라고 하니까, 그제야 빠삐용은 유죄라고 쭝얼거리면서 돌아서지. 「빠삐용」이 자유를 향한 인간의 의지를 보여주는 영화라고? 부당한 체제에 맞서는 개인의 도전? 용기? 좆 까라 그래. 이 영화가 말하는 건 딱 이거야. 아무리 탈옥해봐야, 이 세상 자체가 감옥이다!"

요섭의 비장한 외침과 동시에 정우가 땡땡이의 허벅지 위로 풀썩 쓰러지더니 시원스럽게 토악질을 했다. 원피스를 적신 누르끼레한 토사물이 종아리를 타고 빨간 하이힐 위로 흘러내렸다. 땡땡이는 새된 소리를 지르며 양손을 파닥거렸다. 스팽글은 옆으로 쓰러져 숨이 넘어갈 듯 웃어댔다. 정우는 쿨럭거리며 몇 차례 더 이유식 같은 토사물을 뿜어냈다. 요섭은 소파 등받이에 머리를 얹었다. 아주 장관이구나. 아방가르드하다.

"어이, 최요섭이."

정우가 눈을 감은 채 잠꼬대처럼 웅얼거렸다.

"우리 좀…… 멋지게 살 수…… 없는 거냐?"

후우, 요섭은 한숨을 내쉬었다. 땡땡이가 정우를 거칠게 흔들었다. 요섭은 땡땡이에게 그대로 재우라는 손짓을 보내고 지갑에서 수표 한 장을 꺼내 세탁비로 주었다.

"이 변, 너무 멀리 가지 마라. 돌아오는 길도 생각해야지."

10

기차가 어둠을 헤치고 은하수를 건너면, 우주 정거장에 햇빛이 쏟
아지네. 행복 찾는 나그네의 눈동자는 불타오르고, 엄마 잃은 소년
의 가슴엔 그리움이……

힘찬 기적 소리와 함께 하늘을 향해 뻗은 선로를 달려가는 기차.
선로가 끊기고 기차는 긴 연기를 뿜으며 광활한 우주 공간을 가로지
른다. 요섭은 침대에 쪼그리고 누워 TV에서 나오는 노래를 흥얼흥얼
따라 불렀다. 어린 시절 「은하철도 999」는 단순한 만화 이상의 그 무
엇이있다. 아이들은 일요일 아침 여덟 시면 졸린 눈을 비비며 TV 앞
에 앉았고, 월요일엔 교실 여기저기서 새로운 에피소드를 주제로 난
상토론이 벌어졌다. 요섭은 은하철도 999호에 탑승하기 위해 다른
아이들보다 더 비싼 대가를 치러야 했다. 주일 아침 예배 때문이었
다. 만화를 처음부터 끝까지 감상하기 위해선 평소에 가던 아홉 시
예배 대신 일곱 시 예배에 참석했다가 몰래 빠져나오는 수밖에 없었

다. 하나님 아버지, 먼저 가보겠습니다, 아멘.

　　힘차게 달려라 은하철도 999! 힘차게 달려라 은하철도 999!
　　은하철도 9, 9, 9!

　　차창 밖을 내다보는 철이의 뒤로 검은 케이프코트가 다가온다. 「은하철도 999」 팬덤의 중심에는 누가 뭐래도 뭇 소년들의 로망, 메텔이 있었다. 긴 금발 머리에 그윽한 눈빛, 포근하면서 고혹적인 미소, '철아' 하고 부르는 다정한 목소리(이름이 '철'로 끝나는 애들이 얼마나 부러웠던가). 단벌 코트에 털모자 하나 쓰고 우주를 떠돌지만 그녀는 한결같이 우아하고 청초했다. 물론 우아하고 청초한 여자 캐릭터는 다른 만화에도 수두룩했다. 메텔이 그녀들과 다른 점은, 그 다른 점을 딱 꼬집어 설명할 수 없다는 점이었다. 어떤 형용사로도 온전히 포착되지 않는 미스터리한 매력. 이따금 바닥없는 우물처럼 오싹하게까지 보이는.

　　요섭은 교실에서 메텔 얘기가 나오면 늘 시큰둥한 반응을 보였다. 월요 토론회에 끼어드는 일도 거의 없었다. 심지어 누가 물어보면 안 봤다고 거짓말을 하기도 했다. 행여 꿈속의 이야기가 뒤섞여 나올세라 아예 언급을 회피했던 것이다. 요섭은 메텔과 은하철도 999호를 타고 함께 여행하는 꿈을 자주 꾸었다. 이 별 저 별 다니며 기괴하게 생긴 종족을 만나고, 이상야릇하고 위험천만한 모험을 겪고, 찻간에 앉아 맥락이 닿지 않는 대화를 나누었다. 간혹 에로티시즘이 스며든 꿈이라도 꾸게 되면, 그 주 일요일에는 메텔의 촉촉한 눈망울을 감당하지 못해 시선이 슬며시 TV 화면을 비껴가곤 했다. 그렇게 쌓인 꿈

들은 그만의 소중한 번외 컬렉션이었다. 차장 말투나 흉내 내며 킬킬
거리는 애들과는 공유하고 싶지 않은.

　재작년 어느 일요일이었다. 늘어지게 기지개를 켜며 거실로 나오던
요섭은 팔을 올린 자세 그대로 우뚝 멈췄다. 소파에 파묻혀「은하철
도 999」를 보고 있는 사내아이. 초롱초롱 눈을 빛내며, 어깨를 잔뜩
움츠리고. 일순간 타임머신을 타고 삼십여 년 전으로 돌아간 듯한 착
각에 빠졌다. TV 화면 구석에 떠 있는 'EBS 추억의 애니메이션'이란
자막이 그를 다시 현재로 돌려놓았다. 요섭은 유현이의 어깨를 쫙 펴
주고 옆에 앉았다. 고딕체로 박혀 있는 '추억'이란 단어가 어쩐지 고
깝게 느껴졌다.
　"이거 아빠가 어릴 때 보던 건데."
　"정말?"
　유현이는 눈을 크게 뜨고 되물었다.
　"그럼. 그땐 안 보는 애가 없었어. 얼마나 인기였는데."
　"지금도 인기 많아."
　"정말?"
　요섭은 눈을 크게 뜨고 되물었다. 컬러TV조차 귀했던 시절의 만화
가 3D 애니메이션을 즐기는 요즘 아이들에게 인기라니. 아닌 게 아
니라 세련되고 정교했던 걸로 기억되는 그림체는 다시 보니 촌스럽기
짝이 없었다. 메텔은 그다지 완벽한 미모가 아니었고 철이는 만들다
망친 눈사람처럼 보였다. 부자연스런 동작에 배경은 허술하고 성우들
의 과장된 음성은 우스꽝스럽게 겉돌았다. 그럼에도, 재미있었다. 결
국 요섭은 하영의 편잔을 귓등으로 흘리며 연속 방영하는 세 개의 에

피소드가 끝날 때까지 자리를 뜨지 못했다.

주제가가 끝나고 화면에 '청춘의 환영, 안녕 999'라는 제목이 떴다. 요섭이 그날 보았던, 그 후로도 수없이 본, 시리즈의 마지막 에피소드였다.

드디어 종착지인 프로메슘에 도착한 은하철도 999호. 철이의 소망대로 기계인간이 되어 영원한 생명을 누릴 수 있는 별이다. 하지만 철이는 영원성에 안주해 아무런 삶의 목적도 없이 흥청망청 시간만 보내는 기계인간들의 모습에 실망한다. 고심 끝에 인간으로 남기로 결심한 철이는 메텔에게 늠름하게 말한다. '난 메텔과의 긴 여행을 통해 소중한 것을 배웠어. 그건 한계가 있는 생명의 아름다움이야.' 철이의 둥글납작한 얼굴에 토사물을 뿜는 정우가 겹쳐졌다. 요섭은 몸을 돌려 반대편으로 기대 누웠다.

"어머, 김 부장님, 어딜 만지세요!"

옆방에서 앙칼지게 쏘아붙이는 여자 목소리가 들렸다. 이어서 가만있으라고 윽박지르는 중년의 남자 목소리. 손으로 입을 틀어막았는지 여자의 저항은 억눌린 신음으로 바뀌었다. 남자의 거친 숨소리와 여자의 신음이 차츰 화음을 이루었다. 요섭은 눈을 비비며 하품을 했다. 김 부장이 회사에 눈독 들이는 여직원이 있는가 보네.

윤 마담이 운영하는 원룸텔은 간판도 내걸고 사업자등록증도 있지만 실제 입주자를 들이지는 않았다. 대신 회원제로 남자 손님을 받아 맞춤형 코스프레 서비스를 제공했다. 일종의 판타지 장사였다. 일금 삼십만 원이면 원하는 여자와 원하는 플레이가 가능했다. 여고생, 간호사, 교사, 스튜어디스, 여경, 치어리더, 가족과 동물까지 무엇이

든. 단 SM 플레이는 항목에 따라 비용이 추가된다고 했다. 세심하게 준비한 의상이며 아가씨들의 능숙한 연기를 감안하면 합리적인 금액이었다.

요섭은 업무 스트레스가 심하거나 이유 없이 마음이 허한 날, 오늘처럼 머릿속에 해머가 내리꽂힌 날이면 이곳 원룸텔을 찾았다. 회원의 대부분을 차지하는 다른 중년남들도 어슷비슷한 이유를 내세우지 않을까 싶었다. 그것을 해소하는 판타지는 제각각이지만. 벌집처럼 다닥다닥 붙은 쪽방에서 누군가는 여선생님을 겁탈하고, 누군가는 여고생의 교복 치마 속을 더듬고, 누군가는 간호사에게 성기 치료를 받고, 누군가는 고양이와 수간을 하고, 누군가는 엄마 품에 안겨 오이디푸스 콤플렉스를 무의식에서 의식의 영역으로 끌어올렸다. 위에서 내려다보면 진풍경일 것 같았다. 요섭은 늘 똑같은 플레이를 주문했다. 아마도 이곳에선 '전체 관람가'로 분류될 단정한 플레이를.

방문이 열렸다. 길게 늘어뜨린 금발 머리, 털방울이 달린 검은 케이프코트, 검은 털모자에 검은 롱부츠. 요섭은 흡족한 미소를 지었다. 뾰족한 턱과 갈색으로 빛나는 그윽한 눈동자가 메텔의 분위기를 그럴듯하게 재현했다. 지난번 메텔은 너무 깜찍해서 싱크로율이 떨어졌다. 나가면서 넌지시 한마디 했더니 윤 마담이 신경을 쓴 모양이었다. 장사를 할 줄 안다니까. 메텔은 특유의 은은한 미소를 띠고 침대로 올라왔다. 요섭은 메텔의 가슴에 머리를 묻고 「은하철도 999」의 마지막 에피소드를 시청했다.

프로메슘의 사악한 여왕은 메텔의 어머니였다(월요 토론회를 충격에 빠뜨린 반전이었지). 여왕은 메텔을 감금하고 기계인간이 되기를 거부한 철이를 기차에 묶어 블랙홀로 보낸다. 위기일발의 순간, 극적으로 탈출한 메텔이 기차를 되돌려 철이를 구하고 프로메슘을 파괴한다. 여왕인 어머니와 함께. 마침내 기나긴 모험은 끝이 났다. 박쥐별의 플랫폼에서 철이는 기계인간들이 판치는 지구로 돌아갈 것을 다짐한다. 부모님이 잠들어 있는 지구를 반드시 살기 좋은 별로 만들겠다고. 그런 철이를 대견하게, 그러나 슬픈 눈으로 바라보는 메텔. 그녀는 볼일이 있다며 곧 출발하려는 기차에 철이를 먼저 오르게 한다. 그리고……

"철아!"

요섭은 메텔의 손등을 두드려 신호를 보냈다. 그녀는 아래로 내려가 우아하게 그의 바지 허리띠를 풀고 지퍼를 내렸다. 고환을 어루만지는 손길, 성기를 머금는 입술, 귀두를 다독이는 축축하고 말랑말랑한 혓바닥. 요섭은 하복부에 부채처럼 펼쳐진 금발 머리를 매만졌다. 피가 몸의 중심을 향해 몰려들었다. 뇌혈관의 매듭이 스르르 풀리는 기분이었다.

유현이와 나란히 앉아 TV를 시청하던 요섭은 난감한 상황에 처했다. '철아!' 기차에 오르는 철이를 불러 세우고 천천히 다가가는 메텔. 눈물이 그렁그렁한 눈으로 바라보다가, 그녀는 철이에게 입을 맞췄다. 가벼운 뽀뽀도 아니고 정확히 입술끼리 겹치는 연인의 키스였다. 순간 그의 성기가 벌떡 고개를 쳐든 것이다. 응? 요섭은 당혹스러운 심정으로 다리를 소파에 올려 다소곳이 웅크렸다. 냄비에서 보글보글 끓어오르는 걸쭉한 진분홍 액체, 뜨끈하고 눅눅한 수증기가 몸속에 차올랐다. 술자리 끝물에 분위기에 휩쓸려 해소하는 인스턴트 성욕과는 질이 달랐다. 거룩하게 집요하고, 집요하게 거룩했다. 요섭은 사막에 파묻혀 화석이 되어가던 오르가즘 포인트를 발굴한 기분이었다. 하필 일요일 아침에 아들과 만화영화를 보다가.

요섭은 삼십여 년 전에도 그 장면이 상당한 파장을 몰고 왔음을 기억해냈다. 메텔은 언제나 철이를 지켜주고 보살펴주는 어머니이자 누이이자 수호천사였다. 그 때문인지 메텔이 풍기는 에로틱한 분위기에도 불구하고 소년들은 그녀에 대한 음심(淫心)을 드러내는 데 막연한 저항감을 느꼈다. 국어사전의 '보지'라는 단어만 펼쳐놓아도 자위가 가능하다는 조숙한 놈들조차 메텔은 가급적 건드리지 않았다. 그런데 마지막의 갑작스런 키스 신이 소년들 가슴속에 손을 쑥 집어넣어 저마다 은밀하게 품고 있던 에로스를 만천하에 공개한 것이다. 정서적인 충격과 알싸한 대리만족의 쾌감이 소년들의 설익은 영혼을 흔들어놓았다. 거기에 더해 요섭은 이별의 키스라는 것에 뭔지 모를 진한 페이소스를 느꼈다. 물론 당시에는 페이소스라는 단어도 몰랐지만.

메텔의 검은 털모자가 위아래로 움직였다. 요섭은 케이프코트 속으로 손을 집어넣어 그녀의 젖가슴을 움켜쥐었다. 플랫폼을 사이에 두고 반대편 기차에 올라탄 메텔. 눈이 마주치자 철이는 창에 매달려 목 놓아 메텔을 부른다. 두 기차가 기적을 울리며 출발하고 그 위로 메텔이 찻간에 남긴 편지가 흐른다. 철아…… 난 알고 있었어. 네가 혼자 일어서서 살아갈 수 있을 때, 너와 내가 이별하는 순간임을. 요섭은 잇새로 신음을 흘리며 풍성한 금빛 머리채를 손아귀에 감아쥐었다. 언젠가 이 날이 올 것을 각오하고 난 여행을 계속했던 거야. 슬픈 숙명의 여행을…… 성기가 몸속의 독소를 빨아들이듯 들숨을 머금으며 부풀었다. 이제 다시는 만날 수 없겠지. 안녕, 철아. 나는 너의 추억 속의 여자일 뿐. 나는 너의 소년 시절 마음속에 있는 청춘의 환영. 안녕…… 성기가 폭발하며 참았던 날숨이 터져 나왔다. 진동이 등뼈를 훑고 갔다. 창공으로 솟구친 두 기차가 반대 방향으로 갈라졌다. 멀어지는 메텔의 모습. 철이는 통통한 팔뚝으로 흐르는 눈물을 훔치고 요섭은 엉덩이를 움찔대며 메텔의 입에 몇 번이고 정액을 뿜어냈다. 시원했다. 곪은 종기를 터뜨려 고름을 짜내는 것처럼.

11

요섭은 새벽 두 시가 넘어 집에 도착했다. 웬일인지 도어록 비밀번호가 떠오르지 않아 문 앞에서 몇 분을 더 지체해야 했다. 취했나. 몇 번의 엉뚱한 시도 끝에 자신과 하영의 생일을 조합한 비밀번호를 누르자 도어록은 삐리릭, 산뜻한 기계음과 함께 출입을 허가해주었다.

건넌방 방문 밑에서 불빛이 새어 나왔다. 요섭이 문을 열자 배트를 쥐고 침대에 앉아 있던 유현이가 주뼛거리며 일어섰다. 이 녀석은 왜 이리 내 앞에서 주눅이 드는지…… 요섭은 십이 년 전 작명권 분쟁에서 순순히 물러난 게 두고두고 후회막심이었다. 부드럽고〔柔〕 현명한〔賢〕 아이는 하영의 희망 사항이었다. 그는 굳세고〔剛〕 빛나는〔輝〕 아이를 주장했다. '강휘'에 비해 '유현'은 뜻도 물렁하거니와 발음 자체가 당찬 맛이 없었다. 하긴 요긴한〔要〕 섭리〔攝〕보다는 낫지. 요섭은 뜻도 발음도 애매한 자신의 이름이 영 마음에 들지 않았다. 아버지는 극구 부인했지만 '요셉'을 한국식으로 변형하고 한자를 억지로 끼워 맞춘 게 틀림없었다. 파라오의 꿈을 해몽한 구약의 요셉인지, 그리스도의 호적상 아버지인 신약의 요셉인지는 모르겠지만.

"여태 안 잤어?"

유현이는 고개를 숙이고 배트만 만지작거렸다. 요섭은 침대로 가서 아들 옆에 걸터앉았다. 눈두덩이 부은 게 한바탕 눈물을 짜낸 얼굴이었다.

"최유현."

"응."

"야구 재밌어?"

"……"

"힘들면 언제든 그만둬도 돼."

"아빠가 보기에도 내가 소질이 없어?"

유현이는 절실한 눈빛으로 요섭을 올려다보았다. 아이들 눈이 맑긴 맑구나. 직업상 그가 만나는 사람들은 허심탄회하게 속내를 털어놓을 때조차 꿍꿍이셈부터 의심하게 되는 탁한 눈빛이 대부분이었다. 요섭은 헛기침으로 목청을 가다듬었다. 폭탄주 때문에 머릿속이 엉망이었지만, 아들의 가슴에 오래도록 남을 멋진 조언을 해주고 싶었다.

"그런 얘기가 아니야. 어떤 일을 시작했다고 의무감 때문에 억지로 계속할 필요는 없다는 거지. 세상엔 여러 가지 길이 있고, 너한텐 선택할 기회가 아직 많으니까."

유현이는 입을 꾹 다물고 경청했다. 모두 발언으로는 나쁘지 않은 것 같았다. 요섭은 말을 이었다.

"가장 중요한 건 너의 길을 스스로 찾는 거야. 네가 정말로 하고 싶다고 느끼는 일. 아빠건 엄마건 다른 사람에게 보여주기 위한 인생을 살 필요는 없어. 그건 말이지, 음…… 네 자신에게 죄를 짓는 거야.

인생을 낭비한 죄."

"빠삐용처럼?"

유현이 입에서 불쑥 튀어나온 이름이 요섭의 뒤통수를 쳤다.

"응? 네가 그걸 어떻게 알아?"

"아빠가 전에 술 먹고 와서 말해줬잖아. 그땐 포기도 버릇이 된다고 했는데. 그러니까 일단 시작했으면 빠삐용처럼 의지를 가지고 끝까지 밀어붙여야 한다고."

요섭은 한 번 들은 말을 토씨 하나 안 틀리고 되뇌는 아들의 기억력에 종종 감탄하곤 했다. 그런 스펀지 같은 뇌가 부러웠다. 꺼멓게 굳어 구멍이 숭숭 뚫린 현무암 같은 뇌로는 일관된 자식 교육을 하기가 쉽지 않았다. 그게 꼭 기억력의 문제는 아니겠지만. 설마 '아무리 탈옥해봐야, 이 세상 자체가 감옥이다!' 따위의 말을 한 건 아니겠지?

"그래그래, 밀어붙이는 것도 중요해. 하지만 어느 방향으로 밀어붙일지 정하려면 다양한 경험을 쌓는 게 우선이라는 거야. 길을 스스로 찾아야 뒤돌아보지 않고 끝까지 갈 수 있는 의지가 생기는 거니까. 오케이?"

유현이는 발끝을 내려다보며 고개를 끄덕였다. 중간에 좀 꼬이기는 했지만 최후변론을 그럭저럭 꿰맞춘 것 같았다. 요섭은 맺음말로 인상적인 명언을 덧붙이고 싶은데 딱히 떠오르는 게 없었다. 삶이 그대를 속일지라도, 슬퍼하거나 노여워하지 말라. 이건 아니고.

"야구, 그만둬도 돼?"

"그럼."

"아빠 섭섭하지 않겠어?"

"섭섭하긴, 중요한 건 네 마음이라니까."

"지금 바로 그만둔다고 해도 괜찮아?"

"괜찮아."

요섭의 머릿속이 복잡해졌다. 제길, 돈을 너무 빨리 찔러줬나? 사정을 말하고 돌려달라고 해야지. 저도 거절은 못할 테고. 아니, 그러다 얘가 다시 하겠다고 그러면 어쩌나?

"안 그만둘 거야. 내가 좋아서 선택한 거니까, 계속하고 싶어."

유현이는 배트를 다부지게 거머쥐며 해죽 웃었다. 요섭은 아들의 어깨를 꽉 움켜쥐었다. 그래도 최씨 고집 하나는 물려줬네.

"그렇다면 아빠가 좋은 소식을 전해주지. 강일중학교에서 널 스카우트하기로 했어."

"정말?"

유현이의 입이 쩍 벌어졌다. 하지만 자기 실력에 대한 의구심 때문인지 이내 입꼬리가 어정쩡하게 처졌다. 하지만 부푼 기대감이 다시 입꼬리를 밀어 올렸다.

"낮에 강일중학교 송 감독님을 만났는데 널 데려가고 싶다는 거야. 야구 센스가 있어서 실력이 많이 늘 거라면서. 송 감독님은 프로 출신이라 척 보면 알아."

"나 정말 열심히 할 거야."

유현이는 주먹까지 불끈 쥐며 결의를 다졌다. 요섭은 헤드록을 걸듯이 아들의 목을 당겨 머리를 맞비볐다.

"으, 술냄새."

유현이가 손가락으로 코를 막고 얼굴을 찡그렸다. 아들아, 비싼 술이란다. 요섭이 스탠드 불을 켜놓고 방을 나서는데 뒤에서 유현이가 불렀다.

"아빠, 서재에 있던 할아버지 망원경 어디 있어?"

"망원경? 없어?"

"응. 내일 친구 보여주기로 해서 찾았는데, 없던데."

"여자친구?"

"아니고!"

"맞네, 뭐. 베란다 상자에 있을 거야. 아빠가 찾아놓을게."

요섭은 서재 베란다에 3단으로 쌓아놓은 큼직한 골판지 상자를 뒤졌다. 이사할 때 각종 상장과 감사패, 편지, 스크랩북, 만년필, 시계, 군대 기념품 등의 잡동사니를 쓸어 담은 상자들이었다. 버리기는 아쉽지만 쓰임새가 없다보니 차일피일 정리를 미뤄두고 있었다. 마치 패잔병들의 수용소를 보는 것 같았다.

두번째 상자까지 뒤졌지만 영국 해군의 외눈 망원경은 보이지 않았다. 아버지가 영국 선교사에게 선물 받은 골동품인데 렌즈를 끝까지 뽑으면 길이가 일 미터나 되었다. 버리지는 않았을 텐데…… 세번째 상자의 뚜껑을 열자 빼곡히 들어찬 잡동사니 틈바구니로 둥근 놋쇠가 보였다. 찾았다. 요섭은 자갈밭을 헤집듯 상자 속으로 팔을 쑤셔 넣었다. 어느새 이마엔 땀방울이 송골송골 맺혔다. 망원경을 건져 올리는데 파란 리본이 새끼손가락에 걸려 같이 올라왔다. 가장자리가 나달나달한 리본은 월척을 낚은 낚싯줄처럼 팽팽하게 당겨졌다. 손가락에 힘을 주어 잡아채자 수면 위로 동그란 메달이 퉁, 튕겨져 나왔다. 표면의 도금이 벗겨지고 푸르께하게 녹이 슨 메달을 요섭은 손바닥에 올려놓고 보았다. 앞면에는 두 팔을 하늘로 쳐든 정체불명의 여인상이 새겨져 있었다. 뒷면으로 돌렸다.

은상, 제1회 교내 불조심 포스터 그리기 대회, 1981년 11월, 무성국민학교장.

요섭은 촘촘하게 돋을새김된 글자들을 상형문자라도 되는 양 멍하니 바라보았다. 그의 연보를 인류사에 대입한다면 1981년은 상형문자를 사용하던 고대나 마찬가지였다. 무성국민학교…… 요섭은 부산으로 이사하기 전 잠시 머물렀던 강원도 산골의 작은 학교를 간신히 기억해냈다. 대학 학번을 기준으로 역산하니 1981년이면 4학년 때였다. 도저히 이해할 수 없는 건, 미술에 젬병인 그가 어떻게 포스터 그리기 대회에서 무려 은상을 탔는가 하는 점이었다. 답은 둘 중 하나였다. 누구든 보는 순간 평생 불조심을 생활화할 수밖에 없는 기발한 아이디어였거나, 금상이 절반 정도를 차지하고 나머지 애들에게 참가상 격으로 은상과 동상을 뿌렸거나.

요섭은 리본을 검지에 걸고 메달을 눈앞에 들어 올렸다. 메달이 자신을 선보이듯 공중에서 빙그르르 한 바퀴 돌았다. 탁, 탁, 탁, 탁. 어디선가 발소리가 들렸다. 탁, 탁, 탁, 탁. 열한 살의 최요섭 어린이가 기억 저편에서 달려오고 있었다. 반짝이는 은메달을 목에 걸고 희희낙락하면서. 요섭은 메달을 얼른 상자에 던져 넣고 상자들을 원래대로 쌓아 올렸다. 술냄새를 풍기며 녹슨 메달을 들고 있는 모습을 들키고 싶지 않았다.

유현이는 그새 잠들어 있었다. 요섭은 망원경을 책상 위에 올려놓고 거실로 나왔다. 서울숲과 한강은 어둠에 묻혀 보이지 않았다. 성수대교와 강 건너편 아파트 단지의 불빛들만 창에 점점이 박혀 빛났다. 요섭은 냉장고에서 흑마늘진액을 꺼내 마시고 생수로 입을 가셨다. 수세미처럼 헝클어진 반곱슬 머리에 푸석한 얼굴. 냉장고 옆에 선 거구의 사내는 새벽녘보다 후줄근한 모습이었다. 팔자주름도 더 깊어진 것 같고. 요섭은 체중계에 올라섰다. 0킬로그램. 바늘은 꿈쩍도 하지 않았다. 뭐지, 고장 났나? 거울 속 사내가 체중계를 내려다보며 씩 웃었다.

하영은 알파카 러그 위에서 곤히 잠들어 있었다. '아내가 자고 있어요.' 꽤 매력적인 카피였다. 요섭은 옷을 벗어 바닥에 던져놓고 얼굴만 대충 씻은 후 침대로 기어들었다. 눈을 감자 킹사이즈 매트리스가 위에서 샌드위치처럼 짓누르는 듯했다. 새벽에 그린 밑그림보다 길고 피곤한 하루였다. 미처 소화되지 않은 하루의 편린들이 잠기와 뒤섞여 둥둥 떠다녔다. 캐빈이 던져주는 화투패, 이를 드러내고 히죽 웃는 붉은 얼굴의 인디언, 입을 뻐끔거리는 도미, 눈꺼풀을 벌리고 갈색 서클렌즈를 끼는 메텔, 절벽에서 바다로 뛰어드는 빠삐용, 회초리로 누군가의 종아리를 치는 훈장님, 연구소에서 배를 가르고 수리 중인 권기용, 불타는 노을을 배경으로 이스터 섬 해안에 늘어선 모아이들…… 모아이들이 입을 모아 뭐라고 외치는데 거리가 멀어 희미하게 들렸다. 요섭은 뗏목을 저어 가며 가만히 귀를 기울였다.

"태, 양, 은, 단, 지, 아, 침, 에, 뜨, 는, 별, 에, 지, 나, 지, 않, 는, 다."

아하, 저거였구나. 꼭꼭 숨어 있던 『월든』의 마지막 문장. 뜻밖에도 희망찬 일출 풍경에 찬물을 끼얹는 내용이었다. 새벽엔 그래서 일부러 숨겼나? 꿈 때문에 기분도 찜찜한데 그냥 희망찬 일출을 즐기라고. 그땐 총 맞고 죽는 꿈이 길몽인 줄 몰랐으니까. 당면한 문제들이 전부 잘 풀리는 특급 길몽. 빨강 파랑 불빛들, 하얀 보름달, 팔랑거리는 노랑나비, 메아리치는 총소리, 가슴에 뚫린 구멍으로 빠져나가는 희끄무레한 연기…… 잠들기 직전 그의 머리를 스친 마지막 단상은 이런 것이었다.

꿈속에서 죽은 이들은 어디에 묻히는 걸까?

12

흐릿한 시야에 가장 먼저 들어온 건 희멀건 달덩이였다. '어때?' 하고 묻는 것처럼 입술을 비틀며 웃는 이지러진 달. 머리맡에서 맑은 물소리가 흘러갔다. 울퉁불퉁한 돌멩이가 등판을 찔렀다.

몸을 일으키자 머릿속에서 깨진 유리 파편들이 쟁강거리는 것 같았다. 날카로운 파편마다 정지된 영상이 하나씩 비쳤다. 총을 겨누고 있는 시커먼 딱정벌레, 손등에 찍힌 초승달 모양 잇자국, 팔랑팔랑 날아가는 노란 원피스, 가슴에 뚫린 구멍으로 빠져나가는 희끄무레한 연기……

우들거리는 손으로 셔츠 단추를 풀고 가슴팍을 헤쳤다. 눈앞에 나타난 광경을 이해하는 데 다소 시간이 걸렸다. 목에 걸린 나달나달한 파란 리본, 늘어진 메달 한가운데 박힌 짜부라진 총알. 메달에 가려진 명치끝에는 먹먹한 통증만 감돌 뿐 총알구멍도 핏자국도 없었다. 나는 달빛을 향해 묵직한 메달을 들어 올렸다. 푸르게하게 녹슨 메달에는 두 팔을 하늘로 쳐든 정체불명의 여인상이 새겨져 있었다. 총알은 여인상의 허리에 박혀 상체와 하체를 끊어놓고 있었다. 총알을 빼내자 물방울 세 개가 고일 정도의 움푹한 홈이 팼다. 메달 뒷면에 촘촘하게 돋을새김된 글자들이 보였다.

은상, 제1회 교내 불조심 포스터 그리기 대회, 1981년 11월, 무성 국민학교장.

내가 죽어서 꿈을 꾸고 있는 건가? 대체 이게 왜…… 기관총을 난사하는 듯한 굉음과 함께 절벽 위에서 헬기가 나타났다. 고도를 낮춘 헬기는 앞머리에 붙은 서치라이트로 계곡 바닥을 지그재그로 훑었다. 나는 재빨리 바위틈으로 파고들어 몸을 숨겼다. 희푸른 빛기둥이 다가와 날름거리며 발치를 핥았다. 강풍기를 들이댄 듯한 바람이 바위틈까지 손을 뻗쳐 내 머리칼을 잡아당겼다. 몸을 최대한 조그맣게 오그리고 굉음이 지나가기를 기다렸다.

헬기 불빛이 산등성이 너머로 사라진 걸 확인한 후 바위틈에서 나왔다. 나는 일단 차가운 계곡물로 세수를 했다. 얼굴 가죽이 쪼그라들며 두개골을 뻑뻑하게 압박했다. 꿈은 아니야. 살아 있는 건 맞는 것 같은데…… 정신을 수습하기도 전에 어둠 속에서 경찰들의 고함이 들려왔다.

"계곡으로 떨어졌을 거야!"

"중간에 나무에 걸렸을 수도 있으니까 올라가봐!"

"간격 좁히고 샅샅이 훑어! 시체라도 찾아야 해!"

손전등 불빛이 사방에서 파닥거렸다. 컹컹거리는 경찰견 소리도 합세했다. 바위에 몸을 붙이고 주위를 둘러보았다. 계곡물이 흘러 내려가는 산기슭 쪽에는 손전등 불빛이 보이지 않았다. 나는 재킷 지퍼를 올리고 얼음장 같은 계곡물에 발을 담갔다. 미끄러운 바위를 밟고 휘청거리자 비로소 온몸 뼈마디를 들쑤시는 통증이 느껴졌다. 다행히 못 움직일 만큼 부러진 곳은 없는 듯했다. 연신 자빠지고 고꾸라지며 나는 산기슭을 향해 내달렸다. 경찰견들이 끈덕지게 따라붙으며 뒤통수를 쪼아댔다. 컹컹! 컹! 컹컹컹! 컹! 컹컹!

2부... 균열

1

사람은 왜 뜬금없이 한 번씩 엉뚱한 짓을 하는 걸까? 누가 시킨 것도 아닌데, 평소라면 절대로 하지 않을 짓을. 귀신에 씐 거야, 귀신에. 요섭은 자신의 소행을 은근슬쩍 귀신에게 떠넘겼다. 몰래 그의 머릿속에 들어와 결재 서류에 도장을 찍고 내뺀 거라고. 어떤 귀신인지, 왜 도장까지 위조해 그런 엉뚱한 짓을 했는지 알 길은 없지만, 한 가지는 확실했다. 범인은 스누피가 프린트된 노란 티셔츠를 걸치고 잠입했다는 것.

점심을 먹고 사무실로 들어가던 요섭은 복도 소화전 앞에서 발을 멈췄다. 단발머리 여자애가 소화전에 기대서 있었다. 너덧 살쯤 됐을까? 목이 늘어난 노란 티셔츠는 헐렁했고 뒤축을 꺾어 신은 운동화는 두세 치수 작아 보였다. 아이는 뭔가를 질겅질겅 씹으며 손가락으로 콧구멍을 후비고 있었다.

"너 여기서 뭐하니?"

"할머니 기다려요."

"할머니가 어디 갔는데?"

아이는 콧구멍에서 빼낸 손가락으로 유리문 안쪽을 가리켰다. 검은 정장에 단정한 쪽머리를 한 리셉셔니스트가 검은 대리석을 씌운 안내 데스크에 앉아 있었다. 데스크 전면에는 추사체의 '四海' 두 글자가 금빛으로 번쩍였다. 아이는 손가락을 티셔츠 앞판의 스누피 얼굴에 쓱쓱 문질러 닦고 다시 콧구멍에 투입했다. 여러 번 빨았는지 스누피 는 모자이크로 맞춘 것처럼 조각조각 갈라져 있었다.

하얀 모시 한복 차림의 노파가 힘겹게 유리문을 밀고 나왔다. 심란 한 표정이었다. 오랜 세월에 걸쳐 단련된 견고한 주름살로도 감춰지 지 않는 심란함이었다. 노파는 말없이 아이의 손을 잡고 엘리베이터 를 향해 어기적어기적 걸음을 옮겼다. 하얀 모시 한복과 노란 티셔츠 가 스누피와 우드스탁 콤비처럼 보였다. 아이가 요섭을 돌아보더니 메롱, 하고 혀를 내밀었다.

"점심 뭐 드셨어요?"

권기용이 종이컵을 들고 복도로 나왔다. 요섭은 갑자기 속이 느글 거렸다.

"요 앞에서 곰탕으로 때웠어."

"잘하는 집이에요? 근처에 영 먹을 만한 데가 없네."

"그저 그래. 좀 느글느글해."

대답을 하면서도 요섭의 눈은 엘리베이터를 기다리는 노파와 여자 애를 쳐다보고 있었다. 권기용의 눈길이 요섭을 따라 엘리베이터를 향했다.

"아들이 억울하게 구속됐다나. 공판 코앞에 두고 지금 변호사 구하러 다니네."

요섭은 보일 듯 말 듯 고개를 끄덕였다. 로펌에 실력 좋은 변호사가 많다는 말만 귀동냥하고 무작정 방문해 하소연을 늘어놓는 이들이 간혹 있었다. 대개는 평생 처음으로 급박한 법적 분쟁에 휘말린, 어수룩하고 세상 물정에 어두운 노인네들. 물론 열에 아홉은 수임료 안내만 받고 얼떨떨한 표정으로 돌아서기 마련이었다.

"저 나이 되도록 세상 물정을 모르니, 쯧."

권기용이 눈을 가늘게 뜨고 혀를 찼다. 순간 요섭은 기묘한 광경을 목격했다. 그의 두툼한 눈꺼풀 아래서 흰자위가 출렁이더니 양변기 물을 내린 것처럼 소용돌이가 일었다. 동동 떠 있는 검은자위가 금방이라도 뱅글뱅글 돌며 빨려 들어갈 것 같았다. 요섭은 놀라 입을 벌리고, 내심 기대에 차서, 그의 은테 안경 안쪽을 들여다보았다. 하지만 그런 일은 일어나지 않았다. 소용돌이는 이내 가라앉았고 권기용은 휘적휘적 유리문 안쪽으로 사라졌다.

그때 쾅, 머릿속 결재 서류에 도장이 찍혔다. 요섭은 추호의 의심도 없이 하달된 서류의 지시 사항을 충실히 이행했다. 엘리베이터를 타고 내려가 노파와 아이를 따라잡고, 카페로 데려가 사연을 경청하고, 무보수로 도와주겠다는 약속까지. 마치 환각 상태에서 움직이는 것처럼 자신의 행위가 인식은 되는데 통제가 되지 않았다. 노파는 미심쩍은 눈으로 손에 쥔 명함과 그의 얼굴을 번갈아 쳐다보았다. 요섭이 카페에 설치된 컴퓨터로 회사 홈페이지에 들어가 사진을 확인해준 뒤에도 노파는 의구심을 거두지 못했다.

"한데 왜 우릴 그냥 도와주신대요?"

요섭은 〈국경없는의사회〉 강령에나 나올 법한 이유들을 주절주절

주워섬겼다. 묘한 기시감에 사로잡혀 색이 바랜 노란 티셔츠를 흘끔거리면서. 눈이 마주칠 때마다 아이는 블루베리 스무디로 물든 혀를 내밀었다.

요섭은 사무실로 돌아와서야 정신을 차렸다. 봉사, 무료 봉사라니. 사법연수원 교과과정이었던 법률 상담 사회봉사 이후 처음이었다. 봉사라는 행위는 적자생존의 법칙에 어긋난다는 게 그의 평소 소신이었다. 시혜자에게는 일시적인 만족감을 줄지 모르나 수혜자에게는 환경에 대한 면역결핍을 유발하는 악성 바이러스. 그런데 아무 이유도 없이 생면부지의 홀아비를 돕겠다니. 머리가 어떻게 된 건가? 고심 끝에 요섭은 스스로를 납득시킬 수 있는 핑곗거리를 찾아냈다. 난 그냥 권기용이 절대 할 수 없는 짓을 해보고 싶은 것뿐이야. 오소리와 내가 다르다는 걸 입증해줄 엉뚱한 짓을.

2

　연정호(남, 35세)는 낮에는 이삿짐센터 직원, 밤에는 대리기사로 일하며 칠순 노모와 어린 딸을 부양했다. 부인은 이 년 전 집을 나가 소식이 끊긴 상태. 지난 12월 24일 자정 무렵, 그는 대리운전 콜을 받고 삼청동의 한 레스토랑으로 갔다. 인사동에서 갤러리를 운영하는 진성희(여, 38세)가 특별 기획전을 끝내고 관계자들과 쫑파티를 벌이는 자리였다. 홀가분한 기분에 크리스마스 분위기에 알근한 술기운이 더해진 탓일까? 삼성역 사거리의 레지던스에 도착한 진성희는 현금이 없다며 연정호를 방으로 꾀어 올라갔다. 고요한 밤, 거룩한 밤에 다짜고짜 시작된 육탄 공세. 그녀는 처음 만난 남녀가 옷을 격렬하게 벗어젖히며 뒤엉기는 에로영화의 한 장면을 상상했겠지만, 당황한 연정호는 그녀를 밀치고 도망치다시피 방을 빠져나갔다. 돈도 못 받고.

　이튿날 진성희는 연정호에게 연락을 취해 사과와 함께 두둑한 팁을 얹어 대리운전비를 지불했다. 그리고 야경이 근사한 바에서 좀더 고상한 방법으로 그를 유혹했다. 자신은 더티한 남자들에게 신물이 난 고독한 이혼녀라고. 당신처럼 건실하고 순박한 남자에게 끌린다고. 그녀의 진심 어린 추파에 연정호도 마음이 흔들렸다. 간밤엔 얼결에 굴욕을 안겼지만 진성희는 매력적인 여자였다. 게다가 부유하고, 게다가 이혼녀라니. 그런 과분한 상대가 자신의 '유이'한 장점인 건실함과 순박함에 끌린다는데 마다할 이유가 없었다. 이 년째 독수공방 신세 아닌가. 두 사람은 실패한 에로영화 대신 잔잔한 멜로영화로 장르를 바꿔 사랑을 키워갔다.

그러나 크리스마스에 시작된 로맨스는 채 부활절을 넘기지 못했으니, 고독한 이혼녀의 남편이 불쑥 등장한 것이다. 잔잔한 멜로는 급작스럽게 스릴러 치정극으로 넘어갔다. 진성희보다 스물한 살 연상인 남편은 청주의 사학 재벌이었다. 부부의 본가는 청주에 있고 삼성동 레지던스는 그녀가 갤러리 업무로 올라올 때 머무는 숙소였다. 젊은 아내의 불륜을 알아챈 남편은 둘 다 간통죄로 처넣겠다며 노발대발했다. 젊은 아내는 결단을 내려야 했다. 시간은 그리 오래 걸리지 않았다.

진성희는 자신이 만취해 잠든 사이 연정호가 나체 사진을 찍어 협박했다고 주장했다. 수시로 불러내 돈을 뜯고 애인처럼 부렸다고. 반쯤 넋이 나간 연정호는 자신은 사랑한 죄밖에 없다며 펄쩍 뛰었다. 반신반의하던 남편은 아내가 연정호를 공갈 및 성폭행으로 고소하자(자살 시도까지 곁들였다고 한다) 비로소 의심을 거두고 양쪽으로 나뉘었던 분노를 한쪽에 집중시켰다. 연정호는 즉시 구속되었고 수사를 맡은 검사는 남편의 제자였다. 알콩달콩 로맨스는 이제 옥신각신 진실 게임으로 바뀌었다.

레지던스 CCTV에는 사건 당일 연정호가 비틀거리는 진성희를 부축해 집으로 들어가는 모습이 찍혔다. 잠시 후 바지춤을 추스르며 황급히 달아나는 모습도. 진성희의 수표 몇 장이 연정호에게 흘러간 정황이 포착되었다(데이트 때문에 대리운전을 쉬는 게 마음에 걸린다며 그녀가 건넨 용돈이라고 연정호는 해명했다). 수심에 잠겨 협박당하는 사실을 내비쳤다는 진성희 지인의 증언도 첨부되었다. 결정적인 증거는 연정호의 휴대폰에서 진성희의 휴대폰으로 전송된 나체 사진이었다. '남편 학교에 확 뿌려줄까?'라는 문자와 함께. 국선변호인은 승산이 없다며 유죄를 인정하고 선처를 호소하라고 종용했다. 연정호는 억울하다는 말만 되뇌었다.

이때, 무료 변론을 자청한 거구의 변호사가 등장하면서 영화는 본격 법정 드라마로 또 한 번 변신한다. 국선변호인의 고견과 달리 요섭이 보기에 진성희의 진술은 허점투성이였다. 착실히 살아오던 가장이 갑자기 그런 파렴치범으로 돌변했다는 사실부터가 의심스러웠다. 그녀의 재력을 아는 연정호가 거액을 요구하지 않고 십만 원, 이십만 원씩 찔끔찔끔 뜯어냈다는 점도, 똑 부러지는 성격의 커리어 우먼이 그런 어설픈 협박에 고분고분 끌려다녔다는 점도 납득하기 힘들었다. 통화 기록을 보면 연정호보다 진성희가 더 자주 연락을 취했다. 문제는 사진이었다. 연정호의 휴대폰에서 전송된 나체 사진이 모든 허술한 진술을 떠받치고 있었다. 뒤집어 말하면, 그 사진이 가짜임이 밝혀지는 순간 그녀의 모든 진술은 와르르 무너지게 돼 있었다.

요섭은 손바닥의 두툼한 살집으로 눈을 문질렀다. 그의 앞에 놓인 고해상도 모니터 속에서 진성희는 빨간 원형 안락의자에 세상모르고 널브러져 있었다. 양 볼과 쇄골 언저리가 술기운으로 불긋했다. 풀어

헤친 은회색 블라우스, 밀어 올린 브래지어, 발목에 뚤뚤 뭉친 검은 스커트와 검은 스타킹, 유일하게 제자리에서 그녀의 마지막 수치심을 가려주고 있는 하얀 레이스 팬티. 망막에 문신을 새긴 것처럼 요섭은 눈을 감고도 사진의 모든 디테일을 살펴볼 수 있었다. 도도록한 젖꽃판과 세로로 입을 다문 배꼽, 하얀 팬티 뒤로 비쳐 보이는 무성한 거웃까지. 진성희의 증인 심문은 이틀 앞으로 다가와 있었다.

사진이 진성희에게 전송된 날짜는 남편에게 관계가 들통 난 직후였다. 전화를 안 받자 연정호가 사진을 협박 문자와 함께 보냈다는 게 그녀의 주장이었다. 반면 연정호는 그즈음 휴대폰을 잃어버렸다고 진술했다. 그의 말을 신뢰한다면, 진성희는 연정호의 휴대폰을 훔쳐 석 달 전과 똑같이 꾸미고 나체 사진을 찍은 후 자신에게 전송한 셈이었다. 대단해. 요섭은 휘파람과 박수로 그녀에게 경의를 표하고 싶었다. 냉정한 계산과 치밀한 전략, 이를 실천하는 두둑한 배짱. 실로 감탄스러운 생존 본능이었다. 얼마나 절박했겠나. 스물한 살이나 많은 중늙은이와 살아줬는데 거액의 위자료는커녕 쇠고랑을 차게 생겼으니. 하지만 그 절박함이 팬티까지 끌어내리지는 못했다. 실망스럽게도, 마지막 순간의 망설임이 작품에 치명적인 흠집을 남긴 것이다.

문제의 사진을 보자마자 요섭은 조작이라고 확신했다. 협박용 나체 사진을 찍는 마당에 팬티를 벗기지 않는 신사도는 어색하지 않은가. 그 하얀 천 쪼가리가 연정호의 결백을 부르짖는 희망의 깃발이었다. 메타데이터에는 사진이 작년 크리스마스에 촬영된 것으로 나오지만 찍기 전에 휴대폰을 조작하면 그만이니 큰 의미가 없었다. 사진 내부에서 삼 개월의 시차를 두고 찍혔다는 증거 하나만 찾으면 게임 끝이었다. 딱 하나.

　요섭은 매일 밤 서재에서 틀린 그림 찾기에 골몰했다. 그날 전시회와 파티에서 찍은 수십 장의 사진을 입수해 나체 사진 속 진성희와 면밀히 대조한 결과, 전혀 차이점을 발견할 수 없었다. 블라우스도 스커트도 스타킹도 액세서리와 메이크업, 헤어스타일, 눈썹 다듬은 모양과 손톱 길이도 똑같았다. 심지어 케이크의 생크림이 묻었다는 블라우스 얼룩과 손톱 주위 굳은살에 매니큐어가 침범한 흔적까지 그대로였다. 요섭은 사진 왼쪽에 잘려 나온 책장에 기대를 걸었다. 크리스마스 이후에 나온 책이나 잡지가 꽂혀 있기를 바라며 일일이 발행일을 확인했지만 소득이 없었다. 뒤편 창문으로는 고층 건물의 불빛만 어둠 속에 점점이 떠 있어 도움이 되지 않았다. 딱 하나. 딱 하나면 되는데, 그게 발견되지 않았다. 요섭은 뒤늦게 깨달았다. 그녀는 전시 기획의 전문가란 걸.

　큰소리 뻥뻥 쳐놨는데…… 요섭은 눈을 비비며 한숨을 쉬었다. 소신까지 굽히며 봉사를 자처해놓고 꼬라지만 우스워질 판이었다. 헛똑똑이 최요섭 변호사는 깝죽거리며 변론을 맡았으나 결국 아무것도 입증하지 못했으므로, 피고인 연정호에게 징역 오 년을 선고한다. 탕! 탕! 탕! 법정 드라마의 결말로는 최악이었다. 애초에 조작 같은 건 없었는지도 모르지. 요섭의 마음속에 슬슬 연정호에 대한 의심이 고개를 들었다. 홀로 어린 딸과 노모를 부양한다고 자동으로 순백의 영혼이 되는 건 아니니까. 각박한 환경이 평범한 인간을 어디까지 내모는지 숱하게 봐오지 않았나. 지금도 사소한 전과 하나 없이 살아온 두 사람 중 하나가 거짓말을 하고 있었다. 상대방을 완전히 파멸시킬 위험한 거짓말을.

요섭은 자세를 고쳐 앉고 다시 모니터를 응시했다. 조작이 있건 없건 자신은 연정호의 변호사였다. 무조건 연정호의 진술이 옳다는 전제하에 진성희의 허점을 파고들어 까뭉개는 게 그의 임무였다. 근근이 버텨오던 젊은 가장의 인생이 (나체도 아닌) 나체 사진 한 장으로 산산이 부서지기 직전이었다. 노모와 어린 딸의 인생까지도. 틀림없이 놓친 게 있을 거야. 팬티를 차마 내리지 못했듯이, 전문가도 실수한 부분이. 눈을 너무 세게 문지른 탓에 사진이 부옇게 퍼져 보였다. 요섭은 눈꺼풀에 힘을 주어 눈을 깜빡였다. 시야에 작은 빛들이 점멸했다. 마치 함박눈이 내리는 것처럼⋯⋯

"무역센터!"

요섭은 버럭 소리치며 모니터를 향해 달려들었다. 창밖 어둠 속에 떠 있는 빨간 항공장애등. 레지던스 길 건너편은 무역센터였다. 진성희의 주장대로라면 사진이 찍힌 시각은 12월 25일 새벽. 회사 근처라그도 연말에 지나다니며 종종 보았다. 무역센터 외벽에 수많은 전구들이 모여 만든 육각형 눈 결정체와 'Merry Christmas!'라는 문구를. 창밖의 어둠이 바로 조작의 증거였다. 요섭은 깍짓손으로 뒷머리를 받치고 다리를 쭉 뻗어 책상 위에 올렸다. 9회 말에 터진 끝내기 역전 홈런. 짜릿했다. 섬광처럼 내리꽂힌 황홀감에 이어 한없이 깊은 평온이 찾아왔다. 누군가 분무기로 심장에 모르핀을 쉭쉭 뿌려대는 것 같았다. 요섭은 옹골진 젖가슴을 드러낸 채 시치미 뚝 떼고 있는 진성희에게 작별 인사를 보냈다. 메리 크리스마스!

진성희는 의외로 쉽게 무너졌다. 요섭이 무역센터 외벽 크리스마스 장식의 설치 기간과 점등 시간, 사진 자료를 증거로 제시하자 얼굴이 붉으락푸르락 일그러지더니 시원하게 조작 사실을 인정했다. 거울 앞에서 연습한 심문 대사들을 선보일 기회도 없었다. 방청석에 앉아 있던 진성희 남편이 벌떡 일어나 퇴정하고 당황한 검사가 계속 딸꾹질을 해대는 통에 법정 분위기가 어수선했다. 선고 기일을 따로 잡을 것도 없이 이례적으로 즉석에서 무죄방면. 요섭은 눈을 감고 공기 중에 감도는 승리의 여운을 음미했다. 향긋하고 시원한, 기름진 흙냄새가 났다.

연정호와 노모는 요섭의 손을 부여잡고 '정말 고맙습니다'와 '아이고, 변호사 선상님'을 교대로 반복했다. 여자애는 아빠와 할머니 사이에서 무언가를 질겅질겅 씹으며 화음을 넣었다. 노모는 그예 요섭의 손등에 뜨끈한 눈물까지 떨구고 말았다. 길거리에서 그러고 있자니 상당히 민망했지만, 기분은 괜찮았다. 요섭은 봉사의 시혜자가 누리는 만족감에 대해 다시 생각하게 되었다. 그렇다고 봉사가 유해한 바이러스라는 소신까지 수정할 정도는 아니었다. 이건 돌발적인 일탈이 주는 일회성 쾌감일 뿐이라는 걸 그는 알고 있었다. 금지된 사랑이나 불량식품 같은.

요섭은 연정호에게 진성희를 무고죄로 고소하고 민사상 손해배상을 제기할 수 있다고 일러주었다. 원한다면 적당한 변호사를 소개해주겠다고. 그러나 연정호는 다신 법정 근처에도 가고 싶지 않다며 손사래를 쳤다. 한심한 친구 같으니, 한몫 두둑이 챙길 기회인데. 요섭은 속으로 혀를 찼다. 가난한 중생들은 이게 문제라니까. 매사에 악착같이 물고 늘어지질 않으니 송곳니가 퇴화될 수밖에.

요섭은 식사 대접을 하겠다며 잡아끄는 노모의 손길을 간신히 뿌리쳤다. 낯간지러운 찬양회 분위기에서 밥이 목구멍으로 넘어갈 것 같

지 않았다. 주차장으로 가는데 여자애가 쪼르르 달려오더니 그의 앞
을 막아섰다. 손에는 반 토막 남은 캐러멜 묶음을 바통처럼 움켜쥐고
서. 심각한 표정으로 갈등하던 여자애는 캐러멜 하나를 빼낸 후 요섭
의 손을 당겨 바통을 넘겨주었다. '새콤달콤'. 그가 알록달록한 포장
지를 내려다보는 사이 여자애는 아빠와 할머니에게로 다시 쪼르르 달
려갔다. 할리우드 휴먼 법정 드라마식의 훈훈한 결말이었다. 억울한
피고인을 구해준 정의의 변호사, 수임료는 먹다 남은 캐러멜로 대신
하다. 고독하게 노을 속으로 사라지는 그의 이름은…… 요섭은 바지
주머니에 두 손을 찌르고 뚜벅뚜벅 걸었다. 대낮이라 노을은 없었지
만 때마침 불어온 바람에 휴고보스 재킷 자락이 유유히 나부꼈다.

　요섭은 미처 몰랐다. 그 장면은 영화의 라스트 신이 아니라 프롤로
그에 불과했다는 걸. 장르도 휴먼 법정 드라마가 아니라, 배신과 음
모가 판치는 누아르에 가깝다는 걸.

3

기적.

밤새 컴컴한 산중에서 경찰에 쫓기며 생각해봤지만 그 단어 외에는 떠오르는 게 없었다. 삼십 년 넘게 어디 처박혀 있는지도 몰랐던 메달이 갑자기, 느닷없이, 홀연히 나타나 가슴에 구멍을 뚫어놓았어야 할 총알을 막아준 불가사의한, 초현실적인, 신비한 사건을 달리 어떻게 설명하겠나. 나를 살리기 위해 보름달이 달 가루를 뿌려 내려준 기적. 그러나 당연히 이어지는 '왜?'라는 질문에 또다시 답이 옹색해졌다. 재활용할 가치도 없는 폐품 인생을, 도대체 왜? 아무리 좋게 보려 해도 공연한 기적의 낭비였다. 사람을 한없이 겸손하게 만드는 이놈의 너절한 인생. 달님이 목숨을 구해줘도 눈을 빗뜨고 그 저의부터 의심해야 하다니……

그러다 돌부리에 발이 걸려 비틀거렸고 메달이 노크하듯 가슴팍을 두드렸다. 순간 하나의 의문이 머리를 스쳤다. 살리려면 그냥 되살려도 될 것을, 왜 굳이 녹슨 메달을 목에 걸어놓고 총알을 막는 극적인 연출을 했을까? 나는 멈춰 서서 손바닥으로 가슴의 메달을 지그시 눌렀다. 청진기를 댄 것처럼 명치에 동그란 냉기가 느껴졌다. 어디선가 두견새 울음소리가 들려왔다. 이 기적이 내 지나온 삶에 대한 보상이 아니라면(물론 아니겠지), 지금부터 짊어져야 할 어떤 사명이 아닐까? 그 사명을 위해 부록으로 덧붙여진 삶이 아닐까? 두견새 울음소리가 점차 바이브레이션이 들어간 굵은 저음의 말소리로 바뀌었다. 말소리는 귀가 아닌 가슴의 동그란 냉기를 통해 들어와 몸속에 메아리쳤다.

'무성으로, 내려가, 메달을, 원래, 주인에게, 돌려주어라, 무성으로, 내려가, 메달을, 원래, 주인에게, 돌려주어라, 무성으로……'

메달에 체온이 스며들면서 차츰 냉기가 사라졌다. 메달이 몸의 일부인 양 가슴에 박히는 느낌이었다. 보름달의 깊은 꿍꿍이속을 다 헤아릴 수는 없었지만, 이 사명은 내게 부여된 기회가 틀림없었다. 나의 폐품 인생을 재활용할 마지막 기회.

"무성 한 장이오."

검은 정장에 단정한 쪽머리를 한 매표원이 하얗고 가지런한 치아 여덟 개를 내보이며 웃었다.

"왕복으로 드릴까요, 편도로 드릴까요?"

"편도요."

"순방향으로 드릴까요, 역방향으로 드릴까요?"

"아무거나요. 아니, 순방향으로."

"무성, 편도에 순방향 한 장. 이억 천오백만 원입니다, 고객님."

재밌는 아가씨네. 나는 꼬깃꼬깃 뭉친 지폐 삼만 원을 내밀었다.

"이억 천사백구십칠만 원 더 주시면 됩니다, 고객님."

"예?"

"요금 이억 천오백만 원 중에 삼만 원을 주셨습니다, 고객님."

"농담, 아니었어요?"

"제가 왜 고객님과 농담을 하겠습니까, 고객님."

"웬 기차표가 그렇게 비싸요?"

"그걸 저한테 물어보시면 안 되죠, 고객님. 돈 없으면, 다음 고객님!"

"잠깐, 잠깐만요. 제가 지금 무성에 꼭 가야 되거든요. 중요한 일입니다."

"그거야 고객님 사정이죠, 고객님."

매표원은 어떤 질문에도 치아 여덟 개짜리 세련된 미소로 응대했다. 하지만 뒤에 줄을 선 사람들은 참을성이 부족했다. 내 등을 밀쳐대며 욕설을 퍼붓는 통에 하는 수 없이 창구에서 물러났다. 등산복 차림의 아주머니가 차편을 말하더니 배낭에서 돈다발을 꺼내 하나씩 반달형 구멍으로 밀어 넣었다. 매표원은 돈다발을 부채처럼 펼쳐 들고 일일이 손으로 헤아렸다. 갇혀 있는 동안 물가가 많이 오른 모양이었다. 터무니없이 많이.

"무성행 열차가 육 번 승강장에서 곧 출발하오니, 승차권을 소지하신 승객들께서는……"

탑승 안내 방송이 연이어 흘러나왔다. 벌써 세 대째였다. 저거 타면 세 시간이면 가는데…… 나는 로비 의자에 앉아 개찰구로 들어가는 사람들을 하릴없이 바라보았다. 죽치고 있어봤자 뾰족한 수도 없건만 발길이 떨어지지 않았다. 발길이 떨어져봤자 갈 데도 없었고. 간단한 사명이라고 생각했는데 출발부터 난항이었다. 시험지를 받고 1번 문제부터 볼펜만 돌리는 꼴이라니. 아무렴, 기적이란 걸 거저 내려줄 리가 없지. 엉덩이 밑에서 플라스틱 의자가 빠지직, 이를 갈았다.

하늘은 스스로 돕는 자를 돕는다. 아니, 우는 아이 젖 준다는 속담이 더 어울리려나? 어쨌든 문제를 풀기 위해서는 멍하니 손 놓고 있지 말고 노력을 해야 한다. 공공기물을 파손해 분을 삭이는 노력이라도. 열차가 떠나가는 소리에 나는 발을 들어 앞 의자를 걷어찼고, 의자 등받이가 맥없이 부서지는 바람에 꼴사납게 바닥으로 굴러떨어졌는데, 그 순간 무성으로 내려갈 방법이 생각난 것이다. 정확히 말하자면 방법을 들었다. 짤그랑! 화장대 보석함에서 챙긴 패물을 까맣게 잊고 있었다. 이억 원 넘는 기차표를 살 수는 없겠지만 대포차 한 대 값은 충분히 나올 터였다. 나는 공중전화 부스로 가서 장물아비 오소리에게 전화를 걸었다.

"쩔곰, 웬일이야! 빵에서 전화를 다 하고."

오소리는 대뜸 목청을 높였다. 나는 손으로 입을 가리고 말했다.

"나 담 넘었다."

"오, 그래?"

"반짝거리는 게 있는데 바로 처분해줄 수 있지?"

"짱박히려고?"

"응. 대포차 한 대 구해줘. 굴러가기만 하면 돼."

"그거야 어렵지 않지."

오소리와 약속 장소를 정하고 전화를 끊었다. 벽시계의 긴바늘이 막 정오를 넘어서고 있었다. 서두르면 어두워지기 전에 무성에 도착할 수 있을 듯했다. 공중전화 부스에서 몸을 돌리다가 나는 헉, 비명을 삼켰다. 재빨리 재킷 후드를 뒤집어썼다. 로비의 대형 TV에 내 얼굴이 대문짝만하게 나오고 있었다. 언제 찍힌 사진인지 험상궂기 짝이 없는 표정으로.

> ……탈주범 최요섭은 사살된 것으로 보입니다. 어제 북한산에 위치한 전원주택에서 인질극을 벌이던 최요섭은 경찰특공대의 총에 맞고 절벽에서 추락했습니다. 현재 경찰은 헬기와 경찰견을 동원해 시신 수색 작업을 계속하고 있습니다. 다음 뉴스입니다. 대리운전 기사가 여성 고객의 나체 사진을 찍어 협박한……

오소리가 일러준 장소는 한강 지류와 중부고속도로 사이에 낀 휑한 폐차장이었다. 차량 절도범들이 차적을 세탁하는 곳이라고 했다. 나는 폐기 차량들이 레고 블록처럼 쌓인 벽 뒤에 몸을 숨기고 폐차장 입구를 주시했다. 약속 시간이 조금 지나 옆구리에 〈가인 피아노 스쿨〉이란 스티커를 붙인 노란 승합차가 흙먼지를 일으키며 들어왔다. 담배를 꼬나문 오소리가 운전석에서 좌우를 두리번거리는 게 보였다. 나는 쩔뚝거리며 다가가 조수석 문을 열고 올라탔다.

"오, 쩔곰. 뉴스에 다 나오고, 출세했네. 총 맞고 뒈졌던데?"

"극적으로 부활했다. 뭐야, 피아노 스쿨은?"

"이래야 검문에 잘 안 잡히거든. 우리나라는 교육자를 우대하잖아."

오소리는 히쭉 웃으며 차창 밖으로 담배꽁초를 튕겨 날렸다. 도통 정이 안 붙는 밉상이지만 필요할 때는 요긴하게 쓰이는 녀석이었다. 바로 지금처럼. 재킷 주머니에서 공처럼 뭉친 패물을 꺼내 건넸다.

"차는?"

"쟤들 중에 아무거나 타면 돼."

오소리가 턱짓으로 앞쪽을 가리켰다. 컨테이너 사무실 옆에 번호판이 없는 승용차 세 대가 뽀얗게 먼지를 덮어쓰고 있었다.

"어디로 가려고?"

오소리가 한쪽 눈을 감고 흑진주 귀고리를 들여다보며 물었다.

"있어, 갈 데가."

"쩔곰, 너 몇 년이나 살았냐?"

"몰라. 기억도 안 난다."

"얼마나 남았지?"

"얼마는, 무기 받았는데."

"그래? 참 막막하겠다."

"그러니까 탈옥을……"

사이드미러에 검은 그림자가 휙 스쳤다. 오소리가 패물 몇 가지를 골라 양말 속에 쑤셔 넣었다. '설마……'가 '혹시……'로 넘어가기도 전에 기관단총을 든 경찰특공대가 사방에서 뛰쳐나와 승합차를 에워쌌다.

"너, 너 이 새끼!"

나는 오소리의 멱살을 움켜잡았다.

"어떡하냐, 짭새들이 와서 지키고 있는데. 그 상황에서 나한테 연락한 니가 닭대가리지."

경찰차들이 사이렌을 울리며 폐차장 입구로 몰려들었다. 딱정벌레들이 거리를 좁히며 다가왔다.

"들어가서 푹 쉬어. 어차피 여긴 너한테 안 어울려."

오소리가 느물느물 웃으며 비아냥거렸다. 쇠구슬 같은 눈동자가 두툼한 눈꺼풀에 짓눌렸다.

"어울리는지 안 어울리는지, 한번 보자."

나는 기어를 D로 변속하는 것과 동시에 왼발을 운전석으로 넘겼다. 냅다 액셀을 밟자 승합차가 새된 소리를 지르며 튀어 나갔다.

"뭐하는 거야!"

오소리가 주먹으로 무릎을 내리치며 내 발을 떼어내려 했지만 악착같이 버텼다. 앞에 있던 딱정벌레들이 몸을 굴려 양쪽으로 갈라졌다. 오소리와 나는 팔꿈치와 이마로 서로 밀치며 핸들 쟁탈전을 벌였다. 그사이 승합차는 눈앞에 나타난 철조망을 뚫고 돌진했다. 철조망 뒤쪽은 시퍼런 강물이었다.

"……!"

미처 비명을 지르기도 전에 차는 강물에 처박혔다. 우리는 네 개의 손으로 핸들을 거머쥔 채 멀뚱히 마주 보았다. 먼저 정신을 차린 오소리가 문을 열고 빠져나가면서 강물이 들이쳤다. 난 수영을…… 못하잖아! 허둥지둥 뒤따라 나가 오소리의 바짓단을 붙잡고 늘어졌다. 얼굴로 발길질이 날아왔다. 오소리는 나를 떨쳐내고 강둑을 향해 유유히 헤엄쳤다. 팔다리를 허우적거렸지만 내 육중한 몸뚱이는 아래로, 아래도 가라앉기만 했다. 찝찔한 강물이 목구멍으로 꿀꺽꿀꺽 넘어갔다. 내려갈수록 수압이 몸을 랩처럼 감싸고 조여들었다. 시야가 흐려졌다. 씨, 또 죽나……

몽롱한 의식에 몸을 맡기려는 찰나, 강바닥에 반쯤 파묻힌 검은 바퀴가 눈에 들어왔다. 불그죽죽하게 녹이 앉은 자전거. 나는 필사적으로 바퀴의 공기 주입구 마개를 열고 입을 갖다 댔다. 공기가 뽀글뽀

글 입속으로 뿜어져 나왔다. 몇 차례 호흡을 하고 나자 정신이 돌아왔다. 곧 잠수부를 태운 순찰청이 출동할 터였다. 나는 자전거에 올라 반대편 강둑을 향해 페달을 밟았다. 모래 바닥이라 속도는 나지 않았지만 두 개의 바퀴는 묵묵히 굴러갔다. 부연 녹황색 물살이 산들산들 스쳐갔다.

코흘리개 시절, 날렵한 은빛 몸체의 삼천리 자전거를 사기 위해 신문을 돌린 적이 있었다. 하지만 한 달을 못 채우고 포기했다. 아침잠이 많은 잠꾸러기에겐 애당초 무리한 아르바이트였다. 내 간절한 소망은 처음 만난 외삼촌에 의해 이루어졌다. 사우디에서 일한다는 외삼촌은 검게 그을린 얼굴로 불쑥 나타나 자전거를 선물하고 말없이 떠났다. 석양의 무법자처럼. 그 자전거를 여기서 다시 만날 줄이야. 익사 직전이었지만 한눈에 알아보았다. '아카디아'란 이름까지 붙여준 나의 옛 친구를. 삼십 년 묵은 공기를 입안 가득 머금고 나는 하느작하느작 강바닥을 가로질렀다. 떡붕어 한 마리가 다가와 입을 뻐끔거리며 쳐다보았다.

4

자르고, 말고, 구부리고, 펴고, 꼬고, 땋고, 붙이고, 물들이고……
요섭은 헤어숍에서 머리하는 사람들을 구경할 때마다 한 가지 의문이
들었다. 인간의 머리털은 왜 계속 자라는 걸까? 사타구니나 겨드랑이
털은 그렇지 않은데. 신체 특정 부위의 털이 계속 자라는 동물이 있
다는 말은 들어보지 못했다. 딱히 실용적인 용도는 없으면서 방치할
수 없는 생장력을 과시하는 털. 부위로 봤을 때 뇌의 컨디션과 관계
있다는 게 그가 헤어숍 소파에 앉아 세운 가설이었다. 가뜩이나 체구
에 비해 비대한 인간의 뇌는 온갖 걱정과 잡생각으로 만성적인 과부
하 상태일 것이다. 계속 자라는 머리털은 그에 대한 히스테리 반응이
아닐까? 머리통이 가늘게 내지르는 비명. 그런데 그걸 또 저렇게 자
르고, 말고, 구부리고, 펴고, 꼬고, 땋고, 붙이고, 물들이고 있으니
머리통은 얼마나 약이 오를까.

"아직 자리 안 났어?"

가운을 걸치고 헤어캡을 쓴 장 선배가 옆에 와서 앉았다. 요섭은

잡지를 넘기며 실실 웃음을 흘렸다. 번질나게 드나들어도 헤어숍에는 적응이 안 되는지, 장 선배는 파마하러 올 때면 늘 요섭을 말동무로 대동하곤 했다. 하긴 장 선배가 헤어캡을 쓰고 여자들 사이에 앉아 있는 모습은 그 역시 적응하기 힘들었다. 볼 때마다 사진을 찍어 사내 게시판을 발칵 뒤집어놓고 싶은 유혹을 느꼈다.

장 선배는 남자치고 머리에 유난히 신경을 쓰는 편이었다. 한 달에 두 번씩 커트를 했고 두세 달에 한 번은 파마를 했다. 그렇다고 장 선배가 사람들의 눈길을 잡아끄는 멋쟁이는 아니었다. 오히려 그렇게 관리하지 않으면 머리털이 고슴도치처럼 뻗치며 드러나는 휑한 정수리가 사람들의 눈길을 잡아끌었다. 그 성깔 사나운 머리털을 잠재우기 위해 정기적으로 볼륨다운펌을 하는 것이었다(볼륨다운펌이라니, 정말 별걸 다 알게 되네). 요섭의 자질구레한 자부심 중 하나는, 장 선배가 시간과 돈을 들여 그 요상한 파마를 하고 나면 손으로 대충 넘긴 그의 반곱슬 머리와 엇비슷한 스타일이 나온다는 것이었다.

"어제도 한잔했어?"

"아뇨. 토요일은 쉬어야죠."

"밤새 퍼마신 얼굴인데."

"그래요? 간밤에 잠을 설쳐서 그런가?"

"잠을 왜 설쳐?"

"뭐, 그냥……"

요섭은 물에 빠진 것처럼 숨쉬기가 거북해 몇 번이나 잠을 깼다는 말은 하고 싶지 않았다. 항상 베개에 머리 붙이자마자 누가 업어 가도 모르게 아침까지 단잠에 빠지곤 했는데. 지난밤뿐 아니라 요즘 계속 잠의 질이 시원찮았다. 같은 시간을 자고 일어나도 전과 달리 머리가

116

흐리멍덩하고 몸이 뻐근했다. 마치 밤새 돌아다닌 몽유병자처럼.

마침 간만에 찾아온 '나 홀로 일요일'이라 요섭은 종일 소파에서 뭉기적거리며 부족한 수면을 보충하려 했다. 하영은 아침부터 부산하게 몸치장을 하더니 친구들과 뮤지컬을 본다며 나갔고 유현이는 야구부 훈련이 있었다. 리모컨을 배 위에 올려놓고 비몽사몽 채널을 돌리던 중 장 선배에게 전화가 걸려왔다. '머리 자를 때 안 됐어?' 기러기 아빠인 장 선배는 매주 혼자 뭉개야 하는 일요일을 버거워했다. 요섭은 장식장 유리에 머리를 이리저리 비춰 보았다. 커트하기에는 애매한 길이였다.

"고민 있어?"

장 선배가 입꼬리를 늘어뜨리고 요섭을 쳐다보았다.

"고민은, 새삼스럽게."

"제수씨하고는 별일 없고?"

"부부라는 것만 빼면 별일 없어요."

"유현이는?"

"학교 잘 다녀요. 키가 빨리 커야 되는데."

"넌?"

"나 참, 오늘 이상하게 다정하시네."

장 선배는 콧김을 내뿜더니 고개를 돌리고 눈을 감았다. 요섭은 다시 잡지를 휘적휘적 넘겼다. 늘씬한 모델들 사이에서 벽시계 하나가 그의 눈길을 끌었다. 숫자판에 꽃들이 울긋불긋 그려진 도자기 벽시계는 헨젤이라는 독일 설치미술가의 작품이었다. 섹션의 제목은 '바람을 따라 시간이 흐르는 곳'. 톱니바퀴를 태엽 대신 높이 솟은 강철 바람개비에 연결해놓은 시계였다. 강풍이 불면 시간은 빠르게 흐르고, 바람이 멎으면 시간도 멈추고. 요섭은 문득 영화「바람과 함께 사라지다」의 라스트 신이 떠올랐다. 불타는 노을 속에 홀로 선 스칼렛의 명대사. '내일은, 내일의 태양이 뜰 테니까.'

"그런데 왜 그랬냐?"

장 선배가 묵상에 잠긴 채 물었다.

"예? 뭘요?"

"대리기사 건."

"아아, 그거요……"

구태여 비밀로 할 생각은 없었지만 장 선배 귀에 이렇게 빨리 들어갈 줄은 몰랐다. 사실 요섭은 소문이 퍼지기를 내심 기대하고 있었다. 두고두고 사례로 인용할 만한 드라마틱한 케이스였으니까. 최요섭 변호사가 셜록 홈즈처럼 명석한 두뇌와 예리한 관찰력으로 멋들어지게 해결한.

"그건 또 어디서 들었어요?"

"왜 그랬냐고."

장 선배의 사뭇 위협적인 음성에 요섭은 어리둥절했다. 회사에 알리지 않은 건 잘못이지만 이렇게 다그칠 성격의 일은 아니었다.

"왜는요, 사회봉사 좀 한 거지. 노블레스 오블리주."

"허락 없이 외부 사건 수임하면 안 되는 거 몰라?"

"땡전 한 푼 안 받았어요. 참, 먹던 캐러멜 받았네. 사정이 딱하기에 잠깐 도와준 겁니다. 그 친구 신세 조질 뻔했더라고요."

장 선배가 눈을 가늘게 뜨고 요섭을 쳐다보았다. 그를 꼬치에 꿰어 이리저리 돌려 보는 눈빛이었다.

"아, 왜 이러세요? 회사에서도 봉사활동 많이 해서 매스컴 좀 타라고 장려하잖아요."

장 선배는 손을 들어 요섭의 말을 막았다.

"이번엔 그냥 넘어가기로 했다. 앞으론 뻘짓도 가려가면서 해라."

뻘짓이라니. 칭찬은 못해줄망정 내가 뭘 그리 잘못했다고. 요섭은 욱하는 마음이 일었지만 더 이상 왈가왈부하지 않기로 했다. 장 선배의 괴팍한 성미를 하루 이틀 상대한 것도 아니고.

"예예, 분부대로 합죠."

"그리고 유학생 건은 권기용한테 넘겨."

"예? 형님!"

요섭은 저도 모르게 장 선배를 향해 눈을 부라렸다. 잔소리 한마디 하고 넘어가면 됐지, 이건 심하지 않은가.

"잔말 마. 징계 얘기까지 나오는 거 그 정도로 막은 거야."

"허, 징계요? 누가요, 한 대표가 그래요?"

"끝난 얘기니까, 내일 출근하는 대로 권기용한테 인수인계해."

요섭은 어처구니가 없었다. 배당된 사건을 빼앗기는 건 변호사로서 자존심이 걸린 문제였다. 아무리 냄새나는 쉰밥일지언정 내 밥통에 있던 건데. 그걸 누구보다 잘 아는 장 선배가, 국으로 입 다물고 사건을 넘기라니. 그깟 사소한 규정 위반 때문에. 그것도 호시탐탐 자신의 영역을 노리는 오소리한테. 이것들이, 고분고분 시키는 대로 따라줬더니 날 호구로 보나.

"너무하는 거 아닙니까? 제가 회사에 피해를 끼친 것도 아니고."

요섭은 목소리에 서린 독기를 굳이 걸러내지 않았다.

"왜, 착한 어린이 표창이라도 하나 주랴?"

장 선배는 가소롭다는 투로 받아넘겼다. 비장한 눈씨름이 이어졌다. 장 선배의 근엄한 표정 위에 얹힌 번들거리는 헤어캡. 요섭은 찔끔찔끔 새어 나오는 웃음을 어금니로 짓씹으며 버텼다. 그래봤자 이길 수 없는, 이겨서는 안 되는 기싸움이란 건 알고 있었다. 아무리 심장이 요동치며 충동질할지라도. 고개 돌릴 타이밍을 잡지 못해 콧구멍만 벌름거리고 있는데, 미니스커트 차림의 아가씨가 다가왔다.

"커트 자리로 안내해드릴게요."

요섭은 끄응 소리를 내며 일어나 미니스커트를 따라갔다. 자리에 앉자 커트보의 고무 밴드가 목을 옥죄어왔다. 거울 속 납작하게 짜부라진 얼굴은 마치 커트보 위에 참수된 머리만 올려놓은 것 같았다. 왼쪽 어깨 뒤편으로 묵상에 잠긴 장 선배가 비쳤다. 차가운 가윗날이 귓바퀴를 스쳤다. 사각거리는 소리와 함께 잘린 머리칼이 후드득 떨어져 내렸다. 머리통이 가늘게 내지른 비명이.

'왜, 착한 어린이 표창이라도 하나 주랴?' 요섭은 상황을 알 것 같았다. 사건을 무리하게 재배당한 건 징계 차원의 조치가 아니라 냉정한 의사 결정일 뿐이었다(나에 대한 '개인적'인 감정은 있지도 않았겠지). 사실 이번 사건이야 누가 맡건 눈 감고도 처리할 수 있었다. 단 조건이 하나 붙었다. 누가 맡건, 반드시 눈을 감아야 한다는 것. 자신의 뜬금없는 노블레스 오블리주가 그들을 불안하게 만든 게 틀림없었다. 어린애를 제거하려고 고용한 킬러가 갑자기 유니세프에 거금을 기부했다면, 어떻게 믿고 일을 맡기겠나.

"샴푸해드릴게요."

요섭은 샴푸실 세면대에 머리통을 걸치고 드러누웠다. 둥글게 팬 세면대 홈이 뒷목을 조여왔다. 얼굴에 덮힌 수건에서 알싸한 크레졸 냄새가 났다. 쏴아, 소리와 함께 머리에 물이 뿌려지고 꼬물거리는

손가락이 머리칼을 파고들었다. 장 선배의 음성이 나직하게 귓가에
울렸다. '머리 자를 때 안 됐어?'
　　요섭은 한숨을 내쉬듯 말했다.
　　"아가씨."
　　"예?"
　　"찬물로 해줘요. 아주 차가운 물로."

5

밤거리 간판들이 달려들어 빽빽 고함을 쳤다. 요섭은 팔을 휘적거
리며 비틀비틀 걸었다. 우그러진 함석판에 비친 풍경을 보는 것처럼
눈앞이 어룽거렸다. 건물이 엿가락처럼 휘어지고 자동차가 찌그러진
채 달리고 허리가 꺾인 사람들이 지나갔다. 숨을 들이마실 때마다 뒤
틀린 풍경이 목구멍을 쑤시고 들어와 위장을 찔러댔다.

요섭은 건물 사이 으슥한 골목으로 뛰어들었다. 미처 자세도 잡기
전에 하수관이 터지듯 입에서 쏟아지는 토사물. 위장을 쥐어짜며 구
역질을 하는데 눈물이 찔끔거렸다. 머리가 조금 맑아진 대신 몸의 근
력이 전부 빠져나간 듯했다. 돌아서서 한 발 내딛자마자 요섭은 무릎
이 꺾이며 털썩 엉덩방아를 찧었다. 사방에서 지린내가 진동했다. 제

길, 이게 무슨 꼴이야. 폐오일 같은 토사물이 그를 향해 구불구불 기어 왔다.

　권기용은 다 아는 내용이라는 듯 요섭이 건넨 자료를 건성으로 훑었다. 누구든 그다지 달갑게 여길 케이스가 아니건만 그는 흡족한 표정이었다. 그렇겠지. 기회만 있으면 윗선에 끈을 대기 위해 눈이 벌게지는 놈이니까. 권기용의 야망은 〈사해〉의 파트너 따위가 아니라 여의도 금배지, 혹은 그 이상을 겨누고 있다는 걸 요섭도 익히 알고 있었다. 오소리, 주제 파악 좀 해라. 여기저기 들쑤시고 다니며 생태계 흐려놓지 말고.
　"최 변호사님, 좋은 일 했다면서요."
　요섭이 돌아서는데 권기용이 대뜸 알은척을 했다. 얼굴이 확 달아올랐다.
　"부럽습니다. 각박한 세상일수록 그렇게 재능 기부도 하고 베풀면서 살아야 하는 건데. 일에 치이다 보니 늘 내 앞가림하기에 급급해요."
　권기용은 탁 소리가 나게 서류철을 덮고 빙긋이 웃었다. 요섭은 그 느물느물한 표정을 사포로 벅벅 문질러 긁어내고 싶었다.
　"제 앞가림만 잘하면 됐지. 수고해."
　요섭은 사무실에 돌아와서도 분을 삭이지 못했다. 그래봤자 손바닥만 한 쪽방에서 할 수 있는 분풀이라곤 벌떡 일어섰다가 털썩 주저앉기를 반복하는 것밖에 없었다. 휴먼 법정 드라마의 주인공인 줄 알았는데, 대본이 바뀌며 천덕꾸러기 조연으로 전락한 기분이었다. 뚱뚱하고 연기도 어색하고 중간에 흐지부지 사라지는.

다른 변호사와 스태프들도 대놓고 말은 안 했지만 그를 보는 눈빛이 평소와 미묘하게 달랐다. 어설픈 재주를 부리는 약장수의 원숭이를 구경하듯 '쟤는, 참……' 하며 저마다 다양한 뒷말을 얼버무리는 표정들. 거미줄 같은 흐리터분한 눈빛이 온몸에 끈적끈적 들러붙었다. 요섭은 퇴근하자마자 술집으로 달려갔다. 무슨 술을 얼마나 마셨는지 기억도 나지 않았다.

성공했네. 오소리와 내가 다르다는 걸 입증했어. 내가 더 닭대가리란 걸. 요섭은 주저앉은 채 큭큭 웃었다. 권기용에게 야망이라는 소실점이 있다면 그에게도 삶을 견인하는 나름의 수칙이 있었다. 주어진 환경에서 최선의 선택을 한다, 선택한 길에서 최선의 노력을 한다, 그 축적으로서의 삶을 군말 없이 향유한다. 얼마나 담백한가. 권기용이 올림픽 금메달을 위해 체계적으로 훈련하는 양궁선수라면, 그는 야생에서 사냥을 하는 원주민이었다. 애당초 활을 쏜다는 공통점 하나로 엮일 필요도 구분될 필요도 없었던 것이다. 요섭은 고개를 절레절레 흔들었다. 됐다. 허접한 사건 하나 넘겨준 것뿐이야. 그만 잊고, 내 앞가림이나 잘하자.

"아저씨, 괜찮으세요?"

요섭의 어깨에 작은 손이 얹혔다. 힘차게 뛰어오르는 퓨마 한 마리가 그의 구두 옆으로 다가왔다.

"많이 취하셨네. 여기 앉아 계시면 안 돼요."

겨드랑이로 파고든 손이 요섭을 일으키려 했지만 백십 킬로그램의 무게를 감당하기엔 역부족이었다. 그때 반대편에서 말소리가 들렸다.

"야, 완전 꽐라네. 얼른 지갑 챙겨서 가자. 반지도 빼고."

겨드랑이에 있던 손이 재킷 앞섶을 헤집고 들어왔다. 요섭은 왼쪽 가슴을 어루만지는 따스한 체온이 정겹게 느껴졌다. 손목을 잘라 가지고 다니고 싶을 정도로. 꼬물꼬물 안주머니 입구를 찾아 들어온 손가락이 지갑에 닿는 순간, 요섭은 침입자의 손목을 낚아채며 몸을 일으켰다. 점점 커지는 그의 덩치에 침입자는 어어, 하는 신음만 흘렸다. 뺨에 여드름 자국이 송송한 십대였다.

"아, 씨발, 놔!"

녀석은 눈으로는 울상을 짓고 입으로는 심통이 난 우스꽝스런 표정이었다. 버섯 모양으로 자른 머리 때문에 더욱 어벙하게 보였다. 요섭은 손아귀에 틀어쥔 가느다란 손목을 비틀었다. 나무젓가락처럼 부러뜨릴 자신도 있었다. 퍽! 등판에 무언가 부서지는 충격이 왔다. 돌아보니 모히칸 스타일로 가운데 머리를 세운 녀석이 부러진 각목을 움켜쥐고 있었다. 2 대 1이면 장담할 수 없는 싸움이었다. 요섭은 본능적으로 잡고 있던 버섯 머리의 미간을 이마로 들이받고 냅다 팔을 휘둘렀다. 팔꿈치에 모히칸의 면상이 제대로 걸린 듯했다. 두 녀석이 얼굴을 감싸고 나자빠진 사이 요섭은 휘청거리며 네온간판이 번쩍이는 골목 입구를 향해 내달렸다.

몸이 예전 같지 않네. 요섭은 벽에 기대서서 가쁜 숨을 몰아쉬었다. 한바탕 몸부림을 쳤더니 알알한 술기운이 다시 혈관을 타고 퍼지는 느낌이었다. 애새끼들이 일해서 먹고살 생각은 않고 어딜…… 요섭은 주머니의 지갑과 휴대폰을 확인한 뒤 비척비척 걸음을 옮겼다. 각목에 얻어맞은 등이 그제야 욱신거렸다.

"어이, 최요섭이, 도망가려고?"

요섭이 화들짝 주위를 둘러보았지만 아무도 없었다.

"저 하이에나 같은 놈들이 네 걸 뺏으려 했는데 그냥 내빼는 거야?"

에어컨 실외기 옆에 삐뚜름히 기대선 대걸레가 말을 걸어왔다.

"대가리 피도 안 마른 양아치들이 널 썩은 고깃덩이 취급했잖아. 하긴 그럴 만도 하지, 쯧."

"그게, 무슨 소리야?"

"네 꼬라지를 봐. 오소리가 네 영역에서 오줌을 찍찍 갈기며 돌아다니는데, 넌 술 취해 징징거리는 게 다잖아. 결국 파트너 자리도 뺏길걸. 야, 그런 놈한테까지 밀리면 쪽팔려서 어쩌냐. 눈치껏 그만 꺼지라는 얘기지."

"웃기지 마! 여긴 내가 십 년을 다져온 터전이야."

요섭은 대걸레를 향해 소리쳤다.

"십 년 아니라 백 년을 개처럼 일하면 뭐해. 개는 개지. 아니, 개는 달려들어 물기라도 하지. 병신, 그렇게 찔끔찔끔 밀리면 어떻게 되는 줄 알아? 응?"

"……"

"나처럼 걸레가 되는 거야. 주정뱅이들 오바이트나 문지르고 대충 헹궈서 골목에 처박아놓는 걸레."

대걸레는 더러운 머리털을 흔들며 킬킬거렸다. 옆에서 에어컨 실외기가 클클클 따라 웃었다. 킬킬킬, 클클클, 킬킬킬, 클클킬, 킬클킬클, 클킬킬클킬, 킬클킬킬클클, 클킬클킬킬킬클킬클킬클킬클클킬클클…… 요섭은 귀를 막았지만 쇠를 긁는 듯한 웃음소리가 손가락 사이를 계속 파고들었다. 머릿속에서 해머가 커다란 호를 그렸다. 쇳덩이 추가 쏜살같이 눈금판을 타고 올라갔다.

땡!

요섭은 떠버리 대걸레를 벽에 비스듬히 걸쳐놓고 구둣발로 허리를 부러뜨렸다. 켁! 단말마의 비명이 터졌다. 그는 부러진 자루를 들고 성큼성큼 골목으로 돌아갔다. 살이 썩는 악취가 스멀스멀 올라왔다. 팔과 목 언저리에 벌겋게 두드러기가 돋았다. 두 녀석은 아직 골목 바닥에 주저앉아 있었다. 버섯 머리가 그를 발견하고 엉거주춤 몸을 일으켰다. 재빨리 달려간 요섭은 붕 떠올라 녀석의 가슴팍을 걷어찼다. 버섯 머리는 뒤에 있던 모히칸을 덮치며 나동그라졌다. 최요섭이, 아직 쓸 만하네. 요섭은 한데 엉겨 있는 덩어리를 대걸레 자루로 힘껏 내리쳤다. 매끈한 봉이 살을 파고들어 뼈를 때리며 찌르르, 떨림이 어깨로 전해졌다.

"네놈들이 내 걸 뺏으려 했으니까 이건 정당방위야, 정당방위. 형법 제21조 1항! 내 소중한 법익에 대한, 양아치 새끼들의 부당한 침해를 방위하기 위한 행위는, 절대, 처벌하지, 않는다!"

요섭은 미친 듯이 대걸레 자루를 휘둘렀다. 두 마리의 하이에나는 머리를 감싸고 엎드려 깨갱거렸다.

"내 지갑을 갖고 싶어? 응? 이거 몽블랑이야, 몽블랑. 메이드 인 프랑스, 백 프로 천연 악어가죽! 이런 거 갖고 싶으면 일을 해. 몸을 움직이라고! 이 양아치 새끼들, 하이에나 새끼들, 태어났으면 고기 값은 해야지!"

대걸레 자루가 부러지자 요섭은 구둣발과 주먹을 동원했다. 하이에 나들은 토사물 웅덩이에서 허우적거렸다. 이러면 안 된다는 이성의 충고가 항공장애등처럼 껌뻑껌뻑 점멸했다. 난 배울 만큼 배운 지성인인데, 난 국내 유수의 로펌 변호산데, 난 아내와 아들이 있는 건실한 가장인데…… 하지만 그의 몸은 이미 헐크로 변한 상태였다. 문명

세계에서 걸치고 다니던 윤리와 상식은 부풀어 오른 녹색 근육에 갈
가리 찢겨 나풀거렸다. 후련했다. 정수리에서 항문까지 시원하게 바
람구멍이 뚫린 기분이었다. 뭐, 재능 기부? 부러워? 그래, 그렇다면
내가 한 번 더 확실하게 보여주지. 나는야 억울한 이들의 수호천사,
정의의 사도, 최요섭 변호사니까!

6

퉁퉁 불은 발이 운동화 속에서 철벅철벅 물장구를 쳤다. 젖은 옷에
는 흙먼지가 달라붙어 누런 얼룩무늬가 생겼다. 감기가 오려는지 몸
이 으슬으슬했다. 국도는 내내 황량한 벌판을 가로질렀다. 허기를 달
랠 만한 식당이나 인가는 나타나지 않았다. 과일 노점이라도 하나 있
으면 좋으련만. 엔진 소리가 들릴 때마다 멈춰 서서 손을 흔들었지만
차들은 야유하듯 쌩, 휘파람을 불며 지나갈 뿐이었다. 나는 그들이
백미러로 봐주기를 기대하며 가운뎃손가락을 높이 쳐들었다.

제대로 가고나 있는 건지…… 반나절 가까이 걷는 동안 표지판이
라곤 하나도 눈에 띄지 않았다. 해가 넘어가는 방향을 등지고 꾸역꾸
역 전진하는 수밖에 없었다. 무성이 있는 동쪽을 향해. 걸음을 디딜
때마다 뒷목에 걸리는 메달의 무게가 다음 걸음을 내딛게 하는 유일
한 추진력이었다.

뒤에서 요란한 엔진 소리가 들렸다. 파란 천막을 씌운 트럭 한 대
가 비탈길을 내려오고 있었다. 별 기대도 없이 흐느적흐느적 손을 흔

들었다. 예상대로 트럭은 탈탈거리며 내 앞을 지나쳤다. 몸을 돌려 가운뎃손가락을 들어 올리는데, 트럭이 꽁무니에 빨간 불을 밝히며 멈춰 섰다. 나는 손을 내리고 트럭을 향해 허겁지겁 달려갔다. 갓난 아기를 품에 안은 수더분한 인상의 여자가 조수석에서 힐끗 흘겨보았다. 어쩌면 눈인사를 보낸 것 같기도 했다. 아기의 성긴 머리칼을 거머잡고 있는 별 모양 머리핀이 반짝 빛났다.

"어디 가는 길이세요?"

운전석에서 젊은 남자가 고개를 내밀고 물었다. 희멀끔한 얼굴에 발그스름한 입술이 트럭보다는 책상머리가 어울리는 생김새였다. TV에 대문짝만하게 나오던 험상궂은 얼굴이 떠올라 나는 고개를 외틀고 대답했다.

"무성이오."

"거기까지 걸어가시려고? 우리는 평창에 가는 길인데……"

"아, 바로 근처네요. 좀 태워주시겠어요?"

"짐칸에 타야 되는데, 괜찮으시려나 모르겠네."

"괜찮고말고요."

남자의 마음이 변할세라 냉큼 트럭 뒤쪽으로 돌아갔다. 얼굴을 마주하지 않고 갈 수 있으니 오히려 다행이었다. 하지만 적재함을 보는 순간 나는 움찔하고 말았다. 3단으로 빼곡히 쌓인 철제 우리. 그제야 코를 찌르는 악취와 함께 꿀꿀거리는 합창이 귀에 들어왔다. 돼지 아파트를 보는 듯했다. 뭐, 돼지잖아. 도사견이 아닌 게 어디야. 만일 도사견이 우글거리고 있었다면 호랑이가 아닌 게 어디냐고 했을 것이다. 나는 적재함에 올라 철제 우리 사이에 자리를 잡았다. 눅눅한 열기와 지린내가 장마철 감방을 연상시켰다. 트럭은 부르르 몸을 한 번

떨고 출발했다.

돼지들이 사방에서 실룩거리는 코를 쇠창살 사이로 내밀고 나를 구경했다. 까만 바둑돌을 박아놓은 것 같은 눈이 호기심으로 반들거렸다. 불판에서 구워지는 살점만 봤지 살아 있는 돼지를 대면하는 건 처음이었다. 너풀거리는 귀와 샐샐 웃는 듯한 입매가 나름 귀여운 구석이 있었다.

"이것 좀 드시겠어요?"

남자가 운전석과 적재함 사이의 조그만 미닫이창을 열고 말했다. 내용물을 보기도 전에 입에 침부터 고였다. 나는 우리 사이를 비집고 들어가 남자가 내민 보름달 빵과 우유를 받았다.

"고맙습니다."

둥글 넙적한 빵을 두 입에 베어 삼키고 우유를 한 모금에 들이켰다. 쳐다보던 돼지들이 설레설레 고개를 저었다.

"무성엔 무슨 일로 가세요?"

남자가 라디오 볼륨을 줄이며 물었다.

"어, 친구를 만나러 갑니다."

"무성이 고향인가요?"

"고향은 아니고, 어릴 때 잠깐 살았어요."

"걸어서라도 가시려는 걸 보니, 절친한 친구인가 봐요?"

"뭐, 그런 건 아닌데, 전해줄……"

나는 대답을 마치지 못했다. 라디오에서 흘러나오는 뉴스 속보 때문이었다.

……탈주범 최요섭이 계속 도피 중인 것으로 밝혀져 경찰이 지명

수배에 나섰습니다. 경찰에 따르면 최요섭은 오늘 하남의 한 폐차장에 나타났으며, 차를 구해 지방으로 도주하려던 것으로 보입니다. 최요섭은 키 백구십 센티미터, 몸무게 백십 킬로그램의 거구로 짧은 파마머리에 왼쪽 다리를 절뚝인다고 합니다. 경찰은 탈주범이 매우 위험한 인물이므로 발견 즉시……

"물건이 있어서요!"

뒤늦게 라디오 소리를 덮으려 와락 목청을 높였다. 남자와 룸미러 속에서 눈이 마주쳤다. 아까 다리 저는 걸 봤을까? 이놈의 덩치는 숨길 수도 없고. 다시 내려달라고 하면 더 의심하려나? 곧 어두워질 텐데 내려서 어쩌려고? 트럭을 빼앗아 달아날까? 젖먹이까지 있는데 좀 심한가? 제길, 무성으로 간다고 털어놨으니 순순히 보내주면…… 무슨 생각을 하는 거야? 난 위험한 인물이 아니야. 이거 파마머리도 아니고…… 혼자 어지럽게 말풍선을 띄우고 있는데 남자가 손을 뻗어 라디오를 툭, 꺼버렸다. 머릿속 말풍선들이 한꺼번에 펑, 터졌다.

"뒤에 냄새 심하죠?"

"아뇨, 냄새는 뭐, 괜찮습니다."

남자의 목소리에는 별다른 동요의 기색이 없었다. 무심하게 보이는 눈빛도 그대로였고. 하지만 안심할 순 없었다. 나는 룸미러를 살피며 남자에게 말을 붙였다.

"평창에서 돼지 농장을 하시나 봐요?"

"예, 조그맣게."

"돼지를 이렇게 가까이서 보긴 처음인데, 생각보다 귀엽네요."

"그렇죠?"

시종 덤덤하던 남자가 퍼뜩 반색을 했다.

"사람들이 돼지에 대해 오해하는 게 많아요. 돼지가 무식한 줄 아는데, 쟤네들 아이큐가 거의 돌고래 수준이에요. 개나 고양이랑은 비교가 안 되죠. 그리고 돼지처럼 먹는다는 말도 잘못된 거예요. 돼지는 자기 필요한 만큼만 먹으면 더 이상 안 먹거든요. 인간이나 소화제까지 복용하며 과식을 하지."

"아, 그런가요?"

"그럼요. 지저분하다는 것도 오햅니다. 진흙탕에서 뒹구는 걸 보고 그런 소리들 하는데, 돼지는 땀샘이 없기 때문에 그게 체온을 식히는 방법이에요. 키워보면 쟤들만큼 청결한 동물도 없죠. 자기들이 알아서 잠자리 따로 변소 따로 만들고, 아주 깔끔을 떤다니까요."

남자는 한 옥타브 고조된 목소리로 돼지에 대해 술술 늘어놓았다.

"전 말이죠, 사람들이 돼지를 지금보다 훨씬 더 존중해야 한다고 생각합니다. 돼지가 인류의 생존에 얼마나 크게 기여해왔습니까. 이미 구천 년 전부터 돼지를 가축으로 삼았다는 기록이 있어요. 돼지가 없다면 퇴근길의 삼겹살에 소주 한잔도 포기해야죠. 돼지갈비나 보쌈은 어떻고요. 족발, 편육, 감자탕, 껍데기, 순대, 곱창, 두루치기는요. 햄, 소시지, 베이컨, 돈가스, 탕수육, 동파육, 하몽, 슈바이네 학센 등등등, 돼지가 없다면 전 세계 요리의 절반은 포기해야 할 겁니다. 그런데 돼지에 대한 사람들의 인식은 어떻습니까. 게으르고 뚱뚱하고 무식하고 더러운 동물의 대명사일 뿐이죠."

남자의 연설이 점점 격렬해졌다. 추임새 넣을 타이밍도 잡기 힘들어 나는 잠자코 듣기만 했다.

"불교의 '윤회의 수레바퀴'를 보면 중심에 번뇌의 근원인 삼독(三

毒)을 상징하는 동물로 뱀, 닭과 함께 돼지를 그려놓았죠. 탐욕과 무지를 나타낸답니다. 허, 그런 의미라면 인간을 그려야 하는 거 아닌가요? 기독교는 한술 더 떠서 돼지를 악마, 사탄, 호색한의 상징으로 여겼어요. 예수께서 허락하시자 더러운 귀신들이 그 사람에게서 나와 돼지에게로 들어가매, 이천 마리나 되는 돼지 떼가 비탈을 내리달려 바다에 빠져 몰사하거늘. 아니, 이 무슨 끔찍한 복음입니까. 돼지가 무슨 죄가 있다고. 부정한 동물이라며 돼지를 아예 먹지도 못하게 하는 이슬람은 말할 것도 없고요."

핸들을 잡은 남자의 손이 부르르 떨렸다. 앞이나 보면서 운전하는 건지 걱정이 되었다.

"'캐리'라는 영화 보셨나요? 주인공 캐리가 친구들을 도륙하는 장면에서 왜 하필 돼지 피를 뒤집어쓰고 그런답니까. '센과 치히로의 행방불명'은 어떻고요. 공짜 요리를 게걸스럽게 먹던 부모가 돼지로 변하잖아요. '암퇘지'란 소설에선 매춘을 하던 향수가게 점원을 돼지로 만들어버리고. 그뿐입니까? 배부른 돼지보다 배고픈 소크라테스가 되겠다느니, 돼지 목에 진주목걸이라느니, 돼지 멱따는 소리라느니……"

끝나지 않을 것 같던 남자의 장광설은 아기 울음소리와 함께 멈췄다. 부인이 셔츠 단추를 풀고 젖을 물렸지만 아기는 계속 칭얼거렸다. 나는 슬쩍 목을 빼서 룸미러에 비치는 희멀건 젖무덤을 훔쳐보았다.

"애가 냄새 때문에 이러는 모양이네요."

남자가 눈앞에서 미닫이창을 탁 닫았다. 옆에 있던 돼지가 샐샐 웃었다.

철제 우리 너머로 잿빛 하늘에 노을이 퍼지고 있었다. 돼지 몇 놈은 벌써 짧은 다리를 가지런히 모으고 코를 골았다. 두루뭉술한 분홍빛 살덩이를 보고 있자니 남자가 열거한 요리들이 냄새를 풍기며 지나갔다. 돼지갈비, 족발, 감자탕, 순대, 곱창, 소시지, 돈가스, 탕수육…… 나는 입맛을 다시며 적재함 구석에 몸을 웅크리고 누웠다. 기다렸다는 듯이 긴 하품이 나왔다. 돌이켜보고 싶지도 않은 파란만장한 하루였다. 간밤에 총에 맞은 일이 전생의 기억인 양 아득했다. 그래도 막판에 트럭을 얻어 타서 다행이었다. 이제 곧 무성에 도착할 테고, 오늘은 늦었으니 내일이면…… 스르르 눈이 감겼다. 적재함이 커다란 요람처럼 흔들렸다.

어…… 아…… 응? 뺨이 축축했다. 몸에 스며든 차가운 냉기. 트럭의 진동이 느껴지지 않았다. 눈꺼풀을 밀어 올리자 노란 중앙선이 눈을 찌를 듯 달려들었다. 부슬비가 내리는 도로 한복판이었다. 바닥을 짚고 몸을 일으키는데 온몸의 뼈마디들이 아우성을 쳤다. 저만치 앞에 트럭의 헤드라이트 불빛이 보였다. 어떻게 된 거지?

쩔뚝거리며 불빛을 향해 다가갔다. 꿀꿀거리는 합창이 빗속을 뚫고 건너왔다. 어둠에서 분리되는 트럭의 윤곽. 네 개의 바퀴가 하늘을 향하고 있었다. 맙소사, 사고가 났나? 트럭 뒤쪽에 찌그러진 철제 우리가 나뒹굴었다. 모두 비어 있었다. 돼지 울음소리는 불빛이 훤한 앞쪽에서 들려왔다.

운전석 쪽으로 돌아가던 나는 그 자리에 얼어붙었다. 헤드라이트 불빛 속에 트럭을 몰던 부부가 머리를 맞대고 널브러져 있었다. 부슬비가 체로 친 쌀가루처럼 흩날렸다. 가시 같은 흑갈색 털에 꼿꼿이 솟은 세모꼴 귀, 주둥이 양쪽으로 흉측하게 삐져나온 어금니. 멧돼지

들이 부부를 둘러싸고 뜯어 먹는 중이었다. 한 놈이 남자의 창자를 물고 고개를 휘젓는 바람에 뻘건 살점이 내 발치에 튀었다. 갈비뼈를 앞발로 헤치는 놈, 입가로 핏물을 흘리며 무언가를 우두둑우두둑 씹는 놈, 무심한 눈길을 밤하늘에 던져둔 남자, 형체도 없이 뭉개진 핏덩이를 끌어안고 있는 부인…… 옆에 떨어진 별 모양 머리핀이 반짝 빛났다.

시큼한 토사물이 목구멍으로 치밀었다. 손으로 입을 틀어막았다. 침을 삼키며 토사물을 내리눌렀지만 위장에서 펌프질을 하듯 다시 밀어올렸다. 손가락 사이로 누런 액체가 뿜어져 나왔다. 멧돼지들이 한꺼번에 나를 돌아보았다. 푸른 도깨비불이 이글거리는 눈, 벌겋게 핏물이 밴 주둥이. 가장 덩치가 큰 놈이 뒤뚱거리며 다가왔다. 바윗덩이 하나가 굴러오는 것 같았다. 나는 녀석과 눈씨름을 벌이며 천천히 뒷걸음질 쳤다. 쉭쉭, 내뿜는 콧김이 얼굴까지 와 닿았다. 운동화 바닥에 산기슭의 물컹한 흙이 느껴지는 순간, 몸을 돌려 냅다 달렸다. 꾸엑, 꾸엑, 울부짖는 소리가 뒤따라오고 탁, 탁, 나뭇가지 부러지는 소리가 앞을 가로막았다. 나는 어둠 속에서 죽을힘을 다해 산등성이를 뛰어올랐다. 메달이 춤을 추며 채찍질하듯 가슴팍을 때렸다.

7

　일이 커졌다. 발단은 피해자 유소연이 인터넷에 올린 호소문이었다. 부유층 유학생 자제들의 패스트푸드점 알바생 성폭행 사건. 감정의 양념을 적절히 뿌려 사실관계를 정리한 후 수면 아래 감춰진 의혹들을 신중하게 언급한 글이었다. 아무래도 술에 뭔가를 탄 것 같다는 점, 웨이터가 별안간 진술을 번복해 불리한 증언을 한다는 점, 하지만 경찰에서도 검찰에서도 왠지 미온적으로 대응하며 도리어 자신을 몰아세운다는 점. 성폭행 피해자임에도 죄인 취급받는 현실이 너무나 고통스럽다고, 바라는 것은 더도 덜도 아닌 공정하고 엄정한 법 집행뿐이라는 차분한 하소연으로 글은 마무리되었다. 그 정도로 충분했다. 연탄재에 눈을 뭉쳐 산비탈에서 또르르르……

　인터넷과 SNS를 타고 호소문이 삽시간에 퍼지며 여론은 분노로 들끓었다. GHB와 성폭행 수사 절차에 대한 전문가 수준의 정보가 속속 더해졌고 실제 전문가들도 앞다투어 한마디씩 거들었다. 비난의 화살은 경찰과 검찰을 향했다. 담당 형사와 검사의 신상 정보가 나돌았고 재판 진행을 두 눈 부릅뜨고 지켜보자는 독려가 뒤따랐다. 부유층 개망나니들의 변호를 맡은 〈사해〉에도 곱지 않은 시선이 쏠렸다. 정치권과 결탁된 로펌의 급성장 배경이 새삼 회자되며 포털사이트 검색어 순위 상위권에 오르기도 했다. 비탈을 굴러 내려오는 눈덩이는 점점 몸집이 불어났다.

몇몇 언론 매체에 유소연의 인터뷰 기사가 실렸다. 긴 생머리를 늘어뜨린 그녀는 모자이크 속에서 눈물을 훔쳤다. 그러나 언론을 통한 이슈의 확장은 생각보다 크지 않았다. 방송과 메이저 신문들이 반짝 관심에 그친 탓이었다. SNS 여론을 퍼 나르던 군소 인터넷 매체들마저 유명 여배우의 마약 스캔들이 터지자 화전민처럼 우르르 떠나갔다. 두 유학생의 백그라운드에 대해선 부친들이 해외 건설업자라는 것 외에는 딱히 밝혀진 게 없었다. 웃기고 있네. 요섭은 콧방귀를 뀌었다. 놈들이 발 빠르게 언론에까지 손을 쓴 게 틀림없었다. 때맞춰 터진 연예계 스캔들도 의심스러웠고. 아무래도 유학생들 뒤에 그의 예상을 뛰어넘는 굵직한 연줄이 버티고 있는 듯했다.

미적미적 내려오던 눈덩이에 다시 탄력을 붙인 건 '유소연 신상 털기'라는 돌부리였다. 나이트에서 몸뚱이 굴리던 죽순이가 웬 요조숙녀 코스프레냐는 등 고등학교 때부터 성형수술 비용 마련하느라 원조교제 뛰던 걸레였다는 등 사방에서 돌팔매가 날아왔다. 심지어 '중고 물품 거래 사이트에서 나한테 사기 친 년'이라는 생뚱맞은 비난까지 끼어들었다(실제로 경찰에 고소한 걸 보면 괜한 모함은 아닌 듯했다). 가해자들이 당한 것이라는 의견이 온라인상에서 지분을 넓혀가는 와중에, 피해자의 인격이 성폭행의 면죄부가 되어선 안 된다는 원론적인 주장에도 틈틈이 힘이 실렸다. 난장판을 오락가락 가로지르며 눈덩이는 이제 누구도 감당이 안 되는 크기로 불어났다. 어쨌거나, 조용하고 신속한 해결은 물 건너간 셈이었다.

참, 웃겨. 요섭은 회사 옥상에서 형체를 거의 드러낸 클라우드 타워를 바라보았다. 반사유리로 덮인 외벽에 주위 풍경이 더덕더덕 붙어 있었다. 홍보 팸플릿에 따르면 불규칙하게 어우러진 직선과 곡선은 폭포와 바위를 형상화한 것이라고 했다. 최근 유행하는 자연 친화적 건축 디자인이었다. 요섭은 자연을 갈아엎고 그 위에 자연을 닮은 건축물을 세우는 인간의 해괴한 집착에 대해 생각했다. 참 웃기는 동물이라니까. 어쩐지 자기가 죽인 시체에 집착하는 네크로필리아 살인마를 연상시켰다.

"뭐하세요?"

요섭은 옆에 선 권기용을 보고 움찔했다. 이 자식은 왜 항상 기척이 없이 나타나는 거야. 왁스가 번들거리는 올백 머리는 옥상의 거친 바람에도 꿈쩍하지 않았다.

"바람 좀 쐬려고. 권 변, 담배 피웠나?"

"아뇨. 저도 바람이나 쐬려고요."

둘은 나란히 난간에 기대서서 바람을 쐬었다. 건물의 흡연자들이 교대로 올라와 담배 연기를 뿜어대는 곳이기에 그리 신선한 바람을 쐴 수는 없었다.

"유학생 건은 어떻게 돼가?"

"어떻게는, 법대로 가는 거죠."

요섭은 권기용의 이맛살이 살짝 찌푸려지는 걸 놓치지 않았다. 사건을 둘러싼 기류는 처음과 백팔십도로 달라졌다. 지켜보는 눈이 많으니 검찰도 뭔가 성과가 있어야 했다. 보강 수사 며칠 만에 피의자들의 차에서 GHB가 발견됐다는 발표가 나왔다. 요섭은 속으로 쾌재를 부르는 한편 어처구니가 없었다. 그걸 여태 버리지도 않았다니. 대체 얼마나 대단한 백을 가졌기에 그토록 천하태평이란 말인가. 증언하기로 했던 웨이터마저 잠적하면서 저울추가 급격히 피해자의 진술 쪽으로 기울었다. 비로소 사건은 정정당당하게 링에 오른 셈이었다. 법대로, 파이트! 부득불 〈사해〉에서도 판을 새로 짜야 했다. 지법원장 출신을 중심으로 호화 변호인단이 꾸려졌고, 자연히 권기용은 심부름이나 하는 따까리로 강등되었다.

"별것도 아닌 사건에 왜들 이렇게 호들갑인지."

"주목받는 거 좋잖아."

권기용은 콧김을 내뿜으며 쓰게 웃었다.

"주목을 안 받았으면 더 좋았겠죠. 잘 아시면서."

요섭은 한마디 더 이죽거리려다 참았다. 사건의 전임 변호사가 희희낙락하고 다니며 의심을 자초할 필요는 없었다. 그렇지 않아도 며칠 전 장 선배가 호출하더니 단도직입적으로 물었다. 유소연의 호소문과 연관이 있느냐고. 요섭이 섭섭함을 내비치며 단호하게 부인하자 더 이상의 추궁은 없었다. 장 선배가 의심을 완전히 거둬들였다고는 생각지 않았다. 증거가 불충분한 범행을 파고들어 흉터를 남기느니 화통하게 덮어 내 편을 챙기는 게 그의 스타일이었다. 형사소송법 제307조, 증거재판주의. 사실의 인정은 증거에 의하여야 한다. 요섭은 자신했다. 증거는 결코 발견되지 않을 거라고.

요섭은 흔적이 남는 이메일 대신 아날로그적인 방법을 택했다. 최근에 인터넷을 달군 각종 사건들을 면밀히 분석한 후 편지를 작성하고 한밤중에 유소연의 집 우편함에 직접 꽂아놓았다. 만일을 대비해 모든 작업은 라텍스 장갑을 끼고 진행했다. 발신인은 '당신의 딱한 사정을 잘 아는 사람'. 편지에는 가해자들의 배경이 막강해 공정한 재판을 받기 어렵다는 점과 유일한 해결책은 사건을 사회적 이슈로 만들어 여론의 견제를 받도록 하는 것뿐이라고 명시했다. 이어서 몇 가지 지침을 전달했다. 동봉한 호소문을 내용이 변형되지 않는 선에서 본인의 어투로 윤문할 것. 젊은 층과 여성이 많이 찾는 인터넷 커뮤니티 위주로 호소문을 올릴 것. 언론의 인터뷰 요청은 여론이 가라앉는 기미가 보이는 시점에서 응하되 분노보다는 무력한 심정을 강조할 것. 그 외 재판에 영향을 줄 수 있는 추가적인 의견 표명은 삼갈 것. 호소문과 편지는 윤문 후 소각하고 어디에서도 언급하지 말 것. 절대로.

유소연이 사는 다세대주택 앞에서 요섭은 봉투를 만지작거리며 망설였다. 만에 하나 탄로가 난다면? 〈사해〉에서 내쫓기는 건 물론이고 변호사 경력에 치명타를 입을 터였다. 계획대로 진행된다고 해서 딱히 얻는 것도 없었다. 그저 몇 사람 엿 먹이는 게 고작. 과연 이게 할 만한 가치가 있는 일인가? 하지만 망설임은 길지 않았다. 이건 유소연이나 개망나니 유학생들의 문제가 아니었다. 그 배후 세력의 문제도, 권기용이나 〈사해〉의 문제도 아니었다. 오직 최요섭의 생존에 관한 문제였다. 내 영역을 침범해 내 먹잇감을 빼앗아가는 놈들을 방치하면 난 결국 도태되고 마는 거다. 요섭은 뚜벅뚜벅 걸어가 봉투를 우편함에 넣으며 되뇌었다. 이건 정당방위야. 최소한 엿이라도 먹여야지.

머리 위로 먹구름이 꾸역꾸역 모여들었다. 퇴근 전에 한줄기 쏟아질 기세였다. 요섭이 그만 내려가려고 난간에서 몸을 떼는데 권기용이 말을 걸었다.

"최 변호사님, 유소연이 올린 글 읽었죠?"

"대충."

"여상 나온 날라리가 썼다고 보기엔 너무 준수하지 않아요?"

"그래? 난 자세히 안 봐서."

"기승전결 확실하고, 논리적으로 감정적으로 설득력 있는 문장에, 검찰 관련 내용은 슬쩍 연막만 피우는 노련미까지."

"글재주가 있나 보네."

권기용이 코웃음을 쳤다.

"최 변호사님도 진술서 봤을 거 아녜요. 걔 맞춤법도 엉망이에요."

"글재주 있는 친구가 대필해줬나 보지. 자기가 성폭행당한 일을 맞춤법도 엉망인 채로 내놓고 싶겠어?"

"그럴 수도 있죠. 그런데 웨이터 증언 내용까지 상세하게 언급한 건 이상해요. 담당 검사한테 알아보니 유소연이는 그 증언 귀담아듣지도 않았다는데."

요섭은 슬슬 짜증이 나기 시작했다.

"아무래도 사정을 잘 아는 누군가가 도움을 준 것 같단 말이에요. 정의감에 불타는 경찰이거나, 아니면 검찰 내부, 아니면 우리 쪽일 수도 있고."

권기용이 말꼬리를 흐리며 몸을 틀어 요섭을 정면으로 바라보았다.

"우리 쪽에서 누가 그런 짓을 하겠어?"

요섭도 몸을 틀어 권기용을 마주 쏘아보았다. 검사질 할 때도 윽박

지르기보다는 이런 식으로 슬금슬금 조여들었겠지. 느끼한 얼굴 들이밀고, 마음 심란한 피의자의 자충수를 노리면서.

"저는 무심결에, 그래서 무심결에…… 유소연이 글에 '무심결에'라는 표현이 두 번 나오더군요. 사람들은 보통 '무심코'라고 많이 쓰죠."

"그런데?"

"최 변호사님 변론요지서에도 '무심코' 대신 '무심결에'가 자주 쓰였더라고요."

요섭은 당혹스런 속마음을 감추려 애썼다. 멍청한 년, 확실히 고치라니까. 하긴 그도 미처 알아채지 못한 부분이었다. 인터넷에 올린 호소문을 보며 그럭저럭 잘 주물렀다고 안심했었다. 좀스런 오소리 새끼, 남의 변론요지서까지 들춰가며 비교할 줄이야.

"언어 습관이라는 게 감추기 힘들거든요. 무심결에 나오는 거라."

"권 변, 무슨 소릴 하고 싶은 거야?"

"잘 아시면서."

"내가 그랬다는 증거라도 있어?"

"증거 있으면 벌써 한 대표님 찾아갔죠. 이렇게 용의자 찔러볼 게 아니라."

"이 새끼가!"

요섭은 권기용의 멱살을 움켜잡았다. 뒤에서 담배 연기가 훅 날아왔다. 잡기는 잡았는데, 후속 동작이 마땅치 않았다. 현대에는 왜 결투 제도가 없단 말인가. 총이건 칼이건 주먹이건 돌도끼건, 몸으로 한판 붙고 나면 속이 후련하련만. 이런 구질구질한 신경전은 질색이었다. 권기용의 두툼한 눈꺼풀이 실룩거렸다. 한 뼘도 안 되는 거리에서 음충맞은 눈동자를 들여다보고 있자니 속만 거북해졌다. 손아귀에서 힘이 빠져나가는 걸 들키기 싫어 요섭은 던지듯 멱살을 놓았다. 돌아서서 옥상 출입문을 향해 가는데 칼칼한 목소리가 날아와 등판에 꽂혔다.

"이거 만약 최 변호사님이 장난친 거면, 저쪽도 가만있지 않을 겁니다."

8

길을 잃었나 봐. 깜깜해서 아무것도 보이지 않아. 어떻게 숲에서 벗어나지? 걱정 마. 달이 뜰 때까지 기다리면 길을 찾을 수 있을 거야. 둥근 보름달이 떠오르자 아이들은 손을 잡고 일어났습니다. 하지만 길은 보이지 않았습니다. 숲에 사는 새들이……

옆에서 누군가 속삭이고 있었다. 나직한 목소리가 모형 기차처럼 왼쪽 귀로 들어와 머릿속을 칙칙폭폭 한 바퀴 돌고 오른쪽 귀로 빠져나갔다. 눈꺼풀을 밀어 올렸다. 하얀 소복에 컬이 굵은 파마머리를 늘어뜨린 여인…… '헨젤과 그레텔'이라는 글자가 어른어른 눈에 들어왔다. 몸을 일으키려 했지만 팔다리에 힘이 들어가지 않았다. 두개골 한복판에서 핑, 팽이가 돌아갔다.

"정신이 드세요?"

소복 여인이 책을 내려놓더니 한 팔로 내 머리를 받치고 물이 담긴 대접을 입술 사이로 기울여주었다. 바싹 마른 혓바닥과 목구멍을 축이고 나자 숨통이 트이며 시야가 맑아졌다. 서까래 사이로 지붕에 얹은 이엉이 보였다.

"기억나세요? 어젯밤에 문을 두드리고 그대로 쓰러지셨어요."

어젯밤…… 멧돼지에 쫓겨 칠흑 같은 산속으로 들어갔다가, 길을 잃었던가? 내리막길이다 싶으면 어느새 오르막이고, 다른 길로 내려가다 보면 절벽이 앞을 가로막고…… 가는 곳마다 스산하게 울어대는 부엉이가 아무래도 같은 놈인 것 같고…… 축축한 낙엽 더미 위로 쓰러지기 직전, 그래, 산마루에 걸린 희미한 불빛을 보았다.

"길을 잃었나 봐요? 여긴 산이 깊어서 밤중에 들어오면 위험해요."

"고맙습니다. 덕분에 살았네요."

말끝에 꼬르륵 소리가 우렁차게 울렸다. 소복 여인이 눈웃음을 지어 보이고 부엌으로 통하는 옆문을 열고 나갔다. 아궁이에 걸린 솥에 물을 붓는 모습이 문틈으로 보였다. 이어서 찬장을 여닫으며 분주하게 무언가를 꺼내는 소리가 들렸다.

나는 자리에 누운 채 주위를 둘러보았다. 방 한가운데 켜놓은 호롱불이 사방 흙벽에 침침한 불빛을 드리웠다. 안쪽 벽에는 까맣게 옻칠한 선반 세 개를 장식장처럼 층층이 설치해놓았다. 하단에는 덫, 올무, 밧줄, 그물 같은 사냥 도구들이 정돈돼 있고 가운뎃단에는 칼로 깎은 작은 목각 인형들이 진열돼 있었다. 날개를 활짝 펼친 까마귀와 세모꼴 머리를 쳐든 살모사 박제가 제일 윗단에서 나를 내려다보았다. 모양새가 어찌나 생생한지 금방이라도 선반을 박차고 달려들 태세였다.

출입문 위에 걸린 벽시계가 유독 눈길을 끌었다. 숫자판에 꽃들이 울긋불긋 그려진 도자기 벽시계는 산중 초가삼간에 영 어색한 물건이었다. 게다가 뭐가 잘못됐는지 시곗바늘이 제멋대로 돌아갔다. 갑자기 선풍기 날개처럼 빠르게 회전하다가 느려지고, 한동안 멈췄다가 다시 돌기도 했다.

"벽시계가 고장 났나 봐요?"

문틈으로 식칼을 쥐고 있는 손이 보였다. 푸줏간에나 어울리는 큼직한 무쇠칼이었다.

"저건 원래 바람 따라 돌아가는 시계예요."

"바람이오?"

"예, 지붕의 바람개비와 연결돼 있거든요."

소복 여인이 무쇠칼로 붉은 고깃덩어리를 내리치며 대답했다. 바람개비라니. 당최 무슨 소린지 모르겠지만 캐물어봤자 머리만 아플 것 같아 그만두었다. 눈을 감고 부엌에서 들려오는 소리에 귀를 기울였다. 보글보글 찌개 끓는 소리, 탁탁탁 도마 두드리는 소리, 챙챙챙 식기 스치는 소리, 자박자박 발소리. 온탕에 들어앉은 것처럼 몸이 노곤하게 풀어졌다.

운이 좋았어. 산에서 멧돼지를 따돌리다니. 하마터면 그 젊은 부부처럼…… 비몽사몽간에 가슴을 쓸어내리는데 소복 여인이 팔을 한껏 벌려 밥상을 들고 들어왔다. 뜻밖에도 스테이크, 바비큐 갈비, 파스타, 프렌치프라이, 연어 샐러드, 해물 리조또, 샌드위치 등 패밀리 레스토랑에서 볼 수 있는 메뉴가 가득 차려진 상이었다. 나는 허겁지겁 음식을 입안으로 쓸어 넣었다. 허기에 의한 뻥튀기 효과를 감안하더라도 상당한 음식 솜씨였다. 여인은 옆에서 흐뭇한 미소를 머금은 채 바라보기만 했다. 짬짬이 빈 접시를 들어내고 손이 닿지 않은 접시를 내 앞으로 옮겨주면서.

"저기, 같이 좀 드시죠."

상이 거의 비어갈 즈음에야 주섬주섬 말을 건넸다. 여인은 가만히 고개를 저었다. 배를 채우고 나자 비로소 그녀의 용모가 눈에 들어왔다. 매끈한 콧날과 작고 도톰한 입술이 매력적인 미인이었다. 문밖에서 늑대 울음소리가 길게 늘어졌다.

"이 첩첩산중에 혼자 사시나요?"

'혼자'라는 단어에 은연중 힘이 들어갔다. 별다른 의도는 없다는 뜻으로 앉음새를 바꾸며 슬며시 옆으로 물러났다. 왠지 이 상황에서 색욕을 품는 건 도리가 아닌 듯싶었다. 도리, 도리라니. 이젠 뜻도 감감한 단어를…… 그런데 도리어 소복 여인이 바투 다가앉으며 내 허벅지에 무릎을 들이댔다.

"남편은 사냥을 갔어요. 한 번 나가면 며칠씩 집을 비운답니다."

'며칠'이라는 단어에 대놓고 힘이 들어갔다. 파스타 접시 위로 고개를 숙이는데 희멀건 젖무덤이 눈에 들어왔다. 여인이 저고리 앞섶 사이가 잘 보이도록 내 쪽으로 몸을 기울였다. 씹지도 않은 파스타가 꿀떡 넘어갔다. 그녀의 손이 다가와 내 입술에 닿았다. 엄지손가락이 천천히 한 바퀴 돌며 입가에 묻은 소스를 훔치더니 쑥, 입술 사이로 들어왔다. 나는 그녀의 엄지손가락을 고무젖꼭지처럼 물고 그대로 굳어버렸다.

"그리고 산중의 밤은 길죠. 아주아주 길어요."

우리는 한 덩어리가 되어 이불 위로 쓰러졌다. 엄지손가락이 빠져나가고 대신 도톰한 입술이 다가왔다.

"저기, 사모님, 바깥양반도 계신데, 우리 신중하게……"

그녀의 입술이 뒷말을 틀어막았다. 달콤한 혀가 들어와 내 입속 여기저귀를 어루핥았다. 막 섭취한 고칼로리 영양분이 맹렬히 아랫도리로 몰려들었다. 더 이상의 도리 타령은 무리였다. 나는 몸을 뒤쳐 여인을 바닥에 누이고 올라탔다. 야릇하게 빛나는 눈빛에 고무되어 그녀의 옷고름을 잡아당겼다. 사발 두 개를 엎어놓은 듯한 소담스런 젖가슴이 드러나는 찰나, 문이 벌컥 열리며 덥수룩한 장발의 사내가 나타났다. 나보다 더 우람한 체구의. 이런…… 몸을 감싼 털가죽이 아니더라도, 피가 얼룩덜룩 말라붙은 야구방망이가 아니더라도, 순식간에 벌겋게 달아오른 험상궂은 얼굴이 아니더라도, 그가 누구인지 알 수 있었다.

"저기, 그러니까, 이게 말이죠……"

아무리 많은 시간을 준다 한들 이 광경을 합리화시킬 핑곗거리가 떠오를 리 만무했다. 고릴라처럼 털이 북슬북슬한 사내의 팔뚝이 푸르르 떨렸다.

"크아아아악!"

사내가 초가지붕을 날려버릴 듯한 포효를 내지르며 달려들었다. 밥상이 엎어지고 그릇이 나뒹굴었다. 야구방망이가 사내의 등 뒤에서부터 반원을 그리며 내 정수리를 향해 날아왔다. 쩍! 잘 익은 수박이 반으로 쪼개지는 소리. 전신의 기운이 한꺼번에 빠져나가며 나는 종이 인형처럼 힘없이 고꾸라졌다. 가물가물 흐려지는 눈앞에 날카로운 사금파리 조각이 반짝였다. 아, 이렇게 허무하게……

길을 잃었나 봐. 깜깜해서 아무것도 보이지 않아. 어떻게 숲에서 벗어나지? 걱정 마. 달이 뜰 때까지 기다리면 길을 찾을 수 있을 거야. 둥근 보름달이 떠오르자 아이들은 손을 잡고 일어났습니다.

꿈을 꾸었다. 고약한 꿈을. 멧돼지에 쫓겨 칠흑 같은 산속으로 들어갔다가 길을 잃었는데, 가는 곳마다 스산하게 울어대는 부엉이가다. 같은 놈인 것 같고, 한참을 헤매다 축축한 낙엽 더미 위로 쓰러지기 직전, 산마루에 희미하게 불을 밝힌 초가집을 발견했다. 눈을 뜨자 소복을 입은 여인이……

"정신이 드세요?"

두개골 한복판에서 핑, 팽이가 돌아갔다. 소복 여인은 책을 내려놓고 물이 담긴 대접을 내 입술 사이로 기울여주었다. 숨통이 트이며 시야가 맑아졌다. 서까래 사이로 지붕에 얹은 이엉이 눈에 들어왔다. 꿈이, 아니었나?

"기억나세요? 어젯밤에 문을 두드리고 그대로 쓰러지셨어요."

"이게, 어떻게 된 일이죠? 남편은……"

"길을 잃었나 봐요? 여긴 산이 깊어서 밤중에 들어오면 위험해요."

꼬르륵 소리가 우렁차게 울렸다. 소복 여인이 기다렸다는 듯이 눈웃음을 짓고 옆문을 통해 부엌으로 나갔다. 아궁이에 걸린 솥에 물을 붓는 모습이 문틈으로 보였다. 이어서 찬장을 여닫으며 분주하게 무언가를 꺼내는 소리가 들렸다. 어제와 마찬가지로. 나는 얼떨떨한 기분으로 주위를 둘러보았다. 방 한가운데 불을 밝힌 호롱불, 까맣게 옻칠한 선반들, 가지런히 정돈된 사냥 도구, 목각 인형들, 금방이라도 선반을 박차고 달려들 것 같은 까마귀와 살모사 박제. 모든 게 그대로였다. 출입문 위에서 여전히 제멋대로 돌아가는 도자기 벽시계까지.

"저건 원래 바람 따라 돌아가는 시계예요."

"예?"

"예, 지붕의 바람개비와 연결돼 있거든요."

"안 물어봤는데……"

소복 여인은 무쇠칼로 붉은 고깃덩어리를 내리치며 어제와 똑같은 대사만 녹음기처럼 반복했다. 보글보글 찌개 끓는 소리, 탁탁탁 도마 두드리는 소리, 챙챙챙 식기 스치는 소리, 자박자박 발소리. 냉탕에 들어앉은 것처럼 등골이 오싹해졌다.

소복 여인이 팔을 한껏 벌려 밥상을 들고 들어왔다. 스테이크, 바비큐 갈비, 파스타, 프렌치프라이, 연어 샐러드, 해물 리조또, 샌드위치 등 변함없이 패밀리 레스토랑 메뉴가 한상 가득 차려져 있었다. 일단 머리에 영양분을 공급해야겠다는 생각으로 음식을 허겁지겁 집어삼켰다. 여인은 옆에서 흐뭇한 미소를 머금은 채 바라보기만 했다. 짬짬이 접시를 내 앞으로 옮겨주면서. 문밖에서 늑대 울음소리가 길게 늘어졌다.

"남편은 사냥을 갔어요. 한 번 나가면 며칠씩 집을 비운답니다."

여인의 교태 섞인 콧소리에 어제의 비극적인 결말이 떠올랐다. 씹지도 않은 파스타가 꿀떡 넘어갔다. 여인이 몸을 기울여 저고리 앞섶을 눈앞에 디밀었시반 난 고개를 돌렸다. 그러거나 말거나 그녀의 엄지손가락은 내 입가를 한 바퀴 훑고 입술 사이로 쑥, 들어왔다.

"그리고 산중의 밤은 길죠. 아주아주 길어요."

그녀와 난 다시 한 덩어리가 되어 이불 위로 쓰러졌다. 다가오는 도톰한 입술을 손으로 밀어냈지만 여인은 막무가내였다. 옥신각신하는 와중에 소복 옷고름이 풀리며 드러난 소담스런 젖가슴. 그녀를 만류하는 건지 가슴을 주무르는 건지 나도 알 수 없는 실랑이가 이어졌다.

"사모님, 남편이 곧 들이닥칠 거예요. 덩치도 장난이 아니던데……"

이미 늦었다. 문이 벌컥 열리며 덥수룩한 장발의 사내가 나타났다. 피가 얼룩덜룩 말라붙은 야구방망이를 손에 들고. 푸르르 떨리는 사내의 팔뚝.

"형씨, 오해하지 마세요. 이건 어제와 달라요."

다급하게 해명했지만 소용없었다. 초가지붕을 날려버릴 듯한 포효와 함께 밥상이 엎어지고 그릇이 나뒹굴었다. 정수리를 향해 체중이 실려 날아오는 야구방망이. 쩍! 또다시 두개골이 쪼개지는 아픔과 함께 나는 털썩 고꾸라졌다. 가물가물 흐려지는 눈앞에 사금파리 조각이 반짝였다. 아, 돌아버리겠네……

9

승환은 아홉 시 정각에 바의 유리문을 밀고 들어섰다. 자식, 시간 칼 같은 건 여전하네. 요섭은 전작으로 마시던 맥주를 비우고 일어섰다. 둘은 악수를 나누고 어깨를 한 번씩 치고 테이블로 자리를 옮겼다. 허리선이 날렵한 그레이 슈트에 은사가 들어간 핑크 타이가 승환의 창백한 얼굴과 잘 어울렸다. 자식, 멋 부리는 것도 여전하고.

"양복 좋네. 어디 거야?"

"제냐, 맞춤이다. 항상 준비해야지. 언제 섹시한 이혼녀가 들이닥칠지 모르는데."

승환과 요섭은 사법연수원에서 '뚱뚱이와 홀쭉이' 콤비로 통했다. 자주 어울리긴 했지만 사실 두 사람은 체형뿐 아니라 기질, 사고방식, 술버릇 등 모든 면에서 대조적이었다. 승환이 귀족 가문의 예민하고 냉소적인 막내아들이라면 요섭은 소작농 집안의 야심만만한 장남. 어디서 맞닥뜨리건 피차 견제할 필요가 없는 캐릭터였다. 공통점이라면 나이와 중간치에 턱걸이하는 성적 정도일까. 그들이 허물없는 친구가 될 수 있었던 건 둘 사이에 존재하는 그 광활한 중립지대 덕분이었다. 서로 무심하게 쳐다보다 정이 든 소와 닭처럼.

몇 년 전 승환이 이혼 전문 변호사로 나서기로 했다는 말에 요섭은 고개를 끄덕였다. 남의 가정을 정갈하게 파탄내주는 일이 그의 적성에 잘 맞을 것 같았다. 예상대로 이혼률 급증과 함께 고용변호사까지 두고 호황을 누린다는 소식이 간간이 들려왔다.

"〈사해〉 잘나가던데."

"그래봤자 월급쟁이지."

요섭과 승환은 글렌피딕을 홀짝이며 근황을 주고받았다. 간만의 만남이었지만 채 두번째 잔을 비우기도 전에 두 남자의 특별 공연「근황」은 막을 내렸다. 그게 다야? 위풍당당하게 피어난 뿔을 머리에 인 수사슴이 술병 라벨 속에서 쳐다보았다. 목구멍으로 넘어가는 싱글몰트위스키가 씁쓸하게 느껴져 요섭은 입맛을 다셨다. 어차피 별다를 거 없는 근황이나 견주어보자고 승환을 불러낸 건 아니었지만.

얼마 전 요섭에게 반질반질한 서류봉투가 퀵서비스로 배달되었다. 발신인은 없었으며 안에는 A4 크기로 현상한 사진 뭉치가 들어 있었다. 큼직한 선글라스를 쓴 여인과 젊은 남자가 이탈리안 레스토랑에서 나오는 모습, 뮤지컬 극장에서 팸플릿을 뒤적이는 모습, 아우디 쿠페에서 입을 맞추는 모습, 따로따로 한 호텔에 들어가는 모습…… 사진마다 옷차림이 다른 것으로 보아 하루 이틀 미행한 게 아니었다. 젊은 남자는 모르는 얼굴이었고, 선글라스 여인은 그의 아내이자 그의 아들의 어머니, 오하영이었다.

즐거워 보이네, 두 사람. 요섭이 보인 첫 반응이었다. 예사롭게 반응을 내놓고 본인도 흠칫했다. 부들부들 치를 떨어야 하는 게 아닌가. 일어섰다 앉았다, 주먹으로 책상도 너덧 번 내리치고. 하지만 분노란 녀석은 뒷짐 지고 멀뚱히 쳐다보기만 했다. 사진 속 이미지와 현실이 도무지 접합되지 않았기 때문이다. 이 여자가 집에 가면 내 재킷을 받아주는 그 여자 맞나? 유현이 준비물을 챙겨주는 그 여자 정말 맞나? 매일 아침 내 옆에서 하품하며 일어나는 그 여자? 요섭은 사진을 서류가방에 넣고 다니며 틈나는 대로 들여다보았다. 볼수록 실물을 찍은 사진이 아니라 정교하게 그린 만화 같았다. 만화 제목은 '바람'. 두 사람 머리 위에 몽실몽실 말풍선이 나타나 떠다니기 시작했다.

자길 만나니까 뮤지컬도 보고, 참 좋다. 남편분은 뮤지컬 안 좋아해요? 그이? 사람이 노래로 대화하는 게 꼴사납대. 같이 문화생활을 즐길 수가 없다니까. 그래도 열심히 돈 벌어 오는 덕분에 우리가 이렇게 멋진 차를 타고 데이트하잖아요. 비싼 요리 먹으면서. 그건 그렇지. 호호호. 하하하.

어떡해, 허벅지에 군살이 붙었어. 어디 좀 봐요. 어머, 왜 이래? 에이, 이렇게 미끈한데. 이 몸매를 누가 애 엄마로 보겠어요. 애 얘기는 꺼내지 말라니까. 속상해죽겠어. 그놈의 야구 때문에 공부는 뒤처지고, 나까지 땡볕에 나앉아 고생하고. 그래도 애가 매일 훈련하는 덕분에 우리가 이렇게 자주 만날 수 있잖아요. 그건 그렇지. 호호호. 하하하.

오, 그래, 거기, 좋아, 아, 자긴 너무 섬세해. 헉헉, 당신 남편은 멍청이야. 이렇게 멋진 몸을 내버려두다니. 흥, 만날 술집에서 어린 애들 끼고 술 먹느라 바쁘겠지. 알 게 뭐람. 각자 즐기며 사는 거지.

그래요, 헉헉, 즐기면서 살기에도 짧은 인생인데. 오블라디, 오블라다! 하하하. 호호호. 하하하. 호호호. 하하하. 호호호……

만화는 점점 수위 높은 성인물로 변해갔다. 통속적이고 저속하기 짝이 없는 여주인공을 퇴근 후 실제 하영에게 덧씌워보지만 여전히 제대로 겹쳐지지 않았다. 안경을 벗고 3D 영화를 보는 것처럼 초점이 어긋난 영상에 머리가 어지러웠다. 선봉장 역할을 해야 할 분노가 제자리를 찾지 못하고 어정거리자 오합지졸이 된 부대는 빈둥빈둥 시간만 보냈다. 요섭은 매일 술자리를 만들어 한밤중에야 귀가했다.

'망할 아내가 자고 있어요.'

답답한 마음에 가정불화 전문가를 불러냈지만, 오쟁이진 남편이란 고백은 쉽게 나오지 않았다. 「근황」에 이어 「근황 2: 동기들」과 「그때를 아십니까」를 무대에 올려 시간을 끌던 요섭은 글렌피딕이 비어갈 즈음 지나가는 말로 털어놓았다. 친구 한 놈이 이러이러한 일을 당해 고민이 많더라고.

"드라마 찍어? 친구는 무슨, 제수씨 그런지 얼마나 됐는데?"

승환은 대뜸 핵심을 찌르고 들어왔다.

"새끼, 연기 좀 받아주면 안 되냐. 몰라, 얼마나 됐는지. 나도 사진만 본 상태야."

"엔조이인지 러브인지도 모르겠네?"

요섭은 무겁게 고개를 끄덕였다.

"어린 새낀데, 제비처럼 보이지는 않고."

"혹시 너랑 닮은 구석이 있든?"

"전혀. 꼭 샌님처럼, 아니 쥐새끼처럼 생겨가지고. 그게 중요해?"

"불륜 상대가 배우자와 대조적일수록 불장난으로 끝나는 확률이 높거든. 낌새도 못 챘어?"

"그러게 말이다. 아주 여우주연상감이야."

"네가 둔한 거겠지."

요섭은 깊은 한숨으로 대꾸했다. 불필요한 분석까지 첨부하는 승환이 얄미웠지만 틀린 말은 아니었다. 되짚어보면 하영의 연기가 그리 완벽한 것도 아니었다. 언제부턴가 침대에서 등을 지고 자는 게 버릇이 됐고, 전과 달리 그를 대하는 태도에 조심스러움이 느껴졌다. 잘 만나지도 않던 동창들과 자주 어울리지 않나, 옷장에 부쩍 늘어난 캐주얼 의류하며, 외출할 때 왜 필요 이상의 부연 설명이 이어졌겠는가. 생각할수록 완벽은커녕 어설프기 짝이 없는 연기였다. 게다가 남편이 형사 변호사인데 미행까지 달고 증거를 철철 흘리며 돌아치는 무신경함이라니. 요섭은 이중으로 무시당한 기분이었다.

"어쩌려고?" 승환이 물었다.

"모르겠다. 오죽하면 너 같은 허무주의자한테 조언을 구하겠냐."

"갈라서면 애는 누가 키울 건데?"

"아니, 아직 그런 것까진…… 만약 그렇게 되면, 당연히 내가 키워야지. 바람난 여자한테……"

요섭은 인상을 찌푸리며 술잔으로 입을 틀어막았다. 승환은 담배에 불을 붙이고 연기만 내뿜었다. 하품이 날 정도로 빤한 케이스이겠지만 변호사가 아닌 친구로서 조언하려니 망설이는 것 같았다. 요섭이 필요한 건 친구의 입에 발린 위로가 아니었다.

"전문가로서 깔끔하게 정리 좀 해봐. 아는 킬러 있으면 소개해주든가."

승환은 재떨이에 얼음을 하나 떨구고 거기다 담뱃불을 문질러 껐다.

"확실한 물증이 있으니까 전적으로 네 결정에 달린 거지. 평소 결혼 생활이 불만족스러웠다면 기회로 생각하고 갈라서. 이쪽이 감정적으로 경제적으로 제일 클리어하다. 단 불륜으로 양육에 소홀했다는 게 입증되지 않으면 양육권은 보장 못해. 이혼 귀책사유와 양육권은 별개니까. 홀아비는 도저히 자신 없다면 남자 쪽만 간통죄로 윽박질러서 조용히 떨어내. 당분간 혼자 냉가슴 앓는 게 최선이야. 일단 까발리고 나면 일 너저분해진다. 서로 물어뜯고 후벼 파고, 애한테 못 볼 꼴 보이다가 결국 상처투성이로 도장 찍는 경우가 대부분이야."

승환은 더블클릭하듯 검지로 테이블을 톡톡 두드렸다. 말끝에 붙이는 제스처였다.

"새끼, 좆나게 깔끔하게 정리하네. 그게 말처럼 그렇게 쉽냐?"

"어려울 건 또 뭐 있나. 평생 같이 살겠다고 결혼도 하는 마당에."

요섭은 술병 바닥에 남은 술을 잔에 따랐다. 전문가의 덤덤한 소견을 듣고 나자 자신이 처한 세속적인 위기가 피부에 와 닿았다. 갈라서서 양육권 분쟁을 하거나 남자만 떨어내고 냉가슴 앓거나. 어느 쪽이 나은지 따져보는 것 자체가 짜증스러웠다. 그런 기형적인 가정은 그의 인생 계획에 없었다. 전혀. 요섭의 마음을 읽었는지 승환이 술잔을 빙글빙글 돌리며 말했다.

"성생활과 결혼이 밀착돼 있는 게 문제라니까. 아예 분리해버리면 세상이 훨씬 평화로울 텐데. 사실 섹스 그거, 별것도 아니잖아. 밖에서 잠깐 살덩이 비비고 온 거지. 솔직히 너 작년 총 섹스 횟수 중에 제수씨랑 한 게 얼마나 돼? 이십 퍼센트는 돼?"

"그건 네 얘기고."

“삼십?”

“아, 진짜……”

“사십?”

요섭은 선뜻 대답을 못했다. 얼추 계산해보니 윤 마담 원룸텔을 분모에 넣는다면 사십 퍼센트는 장담하기 힘들었다. 분자에 올라가는 숫자가 생각보다 크지 않았다. 그래도 자신은 양호한 편이라고 자부했다. ‘가족끼리 그러는 거 아니야’라고 진지하게 농담하는 유부남들에 비하면. 어쨌건 값비싼 자위에 불과한 섹스를 함께 문화생활을 즐기며 교감하는 외도와 퉁치고 싶지는 않았다.

“건강검진에서 암이 발견된 거라고 생각해. 사실은 빨리 받아들이되, 치료는 차분히 인내심을 가지고 해라. 네 성격 아니까 하는 말인데, 감정대로 나가다간 주도권 놓치고 본전도 못 찾는다.”

승환이 조곤조곤 충고했다.

“고객들한테 써먹는 비유냐?”

“아니. 그 사람들이야 치고받고 빨리 결딴나야 수임료가 들어오지.”

“고맙구나. 널 선임하는 일은 없어야 할 텐데.”

“사실 나올 때부터 예상은 했다. 위안이 될지 모르겠지만, 오랜만에 나 불러내는 녀석들 죄다 이혼 상담이더라.”

“미안하다. 다른 친구들은 어때?”

“사유에 따라 달라. 어쨌든 이미 문제가 생겨서 찾아온 거니까, 우리나라 전체 이혼율보다는 월등히 높지.”

“네 사무실은 앞으로도 번창하겠구나.”

요섭은 맥주를 추가로 시켰다. 결국 이런 참고서 핵심체크 같은 정리를 바란 건가? ‘뭐, 별수 있나’ 하는 표정으로 북 내리긋는 오컴의 면도날. 요섭이 당시로서는 다소 억울한 '뚱뚱이'라는 별명을 감수하면서까지 승환과 붙어 다닌 건, 부러웠기 때문이다. 인간 생태계에서 슬쩍 비켜서서 곁눈으로 관망하는 듯한 무심함이. 그는 어떤 일에도 상처받지 않을 것 같았고, 세상 누구도 부러워하지 않을 것 같았다. 그런데 담배를 입에 물고 연기를 피워 올리던 승환이 뜻밖의 말을 꺼냈다.

"지금 이런 얘기는 좀 그렇다만…… 갑자기 부럽다, 네가."

"응? 와이프 바람난 게?"

"바쁘다는 친구 막무가내로 불러내 신세 한탄하고, 벌레 씹은 표정으로 고뇌하고, 그런 게."

"내가 제수씨 꼬실게, 너도 해라."

승환은 부드럽게 찡그리며 웃었다. 제나에서 맞춘 것처럼 잘 어울리는 웃음이었다.

"연수원 때부터 그랬어. 그래도 넌, 인파이터잖아."

10

하영은 세상모르고 곯아떨어져 있었다. 한 손으로 뺨을 받치고 있어 코 고는 소리만 지운다면 골똘히 생각에 잠긴 것처럼 보이기도 했다. 역시 그의 자리에 등을 진 자세였다. 요섭은 스탠드를 켜고 화장대 의자를 침대 곁으로 끌어와 앉았다. 매끈한 콧날에 토라진 아이처럼 쏙 내민 작고 도톰한 입술. 하영의 얼굴을 이렇게 찬찬히 바라보는 것도 오랜만이었다. 언제부턴가 밥을 먹거나 대화를 나눌 때 굳이 서로를 쳐다볼 필요가 없었다. 머릿속에 저장된 몽타주로 충분했으니까. 간만에 뜯어보는 하영의 실물은 몽타주보다 훨씬 미인이었다. 코를 곰고 있는 바람난 아내가 아름답게 보이는 건, 술기운 탓이리라.

내가 필요한, 나를 필요로 하는, 없으면 서로 아쉬운, 그래서 평생 같은 변기를 사용하기로 한 사람. 그다지 로맨틱하다고는 할 수 없을지라도 요섭은 이것이 사랑의 현실적인 존재 방식이라고 믿었다. 사랑의 민얼굴은 그 이상도 이하도 아니건만 인간의 허영심이 자꾸 헛바람을 불어넣는 게 문제였다. 우리에겐 뭔가 특별한 가치가 있어야 한다는. 온갖 노래와 영화, 소설, 드라마가 그 허영심을 이용해 돈벌이하는 사이, 사랑은 덕지덕지한 화장발로 버티는 늙은 창녀가 되고 말았다.

하영이 잠결에 고개를 돌리자 손을 받치고 있던 뺨에 붉은 손자국이 찍혔다. 마치 따귀를 맞은 것처럼 보여 요섭은 피식 웃었다. 맞선을 보고 서너 번의 데이트로 낯가림을 면할 즈음, 그는 성남시립교향악단의 크리스마스 연주회에 초대받았다. 검은 드레스를 차려입고 첼로를 켜는 하영의 모습은 그를 매료시키기에 충분했다. 발음부터 고상하고 세련된 '첼리스트'를 만난다는 사실이 사뭇 황송하기까지 했다. 최요섭이, 출세했네. 객석에서 하영만 뚫어지게 쳐다보고 있으려니 어느 순간 첼로가 벌거벗은 널따란 등판으로 보였다. 요섭은 그녀의 다리 사이에 무릎을 꿇고 앉아 가슴골에 얼굴을 묻었다. 코를 간질이는 달큼한 젖내, 목덜미와 등을 어루만지는 부드러운 손길. 그는 눈을 감고 둘만의 연주에 빠져들었다. 클래식이 그토록 에로틱한 음악이란 걸 처음 알았다. 가족 단위 관객들이 복작거리는 크리스마스 연주회에서.

그런데 이 여자는 왜 나를 선택했을까? 그녀에게도 내가 꼭 필요한 사람이었을까? 그녀가 필요한 게 단지 필요한 사람이었을까? 요섭은 사랑의 물리학에 대해 생각했다. 점점 강화되는 관성의 법칙과 점점 희미해지는 작용반작용의 법칙에 대해. 결혼 두 달 만의 임신, 유난히 잔병치레가 잦았던 아이(이름을 최강휘라 지었어야 했어), 로펌에 합류하며 일상이 된 야근, 애 엄마/애 아빠로 2단 분리된 부부라는 이름…… 시간은 스프링 달린 신발을 신고 경중경중 뛰어다녔다. 한때 장한나 같은 세계적인 첼리스트를 꿈꾸었던 소녀가 마흔을 목전에 둔 아줌마가 되도록. 뺨에 손자국이 찍힌 바람난 아내가 애틋하게 보이는 건, 역시 술기운 탓이리라.

요섭은 협탁에 놓인 책을 집어 들었다. 『참을 수 없는 존재의 가벼움』, 밀란 쿤데라. 그도 많이 들어본 제목이었다. 형사재판 일주일만 참관하면 존재가 가볍다는 푸념 따윈 쏙 들어갈 텐데. 요섭은 책을 구부려 잡고 차르륵 넘겼다. 가장자리가 누렇게 변색된 책장에서 텁텁한 종이 냄새가 풍겨 왔다. 아련한 향수를 자극하는 냄새였다. 요섭은 스프링 달린 신발을 신고 뛰어갔다. 경중경중, 한참을.

어느 날 교회에 라면박스 서너 개 분량의 중고 동화책이 들어왔다. 책이 귀했던 시절, 아이들을 교회로 끌어들이기 위한 유익한 밑밥으로 뿌려졌을 것이다. 그 밑밥에 가장 적극적으로 반응한 건 목사의 아들이었다. 줄곧 성경만 파던 요섭에게 동화의 세계는 당돌한 매력으로 다가왔다. 양쪽 다 선과 악으로 양분되었다가 결국 권선징악으로 끝나는 단순한 세계였다. 이야기를 통해 가르침을 주겠다는 취지도 비슷했고. 하지만 성경이 슈퍼히어로의 지루한 원맨쇼인 반면 동화는 이해 당사자들끼리의 화끈한 이전투구였다. 늑대의 배를 갈라 빨간 두건을 꺼낸 사냥꾼, 마귀할멈을 불타는 화덕에 밀어 넣은 그레텔, 처남들의 칼을 맞고 살해된 푸른 수염…… 때문에 시간이 지날수록 성경은 가르침만 남았고, 동화는 이야기가 남았다.

요섭은 책장을 넘기던 손을 멈췄다. 페이지 중간에 연필로 밑줄이 그어진 부분이 눈에 띄었다.

영원한 재귀의 생각은 사물을 우리가 알고 있는 것과 다르게 보게끔 하는 시각을 열어준다고 말할 수 있다. 다시 말하면 이 시각에

서는 사물이 그것이 갖는 무상의 완화적 상황을 상실하고 나타난
다. 그런데 무상의 이 완화적 상황은 우리가 어떤 판결을 내릴 수
없게끔 한다. 무상한 것을 어떻게 심판할 수 있단 말인가? 저녁노
을에 비치면 모든 것은 향수의 유혹적인 빛을 띠고 나타난다. 단두
대까지도.

직업 탓인지 판결, 심판, 단두대 같은 단어만 유독 도드라져 보였
다. 잠들 만하네. 그래도 요섭은 침대에서 이런 고리타분한 책을 읽
다가 잠드는 아내가 좋았다. 부모는 각기 다른 강점으로 자녀의 롤모
델이 돼주어야 한다는 게 그의 생각이었다. 아이가 정반합의 변증법
을 거쳐 스스로 진화할 수 있도록. 그에게는 그런 기회가 없었다. 결
과적으로 그의 진화는 오로지 아버지의 반대 방향으로 길을 뚫는 것
이었다. 신에게 의탁하지 않는 속물의 생명력으로.

요섭은 책을 다시 협탁에 올려놓았다. 뒤표지에 붙은 조그만 라벨
에 눈이 갔다. 서울대학교 도서관, 서울대학교 도서관, 서울대학
교…… 성동구 성수동 주민이 서울대학교까지 가서 책을 대출할 이
유가 없었다. 대출할 수도 없을 테고. 그 잘난 서울대 도서관에 꽂혀
있던 책이 어떻게 자신의 침실까지 기어들어 텁텁한 종이 냄새를 풍
기는지, 짚이는 데가 있었다. 요섭은 서류가방에서 사진 뭉치를 꺼내
천천히 넘겼다. 쥐새끼 같은 놈. 아마도 서울대에 다니는. 비로소 사
진 속 이미지와 현실이 겹쳐졌다. 그의 눈앞에 3D의 입체감이 생생
하게 살아났다.

날 감쪽같이 속였구나. 웃음거리로 만들었어. 돈 봉투 슬쩍 건네는
것도 가슴이 울렁거려 못하겠다더니, 대단한 용기를 발휘하셨군그래.

남편은 곰처럼 재주나 부리고, 저는 서커스 단장인 양 그 돈으로 어린 애인과 즐겼다는 거지. 존재가 가볍네 무겁네, 고상을 떨면서.

자길 만나니까 이렇게 책 얘기도 하고, 참 좋다. 남편분은 쿤데라 안 좋아해요? 그이? 쿤데라가 무슨 멕시코 요리인 줄 알걸? 도대체 수준이 맞아야 대화를 하지. 사람이 교양이 없어, 교양이. 그래도 곰처럼 미련하게 일만 하는 덕분에 우리가 이렇게 마음 놓고 놀아나잖아요. 그건 그렇지. 하하하, 호호호, 하하하, 호호호, 하하하, 호호호……

말풍선들이 어린이날 행사장처럼 어지럽게 날아다녔다. 위장에서 출렁이던 술기운이 해일이 되어 뇌혈관을 덮쳤다. 머릿속에서 해머가 연달아 내리꽂혔다.

땡! 땡! 땡! 땡!

요섭은 침대 위로 발을 올려 하영의 엉덩이를 툭툭 찼다. 반응이 없어 좀더 세게 차자 그녀가 움찔하더니 부스스 몸을 일으켰다. 게슴츠레한 눈으로 그를 쳐다보던 하영은 헝클어진 머리를 매만질 생각도 않고 와락 인상부터 찌푸렸다.

"지금 들어온 거야? 근데 왜 깨워."

말끄트머리가 짜증스레 늘어졌다. 요섭은 들고 있던 사진 뭉치를 침대 위로 던졌다.

"뭐야……"

하영이 굼뜬 동작으로 사진을 집어 스탠드 불빛 아래로 가져갔다. 첫번째 사진에서 그녀의 잠기는 싹 달아났다. 한 장 한 장 넘어갈 때마다 표정이 미묘하게 변했다. 놀람에서 당황으로, 당황에서 두려움으로, 두려움에서 걱정으로. 사진 뭉치를 내려놓으며 아랫입술을 지그시 깨무는 마지막 표정은 이름을 붙이기가 애매했다. 체념? 배 째라?

"오하영이, 재미 좋네."

하영은 다리를 당겨 끌어안고 무릎에 얼굴을 파묻었다. 아, 씨……
후회인지 짜증인지 모를 된소리가 어금니 사이로 비어져 나왔다. 발
치에 놓인 사진 뭉치의 가장 위에서 그녀는 고개를 한껏 젖히고 웃고
있었다. 저렇게 해맑게 웃는 아내를 본 게 언제였는지 요섭은 기억도
나지 않았다.

"뒷조사를 다 하고, 영광이네."

"오호, 남편의 무관심으로 변론하시겠다. 너무 상투적이잖아, 당신
답지 않게. 그리고 누가 뒷조사를…… 아니, 지금 그게 중요한 게 아
니고……"

지금 중요한 게 뭐지? 러브인지 엔조이인지 물어봐야 하나? 진성
희 남편처럼 둘 다 간통죄로 처넣겠다고 길길이 날뛰어야 하나? 요섭
은 갈피를 잡을 수 없어 일단 피의자 진술부터 들어보기로 했다.

"말 좀 해보시지."

"내가 무슨 말을 하겠어."

요섭은 변명조차 회피하는 그녀의 태도에 더욱 약이 올랐다. 차라
리 진성희처럼 필사적으로 우기기라도 해라.

"왜 그랬냐?"

하영은 무릎에 고개를 묻은 채 꼼짝하지 않았다.

"말해봐. 뭐라도 이유가 있어야 내가 덜 비참하지."

방 안의 공기가 푸딩처럼 굳어갈 즈음 하영이 떠듬떠듬 말문을 열
었다.

"모르겠어. 그냥 마음이 좀…… 허했어. 나이는 먹는데, 사는 게……

왠지 이건 아니라는 생각만 들고."

요섭은 허탈하게 웃었다. 이건 아니다…… 등 돌릴 땐 다들 나 몰라라 하는구나. 다 큰 어른이 자기가 선택한 길에서 투정하고 응석 부리는 꼴은, 정말이지 꼴불견이었다. 그럼 도대체 '이건' 뭐란 말인가.

"얼마나 갖다 바쳤어?"

"저속하게 말하지 마. 그런 관계 아니야."

"저속? 하! 그래서 니들은 대낮부터 고상하게 호텔방 드나들었니?"

하영이 눈을 치떴다가 벽을 향해 몸을 돌렸다. 벽지에 흩날리는 벚꽃을 세는 것 같았다.

"뭐 하는 새끼야? 뭐 하는 새낀데 마흔 먹은 아줌마를 후리고 다녀?"

하영이 고개를 외틀며 픽 웃었다. 대화할 때 그가 가장 싫어하는 버릇이었다.

"기억 안 나?"

"뭐? 내가 아는 사람이야?"

"유현이…… 과외 가르치잖아."

요섭은 벌떡 일어나 두 손으로 화장대를 짚고 숨을 몰아쉬었다. 복부에 묵직한 어퍼컷이 꽂힌 것 같았다. 작년 여름인가, 야구 때문에 성적이 떨어졌다며 유현이에게 과외 선생을 붙여준다고 했다. 서울대 대학원생을. 잘 부탁합니다. 예, 아버님, 걱정 마세요. 뿔테 안경 속에서 싱글거리던 선한 눈빛이 떠올랐다. 이 새끼, 애를 부탁했더니…… 요섭은 손으로 화장품 병들을 쓸어버렸다. 병들이 둔탁한 소리를 내며 바닥으로 떨어졌다. 거울 앞에 서 있던 액자가 덩달아 쓰러지며 아기를 가운데 안은 부부가 뒤로 벌러덩 자빠졌다. 요섭은 고개를 들어 거울을 봤다. 오른쪽 어깨 뒤편으로 벽을 향해 앉은 하영이 비쳤다.

"침대에서 벌거벗고 뒹굴던 놈이 유현이 가르치는 걸, 옆에서 지켜보고 있었단 말이지?"

"……"

"자기 선생이, 엄마하고 빠구리 뛰는 사이란 걸 알게 되면, 애가 아주 좋아라 하겠구나."

요섭은 손을 뻗어 쓰러진 액자를 세웠다. 유현이 돌 무렵에 제주도에 놀러가 찍은 사진이었다. 검은 돌담과 초록 벌판을 배경으로 화사하게 웃고 있는 세 식구. 그들의 시선은 등 뒤쪽 침대를 향하고 있었다.

"너, 이 집에서도 했냐?"

"……"

"이 방에서, 그 침대에서도 했어?"

"그만 좀, 제발……"

"네가 그러고도 엄마야, 이 미친년아."

베개가 날아와 그의 등짝을 쳤다. 스탠드라도 뽑아 던질 것이지, 베개가 뭐냐. 교양 있게 책을 던지던가.

"그래! 나 미쳤다!"

하영이 소리를 빽 지르고 두 손으로 머리칼을 휘감아 쥐었다. 실성한 사람처럼 눈이 풀리더니 그녀는 혼자 중얼대기 시작했다.

"아니야, 아니야, 이건 아니야…… 이건 아니야……"

"오하영, 입 닥쳐라."

요섭이 어금니를 물고 씹어뱉었다. 하지만 그녀는 중얼거림을 멈추지 않았다. 마치 이 현실을 꿈으로 돌리는 주문이라도 외듯. 요섭의 팔뚝에 오스스 소름이 돋았다. 그러면 안 되지. 내가 어떻게 이룬 현실인데, 이건 아니라니.

"이건 아니야…… 씨, 아니야…… 이건……"

"그만하라고!"

요섭이 침대로 달려들며 손을 휘둘렀다. 하영이 목을 움츠리는 바람에 손끝이 콧잔등을 빗겨 때렸다. 순식간에 입술을 적시고 턱 끝에서 뚝뚝 떨어져 하얀 알파카 털에 스며드는 피. 갑자기 등장한 그 오만한 빨강에 요섭도 하영도 마네킹처럼 굳어버렸다. 흑백사진 속에서 핏줄기만 살아 움직이는 것 같았다. 멀거니 그를 바라보던 하영의 눈동자가 스르르 옆으로 돌아갔다. 문간에 유현이가 입을 벌린 채 서 있었다. 손에는 야구 배트를 들고. 하영이 손등으로 코피를 훔쳤지만 핏자국은 뺨으로 더 흉하게 번질 뿐이었다. 요섭이 그녀를 막아서며 말했다.

"가서 자, 별일 아니니까."

유현이는 움직이지 않았다. 배트를 쥔 손에 힘이 들어가는 게 보였다.

"최유현, 아빠 말 못 들었어! 방으로 가!"

유현이는 주뼛주뼛 돌아섰다. 거실 바닥에 배트 끌리는 소리가 어둠을 가로질렀다.

11

길을 잃었나 봐. 깜깜해서 아무것도 보이지 않아. 어떻게 숲에서 벗어나지? 걱정 마. 달이 뜰 때까지 기다리면 길을 찾을 수 있을 거야. 둥근 보름달이 떠오르자 아이들은 손을 잡고 일어났습니다. 하지만 길은 보이지 않았습니다. 숲에 사는 새들이……

헨젤과 그레텔은 어떻게 됐을까? 문득 오누이의 뒷얘기가 궁금했다. 숲 속을 헤매다 과자로 만든 집을 발견하는 장면은 기억나는데…… 너무나 강렬한 과자 집의 후광에 이후의 이야기는 컴컴하게 덮여버렸다. '오래오래 행복하게 살았습니다'에 도달하기까지 오누이는 무슨 일을 겪었던가.

"정신이 드세요?"

어김없이 소복 여인이 내려다보고 있었다. 고개를 치켜들고 그녀가 주는 물을 받아 마셨다.

"기억나세요? 어젯밤에 문을 두드리고 그대로 쓰러지셨어요."

"너무 오래전 일이라 가물가물하네요."

"길을 잃었나 봐요? 여긴 산이 깊어서 밤중에 들어오면 위험해요."

"예예, 밥이나 주시겠어요?"

배 속에서 꼬르륵 소리가 울리자 여인이 눈웃음을 지으며 부엌으로 나갔다. 그녀는 아궁이에 걸린 솥에 물을 붓고 분주하게 찬장을 여닫으며 무언가를 꺼냈다.

매일매일 똑같은 일이 반복되었다. 나는 소복 여인이 읽어주는 『헨젤과 그레텔』을 들으며 깨어났고, 그녀의 남편이 휘두르는 야구방망이에 맞아 정신을 잃었다. 그 사이의 짧은 일과도 한결같았다. 꼬르륵 울리는 배꼽시계, 패밀리 레스토랑 밥상, 소복 여인의 유혹, 옷고름이 풀리며 드러나는 젖가슴, 문을 벌컥 열어젖히는 사냥꾼, 쩍! 부부는 융통성 없는 배우들처럼 내 반응에 아랑곳없이 대본에만 충실했다. 폐쇄된 회로에 갇힌 꼴이었다. '비극'와 '극비' 사이를 뱅글뱅글 도는 끝말잇기처럼.

그동안 폐쇄 회로를 벗어나기 위해 다양한 방법을 시도해보았다. 사내가 오기 전에 탈출하는 작전은 방문이 열리지 않아 실패. 웬일인지 문은 밖에서 용접한 것처럼 꿈쩍도 하지 않았다. 작정하고 사내와 맞붙은 날은 그가 허우대에 걸맞은 괴력의 소유자라는 사실만 확인하고 끝났다. 덫과 올무 같은 선반의 사냥 도구들도 이용해보았다. 하지만 사내는 흥분 상태에서도 언제나 함정을 요리조리 피해 내 머리를 박살냈다. 최후의 수단으로 난 무릎을 꿇고 싹싹 빌기까지 했다. 무조건 잘못했으니 그만 보내달라고. 역시 씨알도 안 먹히는 수작. 자존심 내팽개치고 조아린 머리가 사내에게는 내리치기 좋은 과녁일 뿐이었다.

"저건 원래 바람 따라 돌아가는 시계예요."

여인의 목소리가 부엌에서 건너왔다. 문틈으로 붉은 고깃덩어리를 내리치는 무쇠칼이 보였다. 시곗바늘이 선풍기 날개처럼 돌아가는 걸 보니 밖에 바람이 매서운 모양이었다.

"예, 지붕의 바람개비와 연결돼 있거든요."

"하긴, 여기선 시간이란 게 의미가 없겠죠."

이곳에서 유일하게 긍정적인 면은, 탈출 기회가 무한대로 주어진다는 것이었다. 실패해도 리셋 버튼을 눌러 다시 처음으로 돌아갈 뿐이니까. 그렇다고 하루 한 끼 식사와 한 차례 매찜질을 반복하며 여유 부릴 처지는 아니었다. 머리통을 집중적으로 얻어맞다 보니 갈수록 어벙해지는 느낌이었다. 의욕도 점점 떨어지고. 너무 늦기 전에 회로를 탈출할 묘책을 찾아야 했다.

소복 여인이 놓고 간 책을 집어 들었다. 헨젤과 그레텔의 뒷얘기를 확인하고 싶었는데, 책장이 텅 비어 있었다. 첫 페이지에 '숲에 사는 새들이'까지만 인쇄돼 있고 이후는 온통 백지였다. 가장자리가 누렇게 변색된 책장에서 텁텁한 종이 냄새만 풍겨 왔다. 보글보글, 탁탁탁, 챙챙챙, 자박자박…… 부엌에서 들려오는 리듬이 키득거리며 나를 엿보는 것 같았다. 백지를 여기저기 넘기던 중 연필로 꾹꾹 눌러 쓴 손글씨를 발견했다.

영원한 재귀의 생각은 사물을 우리가 알고 있는 것과 다르게 보게끔 하는 시각을 열어준다고 말할 수 있다. 다시 말하면 이 시각에서는 사물이 그것이 갖는 무상의 완화적 상황을 상실하고 나타난다. 그런데 무상의 이 완화적 상황은 우리가 어떤 판결을 내릴 수 없게끔 한다. 무상한 것을 어떻게 심판할 수 있단 말인가? 저녁노을에 비치면 모든 것은 향수의 유혹적인 빛을 띠고 나타난다. 단두대까지도.

숨겨진 속뜻이 있지 않을까 싶어 몇 번을 읽었지만, 드러난 겉뜻조차 파악하기 힘든 글이었다. 책을 내려놓는데 선반의 목각 인형들이 눈에 들어왔다. 사자, 낙타, 기린, 코뿔소 같은 동물부터 기차, 비행기, 발레리나, 첼로, 에펠탑 등 종류도 다양했다. 털북숭이 덩치가 수그리고 앉아 조각칼로 나무를 깎는 모습이 그려졌다. 정교한 예술품이라고 할 수는 없지만 무수한 칼질의 흔적에서 사내의 애틋한 마음이 느껴졌다. 보글보글, 탁탁탁, 챙챙챙, 자박자박, 보글보글, 탁탁탁, 챙챙챙, 자박자박…… 사내의 정성이 깃든 목각 인형들 위로 저녁노을에 물든 단두대가 겹쳐졌다. 이질적인 두 이미지가 머릿속에서 화학작용을 일으키며 새로운 탈출 아이디어가 떠올랐다. 그리 세련된 방법은 아니지만 시도해볼 만했다. 일전에 해본 경험도 있고.

소복 여인이 팔을 한껏 벌려 밥상을 들고 들어왔다. 스테이크를 바비큐 갈비를 파스타를 프렌치프라이를 연어 샐러드를 해물 리조또를 샌드위치를 나는 천천히 음미하며 씹었다. 어쩌면 마지막 식사가 될지도 모른다고 생각하니 신물 나게 먹었던 음식들이 새로운 별미로 혀에 감겼다. 문밖에서 늑대 울음소리가 길게 늘어졌다.

"이런 깊은 산중에 혼자 사시나요?"

'혼자'라는 단어에 힘을 주며 진지하게 연기에 임했다. 부디 오늘이 마지막 공연이 되기를 바라면서.

"남편은 사냥을 갔어요. 한 번 나가면 며칠씩 집을 비운답니다."

"저런, 저 같으면 이렇게 아름다운 부인을 두고 며칠씩 집을 비우지 않을 텐데."

저고리 앞섶 사이로 희멀건 젖무덤을 들여다보았다. 절차에 따라 그녀의 엄지손가락이 내 입가를 한 바퀴 훑고 입술 사이로 쑥, 들어왔다.

"그리고 산중의 밤은 길죠. 아주아주 길어요."

우리는 한 덩어리가 되어 이불 위로 쓰러졌다. 그녀의 혀와 내 혀가 뒤엉겨 서로를 어루핥았다. 역시 마지막이 될지도 모르는 입맞춤. 몸을 뒤쳐 여인을 바닥에 누이고 올라탔다. 소복 옷고름을 풀면서 다른 손으로 밥상 위의 파스타 접시를 잡았다.

"아쉽게도 늘 여기서 끝나네요."

소담스런 젖가슴이 드러나고 문이 벌컥 열리는 순간, 나는 접시를 상 모서리에 내리쳤다. 소복 여인의 머리채를 틀어잡고 일으켜 날카롭게 깨진 접시 파편을 목에 들이댔다.

"물러서!"

효과가 있었다. 방으로 뛰어들던 사내가 움찔하며 그 자리에 멈춰 섰다. 어쩔 줄을 모르고 희번덕이는 눈, 관자놀이에서 팔딱이는 콩알만 한 심줄. 야구방망이를 쥔 손이 부들부들 떨렸다.

"방망이 밖으로 던지고 안쪽으로 가. 벽에 붙어서, 천천히."

사내는 순순히 야구방망이를 문밖으로 던지고 옆으로 조금씩 움직였다. 눈빛은 풀숲에서 먹잇감을 노려보는 맹수처럼 매서웠다. 털끝만 한 허점만 보이면 발톱을 세우고 덮치겠다는 듯이. 나도 사내에게서 눈을 떼지 않고 벽에 붙어 움직였다. 우리는 호롱불을 중심으로 원을 그리며 위치를 바꾸었다. 여인의 불규칙한 숨결이 팔뚝을 간질였다. 팽팽한 침묵 속에서 사내는 선반이 있는 안쪽 벽에, 나는 출입문 앞에 도달했다.

"올무로 발을 묶어. 손도 묶어서 이빨로 조이고."

사내는 시키는 대로 선반에서 올무 두 개를 내렸다. 주저앉아 올무에 양발을 집어넣으면서도 시선은 내 눈에 붙박여 있었다. 그동안 당한 걸 생각하면 야구방망이로 그의 머리통을 부숴놓고 싶었으나 꾹 참았다. 자칫 실수했다가는 노련한 사냥꾼에게 역습당하기 십상이었다. 안전한 거리까지 여인을 인질로 끌고 갔다가……

"악!"

오른발 바닥에 핏물이 번졌다. 젠장, 사금파리가 여기까지…… 잠깐 눈을 돌린 사이 일이 벌어졌다. 올무를 풀고 달려드는 사내, 품에서 벗어나는 하얀 소복, 다급하게 손을 휘젓는 나. 접시 파편을 쥔 손을. 여인이 목에서 피를 뿜으며 쓰러졌다. 호롱불이 함께 쓰러지며 불붙은 기름이 사방으로 튀었다. 사내가 여인을 안고 목에 그어진 상처를 눌렀다. 손가락 사이로 뿜어져 나와 하얀 저고리를 적시는 핏줄기를 나는 망연히 바라보았다. 불길이 혀를 날름거리며 벽에 걸린 옷가지를 타고 지붕으로 옮겨붙었다. 초가집은 순식간에 화염에 휩싸였다. 불길 속에서 몸을 뒤트는 까마귀와 살모사. 네 개의 플라스틱 눈알이 나를 꿰뚫은 듯 노려보았다. 나는 구르다시피 밖으로 빠져나왔다. 안테나처럼 솟은 강철 바람개비가 기우뚱하더니 초가지붕을 덮치며 쓰러졌다. 화르르, 불티가 밤하늘 높이 피어올랐다. 초가집 안에서 짐승의 울부짖음이 터져 나왔다. 사내와 그의 품에 안긴 여인의 실루엣이 불의 장막 너머에서 너울거렸다.

요섭은 오피스텔 현관에 서서 거실을 둘러보았다. 포장이사 업체가 짐 정리를 끝내놓은 후였다. 컴퓨터와 책, 서류 등 서재 물품이 다닥다닥 붙어 벽 하나를 차지하고 있었다. 베란다에 3단으로 쌓여 있던 골판지 상자까지 한구석에 그대로 옮겨놓았다.

찬장에 빼곡히 들어찬 양주 컬렉션은 '술이나 실컷 마셔'라는 하영의 메시지였다. 옷장을 가득 채운 사계절 옷은 '이 별거는 쉽게 끝나지 않을 거야'라는 좀더 단호한 메시지였고. 손바닥만 한 거실 한가운데 죽은 곰처럼 널브러진 통가죽 소파는 명백한 조롱이었다. 고개를 외틀며 픽 웃는. 아예 벽걸이 TV도 떼서 같이 보낼 것이지.

요섭은 머그잔에 보드카를 가득 따라 소파에 앉았다. 벽지 무릎 높이에 갈색 얼룩이 공룡 발자국처럼 찍혀 있었다. 냉장고 모터가 요란한 소리를 내며 돌아갔다. 싱크대 수도꼭지에서 물이 한 방울씩 똑, 똑, 떨어졌다. 요섭은 보드카를 한 모금 쭉 들이켜고, 노래를 불렀다. 불렀다기보다는 노래가 암벽등반 하듯 성대를 타고 올라와 입술을 벌리고 흘러나왔다. 무심결에.

현재 심경에 전혀 어울리지 않는 노래를 요섭은 가사가 떠오르는
부분까지 불렀다가, 처음으로 돌아가 다시 불렀다. 다시 또 처음부
터, 흥얼흥얼, 반복해서, 흥얼흥얼…… 섭아, 그 노래 어디서 배웠
니? 벽 속에서 아버지가 의아한 얼굴로 돌아보았다. 안 배웠는데요.
그럼 어떻게 알고 부르는 거니? 모르겠는데요. 그냥 나왔어요. 왜요?
부르면 안 되는 노랜가요? 아버지는 허허롭게 웃었다. 세상에 부르면
안 되는 노래가 어디 있겠니…… 아주 오래전의 기억이었다.
노래 제목이 '금발의 제니'라는 건 덩치가 훨씬 커진 후에 알게 되
었다. 어머니가 임신 중에 자주 부른 노래였다는 것도. 양수 속에서
들은 노래를 가사까지 맞춰 흥얼거렸으니 아버지가 놀란 것도 무리는
아니었다. 어머니는 그가 자궁 밖으로 미처 다 빠져나오기 전에 사망
했기에 요섭은 이 세상에서 단 일 초도 어머니란 존재를 가져보지 못
했다. 그림에도, 어쩌면 그렇기 때문에, 그는 여성의 모성애라는 것
을 동경하지 않았다. 자신을 돌봐주려는 여자에게 안온함 대신 갑갑
함을 느꼈다. 오히려 낯선 매력으로 그를 자극하는 여자가 편했다.
그런 성향은 배우자 선택에도 그대로 이어졌다.

코피 사건 이후 하영과 요섭은 얼굴만 마주치면 간통죄와 폭행죄를

물고 늘어지며 언성을 높였다. 팽팽하게 이어진 난타전은 유현이의 침묵으로 승부가 갈렸다. 그날 이후 유현이는 요섭을 슬금슬금 피하며 말을 섞지 않았다. 적대감의 표출이라기보다는 아버지를 인식하는 센서에 문제가 생긴 것 같았다. 멸종 위기의 희귀 동물이라도 마주친 양 '저게 뭐였더라?' 하는 아들의 눈빛에 그는 더 이상 집구석에서 버틸 수가 없었다. 얼마간 냉각기를 가질 심산으로 침대에 책상까지 딸린 풀옵션 오피스텔을 계약했다. 하영에게 분명히 서재 컴퓨터와 당장 입을 옷가지 몇 벌만 보내라고 했건만, 아무래도 그녀는 냉각기가 아닌 빙하기를 염두에 둔 듯했다.

요섭은 화장실에서 소변을 보고 머그잔에 보드카를 다시 채워 소파에 앉았다. 어쩐지 동선이 익숙하다 했더니 연수원 시절에 지내던 원룸과 실내 구조가 똑같았다. 인테리어도 비슷한 것 같고. 최요섭이, 멀리도 왔네. 필름 중간이 사라진 것처럼 배경은 그대로인데 주인공만 폭삭 늙어버렸다. 본전도 못 찾는다는 게 이런 거구나. 뒤늦게 승환의 충고가 떠올랐다. 요섭은 더 취하기 전에 집에 전화를 걸었다.

"뭘 이렇게 바리바리 싸 보냈어?"

"얼마나 있을지 모르니까. 때마다 하나씩 챙기려면 서로 번거롭잖아."

하영은 미리 준비한 듯 차분하게 답변했다. 요섭도 차분하게 잠자코 있었다. 더 이상 사태를 악화시키고 싶은 마음은 없었다.

"정리는 잘 해놨어?"

"응, 전문가들인데(와보지도 않았군). 유현이는?"

"자."

전화기를 통해 숨소리만 번갈아 오갔다. 지금 두 사람이 나눌 수 있는 가장 진솔한 대화가 아닐까, 요섭은 생각했다. 숨소리 사이로 알록달록한 상념들이 지느러미를 살랑이며 지나갔다. 우리는 이제 어떻게 되는 건가? 이전으로 돌아갈 수 있을까? 하영은 돌아가고 싶어 할까? 나는? 그 사진들을 깨끗이 잊을 수 있으려나? 혹시 지금도 둘이 만나고 있는 게 아닐까? 이제 훼방꾼도 사라졌겠다……

"그런데 말이야……"

하영이 말문을 열자 상념들이 사방으로 뿔뿔이 흩어졌다.

"말해."

"그 사진, 정말 당신이 시킨 거 아니야?"

요섭도 그제야 익명의 발신자에 생각이 미쳤다. 누구지? 찾아서 인사라도 해야 하나? 남의 평온한 가정에 수류탄을 던져 넣어줘서 고맙다고.

"아냐. 난 전혀 낌새도 못 챘어."

"그랬겠지."

"당신이 그렇게 연기를 잘하는지 몰랐어."

"그랬겠지."

요섭은 휴대폰을 입에서 떼고 보드카를 길게 한 모금 들이켰다.

"내가 아니면 저쪽이겠지. 애인이거나 짝사랑하는 후배거나. 날 이용해서 당신 떼어내려 그랬겠지. 있어, 그런 여자?"

"난…… 모르지."

'저쪽'을 입에 올리자마자 요섭은 속이 지글지글 끓었다. 쥐새끼 같은 놈. 서울대 다니면 착실히 공부나 할 것이지. 등록금 대주는 애비가 불쌍하다. 좆심도 시원찮게 생겨가지고 어디서 남의 여자를 껄떡거려. 어떻게 가르쳤기에 애 성적은 오르지도 않고. 요섭은 언성이 높아지기 전에 흐지부지 통화를 마무리했다.

　냉장고 모터가 요란한 소리를 내며 돌아갔다. 다시 보니 벽지의 갈색 얼룩은 공룡 발자국이 아니라 포수 미트처럼 보였다. 요섭은 미트를 향해 머그잔을 힘껏 던졌다. 날카롭게 깨진 파편이 사방으로 튀었다.

　으리으리한 콘서트홀에서 오케스트라 연주회가 한창이었다. 하영은 치렁치렁한 검은 드레스 차림으로 첼로를 켰다. 요섭도 연미복을 빼입고 현란한 피아노 연주를 선보였다. 앞에서는 얼굴이 뿌옇게 뭉개진 거구의 지휘자가 정열적으로 지휘봉을 흔들었다. 갑자기 무대 주변에서 불길이 치솟았다. 불이 벽의 커튼을 타고 천장으로 옮겨붙으며 콘서트홀은 순식간에 화염에 휩싸였다. 관객들이 비명을 지르며 우왕좌왕 달아났다. 하지만 단원들은 무대를 떠나지 못했다. 무아경에 빠져 양팔을 휘젓는 지휘자 때문이었다. 아비규환의 한복판에서 연주가 제대로 될 리 없었다. 악보를 벗어난 음표들이 서로 발목을 걸어 넘어뜨리고 짓밟고 깨물고 쥐어뜯고…… 참다못한 요섭은 건반에서 손을 떼고 귀를 막았다. 음표들이 손가락 사이로 비집고 들어와 고막을 긁어댔다. 아, 이건 음악이 아니야. 소음이야. 소음……

　「대부」의 주제곡이 울리고 있었다. 요섭은 소파 바닥을 더듬어 휴대폰을 찾았다. 새벽 세 시. 발신자 번호는 표시되지 않았다. 이따금 해외에 나가 있는 클라이언트가 시차도 고려하지 않고 전화를 해대는 경우가 있었다. 요섭은 휴대폰을 쿠션 밑에 처박았다. 인간들이 매너가 없어, 매너가. 먹먹하게 이어지던 벨소리가 질식사하듯 뚝 끊겼다. 속이 쓰리고 입안이 깔깔했다. 보드카에 이어 조니워커 반병을 비우고 간신히 잠든 참이었다. 찬물을 마시고 싶었지만 일어나서 냉장고를 여는 동안 잠기가 달아나는 게 싫었다. 자자, 자.

벨소리가 다시 울렸다. 요섭은 오만상을 찌푸리며 전화기를 꺼냈다.

"최요…… 변호…… 시죠?"

"예, 누구십니까?"

"쯧, 칠십 평…… 파트 뇨두…… 이게 무슨 꼴…… 니까. 바람은 부인…… 피웠는데."

연령을 짐작하기 힘든 남자의 음성이 심한 노이즈 사이로 띄엄띄엄 들려왔다. 쏟아지는 빗속에서 말하는 것 같기도 했다. 요섭은 몸을 일으켜 앉았다.

"댁이 사진을 보냈습니까? 누구요?"

"아실 필…… 습니다. 설명해도 모르…… 테고."

순간 그의 머리를 스치는 또 하나의 불쾌한 목소리. '이거 만약 최 변호사님이 장난친 거면, 저쪽도 가만있지 않을 겁니다.' 사진은 옥상에서 권기용과 멱살잡이를 벌인 얼마 후에 배달되었다. 혹시 이게 놈들의 보복인가? 내 뒷조사를 했나? 요섭은 고개를 저었다. 검찰과 언론에까지 영향력을 행사하는 거물들의 복수로는 너무 치졸하지 않은가. 하지만 이내 생각이 바뀌었다. 복수에 있어 치졸함은 고려 대상이 아니었나. 라텍스 장갑을 끼고 우편함에 편지를 넣은 게 누구였나. 하지만 몰랐던 사실을 알려주는 걸 그들이 과연 합당한 복수라고 여길까? 내 돈 들여서라도 했어야 하는 일을. 거품기로 휘젓는 것처럼 머릿속이 부글거렸다.

"너 뭐야? 그 유학생 패거리냐? 걔들하고 연관된 놈이야?"

"하하…… 전 오직 최요…… 변호사님하고 연관…… 놈이죠."

"야, 인마! 빙빙 돌리지 말고 용건을 말해. 너 누구야?"

"용건…… 최 변호…… 알려드리려고…… 당신을 바닥에 패대기…… 산산이 부숴놓을 예정입…… 흩어진 조각들…… 하나하나 제자리…… 려놓을 겁니다."

노이즈 때문에 말소리가 끊겼지만 요섭은 똑똑히 알아들을 수 있었다.

"허, 허, 허허. 이거 웃기는 새끼네. 너 당장 신분 안 밝혀! 이통사에 번호 추적하면 바로 나와. 비겁하게 전화로 간 보지 말고 붙고 싶으면 센터로 까고 들어와!"

요섭은 흥분 상태에서 한참을 떠들었다. 절반은 정체를 밝히라는 요구였고 나머지 절반은 정체를 밝혀내면 가만두지 않겠다는 으름장이었다. 말없이 듣고 있던 남자는 한마디를 덧붙이고 전화를 끊었다. 음절 사이사이마다 서리가 낀 것 같은 목소리였다.

"최 변…… 님, 너무 흥분하지 마세…… 이제 시작인데."

3부... 몰락

1

붉은 흙길이 황무지를 가로지르며 이어졌다. 길가의 말라 죽은 나무들이 머리 위로 성긴 그물을 드리웠다. 무너진 건물 잔해와 엉성한 나무 십자가를 꽂아놓은 무덤이 이따금 눈에 띌 뿐, 아무리 걸어도 생명의 흔적이라곤 찾아볼 수 없었다. 머리 위에서 빙빙 원을 그리며 따라오는 독수리가 정겹게 보이기 시작했다. 오른발을 디딜 때마다 발바닥의 찢어진 상처가 앵앵거리며 통증을 호소했다. 양쪽 다리를 다 쩔룩이며 걷자니 건들건들 춤을 추는 꼴이었다. 낮게 깔리는 돌개바람이 비질하듯 내 발자국을 지우며 따라왔다.

길가에 기둥 하나가 높이 솟아 있었다. 처음엔 전봇대인 줄 알았는데 조금 더 다가가니 꼭대기 부근에 가로로 붙은 널판이 보였다. 이정표인가? 나는 팔을 휘저으며 열심히 달려갔다. 독수리가 먹잇감을 놓칠세라 날개를 치며 따라왔다.

이런…… 기둥의 정체를 확인하는 순간 탄식부터 나왔다. 높이가 이십 미터는 됨 직한 거대한 나무 십자가. 꼭대기에는 작고 깡마른 노인이 매달려 있었다. 활짝 펼친 양손과 가지런히 모은 발등에 대못이 박힌 채로. 흘러내린 피가 기둥에 검붉은 얼룩으로 말라붙어 있었다. 사타구니를 가까스로 가리고 있는 꽃무늬 스카프가 바람에 나부꼈다.

"아버지!"

아버지는 몸을 움찔하더니 눈을 떴다. 한참을 두리번거리다가 내가 다시 부르자 발밑을 내려다보았다.

"섭이구나."

"거기서 뭐하시는 거예요?"

"뭐하기는. 신을 믿는 궁극의 길은……"

아버지는 하늘을 향해 고개를 비스듬히 쳐들었다.

"스스로 신이 되는 거란다."

"참, 가지가지 하시네요. 이게 무슨 추탭니까?"

"애비한테 말본새하고는. 너야말로 무슨 추태냐. 내 아들이 탈주범이라니, 정말 고개를 들고 다닐 수가 없구나."

"알고 계셨네. 어쩌다 보니 그렇게 됐어요."

나는 길에 박힌 돌멩이를 발끝으로 파내 걷어찼다.

"어쩌다 보니? 아들아, 세상에 어쩌다 보니 일어나는 일은 없단다. 하나님은 네 발톱이 자라는 것까지 다 지켜보고 계셔."

"아이고, 세상엔 어쩌다 보니 일어나는 일이 천지예요. 그건 그렇고, 무성으로 가는 길 좀 알려주세요. 통 어디가 어딘지 모르겠네."

"무성엔 왜?"

"하나님한테 들으세요. 내 발톱까지 지켜보고 계실 텐데."

"녀석, 성질머리하고는. 나영이한테 가는 게냐?"

"어, 어떻게 아셨어요?"

아버지는 갈비뼈가 들썩거릴 정도로 껄껄 웃었다.

"몇 년을 키웠는데 네 속을 모를까. 사실 네가 애비 말만 잘 들었어도 이 꼴이……"

"예예, 알았으니까 길이나 알려주세요."

"쯧, 성격 급한 건 여전하구나. 이 십자가 뒤쪽으로 그림자가 보이지?"

황무지에 길게 드리워진 십자가 그림자는 끝이 보이지 않았다.

"이 그림자를 따라가면 장미 정원이 나온단다. 지금쯤 색색의 장미가 한창이겠구나. 향기에 취해 길을 잃을지도 몰라. 그럴 땐……"

"아버지!"

"오냐오냐, 그 정원을 통과하면 빨간 깃발이 꽂힌 성이 보이는데 거기가 무성이란다."

"가깝네요."

"가깝지."

"고마워요, 아버지. 그럼 가볼게요."

"섭아, 내가 네 친아비가 아니라는 얘길 했던가?"

나는 막 뗀 발걸음을 다시 거두고 멍하니 십자가를 올려다보았다.

"안 한 모양이구나."

"예, 전혀."

"너도 이제 다 컸으니 알 건 알아야지."

"다 큰 지가 언젠데……"

아버지는 못 들은 체하고 이야기를 시작했다. 내 출생의 비밀을.

"그러니까 그게 벌써 사십여 년 전이구나. 청주여자교도소에 사역을 갔다가 만삭의 네 어미를 만났지. 뭐랄까, 목사로서는 상대하기 까다로운 죄수였어. 죗값을 달게 받기로 했으니 회개 따윈 필요 없다 는 마인드였거든. 모진 건지 고집이 센 건지…… 당시 막 안수를 받 고 사명감에 불타던 시절이라 나도 포기하지 않고 그녀를 설득했단 다. 당신의 죄 때문에 감옥에서 태어나게 된 아이는 무슨 죄냐, 그 아 이를 위해 당신이 할 수 있는 일이 무엇인지 생각해봐라, 자식에게 끝내 죄인의 모습으로 기억되고 싶은가. 결국 그녀도 고개를 끄덕이 더구나. 그러더니 회개할 생각은 않고 다짜고짜 나한테 아이를 맡아 키워달라는 거야. 아이에게 죄수복 입은 모습을 보이고 싶지 않다고. 심정이야 이해하겠는데, 그건 좀 아니잖니. 앞길 창창한 총각 목사한 테. 그래서 아이를 입양할 가정을 찾아보겠다고 그녀를 간신히 달랬 지. 그런데 말이다, 그날 밤 내가 꿈을 꾼 거야. 밤하늘의 보름달이 별똥별처럼 긴 꼬리를 그리며 지상으로 떨어지는 꿈을. 놀라서 달려 가 보니 절구통 속에 건장한 사내아이가 울고 있는 게 아니겠니. 뽀 얀 달빛에 싸인 채로. 난 깨어나자마자 생각했지. 이건 신성한 계시 야. 그 아이는 하나님의 은총을 받은 게 틀림없어. 다음 날 나는 교도 소로 가서 그녀에게 약속했지. 기꺼이 아이의 아버지가 되겠노라고. 얼마 후 그녀는 꿈속에서처럼 건장한 사내아이를 낳아 내게 넘겼단 다. 자신은 출산 중에 죽은 걸로 해달라고 신신당부하면서. 정말이지 달덩이처럼 빛나는 우량아였어. 후우, 그런데 그게 개꿈이었다니. 난 네가 훌륭한 성직자가 될 것을 믿어 의심치 않았단다. 네가 애비 말 대로 신학대학에만 갔어도……"

　아버지는 내 인생이 얼마나 망가졌는지 미주알고주알 주워섬겼다. 어릴 때부터 어렴풋이 짐작은 했다. 난 아버지의 친자식이 아닐 거라고. 더 완벽한 부모를 바라는 아이들의 판타지가 아니라 나름의 깜냥으로 분석한 결과였다. 아버지와 나는 육체적으로, 정신적으로, 성격적으로 닮은 구석이 전혀 없었다. 닮기는커녕 모든 면에서 양극단에 가까웠다. 하나의 유전자에서 이렇게 상반된 패가 나올 확률이 얼마나 될까? 양육의 측면에서도 내가 아버지로부터 느낀 건 끈끈한 부정보다는 고매한 사명감 내지 의무감에 가까웠다. 역시…… 오랫동안 품고 있던 심증을 확인한 셈이라 그다지 놀랍지는 않았다. 다만 어머니가 나를 감옥에서 낳았다는 사실은 적잖은 충격이었다.

"어머니는 무슨 죄로 복역 중이었나요?"

"남편을 죽였어. 술을 먹여 재워놓고 연탄가스로 질식시켰다더라."

아버지는 시원시원하게 털어놓았다.

"남편이, 그러니까 내 친아버지가 망나니였나 보죠? 매일 어머니를 팼다거나, 도박에 미쳐 가산을 탕진했다거나."

"착실한 석공이었다고 하던데. 둘이 가난하지만 알콩달콩 살았다고."

"그런데 왜……"

"그 양반이 실수를 했더구만. 월남에서 전사한 친구의 미망인을 돌봐주다가, 씨를 뿌렸던 모양이야. 네 어미가 막 너를 품은 때였는데. 다른 건 몰라도, 양쪽에서 배불러오는 꼴은 볼 수 없었다고 그러더라. 그 미망인도 행방불명됐다는데, 사람들 말이 시체는 발견되지 않았지만 틀림없이……"

아버지는 고개를 가로저었다. 베일에 가려 있던 탄생 비화가 너무 적나라하게 드러나니 도리어 현실감이 떨어졌다. 솔직히 실망스럽기도 했고. 연탄가스가 등장하는 치정극보다는 좀더 근사한 스토리를 상상했건만. 내 친부모는 고귀한 귀족인데 가문에 내려진 저주를 피하기 위해 열여덟 살이 될 때까지 나를 별 볼 일 없는 목사에게 맡겼다든가 하는.

"이거 진짜예요?"

나는 눈을 빗뜨고 물었다.

"어허, 내가 명색이 목산데 아들한테 거짓부렁을 하겠니. 그것도 십자가에 매달려서."

"아니, 사십 년 넘게 묵혀오던 비밀을 이렇게 얼렁뚱땅 털어놓으시니……"

아버지는 눈을 끔벅이며 먼산바라기를 했다.

"잠깐, 그러고 보니 워낙 오래전 일이라 나도 헷갈리네. 청주교도소에서 만난 여자는 다른 여자였던 것도 같고…… 보름달 꿈을 꾼 건 맞는데…… 그럼 널 어디서 데려온 거지?"

허공에 떠 있는 노인네를 망연히 올려다보았다.

"아버지, 지금 뭐하시는 거예요?"

"이 나이가 되니 지난 일들이 머릿속에서 뒤죽박죽 잡탕이 되는구나. 음, 생각을 더 해봐야겠다. 아무튼 네가 내 친아들이 아닌 건 확실하다."

"그건 알겠어요."

"내 친아들이었다면 다리몽둥이를 부러뜨려서라도 신학대학에……"

"예예. 친자식처럼 잘 키워주셔서 감사해요."

"그래, 잘 컸는지는 모르겠다만 나로선 최선을……"

"건강 챙기시고요."

"오냐. 너도 몸조심하고 나영이 만나면 안부 전해다오. 근데 저건 네가 끌고 온 거니?"

아버지는 십자가 위에서 맴을 도는 독수리를 불안한 눈빛으로 올려다보았다. 사타구니의 꽃무늬 스카프가 위태롭게 나부꼈다. 나는 못 들은 척 손을 흔들어 작별을 고했다.

"그만 갈게요."

십자가를 등지고 걸으며 나는 머릿속 백지에 여인의 초상화를 그렸다. 남편을 살해하고 감옥에서 아이를 낳은, 앞길 창창한 총각 목사한테 자식을 떠맡기며 자신은 죽은 것으로 해달라고 당부한 여인. 손길 가는 대로 쓱쓱 스케치하고 물감을 풀어 채색도 했다. 완성된 그림을 두개골 안쪽 면에 붙여놓고 가만히 바라보았다. 미술엔 젬병이라 다소 기괴한 초상이 나왔다. 그래도 탯줄을 통해 느낀 어머니의 모습이 조금은 섞여 있겠지. 아버지의 잡탕 이야기 속에 어머니의 사연이 조금은 섞여 있듯이. 어머니라는 존재를 애타게 그리워한 적은 없다. 기억 자체가 없는데 어떻게 그리워……

"아악!"

등 뒤에서 처절한 비명이 울렸다. 돌아보니 독수리가 십자가 앞에서 날개를 퍼덕이며 아버지를 쪼아 먹고 있었다. 나는 손으로 귀를 막고 고래고래 노래를 부르면서 걸음을 재촉했다.

한 송이 들국화 같은 제니, 바람에 금발 나부끼면서, 오늘도 예쁜 미소를 보내며, 굽이치는 강 언덕 달려오네, 구슬 같은 제니의 노랫소리에, 작은 새도 가지에서 노래해……

2

퀭한 눈, 다크서클, 흙빛 피부, 여기저기 돋은 물사마귀, 미간에 깊이 팬 세로 주름. 소변을 누며 거울을 바라보던 요섭은 화장실 문 밖으로 손을 뻗어 불을 껐다. 두통. 또 두통 때문에 잠을 깼다. 머릿속에서 난쟁이 하나가 곡괭이를 휘두르며 돌아다니고 있었다. 마지막으로 숙면을 취한 게 언제인지 흐리마리했다. 그에게 두통은 낯선 통증이었다. 폭음을 해도 머리만은 말짱했기에 두통을 호소하는 사람을 보면 내심 엄살쟁이로 취급했었다. 까짓, 좀 참으면 되지…… 지금 누가 옆에서 그렇게 깐족거린다면 주먹부터 올라갈 것 같았다.

화장실에서 나오는데 빈 데킬라 병이 발에 채여 데구루루 굴렀다. 그 소리가 궁상맞게 들린다는 핑계로 요섭은 찬장에서 테킬라 한 병을 새로 꺼냈다. 주방 조리대에는 각종 스티로폼 용기와 통조림, 종이팩, 유리병이 비버 댐처럼 쌓여 있었다. 거실 바닥에는 찢어발긴 신문 쪼가리가 나뒹굴었다. 엉망진창이네. 요섭은 소파에 앉아 데킬라 병을 땄다.

　강남경찰서 수사과에서 전화가 걸려온 게 불과 보름 전이었다. 업무상 용건이 아니라는 건 대번에 알 수 있었다. '최요섭 변호사님'이 아닌 '최요섭 씨'를 찾았으니까.

　"거, 알 만한 분이 왜 그랬어요?"

　경제팀의 조 모라는 형사는 대뜸 퉁을 놓았다.

　"예? 무슨 일 때문에……"

　"강일중학교 송귀정 감독 아시죠?"

　요섭은 눈앞이 어찔해졌다. 정식 출두 명령을 받고 경찰서로 가서 자세한 설명을 들을 수 있었다. 그간 송 감독이 해먹은 게 한두 건이 아니었다. 물까지 엎지르며 어설프게 쇼핑백을 챙기던 모습이 베테랑의 노련한 연기였다니. 공모자와의 교감보다 본인이 조금이라도 덜 나쁘게 보이는 게 중요한, 진정한 에고이스트. 송 감독은 정상참작을 위해 수년간 뇌물을 준 사람들의 명단을 싹싹하게 불었고 당연히 그의 이름도 딸려 나왔다. 요섭의 머릿속에 법조문 한 줄이 뉴스 속보처럼 지나갔다. 배임증재, 이 년 이하의 징역 또는 오백만 원 이하의 벌금.

　요섭은 재빨리 속궁리에 들어갔다. 어차피 빼도 박도 못하게 엮인 상황, 혐의 사실을 인정하고 선처를 호소하는 게 최선이었다. 자식 일에 눈이 멀었다고 반성하면 정식재판까지 갈 중죄는 아니었다. 약식기소로 벌금 몇백 때리는 정도. 문제는 그의 직업이 변호사라는 점이었다. 회사에 이 사실이 알려지면 그를 탐탁지 않게 여기는 무리에게 안성맞춤의 꼬투리를 안겨주는 셈이었다. 안 그래도 유학생 건으로 눈총이 따가운데. 요섭은 마른세수를 했다. 클라우드 타워의 전망 좋은 방, 수억 원의 수익 배당이 한순간에 물거품이 될 수 있었다.

"조 형사님, 조용히 얘기 좀 할 수 있을까요?"

"여기서 하세요."

다닥다닥 붙은 책상에서 형사들이 업무에 열중이었다. 변호인 신분으로 방문할 땐 어수선하기 짝이 없던 경찰서가 오늘따라 도서관처럼 정숙했다. 조 형사는 그와 비슷한 연배였다. 한껏 추어올린 가죽 허리띠는 군데군데 살이 튼 것처럼 갈라져 있었다. 아마 유현이 또래의 애가 있겠지. 둘이라면 돈 걱정도 두 배일 테고. 요섭은 의자를 당겨 앉으며 목소리를 낮춰 소곤거렸다.

"조 형사님도 자식 키우면 아시겠지만, 아비 노릇 하려다 보니까 이렇게 엉뚱한 일도 저지르네요. 물론 그러면 안 되는 건데. 그래도 뭐, 큰 건도 아닌데 모양새 좋게 해결할 방법이 있지 않을까요?"

"이 양반 이거 정신 못 차리시네."

조 형사는 주위에 다 들리도록 혀를 찼다. 요섭의 얼굴이 부끄러움과 분노로 벌겋게 달아올랐다. 내가 네놈들 뒷구멍으로 받아 처먹는 행태를 속속들이 아는데!

"그런 식으로 빠져나갈 계제가 아닙니다. 투서가 들어왔어요."

"투서요?"

"예, 최요섭 씨는 특별히 이름까지 언급됐고요."

요섭은 그때까지만 해도 이게 놈들의 보복임을 확신하지 못했다. 협박 전화가 걸려왔고 하영의 불륜 사진을 보내는 저열함도 확인했지만, 냉정히 따져보면 이번 일은 리얼리티가 부족한 시나리오였다. 그가 송 감독을 만난 건 놈들과 엮이기 한참 전의 일이었다. 유현이가 강일중으로 간다는 사실은 아직 외부에 알려지지 않았고. 이건 카메라 들고 남의 마누라 따라다니는 일과는 차원이 달랐다. 일반인은 상상하기 힘든 정보력을 동원해 쌍끌이 저인망으로 주변의 주변의 주변까지 샅샅이 훑었다면 모를까. 과연 일개 변호사를 뭉개기 위해 지체 높으신 분들이 그런 수고를 아끼지 않았을까? 가뜩이나 재판이 진행 중이라 몸을 사리고 있을 텐데. 지나친 비약이었다. 그렇다면 몇 년간 잘 해먹던 송 감독의 비리가 이 시점에 폭로된 걸 우연으로 봐야 하나? 이름까지 콕 집어 언급했다는 투서는? 그쪽 시나리오 역시 리얼리티가 떨어지기는 마찬가지였다. 요섭은 음모론과 단순한 우연 사이에서 갈팡질팡했다. 다행히 곧이어 벌어진 사태가 의혹을 명쾌하게 풀어주었다.

강남의 중학 야구부 감독 입학 미끼로 거액의 금품 수수…… 학부모 중에는 국립대 교수와 대형 로펌 소속 변호사 포함…… 뇌물로 얼룩진 그라운드에 멍드는 동심…… 사회 지도층의 빗나간 자식 사랑…… 학원 운동부 비리 중학교까지 기승…… 서울교육청 다시 불거진 운동부 비리로 몸살…… 공정, 투명한 스포츠 환경 대책 마련 시급…… 검찰, 운동부 비리 뿌리 뽑겠다……

신문과 방송에서 기다렸다는 듯이 이 사건을 대대적으로 보도했다. 강남의 중학교와 전문직 학부모를 꼬박꼬박 언급하면서. 연이어 특기자 입학 비리, 스카우트 비리, 경기 출전을 미끼로 성 접대까지 받은 사건들이 줄줄이 터져 나왔다. 운동부 자식을 둔 저소득층 학부모들은 불이익을 당한 경험담을 앞다퉈 인터넷에 올리며 그동안 쌓인 응

어리를 풀었다. 신문에서는 전인교육을 말살하는 우리나라 운동부의 실태를 해외 사례와 비교해가며 조목조목 성토하는 사설들을 쏟아냈다. 이런저런 죗값을 치르고 조용히 잊혀가던 전직 프로스포츠 선수들까지 새삼 재조명을 받았다. 교육청, 검찰, 문화체육관광부가 함께 나서서 이번만큼은 확실한 대책을 마련하겠다며 부산을 떨었다. 연예계 마약 스캔들 따윈 터지지 않았다.

요섭은 헛웃음밖에 안 나왔다. 과장된 연기로 한바탕 소동을 벌이는 소극을 보는 듯했다. 연일 폭로되는 사건들은 오래전부터 공공연한 비밀이었건만, 이런 천인공노할 만행은 육이오 사변 이후 처음이라는 양 호들갑이라니. 학원 스포츠에 쏟아지는 국가적 관심이 심히 황송할 정도였다. 하지만 감격만 하고 있을 때가 아니었다. 이렇게 되면 선처는커녕 일벌백계로 '빠따'를 맞을 판이었다. 빈 술병이 늘어갔고 신문을 찢어발기는 일이 잦아졌다.

요섭은 술병 주둥이를 물고 데킬라를 길게 들이켰다. 혈중 알코올 농도가 다시 급상승하는 게 느껴졌다. 사건에 연루된 '대형 로펌 소속 변호사'의 정체는 이미 회사에도 다 퍼졌다. 곧 있을 전체 파트너 회의에서 이 문제도 논의될 터였다. 제2의 창업을 앞두고 조직의 얼굴에 먹칠한 머저리에게 어떤 징계를 내릴지. 새로운 케이스가 배당되지 않는 걸로 봐서 정직을 때릴 눈치였다. 그런 최고 수준의 징계를 받는 건, 쪽팔리는 일이었다. 당연히 파트너 승진에도 영향을 미칠 테고. 장 선배가 힘 좀 써주면 좋으련만.

요섭은 소파에 길게 드러누웠다. 팔을 머리 위로 올려 데킬라 병으로 노크하듯 벽을 통통 두드리며 생각에 잠겼다. 역시 우연이 아니었어. 투서와 언론을 동원한 여론몰이, 계층 간 위화감을 넌지시 곁들여서, 여론에 떠밀린 공권력이 본연의 임무 수행. 재치 하나는 인정할 수밖에 없었다. 본인들이 당했던 방식을 그대로 재활용해 상대를 궁지로 몰아넣다니. 요섭은 자신이 뭘 간과했는지 깨달았다. 상대가 일개 변호사건 재판이 진행 중이건, 덤비는 놈은 확실히 밟아놓고 돌아선다. 다시는 그런 생각을 품지 못하도록. 조금이라도 물렁한 모습을 보이는 즉시 한두 마리의 날파리가 감당할 수 없는 벌 떼로 바뀔 테니까. 이게 바로 그들 세계의 리얼리티였다. 자신이 유소연의 집 앞에서 되뇌었듯이. 이건 정당방위야. 최소한 엿이라도 먹여야지.

초인종이 울렸다. 요섭이 일어나 현관문을 열자 호리호리한 안경잡이 청년이 흠칫하며 뒤로 물러섰다. 그의 체구와 퀭한 눈과 손에 든 술병을 생각하면 자연스러운 반응이었다. 하지만 청년은 문을 피하기 위한 동작이었다는 듯 손을 들어 열린 현관문에 턱 걸쳤다.

"옆집 사람인데요, 한밤중에 자꾸 벽을 두드리시면 어떡합니까. 신경 쓰여서 공부를 못 하겠네요."

요섭은 고개를 애매하게 끄덕이다가 물었다.

"뭔 공부를 해요?"

"공무원 시험 준비합니다."

"뭔 공무원?"

"7급이오."

요섭은 안경잡이를 빤히 쳐다보았다. 왠지 낯이 익었다. 청년은 당황하는 기색이었지만 목소리에 힘을 주고 말을 이었다.

"오늘뿐 아니라 밤마다 좀 시끄러우시네요. 뭐 깨지는 소리도 자주 들리고. 공동생활에선 서로 에티켓을 지켜야죠."

요섭은 그가 하영과 놀아난 과외 선생을 닮았다고 생각했다. 생김새는 별로 닮지 않았는데 풍기는 분위기가 비슷했다. 구체적으로 어떤 분위기가 비슷한지 설명할 자신은 없었지만, 그냥 그렇게 결론을 내렸다. 요섭이 잠자코 있자 청년은 자신감을 회복했는지 한 손을 추리닝 주머니에 척 찔러 넣었다.

"개 키우지?"

요섭이 불쑥 물었다.

"예? 예. 왜요? 저희 개는 순해서 안 짖는데요."

요섭은 보란 듯이 데킬라를 한 모금 들이켜고 술병을 왼손에서 오른손으로 옮겼다. 병목을 손잡이처럼 거꾸로 잡으면서.

"가끔 짖어. 뭐, 짖는 건 상관없어. 개새끼도 찍소리는 하고 살아야지. 그런데 말이야, 냄새가 나. 똥냄새. 개새끼가 남의 집에 똥냄새를 풍기면 되겠어? 에티켓을 지켜야지."

청년의 얼굴이 하얗게 질렸다. 그는 주머니에서 손을 빼고 주춤주춤 뒷걸음질 치더니 잽싸게 자기 집 문을 열고 사라졌다.

3

　장미 정원은 정확히 십자가 그림자가 끝나는 지점에 있었다. 아치형 철문을 밀고 들어서자 입이 떡 벌어졌다. 빨강, 하양, 분홍, 노랑, 파랑, 주황, 까망 등 색색의 장미들이 시야 가득 흐드러지게 펼쳐져 있었다. 한 송이가 국그릇 하나는 너끈히 채울 만큼 크고 탐스러웠다. 빽빽하게 뒤얽힌 장미 넝쿨은 내 키보다 높은 벽을 이루었고, 매끈하게 손질된 넝쿨 벽들이 얽히고설켜 근사한 산책로를 꾸며놓았다. 굽이굽이 감도는 산책로는 갈라졌다가 합쳐지기를 반복하며 미로처럼 이어졌다. 꽃을 그다지 좋아하지 않는 나조차 감탄사를 연발하게 만드는 풍경이었다. 그간의 삭막한 여정으로 쌓인 흙먼지가 씻겨 내려가는 기분이었다. 그윽한 향기에 취해 반나절을 돌아다닌 후에야 알게 됐다. 이곳은 미로 같은 정원이 아니라, 빌어먹을 미로라는 걸.

　또다시 나타난 갈림길 앞에서 난 털썩 주저앉았다. 양편에 높이 솟은 넝쿨 담벼락이 나를 덮칠 듯이 굽어보았다. 꽃잎을 활짝 펼친 장미들이 이제는 포악한 식충식물처럼 징그러웠다. '지금쯤 색색의 장미가 한창이겠구나. 향기에 취해 길을 잃을지도 몰라. 그럴 땐……' 급한 마음에 아버지의 말허리를 끊은 게 후회막심이었다. 뒷말에 뭔가 힌트가 있었을 텐데. 후회는 곧 원망으로 바뀌었다. 너무하잖아. 말 좀 끊었다고 시치미 뚝 떼고 아들을 사지에 몰아넣다니. 아주, 누가 친아버지 아니랄까 봐…… 아버지에 대한 후회와 원망은 결국 자책으로 끝났다. 누굴 탓하겠어. 똥인지 된장인지 모르고 무작정 들어온 내가 미련한 거지. 으이그.

손가락이 제멋대로 움직여 땅바닥에 도형을 그렸다. 수많은 원과 사각형이 서로 겹치며 서로를 지워갔다. 무성한 털에 손톱까지 길게 자란 시커먼 손은 짐승의 앞발처럼 보였다. 미로에 갇힌 곰. 미로를 헤매는 곰. '곰'을 거꾸로 하면 '문'. 문을 찾지 못하는 곰. 문이 없어 문을 찾지 못하는 곰. 길만 있는 미로. 문이 없는 미로. 거꾸로 하면 곰이 없는 미로……

손을 멈췄다. 숨을 죽이고 가만히 귀를 기울였다. 소리…… 어디선가 소리가 들려왔다. 희미한 노랫소리가 몇 개의 벽을 가로질러 건너왔다. 나는 노랫소리를 따라 미로를 더듬어 나갔다. 그 여린 멜로디가 끊길세라 네발걸음으로 살금살금. 모퉁이를 돌 때마다 노랫소리가 조금씩 선명해졌다. 마지막 모퉁이를 돌자 큼직한 빨간 장미 한 송이가 바람도 없는데 혼자 흔들리고 있었다. 흥얼흥얼 리듬을 타면서.

나 혼자 있으면 어쩐지~ 쓸쓸해지지만~ 그럴 땐 얘기를 나누자~

거울 속의 나하고~ 웃어라~ 웃어라~ 웃어라 캔디야~

빨간 벨벳 두건을 뒤집어쓴 여자애가 노래를 부르며 파란 장미를 꺾고 있었다. 팔에 건 피크닉 바구니에는 장미가 색깔별로 담겨 있었다. 나는 몸을 일으켜 여자애에게 다가갔다. 차림새만 봐도 누군지 알 것 같았다.

"너, 빨간 두건이구나?"

빨간 두건은 안경을 밀어 올리며 나를 아래위로 훑어보았다.

"저를 아세요?"

"그럼, 잘 알지. 근데 넌 어쩌다 이 미로에 갇혔니?"

"갇히다니요? 전 꽃을 따러 들어온 거예요."

"하긴 나도 처음엔 갇힌 줄 몰랐지. 꽃을 따고 나면 나갈 길이 막막할 거다."

"전 언제든 나갈 수 있어요. 들어오면서 저만의 표시를 해두었거든요."

나는 제자리에서 펄쩍 뛰어올랐다. 빨간 두건을 끌어안고 뽀뽀라도 해주고 싶었다.

"아, 이제 살았네. 살았어! 잘했다. 너 의외로 똑똑하구나."

빨간 두건은 벙싯거리며 가슴을 쓸어내리는 나를 뚱한 표정으로 쳐다보았다.

"자, 그럼 나가자. 너도 어디 갈 데가 있지 않니?"

"어머니 심부름으로 할머니 댁에 가는 길이에요."

"맞다, 그렇지. 할머니가 아프시잖아. 너, 엄마가 옆길로 새지 말고 곧장 가라고 했을 텐데."

동화의 내용이 생각나 짐짓 엄한 표정을 지어 보였다. 하지만 빨간 두건은 전혀 주눅 드는 기색이 아니었다.

"그거야 기성세대가 자신들의 질서를 아이들에게 강요하기 위해 부과하는 맹목적인 규율일 뿐이죠. 길이라는 현실원칙을 벗어나지 마라. 숲에 핀 꽃들을 즐기고 싶은 쾌락원칙을 억압하라. 어른들은 이것을 '성장'이라고 부르죠. 하지만 정작 무엇을 위한 성장인지는 알려주지 않아요. 어른들 역시 내심으로는 꽃을 즐기기 위해 길을 벗어날 기회만 엿보고 있잖아요. 그렇다면 기성세대가 사용하는 성장이라는 개념 자체에 근본적인 모순이 존재하는 게 아닐까요?"

나는 멍하니 빨간 두건을 바라보았다. 애가 웅변 학원을 다니나.

"아무튼 얼른 가자. 이렇게 한눈팔다가 늑대를 만나면 잡아먹히는 수가 있어."

"아, '유혹자' 말씀이군요. 늑대 같은 존재를 들먹이며 겁주는 게 기성세대의 가장 전형적인 수법이죠. 아이들은 미성숙하기 때문에 유혹에 빠지기 쉽다. 그러니 부모와의 동맹 관계를 통해 그들의 도덕적 기준을 초자아로 내면화하라. 하지만 늑대보다 더 위험한 돈과 권력의 유혹에 아무런 수치심도 없이 넘어가는 모습을 보노라면, 그들의 초자아라는 게 과연 신뢰할 만한 것인지 의구심이 드는군요."

참 말 많은 꼬맹이네. 당최 뭔 소린지…… 그때 장미가 수북이 얹힌 피크닉 바구니에서 삐죽 목을 내밀고 있는 포도주 병이 눈에 들어왔다. 꽃향기 사이로 코를 간질이는 달콤한 애플파이 냄새. 고릿한 치즈 냄새도 섞여 있었다. 혀 밑에서 물총을 쏘아대는 것처럼 입안 가득 침이 고였다.

"꼬마야, 바구니에 든 게 애플파이 맞지?"

"예, 어머니가 직접 구운 거예요."

"이 아저씨가 말이다, 이틀을 굶어서 지금 쓰러지기 직전이란다.

착한 어린이는 어려운 사람을 돕는 거야. 똑똑하니까 잘 알지? 그러니 그 파이를 좀 나눠다오."

빨간 두건이 콧잔등을 찡그리며 쏘아보았다.

"어른들은 언제나 이런 식이라니까. 방금 전 어머니의 규율을 상기시키며 현실원칙을 강조하더니, 이제는 늑대 같은 유혹자가 되겠다는 건가요? 아니 최소한의 유혹조차 생략하고 날로 빼앗으려 들다니, 아저씬 정말 최악의 늑대로군요."

딱따구리 한 마리가 머리통을 쪼아대는 것 같았다. 딱, 딱, 딱, 딱, 스타카토 진동이 두개골을 울리고 텅 빈 위장에서 메아리쳤다. 나는 머리를 쥐어뜯으며 외쳤다.

"그만! 스톱! 이 꼬맹이, 더는 못 참겠다."

손을 뻗어 피크닉 바구니를 잡아챘다. 바구니에 담겨 있던 장미꽃이 사방으로 흩날렸다.

"악!"

빨간 두건의 소프라노 비명이 미로의 통로를 따라 꼬불꼬불 멀어져 갔다. 나는 퍼질러 앉아 바구니에 든 애플파이와 치즈를 먹어치웠다. 음식물은 씹을 새도 없이 포도주에 실려 목구멍 너머로 사라졌다. 바구니를 깨끗이 비우고 나서야 깨달았다. 사지를 탈출하게 해줄 안내자를 내 손으로 쫓았다는 걸. 이런 멍충이! 밥통! 미로를 빠져나간 후에 뺏어 먹었어야지. 주먹으로 머리통을 열 대쯤 후려친 후 벌렁 드러누웠다. 그래도 배를 채운 덕인지 아까처럼 절망적인 심정은 아니었다.

방법이 있을 거야. 생각을 하자. 어려운 문제일수록 단순하게 생각하는 거야. 단순하게, 직관적으로. 뻥 뚫린 하늘에 노을이 퍼지고 있었다. 하늘에서 내려다보면 미로를 나가는 길이 보일 텐데…… 눈을 감고 하늘에서 내려다본 가상의 미로를 그렸다. 복잡하게 얽힌 미로 내부에 점을 하나 찍었다. 현재 내가 있는 지점 A. 미로 외부에 또 다른 점을 찍었다. 내가 이동해야 하는 지점 B. A와 B를 직선으로 연결하자, 방법이 생각났다. 그것도 방법이라고 부를 수 있다면.

몸을 둥글게 말았다가 반동을 주어 일어났다. 운동화 끈과 허리띠를 단단히 조이고 재킷 지퍼를 턱까지 올렸다. 후드를 뒤집어쓰고 조임끈을 바짝 당기자 복면을 쓴 것처럼 눈과 코만 빼꼼히 나왔다. 손바닥으로 양쪽 뺨을 짝, 짝, 교대로 때렸다. 넝쿨 벽의 두께는 일 미터 남짓. 눈을 부릅뜨고 벽을 노려보며 주문을 걸었다. 나는 돌이다, 나는 돌이다, 내 몸은 바위다, 동그란 바위다, 비탈길의 동그란 바위다, 나는 굴러간다, 바위는 굴러간다, 바위가 굴러간다, 일직선으로 굴러간다, 장애물을 깔아뭉개면서.

"합!"

힘찬 기합과 함께 땅을 박차고 돌진했다. 벽을 파고들자마자 송곳 같은 가시들이 온몸 구석구석을 찔러댔다. 울컥 눈물이 솟구쳤다. 하지만 멈추지 않고 팔다리를 휘저어 넝쿨을 헤쳤다. 나는 돌이다, 나는 바위다…… 벽이 뚫리며 맞은편 길이 나왔다. 곧장 탄력을 붙여 다음 벽을 향해 몸을 던졌다. 장미 넝쿨은 막무가내로 난입한 나를 사정없이 물어뜯었다. 전신이 불에 덴 것처럼 화끈거렸다. 나는 바위다. 바위는 통증을 느끼지 않는다…… 이를 악물고 불도저처럼 벽을 뚫고 또 뚫었다. 넷, 다섯, 여섯, 일곱, 여덟, 씨팔, 아홉, 열…… 시야가 좁아지며 수박 덩이만큼 커진 장미꽃들이 아가리를 벌리고 달려들었다. 통증이 두툼한 굳은살이 되어 고치처럼 나를 감쌌다. 스물

둘, 스물셋, 스물넷, 멀었나, 스물다섯……

서른한번째 넝쿨 벽을 뚫고 나오는 순간 탁 트인 초원이 눈앞에 펼쳐졌다. 다리가 풀려 나뒹구는 와중에 나는 보았다. 지평선에 높이 솟은 두 개의 산봉우리와, 골짜기에 고인 짙은 안개와, 그 위에서 펄럭이는 빨간 깃발을. 넉넉잡고 서너 시간이면 도착할 수 있는 거리였다. 풀밭에 누워 상쾌한 저녁 공기를 깊이 들이마셨다. 저녁 공기는 너털웃음이 되어 풀풀 흘러나왔다. 됐다, 해냈어.

"꼼짝 마!"

어디서 나타났는지 제복 차림의 경관들이 나를 둘러싸고 소총을 겨누었다. 옆에서 입을 앙다문 빨간 두건이 꼿꼿이 세운 집게손가락으로 나를 가리키고 있었다. 이런…… 경관 둘이 다가와 날 일으켜 세우더니 팔을 뒤로 꺾었다. 겨드랑이에 박힌 가시가 살을 파고드는 통에 절로 몸이 뒤틀렸다. 정강이로 군홧발이 날아왔다. 허리가 꺾이는 것과 동시에 뒤통수를 내리찍는 개머리판. 나는 침을 흘리며 앞으로 쓰러졌다. 멀리서 나부끼는 빨간 깃발이 아스라이 흐려졌다.

4

누군가 어깨를 흔드는 바람에 요섭은 눈을 떴다. 꿈을 꾼 것 같은데 기억이 나지 않았다. 가시나무에 휘감겨 허우적거리는 느낌만 살갗에 감돌았다. 요즘은 늘 그랬다. 부쩍 꿈을 자주 꾸는데 정작 꿈의 내용이나 이미지는 남아 있지 않았다. 잠결에 뒷집에서 켜놓은 TV 소리만 웅웅 들려온 것처럼.

"다 왔습니다. 내리세요."

택시 기사가 짜증스런 얼굴로 돌아보고 있었다. 요섭은 만 원짜리 두 장을 던지고 택시에서 내렸다. 냉장고에서 막 꺼낸 듯한 강바람이 얼굴을 쓸고 갔다. 눈앞에 버티고 선 45층 높이의 원통형 아파트가 서울숲에 꽂힌 거대한 딜도처럼 보였다. 집값에 세대수를 곱하면 가히 천문학적인 가격의 딜도였다. 위로 올라갈수록 평수가 넓은 집이라 거주하는 층수는 입주자들의 사회적, 경제적 서열과 얼추 들어맞았다. 요섭은 집게손가락으로 창문을 하나씩 짚으며 올라갔다. 15층의 희미한 불빛에 손가락이 멈추는 순간 알아차렸다. 목적지가 잘못

됐다는 걸. 오피스텔로 가야 하는데, 택시에 타자마자 '성수동 실버 네스트'라고 외치고 곯아떨어진 모양이었다. 취중에 늘 그랬듯이.

요섭은 절뚝거리며 벤치로 가서 앉았다. 깨진 술병을 꼼꼼히 치우지 않은 탓에 왼 발바닥을 열세 바늘 꿰맸다. 바닥에 번지는 핏물을 내려다보며 그는 고개를 가로저었다. 날려온 신문 쪼가리 하나가 왜 하필 술병 파편을 덮고 있었단 말인가. 나름 탄탄한 인생이었는데, 한 번 기우뚱하자 불행이 눈 벌건 빚쟁이들처럼 몰려들었다. 택시 기사의 재촉이 귓전을 맴돌았다. '다 왔습니다. 내리세요.' 요섭은 오늘 사무실에서도 비슷한 말을 들었다.

"너 도대체 정신이 있는 놈이야, 없는 놈이야!"

장 선배는 불꽃 눈썹을 곤두세우고 손바닥으로 책상을 내리쳤다.

"다른 명목으로 돌리든가, 제수씨한테 맡기든가 했어야지, 그걸 떡하니 네 손으로 주면 어떡해! 법밥 하루 이틀 처먹어!"

요섭은 양손을 바지주머니에 찌르고 묵묵히 창밖을 내다보았다. 이런 타박마저 고마운 심정이기는 했지만, 살갑게 고마움을 표할 기분은 아니었다.

"너 정말 요즘 왜 이러냐."

"면목 없습니다. 이번만…… 적당한 선에서 넘겨주세요."

장 선배는 대답이 없었다. 만년필로 책상을 두드리는 소리만 이어졌다. 말줄임표처럼 톡, 톡, 톡, 톡…… 클라우드 타워는 완공을 앞두고 건물 주변 조경 공사가 한창이었다. 금속성 필름을 입힌 반사유리가 막 손질을 끝낸 갑옷처럼 번뜩였다. 톡, 톡, 톡……

"요섭아."

장 선배의 차분한 음성은 좋지 않은 징조였다.

"돈 좀 모아놨지?"

"……"

"좀 쉬다가, 사무실 하나 차려라."

요섭은 몸을 홱 돌리다가 중심을 잃고 기우뚱했다. 발바닥의 꿰맨 상처가 숨을 몰아쉬는 것처럼 욱신거렸다. 개국공신인 나를, 불평 한 마디 없이 온갖 뒤치다꺼리해온 나를, 이깟 일로 내치겠다고?

"너 정도 경력이면 금방 자리 잡을 거다."

"형님!"

"내가 커버할 수 있는 상황이 아니다."

장 선배는 회전의자를 돌려 등을 졌다. 요섭은 앞을 가로막은 편편한 검은 가죽을 보며 자신이 얼마나 어리숙했는지 깨달았다. 원투펀치를 맞고 비틀거리느라 사리 분별을 못했던 게지. 해고는 처음부터 결정된 일이었다. 그간의 소동은 딴소리 못하도록 명분을 쌓은 과정일 뿐. 한 대표에게 직접 오더가 떨어졌을 텐데 장 선배가 뭘 커버할 수 있겠나. 요섭은 등받이 위로 살짝 튀어나온 장 선배의 머리 꼭대기를 바라보며 시물시물 웃었다. 새로 자라난 뻣뻣한 머리칼이 볼륨 다운펌을 밀어 올려 정수리의 휑한 불모지가 드러나기 시작했다. 헤어숍에 갈 때가 됐네.

한 달 새 가정에서 내쫓기고 직장에서 내쫓기고. 두 발을 딛고 있던 발판이 차례로 꺼져버렸다. 요섭은 롯데월드에서 처음 자이로드롭을 탔을 때가 떠올랐다. 공중에 떠서 유유히 경치를 감상하다가 순식간에 지상으로 뚝. 분노나 실의의 감정이 따라붙을 새도 없었다. 그저 가슴이 덜컹 내려앉은 뒤의 어지러움뿐. 그래, 잘했다. 니들이 이겼다.

요섭은 휴대폰을 꺼냈다. 새벽 두 시. 잠깐 망설이다가 단축번호 0번을 눌렀다. 자이로드롭을 타고 내려왔을 때, 그래도 거기엔 웃으며 손을 흔들어주는 사람이 있었다. 신호가 한참 울린 후에 하영의 목소리가 나왔다.

"웬일이야, 이 시간에."

"잤어?"

"그럼, 몇 신데."

일부러 잠긴 음성을 내려고 애쓰는 게 느껴졌다. 역시 연기가 어설펐다. 그래도 전화를 바로 끊으려는 기색은 아니기에 요섭은 은근슬쩍 하룻밤 자고 갈 기대까지 품었다. 다시 택시를 잡아타고 돼지우리 같은 오피스텔로 돌아간다면, 스스로를 동정하게 될 것 같았다. 오늘 밤은 털가죽이 깔린 킹사이즈 침대에서 아내의 조그만 몸을 끌어안고 잠들고 싶었다.

"한잔하고 들어가는 길에 문득 생각나서."

'문득'에 은연중 힘이 들어갔다.

"술 너무 마시지 말고."

"응. 별일 없지?"

"없어."

"유현이는?"

하영은 대답이 없었다. 요섭은 15층의 불빛을 올려다보며 손가락으로 머리칼을 배배 꼬는 그녀의 모습을 상상했다.

"왜? 무슨 일 있어?"

“그런 건 아니고…… 야구 그만두겠대.”

“뭐? 왜?”

“왜는, 할 만큼 했잖아. 이제 중학교 올라가면 공부에 전념하겠대.”

그럴 리가. 요섭은 배트를 다부지게 거머쥐며 웃던 아들의 모습이 떠올랐다. ‘내가 좋아서 선택한 거니까, 계속하고 싶어.’

“유현이 바꿔봐.”

“자는 애를 어떻게 바꿔.”

“아, 좀 깨워서 바꿔봐. 우리끼리 얘기한 게 있다니까.”

“취했어? 몇 신데 애를 깨워? 술 마셨으면 얌전히 들어가. 추태 좀 부리지 말고.”

“뭐, 추태?”

요섭의 가슴속에서 펑, 하는 폭발음이 울렸다.

“들어가서 자. 내일 다시 얘기해.”

“오하영, 너 말 다 했냐? 아빠가 아들하고 대화하는 게 추태면, 애 선생하고 뒹구는 건 뭔데? 네가 지금……”

“야구부에도 소문이 다 퍼졌대! 아버지가 강일중 감독한테 뇌물 먹였다고. 애들한테 왕따당하고 있대. 됐니? 이제 됐어?”

하영의 외침이 이쑤시개처럼 날아와 고막에 박혔다. 귀에서 윙 소리가 울렸지만 요섭은 휴대폰을 떼지 못했다. 그랬구나. 그 생각을 못했구나. 요즘 애들 정보가 얼마나 빠른데. 엄마한테 손찌검하는 아빠를 목격하고, 부모가 별거에 들어가고, 원하던 강일중 진학은 무산되고, 동료들에게 따돌림을 당하고…… 롯데월드에서 자이로드롭을 탈 때, 당연히 그의 옆자리에는 유현이가 앉아 있었다. 함께 공중에 떠서 경치를 감상했고, 함께 지상으로 뚝. 회사 얘기는 꺼내지도 못

210

했는데 전화는 이미 끊겨 있었다.

요섭은 허공에 떠 있는 둥지를 올려다보다가 돌아섰다. 쩔룩쩔룩 발이 엇박자로 끌렸다. 바람난 부인에, 해고당한 남편에, 왕따 아들. 어쩌다 이런 넝마쪽 가족으로 전락했나. 누군가 머리 위에서 팽팽하게 당긴 거대한 랩으로 내리누르는 것처럼 몸놀림이 거북했다. 이런 게 무력감인가? 그로서는 두통만큼이나 생소한 불청객이었다. 불쾌감과 달리 욕설을 내뱉거나 술을 퍼마시거나 윤 마담 원룸텔에 들러 해소할 의욕조차 들지 않았다. 난 무력하구나, 무력한 가장이구나, 무력하다, 무력해……

정수리에서 뾰족한 가시가 안테나처럼 솟아올라 내리누르는 랩에 구멍을 뚫었다. 아들하고 통화 좀 하겠다는데, 추태라고? 애를 저 혼자 낳았나. 술김에 나온 볼멘소리가 정식 기소로 이어졌다. 정말 애를 저 혼자 낳은 게 아닐까? 요섭은 황급히 랩에 박힌 가시를 뽑아냈다. 하지만 조그만 구멍은 사방에서 잡아당기는 힘에 의해 점점 넓어졌다. 고여 있던 구리터분한 숨결이 빠져나가고 차가운 공기가 들어왔다. 사진을 코앞에 들이밀지 않았다면 난 눈치도 못 채고 넘어갔겠지? 팔푼이처럼 데이트 비용이나 갖다 바치면서. 이번이 처음일까? 애가 갑자기 들어서긴 했지. 신혼 초에는 닥치는 대로 일감을 맡느라 잠자리도 뜸했는데. 이름은 내가 그토록 반대했건만 부득부득 우겨서 자기 뜻대로 지었고. 무엇보다 유현이 녀석은 나와 닮은 구석이 없어. 체구도 그렇고 오목조목한 이목구비, 소심하고 꼼꼼한 성격까지 제 어미만 따라갔지. 하나의 유전자에서 이렇게까지 상반된 패가 나올 수 있을까?

요섭은 퍼뜩 정신을 차렸다. 취중에 이런 상스러운 의심이나 하고 있는 자신이 한심했다. 하지만 검사는 끝까지 유죄 의견을 굽히지 않았다. 이상의 증거로 봤을 때, 최요섭 씨 당신은 최유현의 생부가 아닙니다. 제3의 인물이 당신 부인의 질에 성기를 삽입하고 정액을 뿌린 겁니다. 요섭은 속이 메슥거렸다. 위장에서 시커먼 흙먼지가 풀썩이는 것 같았다. 이제껏 쎄빠지게 일해서 남의 새끼를 키운 거죠. 이세상에 남는 건 당신의 멍텅구리 유전자가 아닙니다. 전문가의 소견에 따르면, 당신은 핫바지 호구입니다.

깡! 깡! 깡깡! 깡! 깡깡! 머릿속에서 난쟁이가 다시 곡괭이질을 시작했다. 이번엔 신경질적인 오토바이 배기음까지 가세했다. 투투! 투투투! 투투! 투! 요섭은 손끝으로 양쪽 관자놀이를 꾹꾹 눌렀다. 뒤에서 빛기둥이 나타났다. 오토바이 배기음은 환청이 아닌 실제였다. 요섭은 길옆으로 비켜섰다. 헤드라이트 불빛이 곁을 스쳐갔다.

퍽!

뒤통수에서 폭죽이 터진 줄 알았다. 요섭은 앞으로 고꾸라지며 땅에 얼굴을 처박았다. 나사가 몇 개 빠진 것처럼 눈, 코, 입이 덜거덕거렸다. 앞쪽에서 오토바이 배기음이 유턴해 다시 돌아왔다. 이번에는 한 대가 아니었다. 두 대, 세 대, 네 대…… 열 대쯤 되는 오토바이들이 멈춰 서더니 저벅거리는 발소리가 그를 에워쌌다. 요섭은 땅을 짚고 간신히 상체를 세웠다. 몸이 연체동물처럼 흐느적거렸다. 누군가 그의 머리칼을 움켜잡고 고개를 젖혔다. 헤드라이트 불빛에 눈이 부셨다.

"이 새끼 맞아?"

"맞네."

요섭이 가까스로 몸을 일으키자 징이 박힌 부츠가 정강이를 걷어찼다. 허리가 꺾이는 것과 동시에 각목이 얼굴을 강타했다. 쌉싸래한 핏물이 입으로 흘러들었다. 요섭은 본능적으로 정면에 보이는 턱주가리를 들이받고 포위망을 벗어났다. 하지만 몇 발짝 떼기도 전에 달려드는 손아귀에 붙잡혀 바닥에 나동그라졌다. 사방에서 날아드는 묵직한 바이크 부츠와 각목. 들개 떼가 숨을 헐떡이며 자신을 찢어발기는 것 같았다. 요섭은 팔로 머리를 감싸고 몸을 동그랗게 오그렸다. 몸이 점점 작아졌다. 통증이 두툼한 굳은살이 되어 고치처럼 그를 감쌌다. 요섭은 고치 속 번데기처럼 웅크린 채 옹알옹알 되뇌었다. 꿈이야, 꿈. 이건 분명 꿈일 거야……

$$5$$

몽롱한 시야에 높이 솟은 원통형 건물이 들어왔다. 꼭대기는 밤하늘에 파묻혀 보이지 않았고 희미하게 불을 밝힌 창문 하나가 허공에 떠 있었다. 근육질의 경관 둘이 양쪽에서 겨드랑이를 끼고 나를 건물로 끌고 들어갔다. 복도에는 음식 쓰레기 냄새가 진동했다. 눈앞이 깜빡거려 아직 의식이 완전히 돌아오지 않은 줄 알았는데, 천장에 줄지어 박힌 낡은 형광등이 깜빡이는 것이었다. 바닥에 깔린 육각형 타일은 이젠 어찌할 수 없을 지경으로 꺼멓게 찌들어 있었다.

복도 끝에 널찍한 원형 홀이 나왔다. 하얀 유니폼에 하얀 모자를 쓴 요리사들이 잰걸음으로 돌아다녔다. 비쩍 마른 요리사가 개구리처럼 뒷다리가 달린 생선의 내장을 훑고 있었다. 또 다른 요리사는 등딱지에 삐죽삐죽 뿔이 솟은 게들을 끓는 기름에 부어 넣었다. 파란 비늘로 덮인 오징어를 손질하는 요리사, 박쥐 날개를 가진 거위의 깃털을 뽑는 요리사, 앞뒤로 머리가 둘 달린 새끼 돼지를 꼬챙이에 꿰는 요리사…… 여기저기서 화염이 치솟고 식칼이 번쩍였다. 타일 바닥에는 다양한 빛깔의 핏물이 실개천처럼 흘렀다. 핏물은 서로 합쳐지며 시커멓게 변해 홀 중앙의 수챗구멍으로 흘러들었다.

경관들은 나를 주방 한가운데 놓인 조리대로 끌고 갔다. 범 같은 인상의 늙수그레한 요리사가 맞은편에 서 있었다. 숱이 무성한 눈썹은 일렁이는 불꽃처럼 위로 솟구쳤고 뺨과 손등의 검버섯은 위협적인 호피 무늬처럼 보였다. 하얀 유니폼은 온갖 색깔의 음식 얼룩으로 지저분했다. 한 번도 세탁을 하지 않았는지 얼룩의 농담이 제각각이었다. 요리사는 냄비에 담긴 적갈색 소스를 휘저으며 나를 쳐다보았다.

"골격 좋네. 죄목은?"

"장미 정원 훼손, 음식물 갈취, 사유지 무단 침범입니다."

오른쪽 경관이 절도 있게 대답했다. 정신이 혼미한 와중에도 탈옥이 언급되지 않아 나는 안도의 한숨을 쉬었다. 오른쪽 경관에게 몸을 기울여 지금 뭐하는 거냐고 물었다.

"재판."

경관은 고개도 돌리지 않고 짧게 씹어뱉었다. 왜 요리사가 재판을 하냐고 다시 물었지만 그는 대답하지 않았다.

"각 죄목에 대해 유죄를 인정하는가?"

요리사가 냄비에 바싹 마른 잎사귀를 집어넣으며 물었다. 유죄라는 말에 정신이 번쩍 들었다.

"아뇨, 아뇨. 아, 예. 그러니까 그게…… 제가 한 짓은 맞는데 그럴 만한 사정이 있었습니다. 부디 제 얘기를 들어주셔야 합니다."

"물론 들어야지. 소명 기회를 줄 테니 말해보아라."

요리사가 물이 끓는 솥에서 뜰채로 아스파라거스를 건지며 말했다. 나는 땀이 밴 손바닥을 청바지에 문질러 닦았다. 차분히, 조리 있게 설명해야 한다. 내가 얼마나 절박했는치, 왜 그럴 수밖에 없었는지.
하지만 등 뒤에서 믹서가 굉음을 내며 뭔가를 갈아대는 통에 정신을
집중하기가 어려웠다.

"전 죽을 뻔했습니다. 정원이 미로란 걸 몰랐거든요. 아버지가 귀띔
도 안 해주고 절 거기로 보냈어요. 아버지는 높은 십자가에 매달려 있
었는데, 그게 중요한 게 아니고, 암튼 종일 헤매다가 쓰러지기 직전이
라, 그냥 뚫고 나올 수밖에 없었습니다. 여기 박혀 있는 가시들을 보
세요. 저라고 이러고 싶었겠습니까? 아, 그 전에 빨간 두건을 만났죠.
걔가 길을 안다기에 함께 나오려고 했는데, 배가 너무 고파서, 황무지
를 지나오느라 이틀을 굶었거든요. 황무지에서 아버지를 만났는데,
아니 그게 중요한 게 아니고, 아무튼 달달한 애플파이 냄새에 참을 수
가 없더라고요. 처음엔 좀 나눠달라고 부탁했는데, 애가 이상한 소리
만 지껄이니까 머리가 아파서, 순간적으로 이성을 잃었나 봐요. 예,
그래도 어린애 음식을 뺏은 건 잘못이죠. 아픈 할머니 갖다드릴 건데.
깊이 반성합니다. 또 뭐라고 했죠? 사유지 침범? 어디 말이죠?"

오른쪽 경관을 돌아보며 물었다.

"네가 체포된 곳. 장미 정원을 경계로 거긴 퀴르발 남작의 영지야."

"아, 그건 침범한 게 아니라 벽을 뚫고 나오다가 넘어져서 구른 겁
니다. 십 미터, 아니, 오 미터쯤. 거기가 누구 땅인 줄도 몰랐어요."

염소수염을 기른 요리사가 다가와 조리대에 둥그런 플라스틱 접시
를 올려놓았다. 먹음직스럽게 구워진 스테이크가 접시 한가운데 덩그
러니 놓여 있었다. 어떤 흉물의 살점인지는 모르겠지만, 썰어서 구워
놓으니 식욕을 돋우기는 마찬가지였다. 요리사는 비쭉한 주둥이가 붙
은 국자로 접시 위에 그림을 그리듯 소스를 뿌렸다.

"장미 정원의 훼손 정도는?"

"넝쿨 벽 서른한 개에 구멍을 뚫어놨습니다."

요리사는 데친 아스파라거스와 구운 감자, 양송이버섯을 접시에 올리며 말을 이었다.

"피고인의 말대로라면 넝쿨 벽 훼손은 급박한 위난을 피하기 위한 부득이한 행위로 보아야 한다. 긴급피난에 의한 위법성 조각 사유에 해당하므로 그에 대해선 죄를 묻지 않기로 한다."

쩌렁쩌렁 울리는 명쾌한 판결에 나는 어리둥절했다. 두서없는 변명을 귀담아듣기나 했는지 의심스러웠는데, 이렇게 내 사정을 헤아려주다니. 생면부지의 요리사가. 코끝이 찡했다.

"두번째, 음식물 갈취는 피해액이 얼마인가?"

왼쪽 경관이 뒷주머니에서 수첩을 꺼내 들여다보며 답변했다.

"시가로 약 삼십팔만 원입니다."

"예? 말도 안 됩니다. 손바닥만 한 파이에 포도주하고 치즈 한 조각이 무슨……"

내가 항의하자 경관이 요리사 쪽으로 몸을 기울여 부연 설명을 했다.

"피해자 소녀 말로는, 전부 유기농 재료를 사용한 거라고 합니다. 치즈는 염소젖으로 만들었고요."

"흠, 염소젖 치즈면 값이 나가지."

요리사는 혼자 입을 우물거리며 생각에 잠겼다가 판결을 내렸다.

"음식물 갈취는 명백한 범죄 행위이나 법에도 눈물이 있는 법. 피고인이 진심으로 반성하고 있으므로, 이틀간 굶은 사정을 참작하여 역시 죄를 묻지 않기로 한다."

"저, 피해자 소녀가 강력히 처벌을 원하고 있습니다."

왼쪽 경관이 끼어들자 요리사는 매서운 눈매로 쏘아보았다. 곤두선 불꽃 눈썹이 화르르 타올랐다.

"법이 가해자를 위해 존재하는 게 아니듯 피해자를 위해 존재하는 것도 아니다. 법은 오로지 법 자체를 위해서 존재할 뿐."

무슨 뜻인지 모르겠지만 나는 무조건 고개를 끄덕였다.

"옳습니다. 현명한 판결이십니다."

요리사는 진분홍 진달래꽃을 스테이크 위에 얹어 데커레이션을 마무리했다. 어찌나 맛깔스럽게 보이는지 눈에서 군침이 흐를 정도였다. 대기하고 있던 염소수염이 반짝이는 반구형 뚜껑을 접시에 덮어 어딘가로 가져갔다. 나는 입맛을 다시며 그의 뒷모습을 눈으로 좇았다.

"세번째, 사유지 무단 침범은 사회 근간을 흔드는 중죄가 아닐 수 없다. 누구의 영지인지 몰랐다는 건 충분한 소명이 되지 못하는바, 피고인에게 유죄를 선고하고 징역 삼십 년 형에 처한다."

탕! 탕! 탕! 옆에 있던 주근깨박이 요리사가 네모난 도끼칼로 다리가 여섯 달린 생닭을 토막 쳤다. 나는 귀를 의심했다. 징역, 삼십, 년? 양쪽에서 경관들이 팔짱을 꼈다.

"잠깐, 잠깐만요! 삼십 년? 그깟 풀밭에서 오 미터 뒹굴었다고 삼십 년을 때려요? 세상에 이런 법이 어디 있습니까!"

팔을 세차게 뿌리치자 두 경관이 뒤로 나자빠졌다. 대기하고 있던 간수들이 떼로 달려들어 날 꿇어앉히고 위에서 찍어 눌렀다.

"이런 법이라니. 피고인에게 법정모욕죄를 적용해 징역 일 년을 추가한다!"

요리사는 차가운 목소리로 외쳤다. 탕! 탕! 탕! 주근깨박이 요리사가 다시 생닭을 내리쳤다. 간수들은 발버둥 치는 나를 떠메다시피 하고 지하로 내려갔다. 퀴퀴한 지린내가 풍기는 복도 양편에 녹슨 철문이 늘어서 있고 철문마다 명패가 하나씩 붙어 있었다. 장 발장 룸, 에드몽 당테스 룸, 요제프 K 룸 등. 간수들은 명패가 없는 감방에 나를 던져 넣고 문을 닫았다. 철컹, 열쇠 돌아가는 소리에 이어 발소리가 우르르 멀어졌다.

"이 새끼들아! 문 열어! 난 나가야 돼. 풀어달라고!"

철문을 때리며 소리쳤지만 발소리는 돌아오지 않았다. 나는 다리가 풀려 털썩 주저앉았다. 두 평 남짓한 감방에는 벽에 붙은 볏짚 침대와 놋쇠 요강이 전부였다. 사방 돌벽은 죄수들의 문드러진 한숨에 찌든 듯 눅눅하고 거무튀튀했다. 천장 부근에 뚫린 반달형 창을 통해 뿌연 아침 햇살이 사선으로 비쳐 들었다. 침대에 올라가 창살을 붙잡고 까치발을 하자 창턱에 간신히 눈이 걸쳐졌다. 멀리 두 개의 산봉우리 사이에 빨간 깃발이 펄럭였다. 무성은 여전히 안개 장막 뒤에 숨어 있었다. 바로 눈앞에 있는 저곳을 삼십 년, 아니 삼십일 년 후에 가야 하다니. 그때까지 내가 살아 있기나 할까? 손바닥으로 가슴의 메달을 누르자 문드러진 한숨이 비어져 나왔다.

잠시 후 복도에서 수레를 끄는 소리가 울렸다. 침대에서 내려와 철문 앞으로 갔다. 문 아래쪽 배식구가 열리더니 반짝이는 반구형 뚜껑이 덮인 접시가 쑥 들어왔다. 스테이크였다. 데친 아스파라거스와 구운 감자, 양송이버섯을 곁들이고 진달래꽃으로 장식한. 망할…… 나는 벌떡 일어나 스테이크 접시를 걷어찼다. 접시가 벽에 부딪치며 음식물이 바닥에 나뒹굴었다. 위장은 부르르 떨며 격분했지만 가슴속은 후련했다. 아주 조금.

"끼니는 거르지 마시게."

나는 화들짝 놀라 목을 움츠렸다. 분명 사람의 말소리였다. 자라목으로 주위를 두리번거렸지만 아무도 없었다.

"그래야 필요할 때 기운을 쓴다네."

탁하게 잠긴 노인의 음성. 말소리는 왼쪽 벽의 바닥 쪽에서 들려왔다. 엎드려 바닥에 얼굴을 붙이고 벽 아래쪽을 훑었다. 중간에 뚫린 조그만 쥐구멍에서 희미하게 공기의 흐름이 느껴졌다. 눈을 대고 들여다보았으나 앞이 가로막혀 있었다. 구멍이 휘어져 있는 듯했다.

"거기 누구십니까?"

6

요섭은 눈꺼풀을 밀어 올리다 멈췄다. 매캐한 유황 냄새 같은 게 코를 찔렀다. 설마…… 천국은 과분할지 몰라도 지옥에 떨어질 만큼 악하게 살지는 않았는데. 왈칵 짜증이 치밀었다. 사후 세계는 너무나 폭력적인 재판정이 아닌가. 대다수 사람들의 윤리 점수는 나처럼 평균 주위에 몰려 있을 텐데, 그들을 오직 천국과 지옥으로만 분류하겠다니. 신들은 이게 문제야. 인간을 이해할 만한 융통성도 없으면서 군림하려고만 드니.

"정신이 들어?"

옆에서 누군가 내려다보고 있었다. 눈앞이 어룽거려 얼굴은 보이지 않았지만, 언제 어디서든 알아들을 수 있는 목소리였다. 하영이 한 팔로 그의 머리를 받치고 물컵을 입술 사이로 기울여주었다. 바싹 마른 혓바닥과 목구멍을 축이고 나자 요섭은 숨통이 트이며 시야가 맑아졌다. 알싸한 소독약 냄새가 진동하는 병실이었다.

"괜찮아. 이제 괜찮아."

하영이 그의 손등에 손을 얹었다. 수척한 얼굴 위로 안도의 표정이 포개졌다. 요섭은 이불 밑에서 몸을 한 부분씩 움직거렸다. 마네킹처럼 뻣뻣했지만 붙어 있을 건 다 붙어 있는 듯했다. 붕대가 머리부터 시작해 몸 여기저기를 단단히 조이고 있었다.

"갈비뼈 골절 빼고는 다 타박상이래. 머리에 피가 고여 걱정했는데, 다행히 큰 문제는 아닌가 봐. 의사 말이 이만하기가 천운이래, 천운. 왜 맞고 다녀, 덩칫값도 못하고."

요섭은 억지로 웃느라 일그러진 하영의 얼굴을 빤히 쳐다보았다. 그의 눈길이 서먹하게 느껴졌는지 하영이 걱정스런 표정으로 물었다.

"나, 누군지 알아보겠어?"

요섭이 그녀의 엄지손가락을 당겨 가까이 오라는 신호를 보냈다. 하영이 허리를 숙이고 얼굴을 붙여왔다.

"그 자식…… 아직 만나?"

하영의 얼굴이 하회탈처럼 허물어졌다.

"참, 대단하다. 지금 그걸 묻고 싶니?"

그도 묻고 싶어 물은 게 아니었다. 마치 최면 암시를 받은 것처럼 하영의 얼굴을 보자마자 질문이 저절로 나왔다. 하영이 고개를 돌리며 대답했다.

"미쳤어, 여태 만나게."

"됐어, 그럼."

요섭은 입속말로 웅얼거리고 눈을 감았다. 수많은 촉수에 휘감겨 끌려가듯, 그는 아물아물 잠에 빠져들었다.

머릿속에 안개가 낀 것처럼 흐리멍덩한 상태가 이어졌다. 강원도 사투리를 쓰는 간병인이 이십사 시간 먹고 자며 수발을 들었다. 하영은 매일 들렀지만 그리 오래 머물지는 않았다. 이번 사건이 얼렁뚱땅 화해의 계기가 되어도 좋은지 망설이는 눈치였다. 유현이에게는 알리지 않았다기에 요섭은 고개를 끄덕였다. 그 역시 무덤에서 기어 나온 미라 같은 꼴을 아들에게 보이고 싶지 않았다.

경찰서에서 나온 더벅머리 형사가 요섭에게 발견 당시 상황을 설명해주었다. 만신창이가 되어 길가에 쓰러져 있는 걸 우유 배달부가 신고했다고 한다. 지갑이 없어 휴대폰으로 신원을 확인했다고.

"인근 CCTV에 폭주족 애들이 찍혔습니다. 아파트 쪽으로 들어갔다가 십 분 후에 다시 나오더리고요."(십 분이라니. 만나절은 두들겨 맞은 것 같은데.)

"번호판 확인이 안 돼 탐문수사를 하는 중입니다. 폭행 정도로 봤을 때 지갑만 노린 것 같지는 않고, 원한 관계가 아닌가 싶어요."(그래 맞다, 원한 관계.)

"혹시 짐작 가는 사람이 있습니까?"(있지. 짐작이 아니라 확실히 알고 있지. 증명할 수 없을 뿐. 증명해도 당신들이 손쓸 수 없을 뿐.)

"최요섭 씨, 괜찮으세요? 최요섭 씨."(나를 최요섭 씨라고 부르는 형사들은 이제 그만 만나고 싶다.)

다구리라니. 뒷골목 양아치도 아니고, 배울 만큼 배운 양반들이 이런 우악스런 방법을 동원할 줄이야. 솔직히 요섭은 감탄을 금치 못했다. 두 발을 딛고 있는 발판을 차례로 허물어뜨린 뒤 추락의 충격이 채 가시기 전에 무차별 폭력으로 마무리. 일말의 연민도 내보이지 않는 프로다운 일처리였다. 입원 역시 조용히 반성의 시간을 갖고 앞일이나 돌보라는 계획된 배려가 아닐까? 효과는 확실했다. 요섭은 비로소 그들이 두려워졌다. 본능이 발동시킨 순수한 두려움. 그가 맞닥뜨린 건 먹이사슬 피라미드 꼭대기의 최종 소비자였다. 감히 중간 소비자 따위가 깝죽거릴 상대가 아닐지니, 진작 꼬리 말고 도망치는 게 상책이었다. 그건 비겁한 것도 창피한 것도 아니었다. 자연스런 생태계의 법칙일 뿐.

타박상과 꿰맨 상처는 하루하루 눈에 띄게 아물었지만 부러진 갈비뼈가 붙으려면 육 주 이상 걸린다고 했다. 숨을 쉴 때마다 철사로 옥죄어놓은 것처럼 가슴에 통증이 왔다. 요섭은 장터 차력사가 된 기분이었다. 힘이 없어 철사를 끊지 못하는 처량한 차력사. 숨을 쉴 때마다 통증을 느끼다 보니 생각은 오로지 한 가지로 집중되었다.
숨.
난 잠시도 쉬지 않고 일 분에 평균 열일곱 번 산소를 들이마시고 이산화탄소를 내뿜는구나. 십칠에 육십을 곱하고, 거기에 이십사를 곱하고, 거기에 삼백육십오를 곱하고, 거기에 사십삼을 곱하면 내가 평생 숨 쉰 횟수가 나오겠구나. 요섭은 죽은 어머니와 연결된 탯줄을 끊고 폐에 세상의 공기를 집어넣은 첫 들숨을 생각했다. 언젠가 세상에 마지막으로 내뱉을 날숨도 생각했다. 아버지의 마지막 날숨을 들이마신 들숨을 생각했다. 사법시험 합격을 확인한 순간의 깊은 숨을, 신혼 첫날밤의 가쁜 숨을, 갓 태어난 유현이를 안고 숨죽인 숨을, 메텔의 입에 사정하며 멈춘 숨을, 재판에 이겼을 때의 한숨을, 졌을 때의 한숨을, 어느 여름날 기진맥진하도록 바다를 헤엄쳐 가다가 너무 멀어진 육지를 돌아본 순간의 이상하리만치 잔잔한 숨을 생각했다. 숨 한 번에 점 하나씩을 찍어 점묘화를 그린다면, 지금까지 찍힌 점들은 어떤 형상을 하고 있을지 생각했다. 이런 상념들이 꼬리에 꼬리를 물고 기차놀이를 하는 사이, 부러진 갈비뼈들은 가슴팍 안쪽에서 묵묵히 세포분열하며 맞붙고 있었다.

붕대를 하나둘 풀면서 요섭은 차분히 상황을 정리했다. 그동안은 붕괴의 충격으로 불행을 과장한 측면이 없지 않았다. 먼지구름이 걷히고 나자 사고 현장이 그렇게까지 비참한 건 아니었다. 당분간 쉬면서 몸을 추스르다가 사무실 하나 차리면 그만이었다. 괜히 전문직인가. 연봉에 주식 재테크로 여윳돈은 충분했다. 술자리를 통해 쌓은 인맥도 제법 쏠쏠했고. 요즘은 삶의 여유를 찾아 제 발로 나가는 이들도 많았다. 로펌 변호사가 쟁기 메고 일하는 황소라면 개업 변호사는 초원의 들소였다. 원하는 의뢰를 원하는 만큼만. 물론 마흔 넘어 갑자기 영업 뛰는 게 만만치 않을 터였다. 유지비 제하고 나면 수입은 줄어들 테고. 그마저 불안정하다는 게 가장 큰 문제였다. 하지만 아무리 많은 단점을 들이민다고 해도 전부 상쇄할 자신이 있었다. 가족과 보내는 시간이 많아진다는 장점 하나로.

요섭이 그리는 새로운 청사진의 핵심은 가족의 복원이었다. 지금이야말로 가장의 역할이 필요한 시점이었다. 넝마쪽을 붙들고 징징거릴 게 아니라, 꼼꼼히 이어 붙여 세련된 퀼트 양탄자로 재탄생시킬 것. 사경을 헤매다 왔더니 웬만한 일은 무심히 넘길 여유가 생겼다. 마음이 허해 밖에서 살덩이 잠깐 비빈 게 대순가(상대가 과외 선생이면 어때, 학교 선생보다야 낫지). 하영도 병실에 머무는 시간을 늘리며 화해의 제스처를 보내고 있었다. 그리고 유현이. 아들의 얼굴을 떠올리자 요섭은 쥐구멍이라도 찾고 싶었다. 아무리 취중이지만 어떻게 그런 천박한 의심을 품었는지. 자신 역시 아버지와 닮은 구석이 전혀 없었으면서. 따지고 보면 그게 바로 부자간의 닮은 꼴이었다. 아비를 거스르는 반항적인 유전자. 잘됐어. 유현이도 이참에 공부로 돌아서고, 야구야 취미로 같이 즐기면 되지. 그래, 잘만 봉합하면 우리는 아직 남부럽지 않은 가정이야. 요섭은 호탕하게 '전화위복'이라는 사자성어까지 갖다 붙였다. 괜찮아. 아직 그렇게 나쁜 건 아니야. 괜찮아. 아직은.

요섭은 다큐멘터리 채널에서 악어를 잡아먹는 아나콘다를 본 적이 있었다. 순식간에 악어를 칭칭 휘감은 아나콘다는 몸통의 근육을 비틀며 조여들었다. 빨래를 쥐어짜듯이, 야금야금. 악어의 뼈가 완전히 으스러진 후에야 아나콘다는 몸을 풀었다. 그리고 숨통이 끊어진 악어를 느긋하게 삼켰다. 일단 휘감기고 나면 쩍 벌어진 아가리 속으로 사라질 때까지, 악어가 할 수 있는 일은 아무것도 없었다.

퇴원을 며칠 앞둔 어느 날, 상범이 커다란 과일바구니를 들고 찾아왔다. 단순한 문병이 아니라는 건 계속 꿈틀대는 귀뿌리만 봐도 알 수 있었다. 요섭은 일부러 용건을 묻지 않았다. 아나콘다에게 칭칭 휘감긴 악어가 떠올랐다. 짧은 다리를 무력하게 바르작거리던 꼴이. 아나콘다가 악어의 귀에 대고 혀를 날름거렸다. '최 변호사님, 너무 흥분하지 마세요. 이제 시작인데.'

냉장고를 여닫으며 미적거리던 상범이 의자를 바짝 당겨 앉았다.

"요섭아, 너 일렉코에 얼마나 집어넣었어?"

"왜?"

"너 입원해 있는 동안…… 일이 틀어졌다."

노상민 의원과 귀국한 막내딸 사이에 극적인 화해 무드가 조성됐다는 비보였다. 조나단 강의 공동 대표이사 취임은 취소됐고 일렉코 주식은 고스란히 휴지 조각인 채로 남겨졌다. 요섭은 하얀 천장을 올려다보았다. 캐빈 말대로 이번 설계엔 휴머니즘적 매력이 있었다. 남보다 못한 원수처럼 지냈다는 부녀가 그렇게 쉽게 화해하다니. 씨팔, 감동적이네.

"나 여동생 돈까지 끌어다가 석 장이나 넣었어. 이번 기회에 딴 주머니 제대로 차보려고 와이프한테 얘기도 안 했는데…… 좆됐어."

상범은 맞잡은 양손으로 이마를 받쳤다. 마치 신부님이 옆에서 종부성사를 해주는 것 같았다. 형제님, 좆됐군요. 요섭은 눈을 감았다. 그는 일곱 장을 넣었다. 싹싹 긁어모은 현금에 대부업체에서 아파트를 담보로 끌어온 돈까지. 좋은 패였다. 실패한 적이 없는 팀이었다. 그날 총 맞고 죽는 특급 길몽을 꾸었다. 막판엔 떡하니 삼팔광땡까지 터졌는데……

"개새끼들."

"누구? 캐빈 탓은 아니야. 개도 이번에 크게 해먹고 미국으로 들어갈 생각이었나 봐. 많이 털렸더라고. 문 대령까지 보증한 아이템이었잖아. 노상민이 눈치 까고 다른 제안으로 딸을 구워삶은 것 같아."

"알아. 캐빈 탓이 아니야. 나 때문이야."

요섭은 억양 없는 목소리로 중얼거렸다. 상범이 의아한 표정으로 쳐다보았다.

"무슨 소리야? 너 때문이라니."

"그놈들이 노상민과 딸을 억지로 화해시킨 거야. 내가 거기 투자한 걸 알고, 날 빈털터리로 만들려고. 그놈들은 다 알아. 어디에나 손을 뻗치고 있어."

요섭은 눈을 감고 자신의 숨소리에 귀를 기울였다. 산소, 이산화탄소, 산소, 이산화탄소, 산소, 이산화탄소…… 일 분에 스물다섯 번은 가뿐히 넘길 속도였다. 두개골 아래 고여 있다는 핏덩이가 부글부글 끓어올랐다.

7

"수녀원장이 날 간수들에게 넘기면서 뭐라고 했는지 아나? 만약 당신이 진정 결백하다면 두려워할 것 없어요. 하나님이 당신을 지켜주실 테니. 허허, 그래서 난 다시 독방에 갇혔지. 오 년 동안."

벽에 뚫린 조그만 구멍을 통해 노인의 인생 역정이 졸졸졸 흘러나왔다. 포주를 죽였다는 누명을 쓰고 종신형을 받은 일, 실패한 첫번째 탈옥과 바퀴벌레를 잡아먹으며 버틴 이 년의 독방 생활, 나병 환자들이 도와준 두번째 탈옥, 수녀원장의 배신, 한번 들어가면 죽을 때까지 나올 수 없다는 최후의 감옥 악마의 섬에 던져진 일까지. 탁하게 잠겨 있던 목소리는 기름칠을 하듯 점점 또랑또랑해졌다. 자조적인 웃음을 곁들여 나오는 노인의 파란만장한 삶은 그대로 한 편의 영화였다. 어디서 많이 본 듯한 영화.

"어르신, 혹시 빠삐용이 아니신지요?"

"허허, 가슴의 나비 문신 때문에 사람들이 나를 그렇게 불렀지."

"아, 영광입니다. 그런데 악마의 섬에서도 탈출하셨잖아요. 야자열매 자루를 타고. 또 붙잡힌 건가요?"

촉촉한 눈빛으로 허공을 응시하는 듯한 침묵이 이어졌다. 나는 잠 자코 기다렸다. 이윽고 헛기침으로 목을 가다듬은 빠삐용은 영화가 끝난 이후의 이야기를 들려주었다. 그토록 오랜 세월 그가 자유에 대 한 의지를 불태울 수 있었던 연료는 복수심이라고 했다. 자신에게 살 인죄를 덮어씌운 검사에 대한 복수심. 탈출에 성공한 빠삐용은 프랑 스로 건너가 이미 은퇴한 지 오래인 노검사를 찾아갔다.

"난 놈을 텅 빈 재판정으로 꾀어냈다네. 내게 종신형을 선고한 바 로 그곳으로. 그리고 놈의 심장에 비수를 박아 넣었지. 독방에서 수 년 동안 숟가락을 벽에 갈아 만든 비수를. 손잡이를 잡은 채, 나는 빛 이 사라져가는 놈의 눈동자를 똑바로 쳐다보며 말했다네. 내 이름은 빠삐용, 당신의 영혼을 지옥으로 인도할 나비다. 크으, 대사 죽이지 않나? 수천 번도 더 연습한 거야. 그렇게 끝이 났지. 그런데 말일세, 다 끝나고 나자 내 심장까지 같이 멎어버리더군. 복수를 후회하지는 않네. 아주 통쾌했으니까. 감옥에 갇혀 있는 동안 나는 하루에도 수 없이 놈을 끝장내는 장면을 상상했어. 온갖 시나리오를 짜고, 온갖 무기를 동원하고, 온갖 대사를 생각했지. 뭐, 달리 할 일도 없었으니 까. 현실이 절망적인 만큼 공상은 달콤했다네. 그런데 현실을 지탱해 주던 공상을 현실로 실현하자 현실이 무너지며 뒤죽박죽이 돼버린 거 야."

"예에……"

"생각해보면 나는 벽 하나를 사이에 두고 극단적인 두 가지 삶을 산 셈이라네. 꿈을 꾸는 몽상가와 움직이는 행동가, 대본을 쓰는 극 작가와 무대에서 연기하는 배우, 시인의 영혼을 스친 영감과 종이에 옮겨진 시. 어느 쪽의 삶에 더 만족했을 것 같나? 사실, 둘 다 별로였어. 벽의 이쪽이건 저쪽이건, 아무리 탈옥해봐야 내 마음은 또 하나의 감옥에 갇힐 뿐이었지. 너무나 오랜 세월을 좁은 감방에서 탈옥에만 골몰한 탓에 내 안의 무언가가 까맣게 타버린 거야. 생에 떨림을 주는 무언가가…… 그러자 문득 떠오르는 게 있더군. 바로 두 세계 사이를 건너뛰던 환희의 순간 말일세. 악어가 득실거리는 강으로 뛰어들던, 유리 조각이 박힌 담벼락을 넘던, 깎아지른 절벽 아래 사나운 바다로 몸을 던지던 바로 그 순간. 그때 내 심장이 얼마나 요동쳤는지 자넨 짐작도 못 할 걸세. 난 야자열매 자루를 타고 망망대해에 떠서 소리쳤지. 이 개자식들아, 나 아직 여기 살아 있다! 그래, 내가 진정 살아 있음을 느낀 건 그 초월의 순간뿐이었다네."

탈옥의 미학에 눈뜬 빠삐용은 결국 탈옥 자체를 삶으로 삼았다고 한다. 순회공연을 하듯 세계 유명 교도소를 찾아다니며 일부러 수감됐다가 자신이 연구한 방법으로 빠져나오기를 반복했다고. 그에게 탈옥은 익스트림 스포츠인 셈이었다. 어느 감옥이나 먹여주고 재워주기에 생활비 걱정 없이 전념할 수 있는 게 장점이라나. 다소 생뚱맞은 결론이기는 했지만 나로서는 귀가 번쩍 뜨이는 소리였다.

"어르신, 그럼 탈옥 방법을 많이 알고 계시겠네요?"

"좀 알지."

"저한테 한 가지만 가르쳐주시겠습니까?"

"허허, 그럼 대가로 무엇을 주겠나. 감옥에서 공짜는 없는 법이라네."

"지금은 가진 게……"

재킷 주머니를 뒤적이는데 손아귀에 무언가 들어왔다. '새콤달콤'.

반 토막 남은 캐러멜 묶음이었다. 이게 언제부터 주머니에 들어 있었지?

"혹시 캐러멜 좋아하십니까?"

"오, 좋지. 삼시 세끼 주는 밥만 먹다보니 군것질한 지가 오래됐군."

"근데 구멍이 휘어 있어서 어떻게 건네죠?"

"기다리게. 내 친구 드가를 보내지."

드가? 잠시 후 구멍으로 허리에 끈이 묶인 생쥐 한 마리가 나왔다. 드가, 넌 여전히 묶인 신세구나. 캐러멜 하나를 생쥐의 허리끈에 끼웠다. 반대쪽에서 끈을 잡아당기자 생쥐는 다시 구멍 속으로 사라졌다. 종이 포장을 까는 소리, 오물거리며 캐러멜 씹는 소리가 들려왔다. 입안에 고이는 침을 맛 좋게 삼키는 소리까지.

"음, 별미로군."

"그럼 가르쳐주시는 겁니까?"

돌바닥을 톡톡 두드리는 소리가 한참 이어졌다.

"내가 최근에 사용한 '물의 저울'을 추천하겠네. 한정된 양의 물로 목마름과 탈출이라는 두 가지 욕구를 선택적으로 채워야 하기 때문에 붙인 이름이지. 식사 때 나오는 물을 양말이나 속옷에 적셔 창의 쇠창살에 감아놓게. 창살이 충분히 녹슬면 손으로 뜯어내고 나갈 수 있다네. 오 년쯤 걸릴 걸세."

오 년? 이 양반이 장난하나.

"좋기는 한데, 좀더 빠른 건 없을까요?"

"빠른 거라…… 자네는 처음이니 고전적인 방법으로 시작하는 것도 괜찮겠군. 숟가락으로 침대 아래 바닥의 돌 사이를 파게. 사 미터 정도 돌을 파내면 하수도를 통해 빠져나갈 수 있을 걸세. 삼 년 정도면 되지 않을까 싶군. 바닥에 소변을 누면서 파면 시간을 더 단축할 수 있다네."

미치겠네. 뒤통수로 벽을 퉁퉁 받았다.

"저기, 어르신이 아는 가장 빠른 방법은 뭡니까?"

"쯧쯧, 탈옥의 묘미를 모르는구먼. 자유를 향한 갈망이 숙성되는 시간이 있어야 성취감도 높은 법이라네. 난 요즘 더 오래 걸리더라도 정교하면서 철학적 함의가 내포된 방법을 연구하는 중이지. 이젠 자주 들락거리는 게 힘에 부치기도 하고."

"탈옥의 묘미는 다음에 느껴보겠습니다. 지금은 급히 만날 사람이 있어서요."

"어디 보세, 그렇다면 '식탁보 빼기'가 좋겠군. 자네 바지 입고 있나?"

"물론이죠."

"튼튼한가?"

"예, 리바이스 청바집니다. 그런데 이건 얼마나 걸리는 방법입니까?"

"점심시간이면 나갈 수 있을 걸세."

빠삐용이 시킨 대로 청바지를 벗어 시커멓게 때에 절 때까지 바닥에 문질렀다. 이미 충분히 더러웠기에 그리 오래 걸리지 않았다. 철문 아래 틈으로 복도에 바지 엉덩이 부분을 평평하게 펼치는 작업이 까다로웠는데, 빠삐용의 말대로 침대 볏짚에 섞여 있는 나뭇가지가 도움이 되었다. 준비 끝. 점심시간이 되자 수레 소리가 들렸다. 나는 문 앞에서 바지의 다리 부분을 거머쥐고 기다렸다.

"중요한 건 타이밍이네. 간수가 배식구로 밥을 넣기 위해 허리를 충분히 숙였을 때 빠르고 강하게 잡아당겨야 해. 그래야 반 바퀴 도는 회전력에 허리가 펴지는 탄력이 더해져 맞은편 벽에 머리를 세게 찧고 정신을 잃는다네."

과연 빠삐용은 탈옥의 예술가였다. 배식구가 열리는 순간 바지를 힘껏 잡아당기자 쿵, 하는 둔탁한 소리와 함께 문밖이 잠잠해졌다. 배식구로 팔을 내뻗자 간수의 허리춤에 매달린 열쇠 꾸러미에 정확히 손이 닿았다.

"고맙습니다, 어르신."

"내 점심은 넣어주고 가게. 끼니는 거르면 안 되지."

수레에서 쟁반 하나를 꺼내 빠삐용의 감방에 넣어주었다. 점심 메뉴는 메밀국수를 곁들인 생선구이 정식이었다. 잘도 먹여주네. 개구리 뒷다리가 달린 생선은 살점이 탱탱한 게 맛이 좋았다. 선 채로 메밀국수를 마시고 있는데 철문 너머에서 빠삐용이 한마디 덧붙였다.

"그 수레는 가져가는 게 좋을 걸세."

위층으로 올라가자 빠삐용의 깊은 뜻을 알 수 있었다. 너덧 명씩 무리를 이룬 경찰들이 체포한 범법자를 호송하느라 분주히 복도를 오갔다. 나는 수레를 앞세우고 경찰들과 눈인사를 나누며 뒷마당으로 무사히 빠져나왔다.

수레는 담벼락을 기어오르는 발판으로도 유용하게 쓰였다. 나는 잠시 담벼락 위에 걸터앉아 양쪽을 돌아보았다. 구름에 머리를 파묻고 있는 원통형 건물과 멀리 지평선에서 펄럭이는 빨간 깃발을. 빠삐용이 말한 초월의 순간이었다. 약간의 홍분으로 가슴이 두근거리긴 했으나, 이 짓을 인생의 낙으로 삼고 싶은 생각은 들지 않았다. 주먹으로 가슴의 메달을 툭 치고, 나는 담벼락 바깥쪽으로 뛰어내렸다.

8

요섭은 마포대교 아래로 흘러가는 검은 강물을 내려다보았다. 몰래 다가온 강바람이 와락, 등을 떠밀자 난간을 잡은 손에 움찔, 힘이 들어갔다. 뒤에서 차들이 야유하듯 쌩, 휘파람을 불며 지나갔다. 미쳤군. 여길 어떻게 뛰어내려.

요섭은 초임 변호사 시절 의뢰인이었던 한 사내를 생각했다. 철학을 전공한 그는 삼십대 중반에 직장을 그만두고 의욕적으로 출판사를 차렸다. 『만화로 보는 철학자』 시리즈가 초등 논술 교재로 히트하면서 출판사는 비교적 단기간에 자리를 잡았다. 그는 오랜 꿈이었던 대중적인 인문학 교양서 시리즈를 대대적으로 기획했다. 그러나 자금 관리와 영업을 맡은 동업자의 잠적으로 젊은 사장의 꿈은 뻥, 터져버렸다. 반쯤 실성해 동업자를 찾아다니는 동안 부도수표 회수 기한이 지났고 그는 곧 법정 구속될 처지였다. 그제야 전세금을 빼고 사채를 끌어오고 노모와 만삭의 아내까지 나서서 여기저기 손을 벌렸지만, 사억 원이라는 돈은 서민이 뚝딱 마련할 수 있는 액수가 아니었다.

선고 기일 전날 밤 그가 소주 냄새를 풍기며 사무실로 찾아왔다. '이제 그만두고 싶습니다.' 요섭은 당연히 부도수표 회수 이야기인 줄 알았다. 하긴 사방에 빚쟁이를 만들어놓고 사느니 감방에서 몸으로 때우는 편이 깔끔하지. '그 수밖에 없겠네요.' 요섭은 위로랍시고 그런 말을 건넸다. 그는 수임료 잔금 백오십만 원이 든 봉투를 테이블에 올려놓더니 꾸벅 인사를 하고 떠났다. 그리고 나흘 후 밤섬 부근에서 퉁퉁 불은 시체로 떠올랐다. 녹슨 폐자전거를 끌어안은 채로.

요섭은 장 선배와 얘기해 그날 받은 수임료를 부조하는 셈치고 그의 부인에게 돌려주기로 했다. 부정수표단속법 위반은 답이 빤히 정해진 사안이라 변호사로서 딱히 한 일도 없었다. 두툼한 봉투를 들고 장례식장을 찾은 요섭은 국화에 둘러싸인 영정 사진을 바라보다가, 마음을 바꿨다. 그는 승환을 불러내 그 돈으로 룸살롱에서 아가씨들과 신나게 놀고 2차까지 나갔다. 우스웠다. 돈이 없어 노모와 부인과 곧 태어날 자식마저 등지고 죽으러 가는 길에, 생판 남인 변호사에게 몇 푼 되지도 않는 잔금 챙겨주러 들르다니. 승소하고도 수임료 떼먹으려는 날강도들이 득실거리는 세상인데. 흑백으로 웃고 있는 사내를 보자 요섭은 불현듯 위악적인 욕구가 일었다. 머리에 넥타이 두르고 아가씨 가슴을 주무르며 소리치고 싶었다. 잘 보라고. 당신의 알량한 자존심이 어떻게 소비되고 있는지를.

당시 요섭은 그가 허약하고 무책임하고 비겁한 사내라고 생각했다. 남은 가족은 나 몰라라 하고 저 혼자 김삿갓처럼 훌훌 떠나면 그만인가? 도망쳐서 동업자를 찾아내든 몇 년 몸빵을 하든, 이 세상 문제는 이 세상에서 쇼부를 쳐야지 왜 딴 세상까지 끌고 가 칭얼거리나? 등 뒤에서 덤프트럭 한 대가 함성을 울리며 지나갔다. 다리가 미세하게 흔들렸다. 요섭은 지금도 그를 허약하고 무책임하고 비겁한 사내라고 생각한다. 하지만 더 이상 위악적으로 비웃고 싶은 마음은 없었다.

병실에 누워 그렸던 청사진은 일렉코 주식과 함께 휴지 조각이 되었다. 서울숲의 아파트는 급매로 남의 손에 넘어갔고 충격을 받은 하영은 유현이를 데리고 친정으로 들어갔다. 요섭은 매매계약서에 도장을 찍으며 결심했다. 기필코 다시 일어서서 가족과 아파트를 되찾겠다고. 더 높은 층에 보금자리를 마련하겠다고. 하지만 그것도 변호사일 때나 품어볼 수 있는 호기였고, 별다른 기술도 없는 배불뚝이 아저씨에겐 허황된 몽상일 뿐이었다.

오전에 열린 선고 공판, 십여 년간 밥벌이를 하던 법정에 피고인 신분으로 앉아 있는 자체가 요섭에게는 형벌이었다. 게다가 그는 혐의를 모두 인정하고 무조건 반성한다는, 타의 모범이 될 만한 진술서를 제출했다. 액수가 크지 않을뿐더러 공익을 심각하게 해하는 사안도 아니었다. 그럼에도 정식재판을 청구한 건 검찰이 여론을 의식해 오버한 것으로 볼 수밖에 없었다. 요섭은 판사가 상식적인 선에서 중재해주리라 기대했다. 그런데 족제비처럼 생긴 판사가 목에 잔뜩 힘을 주고 법조인, 법질서 수호, 솔선수범, 아이들, 위화감 같은 단어들을 동원해 열변을 토하면서 분위기가 이상해졌다.

"……사회적 경각심을 일깨우기 위해 엄중한 선고가 불가피하므로, 피고인 최요섭에게 징역 팔 개월에 집행유예 이 년을 선고합니다."

요섭은 정신이 아뜩해졌다. 맙소사, 저 인간이 지금 무슨 짓을 하는 거야? 하마터면 벌떡 일어나 이런 법이 어디 있냐고 소리칠 뻔했다. 물론 그런 법은 있었다. 형법 제357조 2항, 부정한 청탁을 위해

재물 또는 이익을 공여한 자는 이 년 이하의 징역 또는 오백만 원 이하의 벌금에 처한다. 하지만 진짜 문제는 변호사의 결격사유를 명시한 변호사법 5조 2호였다. 금고 이상의 형의 집행유예를 선고받고 그 기간이 경과한 후 이 년을 경과하지 아니한 자. 이 말장난 같은 조문에 따르면, 그는 판사의 선고와 동시에 집행유예 이 년과 경과 기간 이 년을 합쳐 사 년간 변호사 자격을 박탈당한 것이다. 중학교 야구부 감독에게 뒷돈 몇 푼 찔러준 대가로.

독한 새끼들…… 요섭은 자신을 심판한 건 법이 아니라 보이지 않는 룰이라고 확신했다. 검사도 족제비 판사도 모두 한패였다. 이제껏 축적한 재산을 탈탈 털어 가는 것도 모자라 미래의 재산까지 집어삼킨 것이다. 그의 손아귀엔 비루한 현재만 덩그러니 남았다.

요섭은 마포대교 북단을 향해 걸음을 옮겼다. 발바닥의 꿰맨 상처는 진작 아물었건만 쩔뚝발이 걸음걸이가 흉터처럼 남아 왼발을 잡아끌었다. '지금 네 꼬라지엔 이게 어울려'라고 빈정대는 것처럼. 기우뚱기우뚱 걷다 보면 팬티 안의 성기도 왼쪽으로 치우쳐 거치적거렸다. 의도하지는 않았겠으나, 놈들이 빼앗아 간 게 또 하나 있었다. 언제부턴가 발기가 되지 않았다. 메텔의 삼십만 원짜리 펠라티오도 소용없었다. 거세. 이 단어가 그의 처지에 대한 비유를 넘어 생물학적 의미를 획득한 것이다. 스스로 생식 기능을 폐쇄했다는 열패감이 그를 조롱했다(너 같은 덜떨어진 유전자는 더 이상 번식할 필요 없어!). 요섭은 바지춤으로 손을 집어넣어 늘어진 성기를 중앙으로 옮겼다.

지금 힘드신가요? 당신의 이야기를 들어드리겠습니다.

전화박스의 노란 띠에 쓰인 문구가 그의 눈길을 끌었다. 다리 난간에 웬 공중전화인가 싶었는데 다이얼이 보이지 않았다. 대신 '생명의 전화'라는 라벨이 붙은 버튼이 있었다. 어디선가 들은 기억이 났다. 자살 다발 지역에 설치한 마지막 비상구. 요섭은 피식 웃었다. 죽겠다는 사람에게 대체 무슨 얘기를 해주겠다는 거야? 그는 초록색 송수화기를 들고 '생명의 전화' 버튼을 눌렀다. 호기심을 앞세웠지만, 실은 노란 띠의 진부하기 짝이 없는 문구에 가슴 한편이 뭉클했다.

"여보세요."

포근한 목소리의 여성 상담원을 예상했는데 의외로 착 가라앉은 남자 음성이 흘러나왔다.

"댁이 내 얘기를 들어주는 건가요?"

"물론이죠. 선생님의 심경을 허심탄회하게 털어놓으세요."

바람 소리 때문에 남자의 음성은 멀리서 공허하게 울리는 느낌이었다.

"심경이라…… 엿같죠. 집 잃고, 직장 잃고, 가진 돈 전부 날리고, 밥줄 끊기고, 마누라는 젊은 놈하고 바람을 피우고, 애는 왕따를 당하고, 갈비뼈 나가고 머리엔 피가 고이고 다리를 절고, 씨팔, 자지도 안 서요."

"저런, 어쩌다 그렇게 되셨나요?"

"어쩌다? 뭐, 어쩌다 보니 그렇게 됐지. 세상엔 어쩌다 보니 일어나는 일이 천지잖소. 이제 어떻게 살아가야 할지, 막막하네요."

자살하려는 사람인 양 연기를 한다고 생각했는데, 말하다 보니 정말 막막했다. 요섭은 검은 강물을 내려다보았다. 자살 합격권이란 게 있다면 나도 커트라인 정도는 가뿐히 넘어섰겠지?

"정말 힘든 일을 많이 겪으셨네요. 선생님, 그런 말이 있죠. 오늘은 당신 남은 인생의 첫번째 날입니다. 그래요. 이미 많은 시련을 겪으셨지만, 앞으로도 새로운 시련이 계속 닥쳐올 겁니다. 죽을 때까지, 쭉. 그러니 지금이라도 다리 난간 위로 올라가세요. 눈 딱 감고 뛰어내리면 다 끝낼 수 있습니다."

요섭은 껄껄 웃고 말았다. 뭐야, 이건. 일부러 멍석 깔아주는 반어법 상담 전략인가? 아무리 그래도 남자의 말투는 너무 진지했다.

"아니, 이봐요. 자살하려는 사람에게 용기를 줘야 할 것 아닙니까? 살다보면 좋은 일도 있을 거다, 남은 가족 생각해라, 삶은 아름다운 거다, 그딴 거. 그러라고 월급 주고 댁을 앉혀놓은 거 아뇨."

"어차피 자살할 사람도 아니잖습니까, 최 변호사님은. 태어났으면 고기 값은 해야죠."

요섭은 숨을 멈췄다. 그 목소리였다. 오피스텔로 옮긴 첫날 밤, 노이즈 사이로 띄엄띄엄 들려오던 목소리. 그를 바닥에 패대기쳐 산산이 부숴놓을 거라던. 흩어진 조각을 하나하나 제자리로 돌려놓을 거라던. 즉흥적으로 집어든 상담 전화에서 어떻게…… 날 계속 지켜보고 있는 건가? 요섭은 목을 움츠리고 주위를 두리번거렸다. 식은땀 한 줄기가 머리칼을 헤집고 나와 콧등으로 흘러내렸다.

"최 변호사님? 거기 계세요, 최 변호사님? 아, 지금은 변호사가 아니죠."

"너 누구야!"

"고함치지 마세요. 아직 갈비뼈가 다 안 붙었을 텐데."

요섭은 주먹으로 관자놀이를 문질렀다. 머릿속에서 난쟁이의 곡괭이질이 또 시작됐다. 의사는 두개내출혈 때문에 두통이 올 수 있다고 했지만, 두통은 훨씬 이전부터 그를 괴롭혔다.

"그나저나 뭐라도 밥벌이는 하셔야 할 텐데, 참 걱정입니다. 그러게 잘 좀 하시지……"

남자는 진심으로 걱정된다는 듯 한숨을 푹 쉬었다.

"그래, 사람 하나 짓뭉개고 나니 속이 시원하냐?"

"시원하긴요. 가슴이 아프네요, 자지도 안 선다니."

요섭은 숨을 몰아쉬며 송수화기를 오른손에서 왼손으로 바꿔 쥐었다.

"니들, 사람 잘못 건드렸어. 나 더 이상 잃을 것도 없고, 악밖에 안 남았다."

"뭘 그렇게 잃었다고 징징대십니까. 그래도 아직 아드님이 있어 든든하시잖아요. 참, 유전자 검사라도 해봐야 하지 않나? 친아들이 맞는지."

요섭의 얼굴이 확 달아올랐다. 술김에 혼자 했던 생각을…… 내 머리까지 도청하고 있는 건가? 밤에 몰래 들어와 머릿속에 도청기를 심은 거야. 그래서 이 망할 두통이 생긴 거야. 깡! 깡! 난쟁이의 곡괭이 날이 두개골을 찍어댔다.

"아니면 또 어떻습니까? 낳은 정보다 기른 정이라고 하잖아요."

"하, 이 새끼…… 너, 거기서 딱 기다려라."

"최 변호사님, 너무 멀리 가지 마세요. 돌아오는 길도 생각해야죠."

요섭은 송수화기로 전화통을 후려쳤다. 송수화기가 두 동강 나면서 날카로운 플라스틱 파편이 얼굴을 때렸다. 그는 전화박스를 끌어안고 몸부림치듯 좌우로 흔들었다. 전화박스가 삐걱거리더니 받침대에서 뜯겨져 나왔다. 요섭은 킹콩처럼 전화박스를 머리 위로 번쩍 쳐들었다가 난간 너머로 내던졌다. '생명의 전화'는 단말마의 비명과 함께 검은 강물에 처박혔다.

9

다리 아래로 검은 강물이 흘러갔다. 뼈마디마다 서늘한 안개가 스며든 것처럼 몸이 덜거덕거렸다. 머릿속도 부옇고 축축했다. 멀리 안개 장막 위로 솟은 빨간 깃발이 혀를 날름거리며 약을 올렸다. 저렇게 빤히 보이는데, 아무리 걸어도 성은 가까워지지 않았다. 들판을 지나도 언덕을 넘어도 강물을 건너도 숲을 통과해도, 성은 항상 그 자리였다. 자석의 같은 극처럼 내가 다가갈수록 성은 일정한 거리를 유지하며 뒤로 물러났다. 서너 시간이면 충분하리라 예상했던 거리를 벌써 며칠째 걷고 있었다. 앞으로 몇 년을 더 걷는다 해도 마찬가지일 것 같았다. 괴팍한 저주였다. 보이지만 닿을 수 없고, 보이기에 포기할 수 없는.

목에서 메달을 빼 손바닥에 올려놓았다. 물방울 세 개가 간신히 고일 정도로 팬 총알 자국. 내 곁다리 목숨의 용량이었다. 리본을 새끼손가락에 걸고 난간 너머로 손을 내뻗어 메달을 검은 강물 위로 늘어뜨렸다. 새끼손가락을 아래로 비스듬히 기울였다. 파란 리본이 경사

면을 타고 슬슬 내려갔다. 계시니, 사명이니…… 이 고생을 해야 하나? 저렇게 나를 거부하는데. 파란 리본이 새끼손가락 끝마디에 안간힘을 쓰고 매달렸다. 젠장, 내가 살려달라고 애걸한 것도 아니잖아. 강물에 처박고 싹 잊어버릴까? 강줄기를 따라온 산들바람에 메달이 도리질을 쳤다. 지금 와서 이걸 나영이에게 돌려주는 게 무슨 의미가 있다고……

파란 리본이 새끼손가락을 벗어나기 직전, 재빨리 손가락을 당겨 리본을 잡아챘다. 다리 건너 숲 속에서 무언가 꿈실거렸다. 기척이 느껴진 쪽으로 고개를 돌렸지만 아무것도 보이지 않았다. 쭉쭉 뻗은 침엽수 사이로 퍼진 안개뿐. 눈에 힘을 주고 뭉실뭉실한 안개 속을 주시했다. 화선지에 물감이 떨어진 것처럼 파란 불빛이 흐릿하게 번졌다. 가만히 쳐다보고 있자니 파란 불빛이 물러가고 어느새 빨간 불빛이 나타났다. 빨간 불빛은 다시 주황으로, 초록으로 바뀌었다. 나는 메달을 목에 걸고 자석에 이끌리듯 다리를 건너 숲으로 들어갔다. 안개 속에서 쾨쾨한 곰팡내가 났다.

〈Shadow Cinema〉

색전구들이 끔벅끔벅 점멸하며 알파벳이 교대로 나타났다. 나무로 만들어진 간판은 무성한 담쟁이덩굴에 둘러싸여 여전히 살아 있는 것처럼 보였다. 극장은 통나무 같은 원형 건물이었다. 전체가 원형인지는 알 수 없었다. 극장 전면만 간판 불빛에 침침하게 드러났고 나머지 부분은 거대한 나무의 뿌리에 간혀 있었다. 둘레가 몇 아름은 되는 뿌리들이 극장에 걸터앉은 것처럼 지붕에서 땅으로 늘어져 있었다. 우거진 가지와 나뭇잎이 머리 위를 가려 나무의 윗동은 보이지도 않았다. 숲 한복판에 웬 극장이…… 나는 계단을 올라가 육중한 나무 문을 밀었다. 녹슨 경첩이 팔순 노파 숨넘어가는 소리를 냈다.

로비에는 불이 환하게 밝혀져 있었다. 천장에서 늘어진 조잡한 샹들리에 아래 등신대의 황금빛 오스카 트로피가 서 있었다. 오스카는 샹들리에가 언제 떨어질지 몰라 손을 맞잡고 기도하는 것처럼 보였다. 매점 냉장고에는 갖가지 탄산음료가 가득했고 유리 상자에는 팝콘이 먹음직스럽게 쌓여 있었다. 벽에 붙은 선풍기가 탈탈탈 회전하며 눅눅한 바람을 뿌렸다. 극장은 정상적으로 영업 중인 듯했다. 직원도 손님도 보이지 않는다는 점만 빼면.

매표 부스 안에 놓인 트랜지스터라디오에서 경쾌한 올드 팝송이 흘러나왔다. 여가수의 앳되고 끈끈한 목소리는 귀에 익은데 노래 제목이 떠오르지 않았다. 나는 멜로디를 따라 휘파람을 불며 벽에 붙은 영화 포스터를 둘러보았다. 「산딸기」 「영웅본색」 「애마부인」 「터미네이터」 「뼈와 살이 타는 밤」 「007 나를 사랑한 스파이」 「피조개 뭍에 오르다」 「지옥의 묵시록」 「무릎과 무릎 사이」…… 전부 오래전 동시 상영관에서 봤던 영화들이라 반가운 마음이 들었다. 포스터도 미성년자 관람가와 관람불가 영화를 번갈아 틀어주는 동시 상영관의 규칙에 따라 배치돼 있었다. 제일 끝에 걸린 액자 속에서 얼굴에 짙은 음영을 드리운 대부 돈 코르네오네가 나를 지그시 응시했다.

스펀지를 덧댄 방음문을 밀고 상영관으로 들어갔다. 영사기의 빛기둥이 허공을 가로질러 스크린을 비추고 있었다. 통로를 따라 내려가며 좌우를 살폈지만 역시 관객은 보이지 않았다. 빛기둥 속에서 반짝반짝 떠다니는 먼지 알갱이뿐. 어쩐지 으스스한 분위기였다. 몸을 돌려 나가려는데 갑자기 스크린에서 카운트다운이 시작되었다. 10, 9, 8, 7…… 얼결에 옆의 의자에 엉덩이를 걸쳤다. 카운트다운이 끝나자 연기를 내뿜는 기관차가 화면을 가득 채웠다.

하, 이게 얼마 만에 보는 거야? 힘찬 기적 소리와 함께 하늘을 향해 뻗은 선로를 달려가는 기차. 선로가 끊기고 기차는 긴 연기를 뿜으며 광활한 우주 공간을 가로지른다. 텅 빈 극장에 울려 퍼지는 후렴구를 나도 모르게 흥겹게 따라 부르고 있었다.

주제가가 끝나고 스크린 중앙에 '메텔, 최후의 임무'라는 제목이 떴다. 오, 새로 나온 극장판인가? 재밌겠는데. 나는 등받이에 편안하게 몸을 기댔다.

어느 눈 내리는 저녁, 철이 혼자 있는 오두막집에 메텔이 찾아온다(두 사람은 모르는 사이로 나온다). 메텔은 케이프코트에 묻은 눈을 털며 예의 다정한 목소리로 차장님을 만나러 왔다고 말한다. 철이는 차장님이 열차를 점검하러 가셨다며 안에서 기다리겠냐고 묻는다(차장과 철이의 관계도 명시적으로 설명되지 않는다). 노트를 앞에 놓고

식탁에 앉은 철이와 거실 흔들의자에 앉아 있는 메텔. 중간에서 화락
화락 움직이는 벽난로 불꽃이 아니라면 영사기가 멈춘 것으로 착각할
법한 장면이 지루하게 이어졌다. 장작이 참 오래도 타는구나, 하고 생
각하는데 이윽고 대화가 오갔다.

"엄마는 안 계시니?"

"기계인간들의 총에 맞아 돌아가셨어요."

"저런, 안됐구나."

"저만 그런 것도 아닌데요, 뭐."

"뭘 하고 있는 거니?"

"수학 숙제요."

"좀 도와줄까?"

"아뇨, 혼자 할 수 있어요."

흠, 왜 하필 수학 숙제지? 어떤 복선이 깔린 대화 같은데 그 의미
를 읽어내기가 쉽지 않았다. 메텔이 흔들의자에서 일어섰다. 드디어
본격적인 이야기가 시작되는구나. 은하철도 999호를 타고 안드로메
다를 향해 가는 모험이. 그러나 내 기대와 달리 메텔은 나중에 다시
오겠다는 말만 남기고 오두막집을 떠난다. 공손히 인사하고 문을 닫
는 철이. 페이드아웃. 까만 스크린에 나타난 'THE END' 자막을 나
는 멍하니 바라보았다. 끝이라는 뜻인데……

고개를 갸웃거리며 일어서는데 화면에서 다시 카운트다운이 시작되
었다. 나는 도로 의자에 엉덩이를 걸쳤다. 힘찬 기적 소리와 함께 주
제가 흐르고 '메텔, 최후의 임무'라는 똑같은 제목이 나왔다. 눈 내
리는 날 메텔이 철이가 있는 오두막집을 방문했다가 무미건조한 대화
를 나누고 떠나는 똑같은 내용. THE END. 이어서 또다시 카운트다

운이 시작되었다.

의자에 깊숙이 몸을 묻고 계속 반복되는 만화영화를 계속 반복해서 보았다. 한 번 볼 때마다 가슴속에서 누군가 곡괭이로 단단히 얼어붙은 땅을 파헤치는 느낌이었다. 스무 번, 아니 서른 번쯤 보았을까? 마침내 땅속 깊은 곳에 파묻혀 있던 기억의 유해가 발굴되었다. 정말이지 까맣게 잊고 있던 기억이었다.

비가 주룩주룩 내리는 날이었다. 집에 혼자 있는데 초인종이 짧게 한 번 울렸다. 문을 여는 순간 나는 흠칫 어깨를 옴츠렸다. 한 손엔 비닐우산, 한 손엔 까만 에나멜 가방을 든 뚱뚱한 아주머니는 얽죽얽죽한 곰보에 언청이였다. 낚싯바늘로 꿰어 당긴 것처럼 윗입술 한쪽이 콧구멍까지 갈라져 있었다. 보글보글한 파마머리 사이로 붉은 두피가 들여다보였다. 아주머니는 고개를 외틀어 내 시선을 피하며 목사님을 만나러 왔다고 웅얼거렸다. 아버지는 예배 중이라고 했더니 안에서 기다리겠다고 양해를 구했다.

만화영화에서처럼 나는 식탁에 앉아 수학 숙제를 했고 아주머니는 거실 소파에 앉아 있었다. 벽난로는 없었다. 곁눈으로 흘끔거리는 시선이 느껴질 때마다 난 연필을 꽉 움켜쥐었다. 목이 마르네. 아주머니가 어색하게 혼잣말을 하며 주방으로 오더니 냉장고에서 물을 꺼내 마셨다. 흉하게 갈라진 입술에 눈이 갈세라 나는 노트에 고개를 파묻고 사칙연산에 집중했다. 아주머니가 옆으로 다가와 말을 붙였다.

"이름이 뭐니?"

갈라진 입술 사이로 공기가 새는 탓에 발음이 어눌했다.

"최요섭이오."

"엄마는 안 계시니?"

"저를 낳다가 돌아가셨어요."

가능한 한 공손하고 똑똑하고 어른스럽게 대답했다.

"저런, 엄마 얼굴도 모르겠구나."

"예."

"보고 싶지 않니?"

"얼굴도 모르는데 어떻게 보고 싶겠어요."

"그렇구나. 그래도 한창 엄마 손이 필요할 땐데……"

"아버지가 있어서 괜찮아요. 오히려 어머니가 없어서 좋은 점이 많은걸요. 교회 아주머니들이 늘 용돈이나 간식을 챙겨주시거든요. 다른 애들처럼 엄마한테 매일 혼나고 잔소리 듣는 것보다 낫죠."

"그래, 우리 요섭이…… 아주 씩씩하구나."

"고맙습니다."

아주머니는 오리온 과자 종합선물세트를 식탁에 올려놓고 떠났다. 아버지가 돌아올 시간이 다 되어서. 나는 현관에서 허리를 꾸벅 숙여 인사한 후 문을 닫고 꼼꼼히 자물쇠를 채웠다. 막상 어머니를 마주하자 왜 출산 중에 죽었다는 거짓말로 나를 버렸는지, 그런 사연 따윈 궁금하지 않았다. 그녀와 함께 있는 내내 두려운 마음뿐이었다. 자신이 내 어머니임을 밝히고 이제 함께 살자며 데려갈까 봐. 그녀는 내가 상상하던 어머니와 너무나 달랐다. 꿈속에서 은하철도 999호를 타고 함께 여행하는 아름답고 다정하고 강인하고 때론 오싹할 정도로 미스터리한 어머니와. 어린 마음에도, 굳이 그 까마득한 괴리를 감당하며 살고 싶지 않았다.

자리에서 일어나 상영관을 나왔다. 몸이 푹 까라져 방음문을 여는 것조차 힘겨웠다. 로비에는 여전히 똑같은 팝송이 흐르고 여전히 선 풍기가 탈탈거리며 눅눅한 바람을 뿌렸다. 유리 상자에서 따끈한 팝 콘을 한 줌 집어 입에 넣었다. 아삭, 팝콘을 씹는데 팝송 제목이 불쑥 떠올랐다. 「새드 무비」. 남자친구가 바쁘다고 해서 혼자 극장에 간 여자의 이야기였다. 그녀는 극장에서 직장에 있다던 남자친구와 자신 의 절친한 친구가 키스하는 장면을 목격한다. 여자는 영화 중간에 울 면서 집으로 돌아왔고, 무슨 일이냐고 묻는 엄마에게 대답한다.

Oh~ Oh~ Oh~ sad movies~ always make me cry~
Oh~ Oh~ Oh~ sad movies~ always make me cry~

매표 부스로 들어가 라디오를 껐다. 그제야 톱니바퀴들이 돌아가는 듯한 기계음이 도드라졌다. 소리는 발밑에서 울리고 있었다. 나는 팝 콘을 한 줌 더 입에 넣고 비상구 표시등이 켜진 문을 향해 다가갔다.

지하실은 어두컴컴했다. 여기저기서 빨간 램프들이 눈을 부라리고 째려보았다. 환풍기가 그르렁그르렁 목울대를 떨고 원통형 탱크들이 쉭쉭 콧김을 내뿜었다. 조금만 방심해도 얼기설기 얽힌 파이프에 머 리를 찧거나 무릎을 부딪쳤다. 동그란 계기판들이 가느다란 바늘을 흔들며 캘캘거렸다. 극장 하나 돌리는데 이렇게 거창한 설비가 필요 한가? 마치 화력발전소에 들어온 것 같았다.

앞쪽에서 불그림자가 너울거렸다. 타닥, 타닥, 무언가 타들어가는 소리도 들렸다. 나는 탱크 뒤에 몸을 숨기고 불빛의 진원지를 살폈 다. 천장까지 닿는 커다란 가마. 활활 타오르는 불꽃을 배경으로 조그만 소년의 실루엣이 움직였다. 불꽃이 실루엣의 테두리를 파먹어 소년은 뼈다귀처럼 앙상하게 보였다. 뭐라고 혼잣말을 중얼거리던 소년이 한 팔을 높이 쳐들었다. 나는 흡, 숨을 들이켰다. 소년은 손에 든 도끼로 앞에 놓인 무언가를 사정없이 내리쳤다.

10

〈김서방 치킨〉

간판에는 볏을 꼿꼿이 세우고 홰를 치는 수탉이 조잡하게 그려져 있었다. 배달도 않고 동네 주민을 상대로 생맥주나 파는 치킨집이었다. 요섭이 길 건너편에 차를 세우고 기다린 세 시간 동안 손님이라곤 두 팀뿐이었다. 그중 한 팀인 노인네 둘이 자정이 넘도록 일어설 생각을 하지 않았다. 접시에는 앙상한 뼈다귀만 남은 지 오래였다. 땅딸막한 키에 머리가 반쯤 벗겨진 주인 남자가 무절임 한 접시를 새로 가져다주었다. 요섭이 가진 정보가 맞다면, 그는 김 서방이 아닌 문 서방이었다. 문창규.

낮에 둘러본 바로는 장사가 될 만한 동네가 아니었다. 낡은 상가 건물들은 태반이 비었고 군데군데 무너진 집터도 눈에 띄었다. 갈라진 담벼락과 녹슨 셔터마다 스프레이 래커로 느낌표가 난무하는 문구를 휘갈겨놓았다. 투쟁! 철거 반대! 빨리 꺼져! 요섭은 종이에 적힌 주소를 확인하며 지레 기대를 접었다. 대포폰이 틀림없어. 이 동네에서 흘러나간 노숙자의 신분을 도용했겠지. 집은 철거됐을 테고. 그러나 확인 사살하는 심정으로 찾아간 주소지에는 버젓이 치킨집이 영업 중이었다.

요섭은 글러브박스를 열고 신문지로 싼 회칼을 꺼냈다. 어젯밤 홈플러스에서 이만 팔천 원을 주고 구입한 물건이었다. 포장을 뜯고 나무 손잡이를 움켜쥐자 조폭들이 왜 '사시미'를 애용하는지 알 것 같았다. 조리도구를 가장한 흉기가 주는 이물감이 묘한 흥분을 자아냈다. 칼을 조수석에 꺼내놓았다가 도로 글러브박스에 집어넣었다. 영화에서 본 장면들이 생각나 칼을 신문지로 쌌는데, 싸놓고 보니 그런 장면들 때문에 누가 봐도 영락없는 '사시미'였다. 땀이 밴 손바닥을 허벅지에 문지르다가 요섭은 룸미러 속 낯선 눈동자와 마주쳤다. 돌팔이 의사가 엉뚱한 눈알을 끼워놓은 듯 얼굴에서 눈만이 어색하게 겉돌았다. 어쩔 수 없어. 요섭은 고개를 돌렸다. 쥐도 도망갈 구멍을 봐가며 쫓는 법이거늘, 이젠 고양이를 물어뜯는 수밖에.

카운터펀치 한 방. 요섭이 노릴 수 있는 건 그것뿐이었다. 이번 사건의 흑막과 배후 세력의 정체를 세상에 까발리는 것. 바로 이들이 권력을 이용해 검찰에 압력을 행사하고 증인을 매수하고, 이를 방해한 정의로운 변호사를 벌레처럼 짓밟았다고. 그래서 어디인지는 모르지만 그들을 지금의 자리에서 끌어내리는 것. 요섭은 그로기 상태에서도 가드를 올리고 공격해오는 상대의 빈틈을 살폈다. 한 방. 중간에서 실무를 처리한 행동대원 하나만 포획할 수 있다면 불가능한 계획도 아니었다. 어떤 수단을 써서라도 입을 열게 만들 작정이었다. 잡기만 하면.

그가 타고 올라갈 수 있는 실마리는 두 가닥이었다. 특별히 그의 이름을 언급하며 송 감독을 고발한 투서와 그를 폭행한 폭주족. 경찰이 폭주족을 잡아들인다면 뒤에서 사주한 자를 밝혀낼 수 있겠지만, 경찰은 그럴 의사가 없는 것 같았다. 요섭이 전화를 걸 때마다 더벅머리 형사는 수사에 진전이 없다며 기다리라는 말만 반복했다. 참다못한 요섭이 언성을 높이자 형사는 도리어 피해자인 그를 다그쳤다.

"아, 우리도 애쓰고 있다니까요. 일부러 안 잡는 것도 아니고, 자꾸 전화로 이러면 어떡합니까?"

"일부러 안 잡는 거 아냐? CCTV까지 있다면서, 경찰서에 얼뜨기들만 앉혀놨나!"

"이 사람이 보자 보자 하니깐, 그렇게 자신 있으면 직접 잡아 오든가. 당신 자꾸 이러면 공무집행방해로 혼날 줄 알아."

"뭐? 공무를 집행해야 방해하든 말든 할 거 아냐!"

요섭은 우선 투서 쪽을 캐기로 했다. 검찰 인맥을 동원해 요모조모 알아봤지만 '익명'의 정체를 밝힐 재간이 없었다. 그러던 중 투서가 접수된 후에도 경찰이 바로 수사에 착수하지 않자 두어 번 전화가 왔었다는 말이 그의 귀에 꽂혔다. 요섭은 강남경찰서의 조 형사를 만났다. 예상대로 독촉 전화를 받은 당사자였다.

"전화가 걸려온 일시와 내선번호만 알려주시면 됩니다."

요섭은 현금 오백만 원이 든 봉투를 내밀었다. 조 형사가 망설이기에 흉한 일은 없을 거라고 거듭 안심시켰다. 짚이는 데가 있어 알아보는 것뿐이라고. 조 형사는 봉투를 챙겨 일어섰다. 신속하고 리드미컬한 동작으로.

요섭은 조 형사에게 받은 정보를 승환이 소개해준 사이버 흥신소에 넘겼다. 이혼 소송 중 배우자의 휴대폰이나 신용카드 사용 내역이 필요할 때 일을 맡기는 곳이라고 했다. 솜씨가 좋다더니, 과연 그랬다. 이틀 후 경찰서 통화 목록과 함께 문창규의 전화번호, 주민번호, 주소가 이메일로 날아왔다.

막상 타고 올라갈 끈이 생기자 요섭은 깡소주를 홀짝이며 망설였다. 일단 첫발을 떼면 돌이킬 수 없는 결과를 각오해야 했다. 더 이상 잃을 것이 없다고 소리쳤지만, 그렇게 소리칠 수 있는 모가지마저 걸어야 하는 큰판이었다. 기실 첫발을 제대로 뗄 수나 있을지 의문이었다. 평범한 직장인이 어느 날 갑자기 다년간 훈련받은 첩보원처럼 활약하는 일은 영화에서나 가능한 얘기였다. 할 수 있을까?

두 병째 소주를 비웠을 때 요섭은 깨달았다. 이건 성공 가능성을 따져가며 달려들 문제가 아니라는 걸. 시도조차 하지 않을 경우 자신이 감당해야 할 치욕은 명확했다. 판결, 심판, 단두대…… 참을 수 없는 존재의 가벼움. 이건 영역이니 먹이사슬이니 도태니 하는 생존의 문제가 아니었다. 실존의 문제였다. 인간 최요섭이 과연 존재하는가를 판별하는. 지금 그에게 남은 유일한 실체적 감정, 그를 생각하고 행동하게 하는 단 하나의 동력은 분노였다. 녹은 쇠에서 나와 쇠를 먹어치운다고 했던가. 요섭은 녹이 덕지덕지 앉은 쇠가 되느니 쇠를 먹어치우는 녹이 되기로 결심하고 홈플러스로 달려갔다.

잔을 비우기에 파장인가 했는데 대머리 노인네 쪽이 기어코 생맥주 두 잔을 더 주문했다. 요섭은 한숨을 내쉬며 시트 등받이를 뒤로 젖혔다. 눈을 감자 몸이 모래늪으로 잠겨드는 것 같았다. 눈꺼풀 안쪽에서 미키마우스를 닮은 구름송이 하나가 둥둥 떠갔다. 저 구름을 본

적이 있는데…… 며칠 전의 그 일이 어디까지 실제 상황인지 벌써 헛갈리기 시작했다. 매일 술에 의지해 기절하듯 잠들다 보니 모든 게 흐리마리했다. 요섭은 오피스텔 근처의 바에서 혼자 술을 홀짝이던 기억을 떠올렸다. 거기서 실제로 그녀를 만나기는 한 걸까?

"섭섭해라. 저를 기억도 못 하시는 거예요?"

요섭은 들어 올리던 잔을 멈추고 여자를 쳐다보았다. 취향에 따라 단아하게도 섹시하게도 지적으로도 볼 수 있는 전천후 미모였다. 누구더라? 클라이언트였나? 요섭은 머릿속으로 슬라이드 필름을 한 장씩 넘기며 대조했다. 찰칵, 찰칵, 찰칵…… 여자는 옆자리에 앉더니 바텐더에게 잔을 부탁했다. 찰칵. 한 장의 필름에서 슬라이드가 멈췄다. 빨간 원형 안락의자, 하얀 레이스 팬티. 요섭은 진성희의 잔에 술을 따라주었다.

"완전히 개털 됐어요. 빈손으로 이혼당하고, 갤러리마저 정호 씨 깽값으로 날리고."

"깽값?"

진성희는 요섭의 어리둥절한 표정을 보더니 까르르 웃었다.

"어머, 최 변호사님한테 얘기도 안 한 거예요? 거하게 사례한 줄 알았는데. 정호 씨, 멋지다. 송사 한 번 치르더니 많이 배웠네."

연정호는 무고죄를 내세워 진성희에게 일억 원의 합의금을 요구했다고 한다. 터무니없는 액수였지만 진성희는 울며 겨자 먹기로 갤러리 지분을 정리해 칠천만 원에 합의를 보았다고. 사랑한 죄밖에 없는 사람을 성폭행범에 공갈범으로 몰았으니 형사소송에 들어가면 꼼짝없이 실형이었다. 다신 법정 근처에도 가고 싶지 않다며 손사래 치던 연정호의 모습이 생각나 요섭은 헛웃음을 흘렸다. 자식, 고기 값은 하네. 엘리베이터를 향해 어기적어기적 걸어가는 스누피와 우드스탁 콤비를 떠올리자 괘씸함보다는 우쭐한 마음이 앞섰다. 내 덕분에 두 사람이 조금은 풍족해졌겠구나. 이렇게 착한 일만 계속하는데, 하나님이 표창장이라도 하나 챙겨 줘야 하는 게 아닌가.

"그래서 전 빈털터리가 됐죠. 최 변호사님 덕분에."

"원, 겸손하시기는. 다 본인이 쌓은 금자탑이죠. 인, 과, 응, 보."

진성희는 콧잔등을 찡그렸다.

"맞아요. 그래도 억울한 걸 어떡해요. 그놈의 인과응보가 세상만사 다 돌보는 것도 아니면서, 왜 나한테만 지랄이냐고요."

"뭐, 그쪽한테만 지랄한 건 아닙니다."

요섭은 파괴력 면에서 몇 수 위라고 자부하며 자신의 몰락에 대해 털어놓았다. 어떻게 반년 만에 발판이 꺼지고 기둥이 무너지고 천장까지 내려앉았는지. 진성희는 '정말요?'를 연발하며 해맑은 함박웃음을 터뜨렸다. 다른 테이블의 중년 남자들이 그를 부러운 표정으로 돌아보았다. 몰락한 개털끼리의 유대감으로 뭉친 두 사람은 부어라 마셔라 술병을 비워갔다. 서로의 비극을 할퀴고 물어뜯고 조롱하며 카타르시스를 주고받았다. 연정호에 대한 마음만은 진심이었다고 진성희가 혀 꼬인 소리로 강조했고, 요섭의 눈앞엔 차마 내리지 못한 그녀의 하얀 레이스 팬티가 어른거렸다.

정신을 차려보니 그는 눈에 익은 장소에 누워 있었다. 눈에만 익은 장소. 지난봄 밤마다 뚫어지게 들여다보았던 사진 속이었다. 침대 옆자리에 벌거벗은 진성희가 엎드려 새근거리고 있었다. 그의 양복과 그녀의 아이보리 정장이 바닥에 난잡하게 뒤엉겨 있었다. 발기가 됐나? 철벅이는 살과 욕설 섞인 교성이 어렴풋이 떠오르는 듯도 했다. 요섭은 옷 더미에서 팬티를 찾아 다리에 꿰고 창가에 놓인 빨간 원형 안락의자에 앉았다. 자는 척하는 포즈로 사진을 찍는다면 볼만한 패러디가 될 것 같았다. 말간 가을 햇살이 창문 가득 비쳐 들었다. 길 건너편에 우뚝 솟은 무역센터가 윙크하듯 햇빛을 반사했다. 손가락만 한 사람들이 삼성역 주변을 분주하게 오갔다. 하늘에는 미키마우스를 닮은 구름송이가 떠갔다. 그는 문득 울고 싶어졌지만, 입에선 웃음만 비어져 나왔다.

　왁자지껄한 경상도 사투리가 들려왔다. 노인네 둘이 치킨집 앞에서 손을 흔들며 서로 반대 방향으로 멀어졌다. 요섭은 재빨리 등받이를 세우고 가게 안을 살폈다. 주인 남자는 테이블의 식기들을 쟁반에 담아 주방으로 들어갔다. 요섭은 글러브박스에서 회칼을 꺼내 재킷 안 주머니에 넣었다. 운전석 문을 열었다가 다시 닫고 크게 심호흡을 했다. 주방에서 나온 주인 남자가 카운터 앞에 섰다. 차에서 내린 요섭은 성큼성큼 길을 건너 〈김서방 치킨〉의 유리문을 밀고 들어섰다.
　"죄송합니다, 기름을 꺼서 치킨이 안 되는데요."
　요섭은 나병 환자처럼 뭉그러진 남자의 손등을 흘끔 쳐다보았다.
　"문창규 씨?"
　남자가 고개를 들었다. 요섭은 그의 복부에 냅다 주먹을 먹이고 멱살을 잡아 가게 안쪽으로 집어던졌다. 테이블과 의자가 요란한 소리를 내며 쓰러졌다. 요섭은 홀의 불을 끄고 출입문을 안쪽에서 잠갔다. 가벼운 흥분으로 몸에 생기가 도는 느낌이었다. 조금 전까지 긴장감 때문에 숨쉬기도 힘들었는데.

"누, 누구세요?"

"네 덕분에 인생 조진 개털이다."

남자는 바닥에 누운 채 요섭을 올려다보았다. 머릿속으로 바쁘게 용의자를 추리는 표정이었다.

"경찰에 투서 보낸 적 있지?"

"아……"

요섭은 품에서 회칼을 꺼내 신문지를 벗겼다. 남자의 눈이 휘둥그레지는 게 어둠 속에서도 보였다.

"쉽게 가자. 너 같은 꽁지털이나 뽑자고 온 거 아니니까. 누가 시켰어?"

요섭은 마침표를 찍듯 테이블에 칼을 힘껏 내리꽂았다. 거꾸로 박힌 칼이 파르르 몸을 떨었다. 따로 연습한 것도 아닌데 대사와 동작이 능숙하게 술술 이어졌다. 막 발견한 새로운 재능이 아까울 정도였다. 봉변을 당한 남자는 얼이 빠져 딸꾹질만 해댔다.

"미리 말하는데, 내가 요즘 상태가 안 좋아. 사람은 이럴 때 조심해야 된다니까."

요섭은 다가가 남자의 멱살을 잡고 따귀를 올려붙였다. 야무진 소리가 좁은 가게에 연달아 울렸다. 점점 빠른 리듬으로.

"그래, 버텨봐. 이번엔 주먹이니까, 어금니 물고."

요섭이 주먹을 쳐드는데 남자가 입을 열었다.

"유현이…… 아버님?"

불미스러운 현장에 불쑥 뛰어든 아들 이름에 요섭은 그대로 얼어붙었다. 유현이가 야구 배트를 들고 등 뒤에 서 있는 것 같았다.

"나 승훈이 애비요. 유현이하고 같이 야구하는, 유격수. 우리 전에 만난 적 있잖아요. 학부모 모임에서, 맥주도 한잔하고."

유격수라면, 그 체격 좋고 배짱 두둑한…… 요섭은 호프잔을 쥐는 뭉그러진 손등이 기억났다. 튀김 기름 냄새에 속이 메슥거렸다.

"당신이…… 그랬다고? 왜?"

"왜는, 우리 승훈이가 당신 때문에 강일중에 못 가게 됐으니까. 원래는 우리 애를 데려가기로 했단 말이오."

울분이 복받치는 듯 남자의 목소리가 푸들푸들 떨렸다.

"그런데 당신이, 당신이 돈을 처먹이는 바람에 우리 승훈이 대신 유현이를 데려가겠다는 거야. 실력도 한참 처지는 애를."

기름에 찌든 닭튀김 냄새. 요섭은 헛구역질이 올라왔다.

"누구야? 누가 시켰냐고!"

"시키긴 누가 시켜. 내가 그랬다! 억울하고 열 받아서 내가 그랬다!"

요섭은 멱살을 놓고 뒷걸음질 치다가 의자에 발이 걸려 나자빠졌다. 어둠 속에서 날아오는 절규가 갈고리처럼 그의 살가죽을 꿰어 잡아당겼다.

"네가 뭔데 내 아들 앞길을 가로막아! 야구를 얼마나 좋아하는데. 프로 선수가 돼서 엄마, 아빠 집 사주겠다고…… 그 어린것이, 매일 한밤중까지…… 물집투성이 손으로…… 흐흑."

요섭은 열리지 않는 출입문을 연거푸 어깨로 밀쳤다. 한참을 허둥거리다가 제 손으로 채운 잠금장치를 풀고 뛰쳐나갔다. 쩔뚝거리며 큰길까지 나선 후에야 가게 맞은편에 주차시켜놓은 차에 생각이 미쳤다. 하지만 돌아갈 엄두가 나지 않았다. 기름때에 전 갈고리가 뒤에서 계속 쫓아오고 있었다.

11

소년의 뒤로 다가가던 나는 흠칫 발을 멈췄다. 가마 앞에 앉은 소년은 사람이 아니었다. 머리, 몸통, 팔다리 모두 나이테가 그대로 드러난 나무토막이었다. 무릎과 팔꿈치 같은 관절 부위에는 역시 나무로 동그랗게 깎은 구체관절이 끼워져 있었다. 손가락 하나하나까지 사람과 똑같이 움직였지만 어딘지 뻣뻣하다는 느낌은 지울 수 없었다. 소년은 장작을 팰 때 받치는 모탕을 앞에 놓고 노래 부르듯 리듬을 실어 중얼거렸다.

"신데렐라는 왕자님을 진심으로 사랑한다네."

그러자 얼굴 중앙에 막대기처럼 붙어 있던 코가 삼십 센티미터가량 쑥, 늘어났다. 소년은 길어진 코를 모탕에 걸쳐놓고 손도끼로 퍽, 내리쳤다. 가느다란 장작으로 변한 코를 소년은 태연하게 집어 가마 속으로 휙, 던져 넣었다.

"일곱 난쟁이는 정말 착하고 순수한 아저씨들이야."

코가 다시 늘어났고 소년은 똑같은 동작을 반복했다. 가마의 불길은 소년의 잘린 코를 받아먹고 활활 타올랐다.

"너 피노키오구나? 맞지?"

나도 모르게 다가서며 소리쳤다. 소년은 심드렁한 표정으로 돌아보았다. 반짝이는 눈은 플라스틱으로 만들어진 것 같았다.

"아닌데요. 참, 내가 어딜 봐서 그런 멍청한 나무 인형으로 보이세요?"

다시 코가 쑥, 도끼로 퍽, 가마에 휙.

"거짓말로 불을 때다니. 너야말로 차세대 무한 에너지로구나."

"아저씨, 거짓말하는 것도 쉬운 일이 아니라고요."

하소연하는 눈망울과 달리 코가 쑥, 늘어났다. 퍽, 휙.

"너 혼자 이 극장을 운영하고 있는 거니?"

"예, 벌써 삼십 년도 넘었는걸요. 제가 없으면 발전기가 안 돌아가고, 발전기가 안 돌아가면 전기를 쓸 수 없잖아요."

"그런데 왜 극장에 손님이 하나도 없지?"

"없는 게 당연하죠. 누가 저딴 영화를 보러 오겠어요."

"하긴…… 그럼 넌 왜 극장을 계속 돌리고 있니?"

"유네스코에서 채택한 '세계 문화 다양성 선언'의 일환이죠. 저런 B급 영화도 누군가는 보존해야 하지 않겠어요?"

진솔한 대화를 나누는 사이 가마의 불길이 수그러들었다.

"질문하시는 걸 보니 아저씬 무척 지적인 분 같아요."

피노키오는 늘어난 코를 잘라 가마에 던져 넣었다.

"앉으세요. 여기까지 내려왔는데 천천히 담소나 나누다 가시죠."

"그랬으면 좋겠다만, 급히 가볼 데가 있어서. 너 혹시 성으로 가는 길을 아니? 깃발은 보이는데 어찌 된 일인지 가도 가도 거리가 좁혀

지질 않네."

"몰라요. 지하실에 처박혀 가마만 지키는 제가 어떻게 알겠어요."

천연덕스럽게 대답했지만 코는 쑥, 늘어났다. 퍽, 휙.

"그러지 말고 좀 알려줘. 거길 꼭 가야 하거든."

"왜요?"

"아버지가 위독하시다는 연락을 받았어."

피노키오는 내 눈을 빤히 들여다보았다. 얼굴에 그어진 나이테가 보기에 따라 다양한 표정을 드러내는 것 같았다. 피노키오는 고개를 짧게 끄덕인 후 말했다.

"극장을 왼쪽으로 끼고 돌면 큰 전나무 두 개 사이로 오솔길이 보일 거예요. 그 길을 따라 언덕 세 개를 넘은 후 갈림길에서 호수 반대편으로 쭉 가면 성이 나와요."

답변이 흩어질세라 나는 서둘러 입속으로 되씹었다. 왼쪽으로 전나무 사이 오솔길, 언덕 세 개, 갈림길에서 호수 반대편. 그사이 피노키오는 늘어난 코를 보란 듯이 도끼로 내리쳐 불길에 던져 넣었다.

"아저씨가 거짓말을 하면 저도 거짓말할 수밖에 없어요. 성에는 왜 가려고 하는 거죠?"

역시 거짓말의 달인답게 눈치가 빨랐다.

"실은 옛 친구를 만나러 가는 길이야."

"진실한 이유를 대야 진실한 길이 열린답니다."

"정말이야. 친구한테 전해줄 물건이 있거든."

피노키오가 지루하다는 듯 하품을 했다. 아무래도 녀석이 원하는 '진실한 이유'는 단답형이 아닌 것 같았다. 온종일 불가마 앞에서 뻥만 치고 있으니 휴먼 다큐멘터리가 그립다 이거로군. 나는 피노키오를 마주 보고 바닥에 앉았다. 말주변은 없지만 속마음을 자연스럽게 늘어놓으면 되지 않을까 싶었다. 진실이 별건가.

"사실 난 탈옥수란다. 감옥에 갇혀 있었지. 아주 오랫동안. 이젠 감옥에 왜 들어갔는지도 까먹었어. 나 자신을 버려두고 있었던 거야. 재활용할 여지도 없는 폐품 인생이라고. 그런데 어느 날, 뜻하지 않게 탈옥을 하게 됐어. 야외 노역을 나가는데 타이어가 터지면서 호송 차량이 뒤집혔거든. 어수선한 틈을 타서 난 필사적으로 달아났지. 하지만 곧 쫓기는 신세가 됐고…… 어린 여자애를 인질로 잡고 버텼어. 그런데 바로 그때, 내게 기적이 내린 거야. 이걸 좀 보렴."

가슴에서 메달을 꺼내 보여주었다. 총알 자국이 움푹 팬 메달을 피노키오는 흥미롭게 살펴보았다.

"이 메달이 총알을 막아준 덕분에 난 죽음을 면했단다. 곧이어 보름달의 계시를 들었어. 무성으로 가서 메달을 원래 주인에게 돌려주라는. 부록으로 덧붙여진 삶에 사명이 부여된 거야. 그래서 어릴 적 친구인 오나영을 찾아가는 길이지. 솔직히 왜 나 같은 놈에게 기적을 내렸는지, 지금 와서 이걸 돌려준다고 뭐가 달라진다는 건지 모르겠다. 걔가 아직 무성에 살고 있는지도 모르고. 다만 뭐랄까…… 저 성에 가서 사명을 완수하면 무언가를 찾게 되리라는 예감이 들어. 오직 '나'라는 표식으로서만 존재하는 무언가를."

피노키오는 눈도 깜빡이지 않고 내 얘기를 경청했다. 플라스틱 눈동자에 가마의 불꽃이 이글거렸다. 다소 투박하긴 했지만, 뭐, 이 정도면 쓸 만한 고백이었다고 생각한다. 마침내 피노키오가 빙그레 웃으며 답을 주었다.

"지상의 길로는 성에 도달할 수 없어요. 극장 뒤쪽으로 돌아가면 암벽 틈에 조그만 동굴이 하나 보일 거예요. 그 동굴이 성의 지하로 연결된 비밀 통로예요."

"그래, 고맙구나."

피노키오의 어깨를 토닥이고 나는 자리에서 일어섰다. 하지만 빙그레 웃으며 모탕에 코를 걸치는 피노키오를 보고 다시 털썩 주저앉았다. 혀뿌리까지 치밀어 오른 욕지거리를 꾹 내리눌러야 했다. 맹랑한 나무토막 같으니. 그때부터 피노키오와 나의 지루한 교리문답이 이어졌다.

"나영이가 보고 싶어. 어떻게 변했는지 궁금하기도 하고."

"아까 말한 갈림길에서 호수를 헤엄쳐 건너면 성이 나와요."

쑥, 퍽, 획.

"이건 어때? 뭔가 알 수 없는 힘이 나를 끌어당기는 거야. 내가 가는 게 아니라 성이 나를 부르고 있어."

"눈을 가리고 마음이 가리키는 대로 따라가면 성에 도달할 거예요."

쑥, 퍽, 획.

"나도 모르겠다. 솔직히 별로 가고 싶지도 않아."

"큰길에서 기다리다 보면 성으로 들어가는 우편마차가 올 거예요."

쑥, 퍽, 획.

"너, 정말 알려줄 마음은 있는 거니?"

"아뇨."

쑥, 퍽, 획.

"빌어먹을, 지금까지 온 게 아까워서 간다!"

"왔던 길로 되돌아가세요. 성은 출발 지점에 있었어요."

쑥, 퍽, 휙.

"그만! 그만!"

하아, 이렇게 나오겠다는 거지. 나는 자리에서 일어나 천천히 팔소매를 걷어붙였다. 피노키오가 눈알을 되록거리며 올려다보았다.

"어이, 나무토막."

피노키오 얼굴의 나이테가 붉게 물들었다. 입으로는 웃고 있지만 도끼를 쥔 손에 힘이 들어가는 게 보였다. 나는 피노키오의 손목을 낚아채 도끼를 빼앗은 후 모탕에 힘껏 내리찍었다. 도끼날이 절반 넘게 파묻혔다. 피노키오는 주저앉은 채 엉덩이를 옴쭉거려 뒤로 슬슬 물러났다. 녀석의 한쪽 발목을 틀어쥐고 거꾸로 들어올렸다.

"하하, 왜 이러세요. 저 하나도 안 무서워요."

코가 쑥, 늘어나는 바람에 하마터면 눈을 찔릴 뻔했다. 늘어난 코를 손으로 뚝, 부러뜨려 가마에 획, 던져 넣었다. 억, 피노키오의 입에서 억눌린 비명이 터졌다.

"옛날 살던 마을에 잠깐 들르겠다는데 왜 이리 거치적거리는 것들이 많아. 왜 성에 가려 하냐고? 그래야 이 지긋지긋한 여정이 끝날 테니까! 어때? 너도 이 극장이 지긋지긋하지? 삼십 년이 넘었다며. 오늘 정년퇴직을 시켜줄게. 바싹 마른 게 아주 잘 타겠네."

일렁이는 불길을 향해 피노키오를 시계추처럼 앞뒤로 흔들었다. 대롱대롱 매달린 피노키오가 속사포처럼 내뱉었다.

"깃발을 보고 가되 깃발을 향해 가면 안 돼요. 펄럭이는 모양을 보고 바람이 불어오는 방향으로 가세요."

아슬아슬하게 손아귀를 오므려 가마로 향하는 피노키오의 발목을 움켜잡았다. 코가 늘어나지 않고 그대로 있었다.

“정말이구나.”

“보시다시피.”

“얼마나 걸리지?”

“그건 사람마다 달라요.”

이번에도 코는 늘어나지 않았다. 나는 양손으로 피노키오를 조심스럽게 내려놓았다. 녀석은 줄이 끊어진 마리오네트처럼 축 늘어졌다.

“고맙다.”

모탕에서 도끼를 빼내어 건네자 피노키오는 얼빠진 표정으로 받았다. 저런 상태로 놔두고 떠나려니 기분이 개운치 않았다. 가마의 불도 걱정되었고. 어떡하나…… 엉거주춤 서 있는데 주머니 속의 캐러멜이 생각났다. 나는 손바닥에 캐러멜을 하나 올려 내밀었다. 곁눈으로 내 눈치를 살피던 피노키오가 슬그머니 손을 뻗어 캐러멜을 집었다. 먹어도 된다는 뜻으로 고개를 끄덕여주었다. 포장을 까서 캐러멜을 입에 넣자 피노키오의 표정이 점점 밝아졌다.

“와우, 맛있네요.”

코는 그대로였다. 캐러멜 덕분에 우리는 웃으며 작별 인사를 나눌 수 있었다.

“행운을 빌어요. 성에 가면 모든 일이 잘 풀릴 거예요.”

뒤에서 손을 흔드는 피노키오의 코가 쑥, 길어졌다. 픽, 휙. 행운을 빈다는 것과 일이 잘 풀리리라는 것 중 어느 쪽이 거짓말일까? 궁금했지만 뒤돌아 묻지는 않았다. 정작 묻고 싶은 건 따로 있었다. 길을 알려준 이유가 가마에 던져 넣겠다는 위협 때문이었는지, 아니면 홧김에 내뱉은 말이 진실하게 들렸던 건지.

〈Sh　ow in　〉

　나 때문에 가마 불이 수그러든 탓인지 간판의 전구들이 많이 꺼져 있었다. 우거진 거목의 그늘이 더욱 으슥하게 보였다. 나는 서둘러 숲을 벗어났다.

　빨간 깃발은 여전히 안개 장막 위로 솟아 펄럭이고 있었다. 가마 앞에서 불을 쪼인 덕에 뼈마디에 서린 한기가 가시고 몸이 한결 가벼워졌다. 나는 피노키오가 알려준 대로 깃발을 확인하며 바람이 불어오는 방향으로 걸었다. 꽤나 변덕스러운 바람 때문에 갈팡질팡 헤매듯 발길을 틀어야 했다. 제자리만 맴돈 것 같은데 신기하게도 효과가 있었다. 시간이 지날수록 깃발은 조금씩 조금씩 가까이 다가오고 있었다.

12

　현관문 비밀번호는 그대로였다. 요섭은 문손잡이를 잡고 서서 모델하우스처럼 정갈한 실내를 둘러보았다. 청소와 세탁은 물론 각종 잔심부름 서비스까지 제공되는 호텔식 오피스텔. 제 손으로 계란프라이 하나 못 만드는 초로의 기러기 아빠에게는 최적의 둥지였다. 이백오십만 원의 월세와 백만 원의 관리비를 감당할 수만 있다면. 만취한 장 선배를 여러 번 떠메고 왔기에 그에게도 익숙한 집이었다. 하지만 무단 침입이라면 얘기가 달랐다. 등 뒤로 현관문을 닫자 어디선가 사냥개들이 컹컹거리며 달려들 것 같았다.

　요섭은 구두를 가지런히 벗어놓고 거실로 올라섰다. 형수가 캐나다에서 보내오는 쿠바산 시가의 구수하고 텁텁한 향이 공기 중에 배어 있었다. 오전 열한 시. 시간은 충분했다. 요섭은 작전 지역을 시찰하듯 집을 한 바퀴 돌아보다가 벽에 걸린 가족사진 앞에서 발을 멈췄다. 밴쿠버에서 고등학교를 다닌다는 두 아들은 여태 개구쟁이의 모습으로 부모 품에 안겨 있었다. 새삼 장 선배에게 많은 걸 배웠다는 생각이 들었다. 기러기 아빠는 할 짓이 못 된다는 걸 포함해서.

침실부터 시작하기로 했다. 요섭은 옷장의 서랍들을 빼서 바닥에 늘어놓았다. 정리된 모양이 흐트러지지 않도록 옷 사이사이로 손날을 집어넣어 조심스럽게 훑었다. 덥지도 않은데 등줄기로 땀방울이 흘러내렸다.

〈김서방 치킨〉에서 허둥지둥 도망친 요섭은 냉정하게 상황을 분석했다. 결론은 상대가 역시 주도면밀한 프로라는 것. 놈들은 흔적을 남기지 않기 위해 제삼자에게 일을 맡긴 게 아니라, 역으로 이해관계가 있는 사람을 신중하게 선별했던 것이다. 하마터면 감쪽같이 속아넘어갈 뻔했어. 요섭은 혀를 내둘렀다. 그가 송 감독에게 돈을 건넨 사실을 변두리 닭집 주인이 어떻게 알고 투서를 보냈겠는가. 누군가 뒤에서 정보를 제공하고 조종하지 않았다면. 야구부 진학 문제로 앙심을 품은 학부모가 고발했으니 빈틈없이 아귀가 맞아떨어지는 시나리오였다. 현실보다 더 그럴듯한 작위의 세계. 그도 처음엔 긴가민가했다. 혹시 내가 자연산 현실에 작위적 시나리오를 덧씌우고 있는 게 아닐까? 하지만 곧이어 벌어진 사건으로 확신을 갖게 되었다.

"범인들 잡았습니다."

더벅머리 형사는 의기양양한 목소리로 말했다. 요섭은 두번째 실마리를 붙들기 위해 경찰서로 달려갔다. 유치장 안에는 현란한 바이크 재킷을 걸친 십대 여덟 명이 쪼그려 앉아 있었다. 거울 앞에서 합동으로 연습했는지 하나같이 야비한 눈빛에 능글거리는 살웃음을 짓고 있었다.

"폭주족 리스트에서 사고 시간대에 휴대폰 쓴 애들 일일이 뒤지던 중 딱 걸렸습니다. 우리도 신경 많이 썼어요. 최 선생님이 좀 닦달했습니까."

더벅머리 형사는 콧방울을 매만지며 씨익 웃었다. 요섭은 과장된 치사로 형사의 기분을 띄워주고 본론으로 넘어갔다.

"배후가 누구랍니까? 누가 사주했답니까?"

"저기 빨간 잠바 기억나세요?"

요섭이 쳐다보자 녀석은 호기롭게 중지를 들어올렸다. 노랗게 물들인 머리에 째진 눈, 양쪽 귀에 피어싱. 그가 알고 지낼 법한 외모가 아니었다.

"전에 논현동에서 아리랑치기 당한 적 있죠? 고삐리 둘한테."

아리랑치기, 고삐리 둘. 요섭의 머리에 가물가물 떠오르는 장면이 있었다. 권기용에게 유학생 사건을 인수인계한 날이었다. 만취 상태에서 구역질이 일어 뛰어든 골목…… 아저씨 괜찮으세요? 꼬물꼬물 안주머니로 들어오는 손가락, 대걸레와 에어컨 실외기의 비웃음, 한데 엉겨 깨갱거리는 두 마리 하이에나…… 요섭은 빨간 잠바에게 버섯 머리와 모히칸 머리 가발을 교대로 씌워보다가 설레설레 고개를 저었다.

"흠씬 두들겨 패줬다면서요. 복수하겠다고 최 선생님을 찾아다닌 모양이에요."

"복수요."

요섭은 힘없이 반문했다. 머릿속에서 실타래가 뒤죽박죽으로 헝클어졌다.

"논현동 일대를 한동안 쏘다녔대요. 그날 우연히 최 선생이 택시에 타는 걸 보고, 애들 끌고 쫓아가서……"

거짓말. 행여 녀석들과 마주칠까 그날의 활극 이후 논현동 쪽에
는 얼씬도 하지 않았는데. 요섭은 고개를 흔들며 주춤주춤 뒤로 물
러섰다.

“아니…… 쟤들 아닙니다. 아니에요.”

“예? 아니라뇨? 맞아요. CCTV에 찍힌 오토바이들도 확인했고,
이미 다 자백했어요.”

“아니, 그게 아니라, 뒤에서 사주한 놈을 잡아야 돼요.”

“사주는 무슨 사줍니까, 지들이 처맞은 것 때문에 그런 건데. 쟤들
원래 심심하면 몰려다니면서 사람 패고……”

“아니, 아니라니까! 당신은 몰라! 이게 그놈들 수법이라고!”

도대체 한밤중에 외진 골목에서 일어난 사건을 어떻게 알아냈을까?
요섭은 감탄을 금치 못했다. 놈들이 폭주족 애들을 매수해 다구리를
놓고 입까지 틀어막은 게 분명했다. 문창규를 끌어들인 것처럼. 요섭
은 그렇게 믿을 수밖에 없었다. 하영의 불륜 사진부터 투서, 언론플
레이, 해고, 폭행, 주식, 집행유예 선고까지 쿵푸 액션처럼 합을 맞
춰 일어난 이 모든 불행이 단순한 ‘우연’이라는 가정보다는, 그쪽이
훨씬 리얼했으니까.

요섭은 오피스텔에 틀어박혔다. 끼니와 술은 하루 한두 번 식당에
배달을 시켜 해결했고 생필품은 온라인 마트에서 주문했다. 다행히
컴퓨터와 신용카드만 있으면 방구석에서 아무런 불편 없이 살아갈 수
있는 세상이었다. 새로운 작전을 짜기 위한 칩거라고 스스로 사기를
북돋웠지만, 실은 집 밖에 나서기가 두려웠다. 놈들은 언제든 손가락
에 힘만 살짝 주면 자신을 개미처럼 짓뭉갤 수 있었다. 자신은 백방
으로 뛰어다녀도 놈들 하수인의 하수인의 하수인의 꼬리조차 잡지 못

했는데. 답이 안 나오는 싸움이었다.

컴퓨터와 신용카드는 먹고사는 일뿐 아니라 시간을 때울 볼거리도 제공해줬다. 요섭은 인터넷 웹하드에 정액제 회원으로 가입했다. 영화 서너 편을 다운받아 보면 하루가 금방 지나갔다. 아무것도 생각할 필요 없이. 잠자리에 들면 그날 본 영화의 등장인물들이 우르르 꿈에 나와 난장을 쳤다. 보지 않은 영화를 고르는 일도 번거로워질 무렵 그는 노다지를 발견했다. '애니' 카테고리에 어릴 적 봤던 TV 만화 시리즈 대부분이 올라와 있었다. 총 113편에 달하는 「은하철도 999」부터 시작해 「우주 해적 하록 선장」 「천년 여왕」 「들장미 소녀 캔디」 「이상한 나라의 폴」 「엄마 찾아 삼만 리」 등을 요섭은 차례로 섭렵했다. 수염이 협수룩한 채 어린 시절 친구들을 보고 있노라면 '유년' 폴더에 압축돼 있던 벌레들이 기어 나와 살을 파먹는 느낌이었다. 사각사각사각사각, 마트료시카 인형이 하나씩 벗겨지듯, 사각사각사각사각……

평면 그림체가 싱거워지면 '⑲성인' 카테고리로 넘어가 포르노그래피로 간을 맞췄다. 성욕 충족의 수단이 아닌 하나의 작품으로 감상하는 포르노는 색다른 맛이 있었다. 오로지 섹스라는 근원을 향해 맨몸으로 돌진하는 직선적인 서사. 군더더기 꼼수 없이 저런 단순하고 집요한 열정만으로 세상이 굴러가면 얼마나 좋을까? 요섭은 살덩이의 향연 속에서 현대 자본주의사회의 이상적인 모델을 보는 듯했다. 추억의 만화와 포르노 사이에서 시간은 잘도 흘러갔다. 앞으로 흐르는지 뒤로 흐르는지 모를 정도로.

여기에도 카메라와 도청기를 설치하지 않았을까? 뒤늦게 떠오른 생각에 요섭은 머리털이 쭈뼛 섰다. 과거 행적을 낱낱이 꿰고 있다면 지금의 일거수일투족도 감시하고 있을 게 아닌가. 방구석에 틀어박혀 폐인이 되어가는 모습을 구경하며 낄낄낄낄…… 요섭은 이리 뛰고 저리 뛰며 집 안을 온통 뒤집어엎었다. 이 모습 또한 지켜보고 있을 거라 생각하니 부들부들 몸서리가 쳐졌다. 어딘가 있을 도청기를 향해 그는 쌍욕을 퍼부었어.

반나절에 걸쳐 집을 난장판으로 만들었지만 감시 장비는 찾지 못했다. 대신 훨씬 좋은 걸 찾아냈다. 도청, 왜 진작 그 생각을 못했을까? 요섭은 소파에 앉아 놈들이 보지 못하도록 손으로 얼굴을 가리고 소리 없이 웃었다. 밑에서부터 끈을 타고 차근차근 올라간다는 계획은 애당초 무리였다. 단기필마로 적진에 뛰어들었으면 일격필살로 적장의 목을 노려야 하는 법. 장선배의 만년필. 그게 답이었다. '피라미드를 봐. 올라갈수록 발 디딜 곳은 좁아지지. 누가 살짝만 떠밀면 그대로 굴러떨어져 모가지 부러지는 거야. 그래서 난 거물들과 은밀한 상담을 할 땐 몰래 녹취 파일을 만들어두지. 보험이야, 보험. 개인 상해보험.'

요섭은 침실에 이어 서재와 거실, 주방, 화장실을 차례로 수색했다. 액자 뒷면, 프린터 내부, 구두 속, 공구박스, 약병 안, 수석 좌대 밑, DVD 케이스 등 새끼손가락 하나만 파고들 수 있는 공간이면 놓치지 않고 뒤졌지만 USB 메모리 같은 건 나오지 않았다. 그런 위험한 물건을 사무실에 두지는 않았을 테고, 혹시 은행 대여금고에 맡겼나? 아니야, 중요한 물건은 깔고 앉아 있어야 안심하는 사람인데. 요섭은 마른침을 삼키며 벽시계를 보았다. 오후 네 시. 흔적을 남기지 않고 뒤지려니 생각보다 시간이 많이 걸렸다. 팔다리가 쑤시고 허리가 뻐근했다. 배도 고프고. 도둑질이 이렇게 품이 많이 드는 노동인 줄은 미처 몰랐다.

요섭은 화장실로 들어가 변기에 힘차게 오줌을 내갈겼다. 변기 밖으로 오줌 방울이 튀자 은근히 통쾌한 기분이었다. 세면대에 놓인 이태리제 클래식 면도기 세트가 눈에 들어왔다. 흑단 몸체에 니켈로 장식한 면도기와 천연 오소리 털 브러시, 보울, 거치대를 합쳐 백만 원이 넘는 명품이었다. 장 선배는 털에 관한 한 유별난 럭셔리 취미가 있었다. 요섭은 지저분하게 웃자란 수염을 매만지다가 보울에 거품을 냈다. 오소리 털이 피부를 스치는 감촉은 놀랄 만큼 부드러웠다. 오소리, 너도 쓸모가 있구나.

꼼꼼하게 면도를 끝낸 요섭은 멀끔해진 거울 속 사나이를 바라보았다. 언제부턴가 낯설게 느껴지는 얼굴. 눈두덩이 퀭하고 볼이 꺼지고 피부가 푸석하고 주름이 깊어지고 낯빛이 음울하게 변했지만, 그런 변화 때문은 아니었다. 지금의 서늘한 낯섦은 연속성의 문제가 아닌 확신의 문제였다. 저게 '나'인가? 저 몸뚱이가 움직이며 그리는 궤적의 총합이 '나의 삶'인가? 다시는 돌이킬 수 없는, 그럼으로써 영원히 전시되는 순간순간들이. 문득 거대한 공허와 거대한 책임감이 손을 맞잡고 까르르 웃으며 춤을 추었다. 나만이 가진 무용한 유전자라도 하나 있으면 차라리 마음이 편할 것 같았다. 오직 '나'라는 표식으로서만 존재하는. 요섭은 애프터셰이브 로션을 손바닥에 듬뿍 덜어 얼굴을 철썩철썩 때리며 발랐다. 장 선배의 향기를.

요섭은 양말을 벗고 허리띠를 느슨하게 풀고 거실 소파에 드러누웠다. 머리도 비우고 가슴도 비우고, 자기최면을 걸었다. 나는 장태건이다. 나는 장태건이다. 나는 장태건이다. 지금부터 중요한 USB 메모리를 숨겨야 한다. 어디가 좋을까? 필요한 조건은 첫째, 누구도 찾아내기 힘든 곳. 둘째, 언제든 쉽게 꺼낼 수 있는 곳. 셋째, 메모리가 손상될 우려가 없는 곳. 넷째, 눈독을 들일 만한 값어치가 없는 곳(행여 좀도둑의 손에 쓸려 들어가기라도 하면 큰일이니까). 그런 장소가 어디일까? 나는 장태건이다. 나는 장태건이다. 나는 그다지 창의성이 뛰어난 사람이 아니다. 영화나 드라마에 등장하는 은닉처를 생각해보자. 중요한 USB 메모리를 숨겨야 한다…… 아슴아슴 졸음이 밀려왔다. 이러다 잠들면 낭패라고 생각하면서도 몸이 까라져 움직이지 않았다. 뭐, 어때. 내가 장태건인데. 여긴 내 집인데…… 잠기를 이불처럼 뒤집어쓰는 순간, USB 메모리를 숨길 적당한 장소가 떠올랐다. 네 가지 조건을 모두 충족하는 곳.

요섭은 서재로 가서 벽 하나를 차지하고 있는 책장 앞에 섰다. 각종 법전, 판례집, 여기저기서 보내온 자서전류 등은 제쳐놓았다. 장 선배의 책장에 어울리지 않는, 그렇다고 너무 튀지도 않는, 조용히 소외된 책일 가능성이 높았다. 법전 사이에 꽂힌 『법구경(法句經)』이 수상했다. 그가 알기로 장 선배는 불교의 관조적인 세계관을 별로 좋아하지 않았다. 법을 구경한다는 말장난도 의미심장하게 여겨졌고. 요섭은 책을 꺼내 책장을 처음부터 끝까지 죽 훑었다. 안에는 아무것도 없었다. 이어서 스티븐 호킹의 『시간의 역사』가 용의선상에 올랐지만 조사 결과 무혐의였다. 『신화의 힘』 역시 무혐의. 『차라투스트라는 이렇게 말했다』 무혐의. 『날아라, 기러기 아빠!』 무혐의(맙소사, 이걸 직접 샀나?). 무혐의, 무혐의, 무혐의……

눈으로 책등을 살피며 다음 용의자를 찾는데 하단 구석에 금박으로 찍힌 외국어 제목이 눈에 들어왔다. 『Don Quixote』. 그걸 '돈키호테'라는 익숙한 이름으로 읽기까지 꽤 시간이 걸렸다. 장 선배도 마찬가지였을 터. 요섭은 허리를 굽혀 책을 꺼냈다. 책장을 훑기 시작하자 책이 반으로 뭉텅 갈라지며 누구나 알 만한 유명한 삽화가 나왔다. 창을 꼬나들고 풍차를 향해 돌진하는 미치광이 기사. 풍차와 돈키호테 사이에 파인 직사각형 구멍에 메탈 케이스의 USB 메모리가 들어 있었다. 요섭의 눈이 에리하게 빛났다. 그토록 노리고 있던 카운터펀치가 틀림없었다. 단 한 방으로 전세를 역전시켜 경기를 끝낼 수 있는.

13

성탑 꼭대기에서 펄럭이는 빨간 깃발을 바라보았다. 험준한 바위산들이 성탑을 울타리처럼 둘러싼 형세가 성이라기보다는 천연 요새에 가까웠다. 인공 건조물은 정면 바위산 사이의 역삼각형 협곡을 댐처럼 가로막은 하얀 성벽뿐이었다. 오는 내내 골짜기에 고인 안개라고 생각했던 게 실은 성벽이었던 셈이다. 거대한 삼각팬티를 연상시키는 성벽의 아래쪽 꼭짓점에 아치형 성문이 뚫려 있었다. 고기 값은 했네. 나는 크게 심호흡을 하고 성문을 향해 걸음을 내딛었다. 메달이 경쾌하게 흔들리며 가슴을 토닥여주었다.

그러나…… 성이 가까워질수록…… 내 발걸음은…… 느려졌다. 해괴한 원근법 때문이었다. 멀리서 조그맣게 보이는 사물은 다가가면 점점 커지는 게 정상이거늘, 성벽과 바위산과 깃발은 원근법을 준수하며 점점 커졌거늘, 왜 성문만은 변화가 없단 말인가. 결국 성벽 앞에 도달해보니 무릎 높이에도 못 미치는 개구멍이 기다리고 있었다. '끝날 때까진 끝난 게 아니다.' 그런 명언을 남긴 야구 선수가 누구였더라?

고개를 들어 수직으로 솟은 성벽을 올려다보았다. 높이는 오륙십 미터가량. 돌을 어찌나 촘촘히 쌓았는지 표면이 시멘트로 바른 것처럼 매끈했다. '지금 하는 그 생각, 안 하는 게 좋을 거야'라고 말하는 것처럼. 양편의 바위산 역시 굴곡이 거의 없는 깎아지른 암벽이었다. '이쪽도 마찬가지야.' 그런 바위산들이 시야가 닿는 곳까지 빈틈없이 어깨를 맞대고 있었다. '와봤자 헛수고일걸.' 나는 바닥에 엎드려 막무가내로 성문에 머리를 디밀었다. 어깨가 걸려 도저히 들어갈 수 없었다. 코흘리개 어린애나 간신히 통과할까. 개구멍에 머리를 처박은 채 기다렸다. 내 분노가 성벽을 때려부술 만큼 커지기를.

방법은 하나뿐이었다. 나는 성문 앞에 쪼그려 앉아 손으로 땅을 팠다. 모로 누운 채 성문 아래를 파면서 전진할 작정이었다. 구멍으로 들여다본 벽의 두께는 대략 십 미터. 그래도 방법은 이것뿐이었다. 보기보다 단단하게 다져진 땅이었다. 도구로 쓸 수 있는 건 맨손밖에 없었고. 그래도 방법은 이것뿐이었다. 날카로운 잔돌이 박혀 있어 금세 손끝이 까지고 흙에 피가 묻어났다. 그래도 방법은 이것뿐이었다. 한 뼘쯤 파 들어갔을 때 판판한 암반이 앞을 가로막았다. 빌어먹을, 방법은 이것뿐이었는데…… 나는 땅바닥에 벌렁 드러누웠다. 하늘에 미키마우스를 닮은 구름송이 하나가 떠갔다. 고맙게도, 행운을 빈다는 피노키오의 말은 진심이었다. 성에 가면 모든 일이 잘 풀릴 거라는 쪽이 거짓말이었고.

다양한 모양의 구름이 성벽을 넘어갔다. 잠자리가 넘어가고, 돌고래가 넘어가고, 낙타가 넘어가고, 전갈이 넘어가고, 심지어 달팽이와 물벼룩까지 넘어갔다. 하늘에 진홍빛 노을이 판판한 암반처럼 퍼지기 시작했다. 조그만 날벌레가 포르르 날아다니다가 내 손등에 내려앉았다. 빨간 동그라미에 까만 점무늬. 무당벌레였다. 무성한 털 사이에 갇혀 꼬물거리는 무당벌레를 보고 있자니 동병상련의 정이 느껴졌다. 너도 고작 이런 데서 헤매는구나.

또 다른 무당벌레가 얼굴로 날아드는 바람에 벌떡 일어나 앉았다. 무당벌레들은 내가 파던 구덩이 안쪽에서 기어 나오고 있었다. 핏물이 밴 흙이 달싹거리더니 한 마리, 뒤이어 한 마리, 또 한 마리, 또 한 마리…… 줄줄이 쏟아져 나오는 무당벌레 떼가 날개를 펼치고 달려들었다. 나는 피할 새도 없이 순식간에 녀석들에게 뒤덮였다. 수만, 수십만 마리의 무당벌레가 들러붙어 내 살을 파먹었다. 비명을 지르며 이리저리 뒹굴었지만 소용없었다. 앞이 보이지 않았다. 온몸을 사포로 문지르는 듯한 소리뿐. 사각사각사각사각사각사각……

목이 잠겨 비명조차 나오지 않는 지경이 돼서야 알았다. 무당벌레에게 파먹히는 게 별로 아프지 않다는 걸. 오히려 마사지를 받는 것처럼 시원하고 개운한 느낌이었다. 나는 팔다리를 늘어뜨리고 작은 포식자들에게 몸을 내맡겼다. 될 대로 되라지. 사각사각사각사각. 맛있냐? 사각사각사각사각. 한참 후 무당벌레들이 우수수 떨어져 나갔다. 눈에 띄게 통통해진 녀석들은 뒤뚱거리며 다시 구덩이 속으로 파고들었다. 천천히 몸을 일으켰다. 옷이 헐렁했다. 내 몸뚱이는 외형은 그대로 유지한 채 비율만 축소돼 있었다. 딱 성문에 들어갈 만한 코흘리개 어린애 크기로. 내가 작아진 게 아니라 세상이 커진 것 같기도 했다. 아무려나. 나는 옷소매와 바짓단을 둘둘 걷어 올리고 바닥에 엎드려 성문으로 파고들었다.

늦은 저녁 성내 거리는 사람들로 북적였다. 상점과 술집의 불빛이 골목골목 이어졌고 요란한 댄스음악과 호객꾼의 외침이 걸음걸음 따라다녔다. 사방 노점에서 찐빵, 떡볶이, 순대, 튀김, 핫도그, 호떡 등이 내 콧구멍에 낚싯바늘을 걸고 잡아당겼다. 나는 한껏 머금은 냄새를 군침에 녹여 꿀떡꿀떡 삼키며 허기를 달랬다. 그런데 인파에 섞여 걷던 중 놀라운, 그리 새롭지는 않은, 사실을 깨닫게 되었다. 내 머리가 사람들 머리 위로 한 뼘 정도 튀어나와 있는 게 아닌가. 언제나 길을 걸을 때 그랬듯이. 무당벌레들은 나를 마구잡이로 파먹은 게 아니라 성 사람들의 크기에 맞춰 줄여놓은 것이었다.

무사히 성에 들어오긴 했지만 여기서 나영이를 찾는 일 또한 막막하기 짝이 없었다. 삼십일 년. 운명의 손길이 당장 그 애와 내가 어깨를 부딪치도록 이끈다고 해도 서로 째려보며 지나치는 게 자연스러울 만큼의 시간이 흘렀다. 일단 지나는 사람들을 붙잡고 물어보는 수밖에 없었다. 오나영을 안다는 이가 걸릴 때까지. 나는 먼저 거리의 구두닦이에게 다가갔다. 왠지 사람들 소식을 발 빠르게 접하지 않을까 싶었다. 특이하게도 구두닦이는 금발을 치렁치렁 늘어뜨린 아가씨였다.

"아가씨, 말 좀 물읍시다. 혹시 오나영이란 사람 아세요?"

파란 눈동자가 나를 힐끔 쳐다보았다. 검댕이 잔뜩 묻었음에도 예쁘장한 얼굴이었다.

"구두 안 닦을 거면 비켜요. 손님 막지 말고."

그녀는 퉁명스럽게 대꾸하고 손에 낀 하이힐에 침을 카악 뱉었다. 융을 감아 쥔 손가락이 신경질적으로 움직였다. 성깔 고약하네. 구두닦이는 신발로 사람을 판단한다더니, 내가 다 떨어진 흙투성이 운동화로 보이는 모양이었다.

조금 가다 보니 '물랭 루즈'라는 나이트클럽이 화려하게 불을 밝히고 있었다. 점멸하는 네온간판 아래 빨간 모형 풍차를 세워놓았는데, 무슨 이유에선지 뼈대만 남은 풍차 날개를 밧줄로 단단히 동여매놓았다. 고개를 갸웃거리며 풍차를 구경하는데 출입문 옆에 서 있던 문지기가 다가왔다. 문지기는 갑옷과 투구로 온몸을 감싸고 방패에 창까지 꼬나든 중세 기사였다.

"어이, 뒤로 물러나쇼. 괴물이 덤벼들 수 있으니까."

"괴물? 이 풍차 말입니까?"

기사는 투구의 얼굴 가리개를 들어 올리고 고개를 끄덕였다. 홀쭉한 뺨에 턱수염이 늘어진 중늙은이였다. 노망이 날 나이는 아닌데, 이 영감탱이가 사람을 놀리나. 나는 보란 듯이 풍차 옆구리를 발로 걷어찼다.

"아주 무시무시한 놈이네요."

순간 믿을 수 없는 일이 벌어졌다. 풍차가 괴성과 함께 격렬하게 몸을 뒤틀었고 밧줄이 끊어지면서 날개가 내 어깨를 후려쳤다. 나는 진창에 엉덩방아를 찧으며 나자빠졌다. 삐죽삐죽 튀어나온 철제 살을 번뜩이며 돌아가는 네 개의 팔. 회전 반경에 들어오기만 하면 무엇이든 절단 낼 기세였다. 나는 일어서지도 못하고 바르작거리며 뒤로 기어갔다. 기사가 날개 공격을 요리조리 피하면서 창으로 풍차를 찔러댔다. 회전축에 결정적인 일격을 받은 후에야 풍차는 다시 축 늘어졌다.

"맙소사, 이거, 이거 진짜……"

"말했잖소, 괴물이라고. 저쪽으로 가서 밧줄이나 잡아요."

기사가 날개에 밧줄을 두르며 핀잔을 놓았다. 다리가 후들거려 풍차에 다가갈 엄두가 나지 않았다. 서너 번 재촉을 받은 후에야 나는 반대쪽으로 돌아가 풍차 포박하는 것을 도왔다.

"이 괴물은 영감님이 잡으신 건가요?"

"그럼. 사람들이 믿지 않기에, 산 채로 잡아서 끌고 왔지."

"예에. 영감님은 여기 오래 사셨나요?"

"평생 이 촌구석에서 썩었지. 모험을 떠날 때만 빼고."

"그럼 혹시, 오나영이란 사람 모르세요?"

기사는 내 질문에 대답을 않고 묵묵히 밧줄로 매듭을 지었다. 못 들었나 싶어 좀더 큰 목소리로 되물었다. 그는 얼굴 가리개를 철컥 내리더니 나이트클럽 앞으로 돌아갔다.

뭔가 이상했다. 노점에서 붕어빵을 구워 파는 오누이도, 분홍 하이 힐을 신고 춤을 추는 내레이터 모델도, 양쪽에 아가씨를 끼고 가는 파란 수염의 사나이도, 피리로 생쥐 묘기를 선보이는 청년도, 내 물음에 하나같이 인상을 찌푸리며 고개를 돌렸다. 처음엔 내 행색 때문이라고 생각했다. 떡진 머리에 누더기를 걸치고 악취를 풀풀 풍기는 덩치가 다가오면 누군들 좋아하겠나. 그런데 사람들의 반응이 어딘가 수상쩍었다. 그들의 냉대는 분명 '오나영'이란 이름을 들은 후부터 시작되었다. '왜 하필 나한테……' 하는 난처한 표정으로. 그래서 이번 에는 만만한 어린애를 골라 물어보기로 했다. 마침 어리숙하게 생긴 꼬마가 손아귀에 콩알을 쥐고 헤벌쭉 웃으며 지나갔다.

"얘야, 그게 뭐니?"

"마법의 콩이오. 늙은 젖소를 주고 얻었어요."

"너 아주 땡잡은 날이구나. 아저씨하고도 거래를 하나 할까?"

나는 주머니에서 마지막 남은 캐러멜을 꺼냈다. 꼬마는 대번에 군침을 삼키며 내 손바닥을 뚫어져라 들여다보았다.

"너 오나영이란 아줌마 알지? 그 아줌마 있는 곳을 알려주면 이걸 주마."

예상대로 녀석도 뭔가 알고 있지만 망설이는 눈치였다. 치열한 내적 갈등이 표정에 고스란히 드러났다. 나는 손바닥을 꼬마의 눈앞으로 바짝 들이밀었다.

"아저씨 나쁜 사람 아니야. 그 아줌마하고 친군데, 아주 오랜만에 내려왔더니 집을 찾을 수가 없네. 연락도 안 되고."

꼬마는 마침내 결심한 듯 고개를 까딱했다. 막 입을 떼려는 찰나, 녀석의 얼굴이 딱딱하게 굳어지더니 후다닥 자리를 떴다. 웬 작달막한 사내가 옆에서 날 노려보고 있었다. 벌어진 꽃무늬 셔츠 앞섶 사이로 쇠사슬 모양의 금목걸이가 번쩍였다.

"너냐? 썩은 달걀 냄새 풍기면서 거리를 들쑤시고 다닌다는 놈이?"

사내는 껌을 질경질경 씹으며 반말로 지껄였다. 뭐야, 이 양아치 자식은? 드디어 알아내려는 참이었는데.

"거지면 구걸이나 하지 누굴 찾는다는 거야?"

"거, 쥐좆만 한 새끼가 꼬박꼬박 반말이네. 네가 알아서 뭐하게?"

사내는 픽 코웃음을 쳤다.

"하, 이 거지새끼, 내가 친근한가 보네."

작전을 바꾸기로 했다. 이 녀석을 늘씬하게 두들겨 패는 광경을 보면 누구든 겁을 먹고 대답해주겠지. 사내가 고개를 옆으로 돌려 껌을 뱉더니 주먹을 쥐고 달려들었다. 오냐, 기분도 더러운데 잘 걸렸다. 나는 재빨리 자세를 잡고 주먹을 내뻗었다. 녀석이 눈앞에서 사라지더니 하복부에 묵직한 통증이 얹혔다. 사타구니에 박힌 무르팍. 숨이 컥 막혔다. 바닥에 무릎을 꿇자 우리 둘은 비슷한 눈높이가 되었다. 금반지가 빛나는 주먹이 정면에서 날아왔다. 제길, 방심했네. 어금니를 깨물고 눈을 질끈 감았다. 그런데…… 아무리 기다려도 주먹 맛이 느껴지지 않았다. 가만히 실눈을 뜨자 금반지가 코앞에 멈춰 있었다. 주먹 뒤에서 사내가 눈을 끔벅이며 날 쳐다보았다.

"야, 쩔곰! 너 쩔곰 맞지?"

사내를 찬찬히 뜯어보았다. 보글보글한 파마머리, 불거진 광대뼈, 눈꼬리를 손으로 콕 집은 듯한 세모눈.

"너…… 종규?"

14

　잠실역 지하 광장은 사람들로 붐볐다. 대부분 백화점으로 영화관으로 놀이공원으로 주말을 즐기러 나온 참이라 밝고 편안한 표정들이었다. 한 주의 일과를 마치고 방심할 수 있는 권리가 요섭은 새삼 부러웠다. 누군가 종아리를 툭 차는 바람에 그는 펄쩍 뛰며 뒤를 돌아보았다.

　"죄송합니다."

　유모차를 앞세운 젊은 여자가 기어들어가는 목소리로 웅얼거렸다. 유모차 안에서 판다 귀가 달린 모자를 쓴 아기가 딸랑이를 흔들며 헤헤거렸다.

　요섭은 광장 한쪽을 차지하고 있는 트레비 분수대로 갔다. 분수대 한가운데 늠름하게 서 있는 근육질의 포세이돈. 그의 손가락은 항아리를 앞에 놓고 하프를 켜는 꼬마 천사를 가리키고 있었다. 요섭은 바지 주머니를 뒤적였지만 동전이 손에 잡히지 않았다. 항아리를 향해 집요하게 동전을 던지던 유현이가 떠올랐다. 아들의 끈기를 독려

하느라 그는 편의점에서 동전을 잔뜩 바꿔 왔고, 하영은 팔짱을 끼고 툴툴거리면서도 동전이 항아리를 빗나갈 때마다 탄식을 흘렸다. 마침내 동전 하나가 천사의 사타구니를 때리고 항아리에 들어가면서 기나긴 승부는 끝이 났다. 세 식구가 한 주의 일과를 마치고 주말을 즐기러 롯데월드를 찾은 날이었다.

몸을 돌리던 요섭은 휴대폰을 귀에 댄 남자와 눈이 마주쳤다. 슬그머니 시선을 피하는 남자의 입술이 빠르게 달싹였다. 검은 후드티에 카키색 비니. 요섭은 그를 아까 코엑스에서도 본 것 같았다. 아까 강남역에서도. 왼쪽 가슴이 쿵쾅거렸다. 심장이 뛰는 건지 코트 안주머니의 USB 메모리가 몸부림치는 건지. 암호가 걸려 있어 내용을 살펴보지는 못했지만, 이게 문제의 녹취 파일이라는 사실은 의심의 여지가 없었다. 혼자 사는 집에서 칼로 책장을 파내고 숨겨놓은 정성을 목격하는 순간 승리의 예감이 아랫배를 간질였다. 게다가 아침 일찍 장 선배가 자상하게 전화로 확인까지 해주었다.

"야! 이 새끼, 너 지금 뭐하는 거야!"
요섭은 휴대폰에서 주먹이 튀어나와 멱살을 틀어쥐는 줄 알았다. 장 선배가 이토록 광분하는 모습은 처음이었다. 어떻게 하룻밤 만에 알아챘을까? 뒤졌던 곳은 흔적이 남지 않게 정리하고 나왔는데. 요섭은 전날의 행적을 빨리감기로 되짚어보았다. 욕실 면도기 세트. 거품 묻은 오소리 털 브러시를 물에 헹군 기억이 없었다. 장 선배는 즉각 경비실로 가서 복도 CCTV부터 확인했을 것이다. 거기엔 수염이 덥수룩한 얼굴로 들어갔다가 여섯 시간 후 멀끔한 모습으로 나오는 낯익은 사내가 찍혔을 테고. 귀중품을 중요도 순으로 확인하는 데 많은 시간이 걸리진 않았을 테고.

"너 미쳤어? 인마, 네가 그걸 왜 가져가!"

"저도 그놈들한테 당하고만 있을 순 없습니다."

"그놈들이라니, 누구 말이야?"

"알잖아요, 그 유학생들 뒤에 버티고 있는. 그놈들이 날 이 지경으로 내몰았어요."

"너 정말…… 돌았구나, 돌았어. 그 사람들이 누군 줄 알고 이러는 거야?"

"이거 암호 풀면 알 수 있겠죠."

듣기 민망한 겁박과 쌍욕이 쏟아졌다. 하지만 이어지는 어색한 회유는 더욱 듣기 민망했다.

"요섭아, 하아, 너 요즘 힘든 거 안다. 내가 미처 신경을 못 썼어. 미안하다, 요섭아. 네가 오해하고 있는데, 일단 만나자. 만나서 얘기하자. 너 어디야? 오피스텔이야?"

요섭은 죄송합니다, 한마디를 남기고 전화를 끊었다. 계속 벨이 울리기에 아예 휴대폰 전원을 꺼버렸다. 장 선배의 포효가 귓바퀴를 맴돌았다. 밀실에서 나눈 대화가 공개되면 당연히 장 선배에게도 피해가 갈 터였다. 유감이지만, 어쩔 수 없지. 그렇게 생각하는 순간 요섭의 머릿속에 빨간 경고등이 번쩍이며 사이렌이 울렸다. 장 선배는 이 파일이 공개되는 걸 필사적으로 막으려 할 것이다. 그는 아직 지킬 게 많으니까. 어쩌면 지금 놈들에게 연락을 취하고 있는 게 아닐까? 유감이지만 어쩔 수 없다고 생각하면서. '너 어디야? 오피스텔이야?' 요섭은 부랴부랴 옷을 걸치고 밖으로 나왔다. 영화에서 흔하게 본 장면들이 두서없이 떠올랐다. 문을 박차고 들어온 사내들, 전기충

격기, 백열등이 켜진 창고, 고문 도구들……

요섭은 분수대를 구경하는 척하다가 재빨리 근처 화장실로 뛰어들었다. 벌써 미행이 붙은 건가? 여기저기 옮겨 다녀봤자 군중 속에 파묻히기 힘든 체구였다. 요섭은 찬물로 세수를 했다. 침착하자. 설마 사람이 이렇게 많은데 무슨 짓을 하겠어? 고개를 들자 거울 속에서 물방울 대신 핏방울이 얼굴을 타고 흘러내렸다. 눈을 꽉 감았다가 떴다. 핏방울이 아니라 벌레들이었다. 빨간 딱지날개에 까만 점무늬가 찍힌 무당벌레들. 요섭은 종이타월을 한 움큼 뽑아 얼굴을 벅벅 문질렀다.

USB 메모리를 소지한 채 붙잡히면 창고와 고문 도구도 필요 없을 터였다. 산속의 구덩이, 배 위의 드럼통 같은 장면이 떠올랐다. 당장 USB 메모리를 안전한 곳에 맡겨야 했다. 암호를 풀어 만천하에 공개할 수 있는 측에. 경찰이나 검찰에 넘기는 건 놈들 손에 갖다 바치는 거나 다름없었다. 언론도 불안했다. 개인적으로 믿을 수 있는 사람이 필요했다. 피 묻은 칼을 적법하게 처리해줄 수 있는…… 그의 머리에 떠오르는 얼굴이 하나 있었다.

화장실을 나서던 요섭은 좁은 통로에서 검은 후드티와 마주쳤다. 카키색 비니. 어깨로 남자의 가슴을 냅다 들이받았다. 후드티는 뒤따라 화장실로 들어오던 다른 남자를 덮치며 나자빠졌다. 요섭은 두 사람을 뛰어넘어 지하철역을 향해 내달렸다. 앞에서 사람들이 고함을 지르며 갈라졌다. 미처 피하지 못한 이들은 비명을 지르며 쓰러졌다. 등 뒤에서 신음과 욕설이 물결처럼 일렁였다.

요섭은 지하철을 환승하며 날이 저물 때까지 빙빙 돌았다. 홍대입구역에서 인파에 휩쓸려 내린 후 가장 먼저 오는 버스에 올랐다. 다시 택시를 두 번 바꿔 타고 내린 곳은 금호역. 인적이 없는 길을 골라 걸으며 뒤를 살폈지만 미행은 없었다. 신중을 기하기 위해 그는 마트로 들어가 사람들 틈바구니에 섞였다가 주차장 비상구로 빠져나왔다. 긴 배회 끝에 조그만 아파트 단지에 도착한 요섭은 공중전화를 찾았다.

"정우야, 잠깐 나와라. 할 얘기가 있다."

"어, 선배님…… 지금 나오라고요?"

"103동하고 104동 사이 놀이터에 있을게."

"예? 여기 와 계신 거예요?"

밤이 이슥한 시간이라 놀이터에는 아무도 없었다. 요섭은 미끄럼틀 위에 지어진 플라스틱 성에 몸을 숨기고 기다렸다. 높은 위치에서 사방을 내다볼 수 있어 감시탑으로 안성맞춤이었다. 다만 그가 머물기에 성은 너무 작았다. 다리도 못 펴고 쪼그려 앉아 있자니 식은땀이 비 오듯 흘러내렸다. 셔츠 앞판이 척척하게 가슴에 들러붙었다.

〈사해〉를 나간 뒤 정우와는 전화로 두세 번 소식을 주고받았다. 동기들이 개업한 합동법률사무소에 적을 두고 민변 쪽 일을 배우는 중이라고 했다. 가랑이 찢어지기 전에 중간에 발 디딜 곳을 찾았죠. 정우는 제법 능청스런 농담까지 던지며 웃었다. 수입은 반의반 토막으로 줄었지만 일이 만족스럽다고. 자신의 올곧은 선택을 지지하는 싱그러운 웃음이 요섭은 어쩐지 공허하게 들렸다. 생활이란 이름의 장수는 곧 대군을 몰고 와 그를 포위하고 공성전을 벌일 것이다. 죽을 때까지, 쭉. 처음부터 없었다면 모를까, 스스로 포기한 게 아쉬운 순간마다 그런 자기암시의 웃음으로 버티는 건 생각보다 피곤한 일이었다. 항복하고 포기한 걸 다시 탐하자면 몇 배나 더 깊어지는 자괴감을 견뎌야 할 테고. 요섭은 속으로 혀를 찼다. 이러니 인간의 뇌가 자꾸 비대해질 수밖에.

정우는 추리닝에 카디건을 걸치고 내려왔다. 요섭은 주위를 휘둘러보고 성에서 고개를 내밀었다.

"거기서 뭐하세요?"

"쉿! 얼른 올라와."

정우는 머뭇머뭇 미끄럼틀 계단을 밟고 올라왔다. 플라스틱 성은 감시탑이자 밀담을 나눌 장소로도 안성맞춤이었다. 네 개의 다리가 엉기고 서로의 숨결이 얼굴에 닿아 다소 민망한 분위기가 조성된다는 단점만 빼면. 요섭은 소맷자락으로 이마의 땀을 훔쳤다.

"제수씨는 잘 있고?"

"예. 아직 꽁한 상태라 눈칫밥 먹고 있어요."

정우는 장난스럽게 웃었다.

"애는? 이름이 수정이었던가?"

"수경이오. 애들 정말 빨리 커요. 보고 있으면……"

"정우야, 부탁이 있다."

요섭은 안주머니에서 USB 메모리를 꺼내 정우의 손에 쥐어주었다. 정우는 얼떨떨한 얼굴로 손바닥을 들여다보았다.

"이게 뭐죠?"

"자세한 설명은 할 수 없고, 이걸 민변에 네가 믿을 만한 사람한테 넘겨. 강직하고 배짱 있는 사람한테. 암호 걸려 있는데, 전문가가 붙으면 금방 풀 수 있을 거야. 내용 확인하면 그쪽에서 알아서 할 테니까, 넌 넘기기만 하고 빠져."

"선배님, 괜찮은 거예요? 얼굴이 말이 아니에요."

"괜찮아. 성가신 일이 좀 있어서 그래."

"이럴 게 아니라 집으로 올라갑시다. 따뜻한 차라도 한잔하고 가세요."

"아니야, 가봐야 돼. 괜한 짐을 안겨서 미안하다. 혹시 출처가 필요하면 내 이름 대고 넌 전달만 하는 거라고 해. 별일은 없을 거야."

정우는 여전히 얼떨떨한 표정이었지만 입을 꾹 다물고 고개를 끄덕였다. 요섭은 USB 메모리를 쥔 정우의 손을 두 손으로 감싸고 눈덩이를 뭉치듯 꽉 눌렀다. 발렌타인 30년으로 폭탄주를 말았던 마지막 술판이 아득히 먼 옛일처럼 느껴졌다. 그동안 많은 일이 있었건만, 세상은 그리 다르게 보이지 않았다.

"정우야."

"예."

"씨팔, 왜 이리 변하는 게 없냐?"

계속 집에 올라가자고 권하는 정우를 요섭은 떠밀다시피 성에서 내보냈다. 정우가 아파트 현관으로 들어가 엘리베이터에 오르는 걸 확인한 후에야 참았던 한숨이 나왔다. 요섭은 미끄럼대를 타고 내려와 비스듬히 누운 채 밤하늘을 올려다보았다. 갈고리처럼 날카로운 초승달이 까만 하늘에 박혀 있었다. 같이 가는 거다, 새끼들아.

아파트 단지를 나서며 휴대폰을 켜자 수십 통의 부재중 통화가 떴다. 장 선배가 건 아홉 통을 제외하면 전부 하영의 전화였다. 초저녁 무렵부터 오 분, 십 분 간격으로 계속해서 그를 찾았다. 음성 메시지도 몇 개 있었다. 요섭이 메시지 청취 버튼을 누르자 쨍강거리는 울먹임이 귀를 파고들었다.

유현 아빠! 대체 어디야! 아아, 어떡해…… 유현이, 우리 유현이
가……

15

종규는 국민학교 동창인 나영이를 잘 기억하고 있었다.

"나도 너 떠난 이후로는 못 봤지. 근데 아직 여기 살고 있다는 애긴 들었어. 내가 알아볼게. 애들 풀면 금방 찾을 수 있을 거야."

"고맙다, 종규야."

"고맙긴, 멀리서 내려온 프렌드인데."

종규의 눈이 내 몰골을 위아래로 훑는 게 느껴졌다.

"쩔곰, 너 빵에 갔다는 소식 들었는데?"

"출소했어. 얼마 전에."

종규는 미심쩍은 눈초리였지만 더는 캐묻지 않았다.

"아는 형님들하고 저녁 약속이 있는데, 같이 가서 요기나 하자."

흥분해서 날뛰는 위장을 진정시키느라 목소리가 조금 떨렸다.

"그럴까?"

우리는 각자 간직하고 있는 케케묵은 추억거리를 주거니 받거니 하며 걸었다. 벌써 강산이 세 번 변하고 네번째 워밍업을 하는 시점이라 추억들은 서로 아귀가 맞지 않았다. 예를 들어 깡통이란 녀석의 앞니가 몽땅 부러진 사건에 대해 종규와 내가 기억하는 원인은 전혀 달랐다.

"걔가 아버지 고물상에서 성인잡지 훔치다 그랬잖아. 도리깨로 잘못 맞아서."

"도리깨로 만날 터진 건 핑핑이지. 쩔곰 네가 나무에서 떨어지면서 받치고 있던 깡통을 깔아뭉갰다니깐. 내가 산비둘기 알 꺼내 오라고 시킨 거라 똑똑히 기억해."

"받치긴 누가 받쳐, 그날 땅바닥에 떨어지면서 꼬리뼈를 다쳐 한참 고생했는데. 그리고 나무에는 축구공이 걸려서 올라간 거지. 학교에 새 축구공 들어온 날이었잖아."

"나 참, 축구공 꺼내러 올라간 건 빡구였고."

순도 낮은 기억들이 물고 물리며 졸전을 벌이는 사이 우리는 약속 장소에 도착했다. 층층이 처마에 홍등을 늘어뜨린 낡은 중국풍 건물이었다. 벽 여기저기 갈라진 부위를 석회로 투박하게 발라놓았는데 아직 땜질하지 못한 부위가 더 많았다. 철근에서 배어 나온 녹물이 곰팡이처럼 퍼져 있고 처마 밑에는 거미줄이 수북했다. 정문 양쪽의 붉은 기둥을 휘감아 오르는 용 문양 부조는 닳고 닳아 용들이 기둥 속으로 녹아드는 것처럼 보였다. 문 위의 현판만은 새로 맞춘 듯 금박을 입힌 한자가 유난히 번쩍였다.

〈死海客棧〉

"이거 무너지는 거 아니냐?"

"걱정 마라. 이래 봬도 유서 깊은 집이야."

종규를 따라 머뭇머뭇 입구로 들어섰다. 어두침침한 홀에 원형테이블이 빽빽하게 들어차 있었다. 옆이 시원스럽게 트인 검은 치파오 차림의 여종업원들이 쟁반을 받쳐 들고 테이블 사이를 미끄러지듯 오갔다. 푸짐하게 차려진 요리들에 눈을 빼앗긴 채 종규를 쫓느라 발부리에 의자다리가 툭툭 차였다. 여기저기서 찡그린 얼굴들이 나를 돌아보았다.

"여기서 잠깐 기다려."

종규는 나를 홍콩야자 화분 옆에 세워놓고 홀 안쪽에 외따로 놓인 테이블로 갔다. 잘 차려입은 네 명의 신사가 카드놀이를 즐기는 중이었다. 종규가 갈색 머리 외국인에게 허리를 숙여 귀엣말을 건네며 손으로 내 쪽을 가리켰다. 외국인이 고개를 끄덕이자 종규가 손짓으로 나를 불렀다.

"인사드려. 내가 모시는 형님들이야."

"최요섭이라고 합니다."

"멀리서 오셨다고요. 앉으세요."

외국인은 우리말이 유창했다. 이목구비에서 풍기는 분위기는 백인과 동양인의 혼혈처럼 보였다. 나는 남루한 행색 때문에 잠시 망설이다가 의자에 엉덩이를 걸쳤다. 종규가 아는 형님들이라기에 껄렁한 한량들의 시끌벅적한 술판을 예상했는데, 이런 점잖은 사교 모임일 줄이야.

"앉아 있어. 애들한테 나영이 찾아보라고 일러놓고 올게."

"어……"

내가 미처 대꾸하기도 전에 종규는 형님들에게 꾸벅 인사를 하더니

테이블 사이로 요리조리 빠져나갔다. 알이 조그만 뿔테 안경을 쓴 이가 카드를 돌렸다. 나는 눈동자만 굴려 신사들을 둘러보았다. 뿔테 안경은 마르고 길쭉한 얼굴 때문에 깐깐하게 보였다. 잿빛 콧수염을 기른 노신사는 산전수전 다 겪은 관록이 엿보였고, 나머지 한 명은 별다른 특징 없이 뺀질뺀질한 인상이었다. 테이블 중앙에 구겨진 지폐가 수북이 쌓여 있었지만 표정들은 심드렁했다. 팔보채, 양장피, 난자완스 접시와 물방울이 송골송골 맺힌 맥주병들이 지폐 더미를 둘러싸고 있었다. 침 넘어가는 소리가 주책없이 크게 울렸다.

"뭘 좀 시켜야죠."

"여기 음식이 많은데요."

"손님한테 먹던 걸 권할 수야 있나요."

외국인은 종업원을 불러 요리 몇 가지와 맥주를 새로 주문했다. 기다리는 동안 애피타이저로 팔보채, 양장피, 난자완스를 먹어치우고 싶었으나 종규 체면을 생각해서 참았다.

"보아하니 귀향길이 순탄치 않았나 봅니다."

"장난 아니었죠."

오면서 겪은 일을 생각하자 몸서리가 쳐졌다. 외국인은 더욱 호기심이 동하는 표정이었다.

"어때요? 그 여정을 우리에게 들려주지 않겠습니까?"

"딱히 얘기할 건 없어요. 그냥 좀 고생스러웠다는 거지."

"그래도 듣고 싶은데."

"재미없을 겁니다. 제가 입담이 좋은 것도 아니고."

"이 맥 빠진 포커보다야 낫겠죠."

외국인이 내게 잔을 건네고 맥주를 따라주었다. 입술만 축이고 내려놓으려 했는데 혀끝에 시원한 맥주가 닿자마자 잔이 저절로 비워졌다. 옆에 앉은 뺀질이 신사의 귀뿌리가 꿈틀하는 게 곁눈에 들어왔다.

"최 선생, 예전에야 달랐지만 지금의 무성은 고대 유물 같은 도시랍니다. 따분하고 갑갑하고 무미건조하고, 새로운 이야기란 건 이미 오래전에 씨가 말랐죠. 매 게임 새로운 패를 받아도 결국은 쉰두 장 카드의 조합일 뿐이니까. 우리가 원하는 건……"

뺀질이가 풀하우스로 테이블의 지폐를 쓸어 가려는데 뿔테 안경이 포카드를 내놓았다.

"조커랍니다. 우린 외부의 이야기에 굶주려 있어요. 기묘한 판타지건 잔잔한 미담이건 오싹한 괴담이건, 성 밖에서 들어온 이야기라면 무엇이든 환영이에요."

외국인이 하얀 치아를 드러내며 싱긋 웃었다. 더 이상 거절하는 건 예의가 아닌 듯했다. 밥까지 얻어먹는 주제에.

"그렇다면 제 변변찮은 경험이 도움이 될지도 모르겠군요."

"바로 그거죠."

네 신사는 제각각 편안한 자세를 잡았다. 점잖은 겉웃음 뒤로 비쳐 보이는 호기심 어린 표정들이 은근히 부담스러웠다. 나는 마른침을 서너 번 삼켜 목청을 가다듬은 후, 이야기를 시작했다. 누명을 쓰고 쫓기다가 총에 맞아 절벽에서 추락한 일부터(탈옥과 인질극을 조금 각색했다) 기적처럼 나타나 총알을 막아준 메달, 보름달의 계시라 생각하고 메달 주인을 찾아 나선 길…… 처음에는 말이 꼬이고 연결이 덜거덕거려 진땀을 흘렸는데, 종업원이 기름진 요리를 내온 이후 차츰 혀가 풀렸다. 장물아비 오소리의 배신, 익사 직전에 발견한 자전거, 트럭을 태워준 젊은 부부, 멧돼지로 변한 집돼지들, 시간이 반복되는 초가집, 십자가에 매달린 아버지, 장미 미로와 빨간 두건, 주방에서의 엉터리 재판, 감옥에서 만난 빠삐용, 숲 속의 〈Shadow Cinema〉, 불가마를 지키는 피노키오…… 나는 맥주로 목을 축여가며 재료를 다듬고 조리하고 약간의 과장과 허구로 향을 내 맛깔스럽게 내놓았다. 흥에 겨워 얘기하다 보니 험난했던 노정이 마치 유원지의 놀이기구를 즐긴 것처럼 여겨지기도 했다. 신사들 역시 놀이기구에 탄 것처럼 눈을 빛내며 이야기에 빠져들었다. 무당벌레 떼에게 파먹힌 덕에 좁은 성문을 통과하고, 우연히 종규를 만나 〈사해객잔〉에 도착하는 것으로 이야기를 마치자 박수가 쏟아졌다. 외국인은 손가락으로 메마른 눈가를 훔쳤다.

"브라보! 정말 굉장한 모험담이군요."

"한 편의 로드무비를 보는 것 같았어요."

"그런 역경을 헤치고 여기까지 오셨다니, 대단합니다."

"오나영 씨와의 만남이 정말 기대되는데요."

하, 뭘 이렇게까지. 이 사람들 정말 심심했나 보네. 신사들의 연극적인 찬사가 나도 싫지는 않았다.

"말재주가 없어 십분의 일도 전달이 안 된 것 같은데, 재미있었다니 다행이네요."

"감격의 재회를 이런 초라한 입성으로 맞아서야 되겠습니까. 방을 하나 잡을 테니 식사가 끝나는 대로 올라가서 씻으세요. 그동안 사이즈가 맞는 턱시도를 한 벌 준비해놓겠습니다."

"아, 고맙습니다. 안 그래도 이 꼬락서니가 마음에 걸렸는데. 참으로 친절한 분들이군요."

"별말씀을. 간만에 우리를 이렇게 즐겁게 해주셨는데."

콧수염 신사가 다섯 개의 유리잔에 맥주를 따르더니 건배를 제의
했다.

"최요섭 씨와 오나영 씨의 재회를 위하여!"

"위하여!"

잔을 부딪친 후 맥주를 단번에 들이켰다. 테이블에 빈 잔을 내려놓
는데 갑자기 눈꺼풀이 무거웠다. 시야가 흐릿하게 퍼지고 웃음소리가
엿가락처럼 늘어졌다. 빈속에 너무 먹었나? 빙글거리며 나를 쳐다보
는 네 신사의 얼굴이 소용돌이처럼 일렁였다. 와장창 소리와 함께 나
는 하릴없이 소용돌이에 휩쓸려 들어갔다.

16

이건 아니다. 요섭은 산소 호흡기를 차고 누워 있는 유현이를 내려다보며 웅얼거렸다. 불룩한 약물 주머니가 링거 거치대에 포도송이처럼 주렁주렁 매달려 있었다. 얼굴을 붕대로 친친 싸매놓아 그는 하영이 나타나 알려주기 전까지 중환자실을 허둥지둥 헤매기만 했다.

"학교 옥상에서…… 뛰어내렸대. 그동안 따돌림 당하고, 맞기도 했나 봐. 애가 말을 안 해서, 그렇게까지 심한 줄은 몰랐어."

눈이 퉁퉁 부은 하영이 쉰 목소리로 말했다. 부러진 갈비뼈가 폐를 찌르는 바람에 위험한 상황까지 갔었다고. 요섭은 침상 머리맡에 붙은 모니터를 바라보았다. 사무적으로 움직이는 바이털사인이 현재로선 유현이가 살아 있다는 유일한 증거였다.

"의사들이 똑똑히 말을 안 해. 지켜보자고만 하고. 유현 아빠, 어떻게 좀 해봐. 우리 유현이, 어떻게 좀……"

언젠가 초록색 송수화기를 통해 흘러나온 빈정거림이 요섭의 귓속에서 사락사락 기어 다녔다. '뭘 그렇게 잃었다고 징징대십니까. 그래도 아직 아드님이 있어 든든하시잖아요.' 그게, 이런 뜻이었나. 마지막 한 방울까지 쥐어짜 기어코 내게 아무것도 남겨놓지 않겠다는.

"얼마나 힘들었으면…… 어린것이 어떻게, 그런 생각을……"

"뛰어내린 게 아니야."

요섭은 자신이 입을 여는 줄도 몰랐다. 너무 덤덤해서 섬뜩하게 들리는 목소리가 텅 빈 몸속에 울렸다.

"응?"

"그놈들 짓이야."

"무슨 소리야? 그놈들이라니."

"유현이 그럴 애 아니야. 내 아들은 절대, 자살 같은 거 하지 않아."

하영이 옆으로 와서 올려다보는 걸 알았지만 요섭은 고개를 돌리지 않았다. 주문을 외듯 마음속으로 같은 말만 되뇌었다. 이건 아니다, 이건 아니다, 이건 아니야……

오피스텔은 난장판이었다. 옷가지며 책, 서류, 식기, 골판지 상자에서 쏟아진 잡동사니가 바닥에 어지럽게 나뒹굴었다. 침대 매트리스는 갈가리 찢겨 내장이 삐져나왔고 벽지까지 뜯어 발겨 거친 콘크리트 벽이 드러났다. 다녀갔구나. 요섭은 입술을 지그시 깨물었다. 하지만 이내 턱에 힘이 빠지며 입술이 맥없이 벌어졌다. 눈앞의 폐허에 겹쳐지는 장면이 있었다. 감시 장비를 찾느라 이리 뛰고 저리 뛰며 집을 뒤집어엎는 초췌한 사내. 하지만 벽지를 뜯고 침대 매트리스를 난도질한 기억은 없기에 다시 침입 쪽에 무게가 실렸다. 하지만 식칼로 매트리스를 찌르는 느낌이 손아귀를 간질이는 것도 같았다. 하지만…… 용의자 둘이 양쪽에서 키득거리며 널뛰기를 했다. 술기운과

꿈결이 뒤범벅된 나날이라 현실의 영토를 정확히 측량하기 힘들었다. 요섭은 주방으로 가서 찬장을 열었다. 휑한 선반에 오도카니 서 있는 발렌타인 30년. 이건 내가 아껴놓은 마지막 술인가, 아니면 놈들의 조롱 섞인 배려인가. 요섭은 고개를 흔들며 머릿속 널판을 걷어찼다. 아무려나, 어차피 다 끝난 일이었다.

요섭은 주방에 선 채로 마개를 따고 술병 주둥이를 입에 물었다. 연거푸 몇 모금 넘기자 파스를 붙인 듯 식도가 화끈거렸다. 그러나 그는 입을 떼지 않았다. 병을 조금씩 높이 기울여 삼십 년간 숙성된 위스키를 목구멍으로 쏟아부었다. 한 병을 원샷하면 소원을 들어주기로 신과 내기라도 한 것처럼. 물구나무선 병에서 마지막 한 방울이 흘러내릴 때까지 고개를 젖히고 기다렸다가, 요섭은 빈 병을 바닥에 던지고 소파에 벌렁 드러누웠다. 위장이 푸들푸들 경련을 일으켰다.

'유현 아빠, 어떻게 좀 해봐. 우리 유현이, 어떻게 좀……' 하영의 넋두리가 귓불에 매달려 대롱거렸다. 소파가 망망대해를 표류하는 뗏목처럼 출렁거렸다. 햇살이 따가웠다. 하늘에는 단단한 뭉게구름이 여기저기 떠 있건만 사방 어디에도 육지는 보이지 않았다. 그는 파란 바닷물에 노를 담그고, 저었다. 한 방향으로만 계속 젓는다면 어디든 닿을 수 있다고, 그렇게 믿어야 했다. 죽을 때까지 노를 젓기 위해서는. 누구도 날 심판하지 못해. 요섭은 노를 젓는 리듬에 맞춰 중얼거렸다. 중얼거리는 리듬에 맞춰 노를 저었다. 누구도 날 심판하지 못해. 누구도 날 심판하지 못해. 누구도 날……

"그럼요, 무상한 것을 어떻게 심판할 수 있겠습니까."

요섭은 부스스 몸을 일으켰다. 귀에 익은 목소리였다.

"쯧, 집이 왜 이렇게 엉망입니까? 남자 혼자 살더라도 좀 치우고 사셔야지."

카랑카랑하게 울리는 목소리는 이제 연령은 물론 성별마저 짐작하기 힘들었다. 남자를 상상하면 여자 목소리로, 여자를 상상하면 남자 목소리로 들렸다.

"아드님 일은 유감입니다."

목소리는 인터폰 위쪽, 천장에 맞닿아 설치된 조그만 스피커에서 흘러나왔다. 이따금 관리사무실에서 안내 방송을 내보내는 스피커였다.

"네놈들 짓이냐?"

"애가 스스로 학교 옥상에서 뛰어내렸다고 들었는데요."

요섭은 손등으로 눈을 문질렀다. 술기운이 역류해 올라오며 눈알이 알코올램프로 달구는 것처럼 뜨거워졌다.

"녹취파일은 믿을 만한 곳에 넘겼다."

"잘하셨어요."

"니들은 이제 끝났어."

"니들이라니, 참, 자꾸 섭섭한 말씀 하시네. 전 오직 최 변호사님하고 연관된 놈이라고 처음부터 알려드렸는데. 항상 최 변호사님을 생각하고 염려하고 사랑하는, 최 변호사님의 모든 걸 알고 있는 놈이죠. 속속들이 다."

요섭은 열 손가락을 활짝 펼쳐 그물처럼 머리를 감쌌다. 알코올램프의 불기에 뇌가 솜사탕처럼 부풀어 오르는 느낌이었다. 누군가 쩝쩝거리며 솜사탕을 뜯어 먹고 있었다.

"나를 사랑한다고, 나를 잘 알고."

"예."

"그렇게 나에 대해 잘 알면 설명 좀 해봐. 내가 대체 왜 이 꼴이 된 건지."

"이유를 정말 알고 싶으세요?"

"응."

"왜냐하면, 최 변호사님이 고3 때 대학에 떡하니 합격했기 때문이죠."

"그게…… 무슨 소리야?"

"재수가, 없어서."

킬킬거리는 웃음소리가 발밑에서 출렁거렸다. 뗏목이 점점 거세게 흔들렸다. 어지러웠다.

"자, 지나간 일은 그만 잊으세요. 사람이 과거에 연연하면 박 터지게 돌아가는 현대사회에서 금방 도태되고 말아요. 미래를 보고 살아야죠. 아까, 아드님 살려달라고 소원을 빌었죠?"

요섭은 멍하니 스피커를 올려다보았다. 조밀하게 뚫린 구멍에서 색색의 국수 가닥이 뽑혀 나와 바닥에 쌓였다.

"가능합니다. 최 변호사님이 살릴 수 있어요."

"내가……"

"예. 간단한 임무 하나만 수행하시면 됩니다."

"임무?"

"저기 거실 바닥을 보세요."

요섭은 고개를 돌렸다.

"파란 리본이 보이시죠?"

폐허 속에 파란색 리본이 떡잎처럼 고개를 내밀고 있었다. 요섭은 네발걸음으로 바닥을 헤치고 다가가 리본을 집어 올렸다. 묵직한 메달이 딸려 올라왔다. 일전에 망원경을 찾느라 골판지 상자를 뒤지다가 발견한 녹슨 메달이었다.

"그 메달을 주인에게 돌려주세요. 그러면 최 변호사님의 소원이 이루어질 겁니다. 간단하죠? 서두르시는 게 좋겠어요. 아드님 상태가 많이 안 좋은 것 같던데."

볼륨을 줄이는 것처럼 말소리가 점점 희미해졌다.

"주인이라니? 누구……"

다급하게 물었지만 스피커는 아무런 대답이 없었다. 요섭은 메달을 손바닥에 올려놓고 바라보았다. 푸르께한 녹을 뒤집어쓴 채 두 팔을 하늘로 쳐든 여인상. 메달을 뒤로 돌려 촘촘하게 돋을새김된 글자를 또박또박 읽었다.

은상, 제1회 교내 불조심 포스터 그리기 대회, 1981년 11월, 무성국민학교장.

1981년, 무성국민학교, 4학년, 5학년, 1982년, 무성, 무성광업소, 아지트, 종규, 백종규…… 요섭은 그제야 기억이 났다. 자신은 불조심 포스터 그리기 대회에서 은상을 탄 적이 없었다. 미술에는 젬병이었으니까.

17

백열등 불빛이 눈을 찔렀다. 등판이 차가웠다. 달가닥거리는 소리가 들렸다. 흰 가운을 입은 사내가 드레싱 카트 앞에서 손을 놀리고 있었다. 알이 조그만 뿔테 안경, 마르고 길쭉한 얼굴. 어디서 봤는데…… 거품기로 휘저은 것처럼 머릿속이 뒤죽박죽이었다. 눈앞에 머리통 하나가 불쑥 나타났다. 갈색 머리에 갈색 눈. 얘도 어디서 봤는데……

"어라, 이 친구 깨어났잖아."

흰 가운이 다가와 머리를 디밀고 내려다보았다.

"이런, 덩치가 커서 마취약이 부족했나 보네."

"그럼 더 주사해."

"그냥 하지. 약값도 비싼데."

"시끄럽지 않겠어?"

외국인과 흰 가운의 대화가 오가는 사이 머릿속 거품이 가라앉으며 기억이 돌아왔다. 문이 열린 옆방에서 사내 둘이 체스를 두고 있었다. 잿빛 콧수염과 뺀질이. 〈사해객잔〉의 신사들이었다. 눈을 빛내며 내 이야기에 귀를 기울이던. 몸을 일으키려 했지만 말을 듣지 않았다. 낡은 가죽끈이 손목과 발목을 움켜잡고 있었다. 가죽끈은 널찍한 철제 침대에 고정돼 있었다. 볼록하게 일어선 젖꼭지와 다리 사이 시커먼 거웃이 내려다보였다.

"저기…… 뭘 하는데요?"

"자네 신장 두 개와 간과 심장과 쓸개와 안구를 적출할 거야."

외국인이 손에 든 맥주병을 건배하듯 들어 올렸다. 그의 뒤로 문이 열린 캐비닛 안에 아이스박스가 빼곡히 쌓여 있었다.

"왜요?"

"내다 팔려고."

내다 팔려고— 내다 팔려고—

구석에 세워진 새장에서 파란 앵무새가 외국인의 말을 따라했다.

"헤, 그럼 전 어떻게 되는 거죠?"

"어떻게 되긴, 몸이 가벼워지겠지."

가벼워지겠지 — 가벼워지겠지 —

외국인은 하얀 치아를 드러내며 매력적인 미소를 지었다. 또 다른 머리통 하나가 나타났다. 보글보글한 파마머리.

"종규야, 이게 뭐냐?"

"마지막으로 좋은 일 한다고 생각해. 네 장기로 여러 사람 살리고, 우린 돈 벌고. 누이 좋고 매부 좋은 거지."

"난 별로 안 좋은데."

"어차피 빵에서 평생 썩을 몸이었잖아. 이렇게라도 재활용하는 게 낫지. 안 그래?"

종규의 꽃무늬 셔츠 가슴팍이 동그랗게 불거져 있었다. 금목걸이 밑으로 파란 리본이 보였다.

"그 메달, 나영이 돌려줄 건데."

"어허, 떠나는 마당에 집착을 버리시게. 이깟 메달 나영이도 필요 없을 거야."

흰 가운이 다가섰다. 라텍스 장갑을 낀 손에서 메스가 날카롭게 빛났다. 손목과 발목을 움직거려 가죽끈의 강도를 가늠해보았다.

"이봐요, 제 얘기 다 들었잖아요."

"그럼. 무척 감동적이었다네. 아, 이 친구는 정말 튼튼한 장기를 가지고 있겠구나."

외국인이 낄낄거리며 맥주를 홀짝였다. 종규가 따라서 낄낄거렸다.

감동적이었다네 — 감동적이었다네 —

"이러시면 안 되죠. 힘들게 왔는데."

"빨리 해라. 눈물이 나서 못 듣겠다."

흰 가운이 근엄한 표정으로 메스를 내 가슴골에 갖다 댔다. 숨을 들이마시며 팔뚝에 힘을 주었다. 투둑, 소리와 함께 손목의 가죽끈이 떨어져 나갔다. 상체를 일으켜 한 손으로 흰 가운의 턱주가리를 틀어쥐고 다른 손으로 메스를 빼앗아 팔딱거리는 경동맥에 꽂아 넣었다. 흰 가운은 분무기처럼 피를 뿜으며 수술 도구가 정렬된 카트 위로 엎어졌다. 달려드는 종규의 얼굴에 주먹을 먹이고 발목의 가죽끈도 뜯어냈다. 몸속 깊은 곳에서 자라난 진초록 담쟁이덩굴이 전신의 근육을 휘감고 힘을 불어넣는 느낌이었다.

정수리에서 무언가 터지는 소리가 났다. 얼굴로 허연 거품이 흘러내렸다. 외국인이 깨진 맥주병을 거꾸로 쥐고 엉거주춤 서 있었다. 안 그래도 희멀건 얼굴이 핏기가 가셔 거의 투명하게 보였다. 맥주병을 낚아채 삐쭉삐쭉한 원형 이빨을 놈의 목과 어깨가 만나는 지점에 박아 넣었다. 어찌나 깊숙이 박혔는지 맥주병이 몸속에서 튀어나와 병목을 내민 것처럼 보였다. 샴페인이 터지듯 병 주둥이에서 핏줄기가 치솟았다. 끼악! 끼악! 앵무새가 날개를 퍼덕이며 울부짖었다.

옆방에 있던 뺀질이가 고함을 지르며 돌진해왔다. 놈의 공격을 정면으로 받아낸 후 멱살을 잡고 둘러메쳤다. 뺀질이는 밀가루 반죽처럼 벽에 잠시 붙었다가 바닥으로 곤두박질쳤다. 허리춤에서 권총을 꺼내는 콧수염이 눈에 들어왔다. 철제 침대를 넘어 콧수염에게 달려들었다. 늘어진 성기가 가랑이 사이에서 덜렁거렸다. 탕! 소리와 동시에 손칼로 그의 손목을 내리쳤다. 떨어진 권총을 집어 총구를 콧수염의 입에 쑤셔 넣고 방아쇠를 당겼다.

뺀질이가 문을 향해 달려갔다. 돌아서서 방아쇠를 당기자 그의 왼 다리가 툭 꺾였다. 녀석은 쩔뚝이며 계속 달아났다. 오른 다리를 겨냥해 한 발을 더 쏘았다. 툭. 쓰러진 뺀질이는 양팔로 몸을 질질 끌며 기어갔다. 바닥에 두 줄기 빨간 레일이 깔렸다. 나는 레일을 따라가 권총 손잡이로 그의 정수리를 내리쳤다. 둘, 셋, 넷, 다섯, 여섯…… 두개골이 내려앉은 걸 확인하고 손을 멈췄다.

드레싱 카트에 단정하게 접어놓은 녹색 천으로 몸에 튄 신사들의 피를 훔쳤다. 흰 가운은 목에 메스가 박힌 채 카트에 걸쳐져 있었다. 잿빛 콧수염은 이제 붉은 콧수염이 되어 자빠져 있고, 외국인은 벽에 기대앉아 경련하듯 한 번씩 어깨를 들썩였다. 그때마다 튀어나온 맥주병 주둥이가 왈칵왈칵 피를 뱉어냈다.

감동적이었다네 — 감동적이었다네 —

새장에 총알을 한 방 먹였다. 퍽, 하고 파란 깃털이 흩날렸다. 종규
는 캐비닛 옆에 쪼그려 앉아 바들바들 떨고 있었다. 코에서 흘러내린
피가 입술을 적시고 턱 끝에서 뚝뚝 떨어져 꽃무늬 셔츠를 적셨다.
다가가 손을 내밀자 종규가 멈칫거리며 손을 마주 내밀었다.

"메달."

종규가 잽싸게 목에서 메달을 빼서 건넸다. 나는 메달을 목에 걸고
종규의 이마 한복판에 총구를 갖다 댔다.

"나영이 있는 곳 알아봤어?"

"응, 그럼, 원래 알고 있었어."

"어디?"

"말하면…… 살려줄래?"

"응."

"정말?"

"그럼, 우린 오랜 친구잖아."

최대한 온화하게 웃어 보였다. 종규는 땀을 삐질삐질 흘리며 이마
에 붙어 있는 총구를 올려다보았다. 믿지 못하는 표정이었다.

"종규야."

"응?"

"내가 거짓말하는 거 봤어?"

"아니, 아니, 넌 항상 솔직했지."

"난 너 같은 놈이 되고 싶지 않아. 저기 쓰러져 있는 놈들도 마찬가
지고."

"그럼, 그럼, 그렇게 되면 안 되지."

"그러니까 믿어. 난 나영이만 찾으면 돼."

종규는 침을 꿀꺽 삼키고 떨리는 손가락으로 창밖을 가리켰다. 뽀
얗게 먼지가 앉은 창문을 통해 검은 산이 내다보였다.

"우리 아지트 알지?"

"광업소 뒤에?"

"응, 나영인 거기 있어."

"확실하지?"

종규가 힘차게 고개를 끄덕였다. 총구가 같이 흔들렸다. 고갯짓이
멈추기를 기다렸다가 방아쇠를 당겼다. 종규는 옆으로 쓰러지고, 뒷
벽에 잎이 무성한 붉은 나무 한 그루가 그려졌다.

4부... 몰락

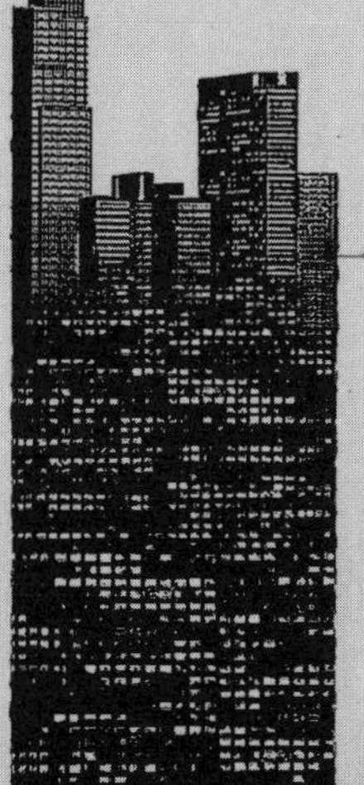

1

"무성 한 장이오."

"편도요?"

"예."

"만 오천사백 원입니다."

요섭이 창구에 만 원짜리 두 장을 밀어 넣자 열차표와 거스름돈이 나왔다. 그는 우두커니 서서 열차표에 인쇄된 '청량리'와 '무성' 사이 조그만 화살표를 바라보았다. 소요 시간은 세 시간 칠 분. 매표원이 무슨 문제가 있느냐는 얼굴로 유리벽 너머에서 고개를 기울이고 쳐다보았다. 열차의 출발을 알리는 안내 방송이 연이어 흘러나왔다.

요섭은 매점에서 삶은 달걀과 맥주를 사서 열차에 올랐다. 자리에 앉자마자 그는 맥주로 입을 가시고 달걀 껍데기를 벗겼다. 이틀 동안 우동 한 그릇과 위스키 한 병 외에는 먹은 게 없었다. 삶은 달걀을 씹으며 드문드문 앉은 무표정한 승객들을 보고 있자니 요섭은 객쩍은 생각이 들었다. 이 열차가 탈선해서 사고가 나면 함께 죽을 사람들이구나…… 우연히 같은 공간에 있게 된 타인들이 갑자기 친근하게 느껴졌다. 적어도 세 시간 칠 분 동안은.

출발 시간이 지났는데 열차는 미동도 하지 않았다. '고장 난 게 아닐까'라고 생각하는 순간 덜컹, 열차가 기지개를 켜고 움직이기 시작했다. 요섭은 차창 밖의 백 살쯤 돼 보이는 꼬부랑 노인과 눈이 마주쳤다. 열차를 타려는 건지 열차에서 내린 건지 열차 따윈 관심 없는 건지, 노인은 무심한 눈빛으로 플랫폼에 서 있었다. 열차가 흔들리는 리듬이 조금씩 빨라지더니 어느 순간 심장박동과 겹쳐졌다. 곧 심장의 속도를 초월한 열차는 일직선으로 뻗은 레일 위를 흔들림 없이 달렸다. 차창 밖 풍경이 허물어지기 시작했다.

삼십일 년 전 무성으로 들어갈 때는 녹색 픽업트럭을 탔었다. 무성읍이란 표지판을 지난 후에도 울퉁불퉁한 비포장도로를 한참이나 달렸다. 차가 흔들릴 때마다 짐칸에 실은 세간살이가 취객들처럼 비틀거리며 몸을 부딪쳤다. 줄담배를 피워대는 운전기사와 아버지 사이에 끼어 앉아 요섭은 줄곧 앞만 바라보았다. 길 양편으로 밑동에 잔설을 두른 앙상한 나무들이 흘러갔다.

"긍께 목사님, 언제든 그 회개 거시기만 하면 지은 죄가 다 씻긴다, 고런 말인가요?"

운전기사의 둘둘 말아 올린 셔츠 소맷자락 아래로 뱀 문신인지 용 문신인지 비늘로 덮인 꼬랑지가 살짝 드러나 있었다. 운전석 창으로 들어온 바람이 그와 아버지에게 담배 연기를 끼얹고 조수석 창으로 빠져나갔다. 요섭은 재채기를 참느라 가슴이 근질근질하던 느낌만 떠오를 뿐 아버지의 답변은 기억나지 않았다. 아마 신도들에게 밤낮 들려주는 판에 박힌 설교였을 것이다.

아버지는 탄광촌 천막 교회의 땜빵 목사직을 자원해서 맡았다. 교통사고를 당한 전임 목사님이 아버지에게 많은 도움을 주신 분이라고 했다. 섭이 네가 이해해줬으면 좋겠구나. 갑작스런 산골 벽지로의 이주 소식을 알리는 아버지 앞에서 요섭은 진중하게 고개를 끄덕였다. 속으로는 두 손을 번쩍 들고 만세를 부르면서. 김천에서의 유년기는 이미 엉망으로 망가져 있었기 때문이다. 열한 살짜리 인생이 망가져 봐야 얼마나 망가졌을까마는, 열두 살 인생에 대한 기대마저 지레 접고 살기에는 충분한 우울이었다.

그에게는 늘 두 가지 상반된 시선이 따라다녔다. 어머니가 없다는 이유로 주어지는 연민과, 목사의 아들이라는 이유로 적용되는 엄격한 윤리 기준. 요섭은 저도 모르게 천덕꾸러기와 애늙은이 사이에서 갈팡질팡하느라 또래들과 어울리는 데 어려움을 겪었다. 혼자 소외당하느니 모두를 소외시키겠다고 맞불을 놓는 고집스런 성미가 상황을 더욱 악화시켜, 그는 아이들 사이에서 덩치 큰 괴짜로 굳어졌다. 손바닥만 한 동네에서 매일 보는 얼굴들이라 학년이 바뀌어도 이미지를 쇄신할 기회는 없었다. 생활기록부의 행동발달사항에는 '내성적'이라는 단어가 단골로 등장했다. 덩치 큰 내성적인 괴짜. 그로서는 받아들이기 벅찬 개성 강한 캐릭터였다. 멀쩡한 팔다리에 깁스를 한 것 같은 어색한 날들이 이어졌다. 요섭의 취침 기도는 항상 똑같은 소망으로 끝났다. 아침에 깨어나면 주위 사람들이 전부 바뀌어 있게 해주세요, 아멘.

마침내 기도가 이루어진 것이다. 요섭에게 무성은 인생을 개비할 수 있는 기회의 땅이었다. 사내다운 외향적인 성격으로 친구들과 어울리고 어른들에게는 밉지 않은 개구쟁이로 보이고 싶었다. 아버지의 설교로부터 자유롭고, 어머니가 부재함에도 꿋꿋한. 그는 새 터전에서 발 빠르게 또래의 조직도 파악에 나섰다. 사실 파악하고 말고 할 것도 없었다. 무성리 초등부는 종규를 중심으로 뭉쳐 다니는 패거리가 꽉 잡고 있었으니까.

백종규. 왜소한 체구에 보글보글한 파마머리(읍내에서 미장원을 하는 엄마 덕에, 혹은 탓에), 불거진 광대뼈, 눈꼬리를 손으로 콕 집은 듯한 세모눈. 한마디로 생쥐를 연상시키는 볼품없는 생김새였다. 하지만 종규의 생김새를 놀림감으로 삼는 간 큰 아이는 없었다. 어찌나 사납고 깡다구가 센지 중학생들도 함부로 건드리지 못하는 독종이었다. 종규가 자기 키를 넘는 검은 고무호스를 빙빙 돌리면 바람을 가르는 휘파람 소리에 이미 상대는 전의를 상실하기 일쑤였다. 소리만 위협적인 게 아니라 위력도 엄청났다. 이웃 마을 아이들이 돌로 쌓은 요새가 일격에 무너졌고, 살에 감기면 검붉은 능구렁이가 들러붙은 것처럼 금세 피멍이 들었다.

요섭에겐 두 가지 길이 있었다. 종규 패거리의 일원이 되거나 내성적인 전학생으로 지내거나. 물론 그는 전자를 택했다. 문제는 산골아이들의 패거리란 게 원한다고 냉큼 가입할 수 있는 인터넷 쇼핑몰이 아니라는 점이었다. 특히 도시에서 온 이방인에게는. 특히 위협적인 덩치를 가진 수컷에게는. 특히 작은 악마들의 얼굴을 찡그리게 하는 목사의 아들에게는. 요섭은 어렴풋이 알고 있었다. 자신이 그 모든 악조건을 극복하고 패거리에 발을 걸칠 수 있었던 건, 다름 아닌 목사의 아들이었기 때문이란 걸. 서너 번 그들의 소소한 악행에 동참하자 종규는 그에게 관심을 보였다. 마침내 변소에서 여선생님 머리 위로 죽은 들쥐를 던지는 최종 테스트를 거쳐 요섭은 정식 멤버로 받아들여졌다. 종규는 목사 아들을 타락시키는 일에 은밀한 쾌감을 느끼는 것 같았다.

간신히 패거리에 합류했지만 기어 다닐 때부터 한덩어리였던 아이들 사이에서 요섭은 여전히 이방인일 뿐이었다. 암묵적인 서열을 결정짓는 하찮고 궂은일은 항상 그의 차지였다. 그러다 보니 3, 4학년 애들까지 5학년인 그를 부하인 양 깔보는 기색이 역력했다. 깝죽대는 피라미들을 개울에 처박고 싶은 마음이 굴뚝같았지만, 그건 업무를 분장한 보스에 대한 반항이었다. 종규는 요섭을 받아들이기만 했을 뿐 정당한 대우를 해주지 않았다. 목사의 아들을 타락시킨 건 중용하기 위해서가 아니라 조롱하기 위해서라는 듯. 요섭은 '덩치 큰 내성적인 괴짜'보다도 격이 떨어지는 '덩치 큰 미련한 따까리' 캐릭터로 굳어가고 있었다. 기회의 땅 무성에서의 새 인생도 삐걱거리기 시작했다. 또다시 멀쩡한 팔다리에 깁스를 하고 싶지는 않았다.

기차가 벌판으로 나서자 늦가을 햇살이 차창 가득 쏟아져 들어왔다. 요섭은 창밖으로 뭉그러지는 풍경을 보며 이맛살을 찌푸렸다. 어제까지 기억에도 없던 공간을 향해 맹렬히 달려가는 열차가 시건방지다는 생각마저 들었다. 삼십일 년. 강산이 세 번 변하고 네번째 워밍업을 하는 시점이었다. 그 일을 까맣게 잊어버린 이유는, 까맣게 잊어버려도 되는 사소한 일이었기 때문이다. 어느 동네에서나 드세고 감정 조절이 서툰 아이들 사이에서 있을 수 있는. 두뇌의 효율적인 사용을 위해 삭제해도 무방한 파일이었다.

그런데 왜? 요섭으로선 순순히 받아들이기 힘든 임무였다. 이미 오래전에 땅속 깊이 묻어버린 기억이 인생의 가장 절박한 순간에 왜 뜬금없이 튀어나온단 말인가? 시간이 흐르며 땅이 다져지고, 그 위에 풀이 돋고 꽃이 피고, 그 위에 길이 나고 집이 들어서고, 그곳에 무언가를 묻었다는 사실조차 잊고 잘 살아왔는데. 왜 갑자기 썩은 내가 스멀스멀 올라와 온 집에 진동하는 걸까? 왜 지금에 와서 손전등과 삽을 들고 지하실로 내려가야 하는 걸까?

요섭은 차창에 판박이 스티커처럼 눌어붙은 사내를 보며 손으로 가슴팍을 더듬었다. 청진기를 댄 것처럼 동그란 냉기가 명치를 눌렀다. '그 메달을 주인에게 돌려주세요. 그러면 최 변호사님의 소원이 이루어질 겁니다. 간단하죠?' 만취 상태에서 들은 환청이란 걸 그도 알고 있었다. 이상하게도, 환청에 홀려 길을 나서는 게 그리 이상하지 않았다. 하긴 환청도 누군가의 목소리 아닌가. 어쩌면 가장 가까이에서 속삭이는. 이제는 환청을 환청이라고 무시해도 좋을 만큼 현실의 목소리가 견고하게 들리지 않았다.

그렇지만…… 지금 이 메달을 돌려주는 게 무슨 의미가 있을까? 돌려준다고 해서 그때의 선택을 되돌릴 수 있는 것도 아닌데. 요섭의 한숨에 차창의 스티커 사내가 부옇게 흐려졌다. 성격을 판별하는 YES / NO 심리테스트나 마찬가지였다. 아무리 심심풀이로 하는 테스트일지라도 화살표를 거슬러 올라가 성격 유형을 바꿀 수는 없는 법이었다. 시간 약속을 잘 지키는 편입니까?(YES) 전생을 믿습니까?(NO) 즉흥적으로 여행을 떠날 수 있습니까?(NO) 야외 화장실에서 종규가 내린 지시를 따를 겁니까?(……) 종규의 지시를 따를 겁니까?(……) 어이, 따를 거냐고?(……) 열차는 요란한 바람 소리를 내며 터널로 들어갔다.

2

판잣집에 시멘트를 대충 바른 광업소 사택들은 기묘하게 기울어진 채 절묘하게 균형을 유지하고 있었다. 양쪽에서 튀어나온 슬레이트 처마가 하늘을 가리며 이어졌다. 나는 잠시 걸음을 멈추고 숨을 골랐다. 골목이 이렇게 가팔랐나? 갑자기 옆에서 개 짖는 소리가 달려드는 바람에 화들짝 놀라 넘어질 뻔했다. 검은 페인트로 '개 조심'이라고 대문짝만하게 휘갈겨놓은 대문짝 뒤쪽이었다. 세 마리쯤 되는 놈들이 어찌나 우렁차게 짖어대는지 불이라도 뿜는 것 같았다. 부실하게 보이는 판자 문짝이 덜컹덜컹 흔들렸다. 대문 너머로 가래침을 칵 뱉고 걸음을 재촉했다.

사택촌이 끝나고 광업소로 올라가는 산길에는 광부들의 작업화 발자국이 어지럽게 찍혀 있었다. 하지만 정작 광업소에는 사람 그림자도 보이지 않았다. 토실토실한 갈색 들쥐 한 마리가 내 앞을 가로질러 얼기설기 쌓인 갱목 더미로 숨어들었다. 붉게 녹슨 광차가 자재창고 옆에 버려져 있었다. 선탄장 뒤쪽 작은 오솔길로 접어들자 사방에서 매미들이 경보기처럼 울어댔다. 두툼하게 물오른 나뭇잎을 헤치고 나는 뚜벅뚜벅 걸음을 옮겼다. 뚜벅뚜벅, 뚜벅뚜벅…… 언제부터 다리가 멀쩡해졌는지 모르겠지만, 내겐 영 생소한 리듬이었다.

아지트는 아름드리 떡갈나무 아래 옛 모습 그대로 웅크리고 있었다. 종규 말로는 사냥꾼들이 대피소로 쓰던 오두막이라고 했다. 나영이가 정말 여기 있을까? 출입문 손잡이를 잡고 잠시 마음을 가다듬었다. 사실 택배를 온 것처럼 덤덤했기에 애써 가다듬을 것도 없었다. 심장은 메달 옆에서 멋대가리 없이 차분하게 뛰었고. 머릿속으로 그간의 험난한 여정을 반추하며 분위기를 띄워보려 했지만, 이미 〈사해객잔〉에서 일목요연하게 정리한 탓인지 그마저 김이 빠졌다. 가슴을 부풀려 크게 심호흡을 했다. 어쨌든 보름달이 의뢰한 중요한 택배 아닌가.

문을 열었다. 사방 들창에서 스포트라이트처럼 쏟아져 들어오는 햇살에 눈이 부셨다. 나무 그늘인데 웬…… 빛살이 포개지는 방 한가운데 사람의 형체가 보였다. 나는 손차양을 하고 눈을 가늘게 떴다. 하늘색 원피스에 하얀 니트 카디건. 흔들의자에서 뜨개질을 하고 있던 단발머리 여인이 대바늘을 내려놓고 엉거주춤 일어섰다.

"어떻게 오셨죠?"

"혹시, 오나영……"

"예, 전데요."

굳이 물어볼 필요도 없었다. 시간의 바다에서 최상의 뱃길로만 항해한 듯 그녀는 어릴 적 모습을 그대로 간직하고 있었다. 대신 나영이의 가장 결정적인 표식은 사라지고 없었다. 잇몸이 들여다보였던 윗입술의 갈라진 틈새는 희미한 흉터로 메워져 있었다.

"누구시죠?"

나영이는 딱딱하게 굳은 얼굴로 의자에 내려놓은 대바늘을 흘끔거렸다. 비명을 지르지 않은 것만 해도 다행이었다. 거지꼴의 거구가 문을 벌컥 열고 들어섰으니. 비릿한 피 냄새까지 솔솔 풍기면서.

"나 요섭이야, 최요섭."

"최, 요섭, 씨?"

나영이는 카디건을 여미며 고개를 갸웃거렸다.

"무성국민학교, 5학년 때 전학 온…… 모르겠어?"

"글쎄요, 워낙 오래전 일이라서."

"목사님 아들. 너 교회에 열심히 나왔잖아."

양미간을 좁히고 골똘히 생각에 잠겼던 나영이가 하느작하느작 고개를 끄덕였다.

"아, 그래요. 최요섭 씨, 이제 기억나네요."

그녀는 나를 창가에 놓인 식탁으로 안내했다. 정말 기억이 난 건지 예의상 알은체를 하는 건지 분간이 안 가는 태도였다.

"커피 드시겠어요?"

"그냥 찬물 있으면……"

나영이는 주방으로 가서 커피포트에 물을 따랐다. 아지트는 아기자기한 살림집으로 꾸며져 있었다. 레이스 커튼이 드리워진 침대에 폭신하게 보이는 깃털베개 두 개가 놓였고 원목으로 짠 장롱이 벽 한쪽을 차지하고 있었다. 반달형 발매트가 바닥에 놓인 문은 화장실인 듯했다. 아지트가 이렇게 넓었던가? 식탁 옆에는 담배 파이프가 덩그러니 그려진 액자가 걸려 있었다. 파이프 밑에 알파벳 문구가 한 줄 휘갈겨져 있는데 내가 읽을 수 있는 단어는 없었다. 나영이가 쟁반에 머그잔 두 개를 받쳐 들고 왔다. 찬물을 달라는 말을 못 들었는지 그녀는 뜨거운 커피를 내 앞에 놓았다.

"그런데 무슨 일로 절 찾아오셨죠?"

"예, 그러니까……"

이런 서먹한 분위기는 미처 예상하지 못했다. 기적이니 사명이니 하는 사연들은 입 밖으로 나오자마자 식탁 위에서 말라 죽을 것 같았다. 나영이는 맞은편에서 의아한 눈빛으로 대답을 재촉했다. 나는 고개를 숙여 목에서 메달을 뺐다. 메달 가장자리에 피가 묻어 있었다. 침을 묻혀 셔츠에 문질렀으나 핏자국은 지워지지 않았다. 하는 수 없이 붉게 얼룩진 메달을 그녀 앞에 밀어놓았다. 나영이는 녹슨 메달을 멀뚱히 내려다보았다.

"기억 안 나……요? 이건……"

"알아요, 뭔지."

나영이가 단호하게 내 말허리를 잘랐다. 머그잔에서 올라오는 뜨거운 김 너머로 그녀를 살폈지만 무슨 생각을 하는지 표정을 읽기가 어려웠다. 하긴 매사에 반응이 굼뜬 아이였다.

"이걸, 돌려주려고 오신 건가요?"

나는 고개를 끄덕였다. 나영이가 두 손으로 리본을 잡고 메달을 들어올렸다. 메달이 주인을 알아보는지 살랑살랑 꼬리 치듯 흔들렸다. 삼각형으로 벌린 리본 사이로 그녀가 조심스럽게 머리를 집어넣었다. 메달을 목에 걸고 눈가에 잔주름을 잡으며 웃는 나영이의 모습에 비로소 안도의 한숨이 나왔다.

"일부러 여기까지…… 고맙습니다."

"아뇨, 별말씀을."

"그런데 곧 남편이 돌아올 시간이라……"

그제야 그녀의 데면데면한 태도를 이해할 수 있었다. 침대 위 한 쌍의 깃털베개를 보고도 눈치를 못 챘다니. 가정을 꾸리고 평온하게 살고 있는데, 구태여 어린 시절의 케케묵은 기억을 끄집어내고 싶었으랴. 그다지 아름다운 기억도 아닌 것을. 이렇게 일방적으로 방문한 것 자체가 상당한 결례였다.

"아, 안 그래도 일어날 참이었습니다."

남은 커피를 후루룩 들이켰다가 입천장을 데고 말았다. 티를 안 내려고 꾹 참았지만 눈물이 찔끔 비어져 나왔다.

"어머, 괜찮으세요?"

"괜찮습니다, 괜찮아요."

떠나기 전에 마지막으로 나영이의 얼굴을 찬찬히 들여다보았다. 이제는 메워진 윗입술 오른쪽의 틈새가 실룩였다.

"그럼 이만, 가볼게요."

돌아서서 출입문을 향해 걷는데 무언가 내 허리춤을 붙잡고 질질 끌려오는 느낌이었다. 문을 열고 잠시 머뭇거렸다. 언제 올라왔는지 집게손가락이 입술을 더듬고 있었다. 윗입술 오른쪽을. 호로록호로록, 공기 새는 소리가 들렸다. 아닌데…… 뒤를 돌아보았다. 나영이는 양손을 모아 잡고 식탁 뒤에 서 있었다. 가슴 한가운데 걸린 메달이 뻥 뚫린 구멍처럼 보였다.

"저기, 그 메달 다시 줘보실래요?"

나는 식탁으로 다가서며 말했다.

"왜요?"

"그냥, 가기 전에 한 번 더 보고 싶네요."

"거기서 보세요."

나영이는 몸을 뒤로 빼며 메달을 손으로 들어 보였다.

"아니, 잠깐 이리 내봐요."

식탁 너머로 팔을 뻗어 리본을 낚아챘다. 나영이가 내 손등을 찰싹 찰싹 때렸다.

"어머, 뭐하는 거예요!"

리본을 움켜쥔 채 식탁을 돌아갔다. 나영이도 두 손으로 리본을 거머잡고 완강하게 버텼다. 하지만 힘으로 나를 당할 수는 없었다. 나영이를 바닥에 자빠뜨리고 메달을 머리 위로 잡아챘다. 버둥거리며 필사적으로 저항하던 그녀가 내 오른손을 덥석 깨물었다.

"야! 이거 안 놔!"

왼손으로 그녀의 뺨을 마구 후려쳤으나 달라붙은 머리통은 떨어지지 않았다. 살점을 베어 먹을 것처럼 턱이 악착같이 조여들었다. 손등에서 배어나 잇새로 스며드는 핏물. 고개를 뒤로 젖혔다가 이마로 나영이의 미간을 있는 힘껏 들이받았다. 그녀의 턱이 벌어진 틈에 재빨리 리본을 엇갈리게 틀어쥐고 양쪽으로 잡아당겼다. 파란 끈이 가무잡잡한 목살을 파고들었다. 뾰족한 손톱들이 날아다니며 내 얼굴과 팔뚝을 닥치는 대로 할퀴었지만 손을 늦추지 않았다. 컥컥 소리와 함께 침방울이 튀었다. 목구멍 안쪽에서 목젖이 움찔거렸다. 그녀의 몸에서 서서히 힘이 빠져나가는 게 느껴졌다. 고개가 뒤로 꺾이고 낯빛이 푸르스름하게 변한 후에야 나는 손아귀를 풀었다. 나영이는 입을 쩍 벌린 채 홉뜬 눈으로 허공을 노려보았다.

아지트를 나서자마자 소나기가 쏟아졌다. 언제 몰려들었는지 뭉클뭉클한 먹구름이 하늘을 뒤덮고 있었다. 한 치 앞이 보이지 않는 폭우였다. 나는 재킷 후드를 뒤집어쓰고 숲을 향해 걸음을 옮겼다. 이제야 알 것 같았다. 진짜 나영이가 어디 있는지.

"무성광업소요? 거긴 폐광이라 아무것도 없는데."

택시 기사가 룸미러로 요섭을 살피며 물었다. 얼굴 절반을 가린 라이방 선글라스에 햇빛이 쨍 반사되었다.

"압니다."

요섭은 대꾸하기 귀찮다는 투로 말끝을 툭 끊었다. 기사는 고개를 끄덕이고 차를 출발시켰다.

두꺼비 떼처럼 납죽 엎드린 슬레이트 지붕들, 검은 흙바닥, 붉은 쇳물이 흐르는 개천. 요섭은 차창 밖으로 지나가는 폐광촌 풍경을 바라보았다. 열두 살 소년이 마흔셋 아저씨가 되어 돌아왔건만 마을은 여전한 모습으로 산자락에 드러누워 볕을 쬐고 있었다. 시간에 따른 자연스러운 변화를 거부한 그 한결같음 때문에 풍경은 오히려 낯설게 보였다.

무성역 승강장에 발을 딛는 순간 요섭은 깨달았다. 찾는 사람 행방도 모른 채 삼십여 년 전 거주지로 다짜고짜 내려왔다는 걸. '모든 국민은 거주·이전의 자유를 가진다'는 헌법 제14조를 상기하지 않더라도 오나영이 무성에 살고 있을 확률은 희박했다. 그녀를 마지막으로 본 게 그녀 가족이 무성을 떠나던 날이었으니까. 요섭은 자기 뒤통수를 눈앞으로 가져와 한 대 후려치고 싶었다. 일단 읍사무소에서 들러 확인이나 해보고 다시 올라갈 참이었다. 그런데 택시에 타자마자 '무성광업소'라는 단어가 제멋대로 튀어나온 것이다.

"미터기 켜놓고 기다리실래요? 잠깐 올라갔다 올 건데."

요섭은 기사에게 택시 요금을 건네며 물었다.

"저야 좋죠. 어차피 나가는 손님도 없는데."

판잣집에 시멘트를 대충 바른 옛 사택들은 기묘하게 기울어진 채 절묘하게 균형을 유지하고 있었다. 검은 페인트로 '개 조심'이라고 대문짝만하게 휘갈겨놓은 대문짝 앞을 지났지만 개 짖는 소리는 들리지 않았다. 양쪽에서 튀어나온 슬레이트 처마가 하늘을 가리며 이어졌다. 가파른 골목길을 한 발 한 발 딛고 올라갈 때마다 토실토실한 기억들이 날개를 퍼덕이며 몰려들었다. 요섭은 제풀에 팔을 올려 눈앞을 휘저었다.

사택촌이 끝나고 광업소로 올라가는 산길에는 잡풀이 우거져 있었다. 바싹 마른 낙엽들이 발밑에서 힘없이 바스러졌다. 예전엔 광부들의 작업화로 널찍하게 다져진 길이었다. 요섭은 재킷을 벗어 팔에 걸고 숨을 골랐다. 선들바람이 땀에 젖은 셔츠 등판을 쓱 문지르고 지나갔다. 그날은 늦여름이었던가? 사방에서 경보기처럼 울어대는 매미 소리가 떠올랐다. 산 아래 학교에서 들려오는 음악 소리가 매미 소리에 밀려 시나브로 멀어져갔다. 그때는 몰랐다. 귀에 못이 박이도록 들었던 학교 종소리가 그 유명한 베토벤의 곡이란 걸. 피아노로 연주하려면 『바이엘』을 육 개월쯤 연습해야 한다는 것도. 나영이는 옆에서 허밍으로 「엘리제를 위하여」를 흥얼거리면서 폴짝폴짝 걸었다.

"요섭아, 목사님이 선물로 뭘 주신다는 건데? 응?"

"가보면 알아. 아빠가 말하지 말고 데리고 오랬어."

나영이는 어눌하게 새는 발음으로 몇 번이나 물었고 그는 우물쭈물 대꾸하며 나란히 이 길을 올라갔다.

한적한 두메산골에서 어느 날 큰 소동이 벌어졌다. 정신이 온전치 않은 광부와 읍내 한량 백가가 노름판에서 벌인 시비가 발단이었다. 흠씬 두들겨 맞고 쫓겨난 광부는 그날 밤 백가가 잠들어 있는 대폿집 뒷방에 시너를 뿌리고 불을 질렀다. 전신에 화상을 입은 백가는 원주의 종합병원으로 실려 갔고 광부는 경찰에 체포됐다. 광부에게는 역시 정신이 오락가락하는 부인과 국민학교에 다니는 딸이 하나 있었다. 딸도 지적장애를 물려받은 건지 아니면 부모를 보고 자란 탓인지 늘 벙벙한 얼굴에 반응이 굼뜬 아이였다. 게다가 윗입술이 갈라진 언청이라 말투도 어눌했다. 요섭의 기억으로 나영이는 학교에서도 동네에서도 항상 혼자였다.

봉변을 당한 백가에게도 국민학교에 다니는 아들이 있었다. 아버지가 병원에서 사경을 헤매는 신세가 되자 종규는 가장이라는 막중한 책임감을 떠안았다(어차피 가정 경제는 어머니 몫이었기에 별 의미는 없었다). 얼마 후, 주위의 싸늘한 눈초리에 시달리던 나영이 모녀가 인근 도시의 외할아버지 집으로 야반도주한다는 정보가 입수되었다. 소년 가장은 아버지를 불태운 가해자 가족을 얌전히 보내서는 안 된다고 생각했다. 평소 아버지를 '밥버러지'라고 불렀음을 감안하면 지

극한 효심의 발로라고 하기는 어려웠고, 백씨 가문의 '곤조'를 보여주기 위한 응징에 가까웠다. 또래 리더로서의 체면 문제도 있었을 테고. 일이 일이니만큼 종규는 패거리의 최측근 세 명에게만 야외 화장실로 모이라는 명령을 내렸다.

"털곰, 너도 와."

지나가며 던진 종규의 지시를 요섭은 얼른 알아듣지 못했다. 나? 평소 종규의 충복을 자처하던 몇몇 녀석이 아니꼬운 눈빛으로 째려보았다. 어리둥절해서 따라간 요섭에게 종규는 중요한 임무를 부여했다. 방과 후 나영이가 집에 들르지 못하게 곧장 아지트로 꾀어 오라는 것. 그제야 요섭은 자신이 차출된 이유를 알 것 같았다. 나영이가 아무리 맹하다고 해도 지금 종규나 그 똘마니들을 따라나서면 안 된다는 눈치쯤은 있었다. 물론 요섭도 패거리의 일원이기는 했지만 동시에 목사의 아들이었다. 나영이는 마을에서 가장 열성적인 신도 중 한 사람이었고.

"할 수 있겠어?"

종규가 어깨동무를 해왔다. 요섭은 눈알을 굴려 둘러선 최측근들을 훑어보았다. 꺼림칙한 속마음을 감추려 더욱 냉혹함을 가장하는 어줍은 눈빛들. 이건 도리깨로 몇 대 맞고 끝날 장난질과는 차원이 달랐다. 방화와 살인미수라는 강력 범죄에 맞대응하는 복수. 사악함을 받아들이고 위험을 감수해야 하는 어른스러운 거사였다. 거기에 공모자가 된다는 건 한 방에 서열을 치고 올라갈 수 있는 기회이기도 했다. 요섭의 머릿속이 바쁘게 돌아갔다. 결정을 내리기 위해서가 아니라 이미 내려진 결정에 정당성을 부여하기 위해서. 나영이 아버지는 즉각 김일성만큼이나 사악한 괴수로 둔갑했다. 나영이가 반편이 계집애라는 점은 어디선가 주워들은 약육강식이란 단어로 뭉갰다. 사적 복수를 금하는 그 많은 성경 구절을 제쳐두고 하필 떠오른 것은 출애굽기 21장이었다. '눈에는 눈으로, 이에는 이로, 손에는 손으로, 발에는 발로, 덴 것은 데움으로, 상하게 한 것은 상함으로, 때린 것은 때림으로 갚을지니라.' 요섭은 입을 앙다물고 고개를 끄덕였다. 갈고리처럼 말린 종규의 파마머리가 뺨을 긁작였다.

붉게 녹슨 광차가 풀숲에 버려져 있었다. 회색 들쥐 한 마리가 그의 앞을 가로질러 얼기설기 쌓인 갱목 더미로 숨어들었다. 요섭은 선탄장 뒤쪽으로 돌아갔다. 역시 잡풀이 우거져 그 옛날의 오솔길은 사라지고 없었다. 발길의 기억에 몸을 맡기고 숲으로 들어서는데, 문득 괴이한 느낌이 아랫배를 간질였다. 데자뷰. 조금 전의 그 장면을 어디선가 본 것 같았다. 분명히, 어디선가.

하마터면 요섭은 아지트를 지나칠 뻔했다. 땅에서 올라온 담쟁이덩굴에 뒤덮인 오두막은 마치 숲에서 저절로 솟아난 마법사의 집처럼 보였다. 옆에서 우산을 씌우듯 가지를 펼치고 있던 아름드리나무는 거멓게 썩은 그루터기만 남아 있었다. 요섭은 출입문 손잡이를 잡고 잠시 머뭇거렸다. '요섭아, 여기 목사님이 계셔?' 숨을 깊이 들이마시며 그는 오두막의 문을 열었다. 퀴퀴한 곰팡내와 풋풋한 풀 내음이 한꺼번에 코로 들어왔다.

꽤 넓다고 생각했던 아지트는 사방 다섯 걸음이 채 안 되는 공간이었다. 예전에 사냥꾼들의 대피소였다는 종규의 말이 떠올랐다. 진초록 담쟁이덩굴은 들창과 벽의 틈새를 통해 실내에까지 손을 뻗치고 있었다. 요섭이 움직일 때마다 마룻장이 삐걱거리며 앓는 소리를 했

다. 문 뒤쪽에는 통나무를 베어 만든 원통형 의자가 그대로 놓여 있
었다. 요섭은 의자를 치우고 마룻장 하나를 들어냈다. 의자 무게가
만만치 않아 언제나 그가 담당했던 업무였다. 비밀 금고는 텅 비어
있었다. 딱지와 구슬, 미국 성인잡지, 산에서 주운 탄피와 철모, 그
시절 최고의 보물이었던 이마 한가운데 총알구멍이 뚫린 두개골 등은
모두 사라지고 없었다. 요섭은 먼지가 뽀얗게 쌓인 통나무 의자에 엉
덩이를 걸쳤다. 메달이 살짝 흔들리며 가슴팍을 긁었다. 나뭇잎을 요
리조리 뚫고 들창으로 들어와 허공에 빗금을 그은 한 줄기 햇살 너머
로, 노란 원피스를 입은 나영이가 서 있었다.

"털곰, 네가 데려왔으니까 네가 벗겨."
종규가 선심 쓰듯 명령을 내렸다. 나영이를 꾀어 오는 것으로 임무
가 끝났다고 생각한 요섭은 퍼뜩 놀랐다.
"내가?"
종규는 대답 대신 고무호스만 빙빙 돌렸다. 나영이는 전신에 깁스
를 한 것처럼 차렷 자세로 서서 코만 훌쩍이고 있었다. 시너 깡통에
서 타오르는 화톳불이 아지트의 공기를 훗훗하게 데워놓았다. 그 불
길이 상기시키는 죄악이 곧 저질러질 죄악에 공정한 정의의 실현이라
는 면죄부를 주고 있었다. 약삭빠른 종규가 그런 분위기를 조성하기
위해 여름날에 일부러 피워놓은 것이었다.
눈에는 눈으로, 이에는 이로…… 요섭은 손바닥을 바지 엉덩이에
문지르며 나영이에게 다가갔다. 손에는 손으로, 발에는 발로…… 눈
길이 마주치지 않도록 고개를 푹 숙이고 노란 원피스의 앞단추를 하
나씩 끌러 내려갔다. 덴 것은 데움으로…… 나영이의 몸이 바르르 떨

렸다. 원피스에 찍힌 자잘한 꽃무늬는 날염이 어긋나 꽃잎과 꽃받침들이 똑똑 떨어져 있었다.

"어, 저게 뭐냐?"

요섭이 원피스를 아래로 내렸을 때 뒤에서 누군가 소리쳤다. 쪼그라든 연갈색 젖꼭지 사이에 걸린 은빛 메달. 싸구려 도금이 과하다 싶을 정도로 반짝거렸다.

"털곰, 그거 이리 줘봐."

요섭은 나영이 목에서 메달을 벗겨 아이들에게 던졌다.

"헤, 이거 작년에 불조심 포스터 상으로 준 거잖아."

"미친년, 이걸 만날 차고 다니나 봐."

"야, 얼마나 자랑스럽겠어. 쟤가 뭐 해서 메달을 타보겠냐?"

아이들이 한마디씩 거들며 왁자지껄 웃었다. 종규가 메달을 손가락에 걸고 시계추처럼 흔들며 다가왔다.

"이리 줘."

나영이가 손을 뻗으며 외쳤다. 아지트에 들어와 처음으로 한 말이었다.

"줄까?"

종규가 몸을 뒤로 빼고 빙글빙글 웃었다. 나영이는 열심히 고개를 끄덕였다. 허공을 가른 고무호스가 벼락같이 바닥을 내리쳤다. 흙먼지가 폴폴 피어올랐다. 나영이의 갈라진 입술 틈새에 침방울이 고였다. 종규가 팔을 한껏 올려 메달을 요섭의 목에 걸었다. 요섭은 저도 모르게 무릎을 살짝 굽혀 키를 낮췄다. 종규가 세모눈을 반짝이며 말했다.

"털곰, 팬티도 마저 벗겨야지."

요섭은 아지트를 나와 터벅터벅 걸음을 옮겼다. 한 발 디딜 때마다 뒷목에 걸리는 메달의 무게가 다음 걸음을 내딛게 하는 유일한 추진력이었다. 아버지를 팔아 사탄의 앞잡이 노릇을 하고 부상으로 받은 은메달.

현장검증을 마치고 나자 요섭은 스스로에게 좀더 솔직해질 수 있었다. 그날의 기억을 까맣게 잊어버린 건, 사소함 때문이 아니라 유해함 때문이었다. 진화는 윤리나 미학과 무관했다. 합리적이지도 체계적이지도 않았다. 오로지 주어진 환경에 적응하기 위해 그때그때 하는 땜질일 뿐. 나를 경멸하게 만드는, 내가 해로운 존재라는 자각을 상기시키는 기억은 꼬리뼈처럼 퇴화되기 마련이었다. 살아남는 데 방해가 되니까. 그러다 어느 날 빙판에 미끄러져 엉덩방아를 찧는 순간 척추를 관통하는 찌릿한 통증과 함께 떠올리는 것이다. 아, 내게도 꼬리뼈가 있었구나.

요섭은 서늘한 기운에 고개를 들었다. 눈앞에 입을 쩍 벌리고 있는 검은 구멍. 소나무들이 주변을 울타리처럼 둘러싼 민숭민숭한 공터였다. 동굴은 공터 한쪽을 막아선 암벽 틈새에 뚫려 있었다. 갱도를 만들다가 버려진 구멍처럼 보였다. 사택촌으로 내려간다는 게 엉뚱한 방향을 잡은 모양이었다. 요섭은 엉거주춤 서서 고개를 빼고 동굴 안쪽을 들여다보았다. 거대한 짐승이 내뿜는 듯한 서늘한 입김에 오스스 소름이 돋았다. 암흑 속에서 뭔가 꿈틀, 움직인 것 같았다. 요섭은 뒷걸음질 치다가 엉덩방아를 찧으며 넘어졌다. 찌르르, 꼬리뼈가 울렸다.

택시는 사택촌 입구에서 얌전히 기다리고 있었다.

"볼만한 게 있던가요?"

"읍사무소로 갑시다."

"예, 그럽죠."

요섭은 멀어져가는 폐광촌을 멍하니 내다보다가 차창을 조금 내렸다. 좁은 틈을 비집고 들어오는 바람이 사정없이 눈을 찔러댔다. 눈알이 뻑뻑하게 말라붙었지만 요섭은 고개를 돌리지 않았다. 라디오에서 흘러나오는 뉴스가 바람 소리에 섞여 들려왔다.

……제2형사부는 특수준강간 혐의로 구속 기소된 이 모 씨와 강 모 씨에 대한 1심 선고공판에서 각각 징역 육 년과 오 년을 선고했습니다. 재판부는 피고인들이 계획적으로 피해자를 항거불능 상태로 만든 후 교대로 성폭행한 사실이 인정된다며 실형을 선고한다고 밝혔습니다. 미국 유학생 신분인 이 씨와 강 씨는……

요섭의 부르튼 입술이 씩 벌어졌다. 곰탕을 먹고 들어오는 길에 복도에서 마주친 노란 티셔츠. 그날 무심결에 연못에 던진 작은 호의가 동심원을 그리며 퍼져가고 있었다. 잔물결이 되어, 파도가 되어, 곧 정우에게 맡긴 녹취 파일이 공개되면 한바탕 해일이 되어 정의 사회 구현에 이바지할 터였다. 이제 표창장 정도로는 어림없다고 생각했다. 아무렴, 천국행 티켓쯤은 예매해줘야지.

갑자기 요섭의 머릿속에서 지난 반년 사이 벌어진 일련의 사건들이 이리저리 자리를 바꾸며 배열되었다. 붉은 화살표가 그들을 한 두름으로 꿰더니 보기 좋게 정리된 차트 한 장을 그의 코앞에 들이밀었다.

잘나가는 패거리, 불안정한 지위, 악행의 공모…… 차트는 삼십일 년 전 이곳에서 벌어진 일과 데자뷰처럼 겹쳐졌다. 요섭은 맥없이 고개를 흔들며 웃었다. 자신의 이름은 성경의 '요셉'을 변형한 게 아니었다. 한자 그대로 아주 명확한 뜻을 품고 있었다. 요긴한〔要〕 섭리〔攝〕라는.

요지경 같은 세상사가 실은 지하 깊숙한 곳에 있는 거대한 인과율의 톱니바퀴에 의해 돌아가는 게 아닐까? 요섭은 그렇게 믿고 사는 것도 나쁘지 않겠다고 생각했다. 그 우악스러운 믿음에 따르면 다짜고짜 무성으로 내려온 것도 다 이유가 있었다. 이번 여정은 일종의 성지 순례였다. 메달을 돌려주는 행위 자체가 중요한 게 아닐지니, 성지를 참배하며 그 메달이 네 수중에 있는 의미를 되짚어보라는.

요섭은 차창을 올렸다. 바람 소리가 끊기며 기사의 콧노래가 건너왔다. 라디오에서는 귀에 익은 팝송이 흘러나오고 있었다. 흰머리가 드문드문한 뒤통수가 피아노 리듬을 따라 흐느적거렸다.

"기사님, 여기 오래 살았어요?"

요섭이 손바닥으로 눈을 문지르며 물었다.

"왔다리갔다리 했죠. 저도 한땐 서울에서 잘나갔는데, 그 사기꾼만 아니었으면……"

"혹시 오나영이란 사람 모르세요? 저랑 비슷한 연밴데."

기사가 급브레이크를 밟더니 몸을 돌려 시트 목받이에 팔을 걸쳤다. 요섭을 빤히 쳐다보던 그는 너털웃음을 터뜨렸다.

"설마설마했는데, 털곰 맞지? 야, 이게 몇 년 만이냐?"

요섭은 어리둥절한 눈으로 택시 기사를 바라보았다. 그가 선글라스를 벗자 눈꼬리를 손으로 콕 집은 듯한 세모눈이 드러났다.

"인마, 나 종규야, 종규. 백종규."

발밑에서 거대한 톱니바퀴 돌아가는 소리가 울렸다.

4

소나무들이 민숭민숭한 공터 주변을 울타리처럼 둘러싸고 있었다. 공터 한쪽을 막아선 암벽 틈새에 입을 벌리고 있는 동굴. 탄광과는 관계없이 오랜 옛날부터 있던 천연 동굴이었다. 입구 바닥에는 빨간 페인트로 '출입 금지'라고 쓴 팻말이 뒹굴었다. 빗줄기는 여전히 거세게 쏟아졌다. 동굴이 내뿜는 한기에 오스스 소름이 돋았다.

동굴 내부는 생각보다 훤했다. 울퉁불퉁한 암석 사이에 점점이 박힌 수정 조각들이 희미하게 빛을 뿌리고 있었다. 자수정, 황수정, 홍수정 등 색상도 다양해 마치 크리스마스트리를 장식하는 꼬마전구를 둘러놓은 것 같았다. 하지만 천장에서 떨어지는 물 때문에 바닥은 탄가루가 범벅된 진창이었다. 바지 아랫단이 금세 시커멓게 물들었다.

동굴은 생각보다 훤하고, 생각보다 깊었다. 거대한 짐승의 창자처럼 이어지는 굴속을 계속 걷다보니 정신이 몽롱해졌다. 무중력의 우주 공간을 유영하는 기분이었다. 뭐라도 나타났으면 좋겠다고 생각하는데, 저만치 앞에 희끄무레한 물체가 눈에 들어왔다. 막상 무언가 나타나자 불안한 마음이 앞섰다. 나는 몸을 낮추고 조심조심 걸음을 옮겼다.

아니나 다를까, 희끄무레한 물체는 검은 진창에 반쯤 처박힌 백골이었다. 두개골부터 발가락뼈까지 고스란히 붙은 백골은 앙상한 두 손으로 곡괭이를 부여잡고 있었다. 어금니를 악다문 모습이 금방이라도 벌떡 일어나 벽에 곡괭이질을 할 기세였다. 천연 동굴에 왜 광부가…… 나는 반대편 벽에 붙어 게걸음으로 백골을 통과했다. 눈구멍을 통해 텅 빈 두개골 안쪽이 들여다보였다.

찜찜한 기분이 채 가시기도 전에 또 한 구의 백골을 만났다. 역시 두 손으로 곡괭이를 부여잡고 있었다. 다만 이번 백골은 사망 시각이 좀더 뒤쪽인 것 같았다. 뼈마디에는 불그스름한 인대가 너덜거렸고 쪼그라든 머리 가죽이 두개골을 랩처럼 감싸고 있었다. 그 때문에 백골은 더욱 역동적으로 보였고, 더욱 흉측하게 보였다. 나는 발을 멈추고 동굴 안쪽 깊숙이 도사린 어둠을 바라보았다.

곡괭이를 든 광부의 백골은 계속해서 나타났다. 허연 뼈다귀에 생체 조직이 붙어가며 사망 추정 시각은 차츰차츰 현재와 가까워졌다. 어느 순간부터는 백골이 아닌 시체라고 부르는 게 더 자연스러웠다. 손가락 끝에 길게 자란 손톱을 보자 저 흉물도 한때는 생명체였다는 사실이 실감났다. 희미하게 입술의 흔적이 남아 있는 놈은 뭐라고 말을 건네는 듯했다. 두피에 듬성듬성 붙은 머리털 때문에 머리털이 곤두섰고, 눈구멍에서 튀어나온 눈알과 눈이 마주쳤다. 그리고 마침내……

깡! 깡! 깡!

메아리치는 소리가 돌팔매처럼 벽에 텅텅 부딪치며 내 발밑까지 굴러왔다. 그 소리가 뭘 의미하는지, 지금까지의 힌트로 충분히 상상할 수 있었다. 고개를 돌려 뒤를 돌아보았다. 앞쪽과 똑같은 풍경이 펼쳐져 있었다. 하지만 저쪽 끝에는 출입구가 있었다. 땀으로 젖은 명치끝이 쓰라렸다. 여기까지 오는 동안 메달이 긁은 자리였다. 딴생각하지 말고 얼른 전진하라고 나를 다그치는 듯했다. 간다, 가. 나는 벽을 짚고 낭랑하게 울리는 곡괭이 소리를 향해 나아갔다.

깡! 깡! 깡!

비쩍 마른 광부가 등을 보이고 서서 동굴 벽에 곡괭이질을 하고 있었다. 무슨 천형을 받았기에 저러고 있는 건지, 솔직히 전혀 궁금하지 않았다. 그냥 조용히 지나치고 싶었으나 그가 파고 있는 벽이 정면을 가로막고 있었다. 이곳이 동굴의 끝이었다.

나는 마음을 단단히 먹고 광부에게 다가갔다. 꿈실거리는 등 근육이 보이는 거리까지 접근했을 때 울컥 욕지기가 치밀었다. 등에서 꿈실거리는 건 근육이 아니라 통통하게 살이 오른 구더기 떼였다. 수백, 수천 마리의 구더기가 등판을 뒤덮고 있었다. 광부가 곡괭이질을 멈추고 뒤를 돌아보았다. 심장이 배꼽 근처로 툭, 내려앉았다. 왼쪽 눈구멍에서 꼬물꼬물 기어 나오는 구더기, 시계추처럼 늘어져 대롱거리는 오른쪽 눈알, 배에 뚫린 구멍으로 들여다보이는 썩은 창자가 충분히 역겹긴 했지만, 정작 내가 놀란 건 목에 걸린 메달 때문이었다. 내가 걸고 있는 것과 똑같이 생긴 메달.

뭐야…… 망연자실 서서 광부를 마주 보았다. 해골에 얼굴 가죽이

제대로 붙어 있지 않아 생김새를 짐작하긴 힘들었지만 골격은 얼추 나와 비슷했다. 그러고 보니 이제껏 지나친 백골들 역시. 그들도 전부 목뼈에 메달을 걸고 있었던 걸까? 신음과 탄성과 쓴웃음의 중간쯤 되는 공기 덩어리가 내 입에서 힘없이 흘러나왔다. 늘어진 오른쪽 눈알로 나를 바라보던 광부가 말을 건네듯 턱뼈를 덜거덕거렸다. 하지만 입에서는 쉭쉭거리는 소리만 새어 나올 뿐이었다.

"뭐라고요?"

광부는 몸을 돌려 다시 곡괭이질을 했다. 벽에 곡괭이 날이 부딪칠 때마다 불꽃이 튀었다.

"어이! 이봐요! 형씨!"

바로 옆에서 큰소리로 불렀지만 그는 묵묵부답이었다. 물크러진 귓구멍을 보니 고막이 온전히 남아 있을 성싶지 않았다. 그때 움푹 들어간 옆쪽 벽에 정사각형의 편편한 면이 시야에 들어왔다. 컨테이너. 빌트인으로 설치한 것처럼 컨테이너는 벽에 수직으로 파묻힌 채 전면부만 드러나 있어 쉽게 눈에 띄지 않았다. 보호색인 양 동굴 벽과 비슷하게 칠해놓은 매무새가 쉽게 눈에 띄기를 원치도 않는 듯했고.

나는 컨테이너 앞으로 다가갔다. '事務室'이라고 새긴 아크릴 표찰이 출입문에 붙어 있었다. 문 옆에 검은 매직으로 'PUSH'라고 또박또박 써놓았고 그 아래 조그만 빨간 버튼이 있었다. 버튼을 눌렀지만 아무 소리도 나지 않았다. 몇 번 길게 누르니 안쪽에서 '나갑니다'로 해석되는 말소리가 먹먹하게 들려왔다. 광부는 벽에 대고 곡괭이질을 계속했다.

깡! 깡! 깡!

출입문이 열리고 검은 정장을 걸친 남자가 나왔다. 햇빛을 못 받은 탓인지 파리하게 수척한 얼굴이었다. 머리숱도 듬성듬성했지만 나이가 그리 많아 보이지는 않았다. 그는 늘어진 넥타이 매듭을 목에 올려붙이며 한 발 옆으로 비켜섰다.

"들어오세요."

남자를 따라 컨테이너 사무실로 들어섰다. 문을 닫자 깡깡거리는 소리가 뚝 끊겼다. 곡괭이질을 멈춘 건가 싶어 다시 문을 열고 내다보았다. 광부는 여전히 작업 중이었다.

"방음문이에요."

남자가 돌아보며 말했다.

"저 소리 계속 듣고 있으면, 사람 미치죠."

"빨리 파서 이 앞을 지나가야겠군요."

"항상 여기를 팝니다. 이 사무실이 동굴의 끝이기 때문에 팔수록 동굴만 깊어지는 거죠."

알 듯 모를 듯한 말이었다.

"그런데 저건 왜 파는 겁니까?"

"글쎄요, 그건 제 소관이 아니라서."

남자는 심드렁하게 대답하고 나를 소파로 안내했다. 철제 책상이 있고 김퓨터가 있고 캐비닛이 있고 정수기와 커피믹스가 있는, 전형적인 사무실 풍경이었다. 벽에는 크고 작은 도로가 얽히고설킨 지도가 붙어 있었다. 컨테이너의 반대쪽 끝은 전체가 커다란 철문이었다. 문 테두리를 따라 녹슨 팔각 볼트들이 박혔고, 두꺼운 쇠사슬이 양쪽 손잡이를 칭칭 휘감고 있었다. 쇠사슬에 걸린 어린애 머리통만 한 맹꽁이자물쇠는 늙은 당나귀처럼 고집스럽게 보였다.

캐비닛을 뒤적이던 남자가 'DUTY FREE'라고 인쇄된 비닐 쇼핑백을 들고 와 맞은편에 앉았다. 그는 무심한 손길로 쇼핑백에서 벽돌 크기의 다갈색 나무 함 세 개를 꺼내어 테이블에 늘어놓았다. 손때가 타 반질반질한 뚜껑에는 각각 코끼리, 뱀, 올빼미가 정교하게 조각되어 있었다.

"뭡니까, 이건?"

"저기 들어가려고 오신 거 아닌가요?"

남자가 턱짓으로 철문을 가리켰다.

"저 안에 오나영이 있나요?"

남자는 어깨를 으쓱했다.

"그건 제 소관이 아니라서. 저는 사무실을 관리하는 말단 직원일 뿐입니다."

나는 목을 옆으로 빼고 철문을 바라보았다. 속닥거리는 메달의 귀엣말이 가슴에 느껴졌다. 있다, 저 문 뒤에.

"여기 세 개의 함에 세 개의 열쇠가 들어 있는데, 그중 하나가 저 자물통을 열 수 있는 열쇠입니다."

"야바위군요."

"저희 공식 용어로는 '불확실성하의 우연적 의사 결정'이라고 합니다."

남자는 사무실을 관리하는 말단 직원답게 사무적인 어투로 말했다.

"그러니까, 야바위군요. 잘못 고르면 어떻게 되는 거죠?"

"저 밖에서 곡괭이질을 하셔야 합니다."

"백골이 될 때까지."

"백골이 될 때까지."

"그럼 오는 길에 줄줄이 쓰러져 있던 그 뼈다귀들도 이걸……"

남자가 고개를 끄덕였다. 나는 팔짱을 끼고 몸을 뒤로 기댔다. 온 갖 역경을 헤치고 드디어, 마침내, 기어코 결승선 앞까지 왔는데, 내 운명을 가름하는 최후의 관문이 야바위라니.

"내가 다른 방법을 쓰면 어떻게 되는 거요? 예를 들어 댁을 때려눕히고 함에 있는 열쇠 세 개를 다 꺼낸다든가."

"공식 절차에 따른 의사 결정이 아니면 함을 열어도 열쇠는 나타나지 않습니다."

"열쇠를 잘못 골랐는데 곡괭이질을 안 하고 그냥 튀면?"

"선택이 끝난 후에는 결과를 순순히 받아들이시게 될 겁니다. 이 절차에 동의하지 못하시겠다면 여기서 돌아가셔도 됩니다."

어이가 없어 헛웃음만 나왔다. 나는 고개를 절레절레 흔들었다.

"하, 이건 말도 안 돼. 정말이지, 도저히, 이건…… 애들 장난도 아니고. 내가 여기까지 오느라 무슨 일을 겪었는지 아쇼? 몇 놈을 골로 보냈는지 아냐고?"

절로 언성이 높아졌다.

"그런데 여기서 포기하고 돌아가라고! 대체 누가, 왜, 이런 개뼈다귀 같은 절차를 만든 거요! 내 운명을 이따위 말도 안 되는 야바위에 맡기라니!"

"불확실성하의 우연적 의사 결정입니다."

"그게 그거 아뇨! 결국 생판 우연에 맡긴다는 거잖아."

"우연은 신이 익명으로 남는 방법입니다."

"그건 또 무슨 개 풀 뜯어 먹는 소리요?"

"아인슈타인 박사의 말입니다."

남자는 차분한 표정으로 눈썹 하나 까딱하지 않았다. 하긴 동굴을 지나며 본 시체가 몇 구인데, 이런 항의를 한두 번 받았겠는가.

　정수기로 가서 찬물을 석 잔 연속으로 받아 마셨다. 속에서 치익, 담금질하는 소리가 나는 듯했다. 아무리 씩씩거려봤자 다른 방법이 없었다. 내 운명을 33.3퍼센트의 확률에 맡겨보는 수밖에. 찬물을 한 잔 더 마시고, 벽에 붙은 지도를 바라보다가, 종이컵을 구겨 휴지통에 던지고, 다시 소파로 가서 앉았다.

　"하시겠습니까?"

　나는 남자를 힐끔 째려보고 테이블 위로 상체를 기울였다. 어차피 인생은 도박이다. 그래도 33.3퍼센트면 지금껏 내게 주어진 어떤 기회보다 호의적인 조건이 아닌가. 세 개의 함을 뚫어지게 쳐다보았다. 코끼리와 뱀과 올빼미가 시치미를 떼며 딴전을 부렸다.

　"이 세 동물이 선택과 관련이 있나요? 어떤 힌트가 된다든가."

　남자는 어깨만 으쓱했다. 그래, 네 소관이 아니겠지. 코끼리, 뱀, 올빼미. 내가 좋아하는 동물인 호랑이나 말은 없고, 용이나 봉황 같은 폼나는 동물도 없고, 셋 중에 그나마 정이 가는 건 코끼린데…… 뱀이 그래도 여기저기 많이 등장하지 않나? 빤히 쳐다보는 올빼미가 뭔가 암시하는 것도 같고…… 코끼리는 문을 부수고 들어갈 수 있다는 게 힌트 아닐까? 생긴 건 뱀이 열쇠와 가장 비슷한데. 올빼미는 캄캄한 밤에 잘 볼 수 있잖아. 지금처럼 캄캄한 상황에. 코끼리, 뱀, 올빼미, 코끼리, 뱀, 올빼미, 코끼리 뱀 올빼미 코빼미 뱀 올끼리 코 올뱀 올코뱀 뱀올코 코뱀뱀올코올뱀코뱀…… 세 가지 색상의 털실이 뒤엉기며 점점 커다란 실타래로 불어났다. 젠장, 모르겠다. 눈을 감고 머릿속 실타래를 걷어찼다. 시답잖은 추측일랑 집어치우고 내 육감을 믿기로 했다. 세 개의 함 위로 손을 뻗어 금속탐지기처럼 천천히 좌우로 움직였다. 손바닥의 세포 하나하나에 온 신경을 집중했다.

꼭 만나야 한다면, 뭔가 신호를 보내주겠지.

5

　"히야, 털곰이 변호사라. 하긴 우리 중에 그나마 머리 돌아가는 건 너밖에 없었지."

　종규는 허허거리며 새끼손가락으로 막걸리를 휘저었다. 그런 종규를 보고 있자니 요섭은 머릿속이 뒤죽박죽이었다. 섬뜩한 악당이 등장하는 영화를 본 직후 술자리에서 우연히 그 배우와 합석한 기분이랄까. 신기하긴 했지만 방금 전까지 영화에 흠뻑 빠져 있던 감정이 오염되는 건 어쩔 수 없었다. 어느 쪽이 영화이고 어느 쪽이 현실인지 혼란스럽기도 했고.

　종규는 옛 꼬붕들의 근황을 재잘재잘 늘어놓았다. 할머니 담배를 훔쳐 피우다 뒷간을 태워먹었던 빡구, 고물상 집 깡통, 새총의 달인이었던 핑핑이, 발가락, 까마귀, 브루스 등등. 반 정도는 어렴풋하고 반 정도는 가물가물한 이름들이었지만 요섭은 성의껏 고개를 주억거렸다. 악역을 맡았던 배우는 꽤나 수다스러운 아저씨였다. 휴대폰 벨소리는 소녀시대의 「소원을 말해봐」였고.

"예…… 예…… 좀 늦어요. 아, 전화로 주문하면 되지. ……거기 빼다지에 있잖아요. ……그건 아버지가 좀 갖다 줘요. 아니…… 늦는다니까."

건성건성 이어지는 통화를 흘려듣던 중 단어 하나가 귀에 박혔다. 요섭은 통화가 끝나자마자 종규에게 물었다.

"아버님이 여태 살아계셔?"

'여태'라는 투박한 부사가 끼어들었지만 다행히 종규는 신경 쓰지 않는 듯했다.

"살아계신 정도가 아니라 노인네 아주 펄펄하다. 이따 드라마 보면서 먹는다고 치킨하고 맥주 사 오라네. 양념 반 프라이드 반으로."

"그때 그…… 화상을 심하게 입지 않으셨나?"

"한참 고생하셨지. 그래도 다리하고 엉덩이 쪽이라 생명엔 지장이 없었으니까. 내가 서울서 잘나갈 때 싹 도배해드렸잖아. 청담동 성형외과에서. 요샌 의술이 좋아서 흉터도 거의 없어."

종규는 편육을 된장에 찍어 입에 밀어 넣었다.

"장안평에서 오락실 하면서 돈을 푸대로 쓸어 담았는데, 푸대로. 동업하던 새끼가 날 경찰에 찌르고 돈 싸서 날랐잖아. 육 개월 살고 나왔다. 그때 알았으면 널 변호사로 선임하는 건데, 하하. 그 새끼 지금도 찾고 있는데, 잡히기만 하면 맷돌을 달아서 동해 바다에 던져 버릴 거야."

한순간 희번덕이는 눈빛에서 종규 본연의 모습을 엿본 것 같았다. 요섭은 택시 트렁크에 맷돌과 밧줄이 실려 있다는 데 내기를 걸 수도 있었다.

"참, 목사님은?"

"돌아가신 지 오래됐어. 폐암으로."

"저런, 담배도 안 태우셨을 거 아냐."

"그러니까. 얼결에 내가 담배를 끊었네."

"내가 교회는 안 나갔지만, 목사님 참 멋진 분이었는데. 인물 좋고, 성품 좋고, 아주 부처님이었지, 부처님."

종규의 너스레에 요섭은 픽 웃음을 터뜨렸다.

"그런데 변호사 선생께서 이 깡촌엔 웬일이야?"

"그냥…… 근처 지나는 길에 생각나서 들러봤어."

"아까 나영이 소식 물었나?"

요섭은 파란 리본이 보일세라 셔츠 앞섶을 여몄다.

"아지트에 올라갔었거든. 거기 앉아 있으니까, 걔가 떠오르더라고."

요섭은 찌그러진 양은 대접을 천천히 기울이며 종규의 기색을 살폈다.

"그래, 그렇겠지."

종규는 싱글거리며 맞장구를 쳤다. 불에 달군 돌멩이가 식도를 그슬리며 치받치는 것 같았다. 요섭은 메달을 꺼내 종규의 코앞에 마패처럼 들이밀고 싶었다. 이걸 기억하느냐고. 삼십 년 넘게 악착같이 날 쫓아다닌 낙인이라고. 성치 않은 여자애를 발가벗겨놓고 린치를 가한 죄악의…… 요섭은 대접에 막걸리를 가득 따라 뜨거운 돌멩이 위로 들이부었다. 목구멍에서 치익, 소리가 나는 듯했다. 아서라, 누가 누굴 탓하겠나. 종규 역시 푸대로 쓸어 담은 돈을 다 날리고 철창 신세까지 졌다는 게 그나마 위안이 되었다. 요섭은 다시 잔을 채워 입으로 가져갔다.

"내가 깜빡했네. 그날이…… 걔가 무성 떠나는 날이었는데."

"다시 돌아왔어."

요섭의 입가로 막걸리가 주르륵 흘러내렸다.

"그게, 고등학교 졸업하고 한참 지났을 때지. 읍내 한의원에 간호 조무사로 취직했더라고. 접수 받고 침도 뽑고 하는. 언청이 수술해서 얼굴도 멀쩡해졌어. 얼마나 감쪽같은지 처음엔 몰라봤다니까. 요새 의술이 좋아."

"지금도 읍내에 살아?"

"내가 서울 갈 때까진 있었는데, 나도 들락날락하느라 그 이후 소식은 못 들었지. 그리고 난 아무래도, 아버지 일도 있고, 걔하고 좀 거시기하잖냐."

저런, 황송하게 거시기씩이나. 요섭은 콧방귀를 뀌었다.

"있어 봐. 바닥이 빤한데, 전화 몇 통 돌려보면 알 수 있을 거야."

종규가 휴대폰을 집어 들었다. 요섭은 만류하려 뻗은 손을 미적미적 거둬들였다.

"야, 너 오나영이 알지? ……응. ……인마, 모르니까 물어보지. ……하이, 순심. 너 나영 언니 알지? ……예전에 친하다고 하지 않았나? ……오나영이지, 오나영. 이나영은 내가 좋아하는 영화배우고. ……그래, 한의원에서 일하던. ……그만둔 지 오래됐구나. ……내가 침 맞을 일이 있나? ……그래, 나영, 오나영. ……누구 알 만한 사람 없어? ……걔 번호 좀 찍어 봐."

요섭은 편육을 입으로 가져가다 말고 접시에 내려놓았다. 종규가 전화기에 대고 외치는 '나영, 오나영'을 듣고 있자니 속이 메슥거렸다.

"아, 그래? ……어딘지 알지. 내가 택시를 모는데. ……미네, 뭐? 미네르바, 오케이. 그리고 이번 일요일에 시합 끝나고 어떡할 거야?

……아, 그 새끼는 지가 삼겹살이라도 몇 근 들고 오든가……"

찾았나? 요섭은 문득 한기를 느꼈다. 어이, 그냥 돌아가. 옆벽에 늘어붙은 그림자가 점잖게 타일렀다. 삼십일 년 만에 불쑥 찾아가서 어쩌자고. 주범인 종규도 저렇게 아무렇지 않게 사는데. 나영이도 벌써 다 잊었을걸. 오래전에 땅속에 파묻고, 그 위에 풀이 돋고 꽃이 피고, 그 위에 길이 나고 집이 들어서고, 거기 무언가를 묻었다는 사실마저 잊고 잘 살아가는데, 애써 지운 추악한 기억을 기어이 들춰내려는 거야? 지금이라도 그냥 돌아가서…… 가긴 어딜 가. 납덩이처럼 무거워진 메달이 뒷덜미를 잡아당겼다. 걔가 잊었건 말건, 어차피 네 자신을 위해 찾아온 거 아냐? 끝까지 네 캐릭터로 밀어붙여. 응급실에 붕대 싸매고 누워 있는 아들 살려야지. 그러자면 속죄가 필요하잖아. 가서 속죄를 하란 말이야, 속죄를.

"애도 한참 떠나 있다가 다시 왔다네."

종규가 휴대폰을 테이블에 던지듯이 내려놓았다.

"참, 다들 돌아오네. 뭐 빨아먹을 게 있는 고향이라고. 읍내 외곽에 아파트 단지가 생겼는데, 거기 상가에 미술학원을 차렸대. 미네…… 뭐라더라?"

"미네르바."

"응, 맞다."

'미네르바의 올빼미는 황혼 녘에 날개를 편다.' 요섭은 헤겔의 『법철학』 서문에 나오는 유명한 문구를 떠올렸다. 그놈의 올빼미는 왜 꼭 다 늦은 황혼 녘에 날개를 펴는가에 대해 늘 해석이 분분한 문장이었다. 미네르바. 그가 이따금 찾던 단란주점의 상호이기도 했다. 정우와 마지막으로 술을 마셨던. '어이, 최요섭이. 우리 좀 멋지게 살

수 없는 거냐?'

"미술학원? 걔가 그런 재주가 있었나?"

있었지. 요섭은 속으로 혼잣말을 했다. 그 증거가 지금 내 목에 걸려 있다.

"이것만 비우고 나가자. 내가 태워다줄게."

"아냐, 괜찮아."

"괜찮기는, 여기가 서울인 줄 알아? 그쪽으로 나가는 버스 벌써 끊겼을걸."

"술 마시고 어떻게 운전하려고."

"이 바닥이야 눈 감고도 운전하지. 그리고 여기 짜바리 애들 다 아는 동생이야. 내가 여긴 꽉 잡고 있잖냐."

요섭은 히죽거리는 종규를 물끄러미 건너다보았다. 이 녀석은 왜 이리 나를 반갑게 대하는 걸까? 왜 이리 적극적으로 날 돕는 거지? 생각해보면 딱히 친구라고 하기도 애매한, 옛날 옛적에 잠깐 부리던 꼬붕일 뿐인데. 요섭은 느닷없이 끼어든 종규가 선한 조연을 맡는 게 영 못마땅했다. 게다가 속죄의 여정에 결정적인 인도자 역할까지 하다니. 죄책감이라곤 병아리 눈물만큼도 없는 자식이.

"종규아."

"응."

"너 용케도 나를 알아봤다. 나는 전혀 몰랐는데."

"그러게. 떡대야 그렇다 치고, 너 볼수록 그때 얼굴이 그대로 남아 있더라. 계속 긴가민가했다니까."

"신기하네. 내가 여기서 지낸 게 이 년이 채 안 되는 거 같은데."

종규는 양은 대접을 들어 막걸리를 시원하게 비우고 손바닥으로 입가를 훔쳤다.

"새끼, 다 까먹은 모양이네."

"뭘?"

종규는 얼굴을 들이밀고 양치할 때처럼 이를 드러냈다. 요섭이 어리둥절한 표정으로 고개를 뒤로 빼자 종규는 검지 손톱으로 앞니를 톡톡 두드렸다.

"너 때문에 앞니 부러져서 한동안 영구처럼 다녔잖아. 명색이 오얀데 가오 안 살게. 너, 그날부터 이사 가기 전까지 나한테 줄창 맞은 거, 기억 안 나? 싹싹 빌었으면 적당히 끝내려고 했는데, 그놈의 쇠고집은, 쯧. 애새끼가 맷집은 또 왜 그렇게 센지, 나중엔 내가 쫄렸다니까. 그러다가 너 떠나고 나니까 좀 미안하더라고. 목사님 아들을 만날 팼으니 하나님한테 벌받을까 봐 겁나기도 했고, 하하. 한번 봤으면 좋겠다고 종종 생각했는데, 사람 인연이란 게 웃겨. 결국은 이렇게…… 새끼, 이제 기억나는구나."

6

"결정하신 겁니까?"

눈을 떴다. 내 손은 오른쪽 함 위에 얹혀 있었다. 검지와 중지 사이에서 올빼미가 땡그란 눈으로 쳐다보았다. 속으로 회심의 미소를 짓는 표정이었다. 그 미소가 축하인지 조소인지 속내를 헤아리기 힘들었다. 눈을 맞추고 있자니 점점 후자에 가깝게 보였다. 옆에서 코끼리와 뱀이 뭐라고 시시덕거리는 것 같았다.

"결정하셨나요?"

남자가 조금 짜증스러운 음성으로 되물었다. 믿자, 육감을. 고개를 끄덕이고 올빼미 함의 뚜껑을 열었다. 붉은 벨벳 위에 길쭉한 황동 열쇠가 놓여 있었다. 손잡이 쪽에만 세 개의 원이 삼각형 모양으로 얽혀 있을 뿐 자물쇠에 들어가는 반대쪽 끝에는 아무것도 붙어 있지 않았다. 열쇠라기보다는 비녀에 가까운 형태였다. 불길한 기운이 엄습했다. 남자의 표정을 살폈지만 그는 결과에는 전혀 관심이 없는 것처럼 보였다.

"이게…… 안에서 돌아가는 부분이, 없네요."

"그건 다 그래요. 자, 가서 직접 확인해보시죠."

열쇠를 꺼내 들고 일어섰다. 철문 앞까지 열세 걸음이 나오려 하기에 마지막 걸음을 반 보씩 둘로 나눴다. 맹꽁이자물쇠는 성이 난 것처럼 벌겋게 녹슬어 있었다. 돌아보니 남자는 벌써 함들을 캐비닛에 집어넣고 문을 닫는 중이었다.

"이거, 그냥 자물쇠에 꽂고 돌리면 되는 겁니까?"

"예."

남자는 넥타이 매듭을 당기며 건성으로 대답했다. 나는 한 손으로 자물쇠 몸통을 잡고 다른 손으로 열쇠를 구멍에 밀어 넣었다. 갈비뼈 안쪽에서 심장이 숨을 죽이고 지켜보았다. 맞아. 맞을 거야. 그럼, 맞고말고. 자물쇠에 최면을 걸듯 계속 중얼거렸다. 열쇠를 돌리는데 뻑뻑한 느낌이 진로를 가로막았다. 너무 힘이 들어갔나. 열쇠를 꽂아둔 채 호흡을 가다듬으며 손목을 가볍게 털었다. 다시 세 개의 원이 붙은 손잡이를 잡고, 부드럽게 돌렸다.

철컥.

내가 세상에서 들어본 가장 경쾌한 소리였다.

"열렸어!"

돌아보며 소리쳤지만 남자는 옷걸이에 재킷과 넥타이만 걸어둔 채 사라지고 없었다. 이 감격적인 순간을 혼자만 누리려니 아쉬웠다. 밖에 있는 광부라도 붙잡고 자랑하고 싶었지만 차마 그런 짓을 할 수는 없었다.

자물쇠를 빼내고 양쪽 손잡이에 감긴 쇠사슬을 풀었다. 사슬이 이리저리 뒤얽히고 매듭처럼 꼬인 부분도 있어 한참을 낑낑거려야 했다. 사슬을 제거한 후 손잡이를 밀었지만 철문은 꿈쩍도 하지 않았다. 어깨를 대고 힘껏 밀어붙이자 손톱으로 칠판 긁는 소리를 내며 철문이 미적미적 열렸다.

문 뒤쪽은 씨름판보다 조금 큰 정도의 원형 방이었다. 바닥에는 기름진 검은 흙이 깔렸고 지면에서부터 둥글게 올라간 벽이 봉곳한 돔형 천장을 이루었다. 달걀 껍데기를 반으로 갈라 타원형 쪽을 엎어놓은 형상이었다. 천장 좌측에 뚫린 구멍에서 새뽀얀 빛살이 사선으로 들어와 방 중앙을 비추고 있었다. 올려다보니 수십 미터나 되는 암벽에 빨대를 꽂은 것처럼 비스듬히 구멍을 뚫어놓았다.

나는 신발을 벗고 검은 흙바닥에 발을 디뎠다. 촉촉하고 부드러운 감촉이 상처투성이 발을 어루만져주었다. 빛살이 쏟아지는 방 중앙으로 가서 네발로 엎드렸다. 손가락을 갈퀴처럼 벌려 흙을 해작해작 헤치며 전진했다. 원의 중심에서부터 촘촘하게 나선을 그리면서. 흙 위로 늘어진 메달이 수맥을 탐지하듯 까딱까딱 흔들렸다. 수분을 적당히 머금은 흙에서 올라오는 냄새가 향긋하고 시원했다. 뭘 심어도 잘 자랄 성싶은 비옥한 땅을 굴속에서 놀리는 게 아까울 정도였다.

손을 멈췄다. 원의 중심에서 삼분의 이 정도 떨어진 지점이었다. 냄새가 달랐다. 유기물의 함량이 높은 듯 더 깊고 끈적끈적한 냄새. 그와 함께 주변의 기운을 빨아들이는 미세한 공기의 흐름이 느껴졌다. 메달도 꺼떡꺼떡 그네를 타며 신호를 보냈다. 무릎을 꿇고 앉아 그곳을 파기 시작했다. 천천히, 흙을 한 겹씩 벗겨내듯. 냄새가 점점 더 그윽해졌다.

일 미터 정도 파내려갔을 때 어린아이의 엄지손가락이 나타났다. 손톱 끝에 봉숭아 물이 간당간당 남아 있었다. 나는 고대 유물을 발

굴하는 고고학자처럼 엄지손가락을 중심으로 몸의 형태를 가늠했다. 그 주변을 썩썩 파내 여유 공간을 확보한 후 발굴 작업을 계속했다. 검은 흙 위로 땀방울이 뚝뚝 떨어졌다. 다섯 개의 손가락이 차례로 드러나고, 통통한 손목이, 이어서 팔뚝과 어깨가, 머리가······

　노란 원피스를 입은 나영이는 팔을 베고 옆으로 누워 있었다. 무릎을 당겨 몸을 둥글게 웅크리고. 셔츠 소매를 당겨 잡고 비질하듯 얼굴에 묻은 흙을 살살 털어냈다. 옛 모습 그대로였다. 윗입술 왼쪽의 갈라진 틈새까지. 틈새에 낀 흙알갱이를 제거하려 엎드려서 입김을 부는데, 나영이가 눈을 반짝 떴다. 갑자기 나타난 까만 눈동자에 내 얼굴이 비쳤다. 나영이는 부스스 몸을 일으켜 앉더니 늘어지게 기지개를 켰다. 입에 흙이 들어갔는지 고개를 옆으로 틀고 퉤퉤 침을 뱉었다. 코를 풀고 손가락으로 속눈썹에 붙은 흙도 닦아냈다. 이어서 머리와 원피스에 묻은 흙을 툭툭 털고, 새끼손가락으로 귓구멍의 흙을 파내고, 손빗으로 머리칼을 쓸어내렸다. 몸단장을 마친 나영이는 그제야 나를 발견했다는 듯 짐짓 놀라는 표정으로 돌아보았다.

　"어, 왔구나."

7

〈미네르바 미술학원〉은 상가 건물 1층에 위치하고 있었다. 창문에
는 하얀 시트지로 '유아부, 초등부 원생 모집'이라고 붙여놓았다. 요
섭은 앙상한 은행나무 옆에 서서 불 꺼진 창문을 바라보았다. 종규를
붙잡고 미적미적 막걸리 한 주전자를 더 마신 보람이 있었다. 굳이
나영이를 만날 필요는 없었다. 어차피 임무는 실패였으니까. 누런 은
행잎 하나가 그의 눈앞으로 팔랑팔랑 떨어져 내렸다.

요섭은 가슴팍을 더듬었다. 체온이 스며들어 냉기가 사라진 메달은
몸의 일부인 양 멍치에 달라붙어 있었다. 오롯이 되살아난 기억이 메
달을 돌려줄 명분을 앗아가 버렸다. 생각해보니, 임무는 이미 성공이
었다. 사소함 때문이 아니라 유해함 때문에 삭제한 진짜 기억에 따르
면, 메달은 나영이 게 아니었다. 그의 것이었다.

"털곰, 팬티도 마저 벗겨야지."
요섭은 쪼그라든 연갈색 젖꼭지 사이에 걸린 메달을 들여다보았다.

메달에는 두 팔을 하늘로 쳐든 여인상이 은빛으로 반짝이고 있었다. 시선이 나영이 얼굴로 올라갔다. 아직도 무슨 영문인지 모르겠다는 멍멍한 표정. 갈라진 입술 사이에 침방울이 고였다.

"뭐해? 저리 비켜!"

종규가 밀치는 바람에 요섭은 비틀거리며 뒤로 물러섰다. 종규는 나영이의 팬티를 내려 알몸을 만들었다. 열두 살 소녀의 빈약한 몸뚱이가 다섯 사내애들 앞에 무방비로 노출되었다. 나영이는 코를 훌쩍이며 빙빙 돌아가는 고무호스를 따라 눈알을 굴렸다. 요섭은 종규의 어깨 너머로 실룩거리는 언청이 입술을 바라보았다. 언젠가 저렇게 흉하게 갈라진 입술이 건넨 말을 그는 기억하고 있었다.

'그래, 우리 요섭이…… 아주 씩씩하구나.'

검은 고무호스가 종규의 등 뒤로 넘어왔다. 요섭은 엉덩짝 사이에서 불꽃이 뿜어지는 걸 느꼈다. 힘차게 발사된 몸이 냅다 종규를 덮치며 한 덩어리로 엎어졌다. 보글보글한 뒤통수를 짓누른 팔뚝에 우지끈하는 충격이 전해졌다. 돌아보는 종규의 낯꼴에 요섭은 헉, 숨을 삼켰다. 코와 입에서 철철 흘러내려 입술을 물들이고 턱 끝에서 뚝뚝 떨어지는 새빨간 피. 종규는 자신이 왜 넘어졌는지 아직 모르는 표정이었다. 뭐지?

요섭은 재빨리 일어나 나영이의 팬티와 원피스를 추어올리고 손목을 잡아끌었다. 뒤에 서 있던 세 측근들도 어리둥절한 얼굴로 붙박여 있었다. 뭐지? 브루스가 주춤하며 앞을 막아섰으나 요섭이 눈을 부라리자 슬쩍 몸을 틀었다. 요섭은 아지트 문을 박차고 숲을 향해 달음

박질쳤다. 나영이도 한 손으로 흘러내리는 원피스를 잡고 재게 다리를 놀렸다.

"야! 저 새끼 잡아!"

뒤늦게 정신을 수습한 아이들이 아지트를 뛰쳐나왔다. 요섭과 나영은 숨을 할딱이며 산등성이를 뛰어올랐다.

"털곰! 거기 안 서!"

"개새끼, 잡히면 죽을 줄 알아!"

들개 떼가 짖어대는 듯한 고함이 뒤통수를 쪼아댔다. 두툼하게 물오른 나뭇잎들이 얼굴을 때렸다. 거리는 점점 좁혀들고 나영이의 손목은 점점 무거워졌다. 붙잡혔을 경우를 생각하면 요섭은 차라리 들개 떼에게 쫓기는 신세이고 싶었다.

하늘이 뻥 뚫리며 공터가 나왔다. 공터 한쪽을 막아선 암벽 틈새에 작은 동굴이 입을 벌리고 있었다. 요섭은 나영이를 끌고 동굴로 뛰어들었다. 한 손으로 울퉁불퉁한 벽을 더듬으며 먹물을 풀어놓은 듯한 눅눅한 공기를 헤집고 들어갔다. 동굴 입구에서 발소리가 들렸다. 요섭은 벽이 움푹 들어간 곳에 나영이와 함께 쪼그려 앉았다.

"여기 숨은 거 아냐?"

"들이기봐."

아이들의 말소리가 돌팔매처럼 동굴 벽에 텅텅 부딪치며 그들이 숨은 곳까지 굴러 왔다. 요섭은 몸을 동그랗게 움츠렸다. 쿵쾅거리는 심장박동이 동굴에 요란하게 메아리쳤다. 발소리가 점점 가까이 다가왔다.

"아무것도 안 보이는데."

"이렇게 깊이는 안 들어왔을 거야."

"사자바위 쪽으로 올라간 거 같아."

다소 위축된 아이들의 목소리가 지척에서 저렁저렁 울렸다. 발소리가 잠시 제자리를 맴돌다가 타닥타닥 멀어지며 동굴을 빠져나갔다. 하지만 요섭과 나영은 섣불리 움직이지 못했다. 동굴 벽에 조각된 부조처럼 꼼짝도 못하고 웅크리고 있었다. 제 몸조차 보이지 않는 어둠 속, 쌕쌕거리는 숨소리만이 옆에 누군가 있다는 걸 알려주었다.

멀리 은메달처럼 반짝이는 동굴 입구에 얇은 장막이 한 겹씩 드리워지기 시작했다. 저 장막이 굳어서 돌덩이가 되는 게 아닐까? 요섭은 두려웠다. 몸에서 보풀이 일며 어둠 속으로 헤실헤실 풀어지는 게 아닐까? 난 결국 영원히 동굴을 떠도는 유령이 되는 게 아닐까? 그런 두려움에 비하면 내일 몸에 휘감길 고무호스는 오히려 짜릿한 유혹이었다. 요섭은 나영이에게 말을 걸고 싶었지만 대답이 없을까 봐 또 두려웠다.

그때 무언가 꼬물꼬물 그의 팔뚝을 더듬어 내려왔다. 그의 손을 찾아 거머쥐는 나영이의 사늘한 손에도 똑같은 두려움이 묻어 있었다. 둘은 서로의 손을 반죽하듯 조몰락거렸다. 손바닥에서 뭉쳐진 온기가 조금씩 팔뚝을 따라 올라갔다. 팔꿈치를 거쳐 어깨까지 올라간 온기는 쇄골을 타고 미끄러져 심장으로 스며들었다. 요섭은 느낄 수 있었다. 누가 알려주지 않아도 가까이 다가오면 자연히 알게 되는 어떤 순간이 가까이 다가왔음을. 요섭은 바로 옆의 보이지 않는 얼굴을 바라보았다. 혀를 한 바퀴 돌려 입술을 닦고, 쌕쌕거리는 숨소리를 향해 전진했다. 겨냥이 빗나가 입술이 콧잔등에 걸치자 나영이가 움찔했다. 그러나 이내 차분히 가라앉는 기색과 함께 맞은편의 입술이 천천히 올라왔다. 두 개의 동그라미가 포개지며 또 하나의 작은 동굴이 생겼다. 동굴 양 끝에 웅크리고 있던 촉수가 머뭇머뭇 다가와 서로를 건드리고, 다독이고, 어루핥았다. 둘은 한데 엉겨 작은 동굴 속에서 이리저리 헤엄을 쳤다. 호로록호로록…… 요섭은 윗입술 오른쪽에 미세한 공기의 흐름을 느꼈다. 나영이의 갈라진 입술 틈새로 들락거리는 숨결. 덕분에 갈대를 물고 물속에 들어간 것처럼 편하게 호흡하며 오래도록 음미할 수 있었다. 그 축축하고 말랑말랑하고 미지근한 살덩이를.

요섭과 나영은 해가 완전히 떨어진 후에야 동굴에서 나와 마을로 내려갔다. 나영이 어머니는 짐을 실은 트럭 뒤에서 발을 동동 구르며 기다리고 있었다. 옆에 쪼그려 앉은 노인의 담뱃불이 끔벅끔벅 빛났다. 요섭은 바지 주머니에 두 손을 찌르고 엄마 품에 안기는 나영이를 바라보았다. 세 사람이 트럭에 오르고 뒤꽁무니에서 푸르릉, 연기가 뿜어져 나왔다. 하지만 트럭은 출발하지 않았다. 조수석 문을 열고 뛰어내린 나영이가 요섭에게로 쪼르르 달려왔다. 둘은 땀과 흙먼지로 범벅된 서로의 얼굴을 멀뚱히 바라보았다. 나영이 바투 다가서서 까치발을 하더니 그의 목에 무언가를 걸었다. 가로등 불빛에 은메달이 반짝 빛났다.

"야, 뭐야, 이거, 너……"

요섭이 우물쭈물하는 사이 나영이는 몸을 돌려 트럭을 향해 달려갔다. 트럭의 빨간 불빛이 조용히 골목을 빠져나갔다. 요섭은 메달을 내려다보며 혓바닥을 잘근잘근 씹었다. 얼얼하게 남아 있는 첫 키스의 감촉을.

"미술학원에 오신 건가요?"

웬 여자가 옆에 서 있었다. 요섭은 미술학원 창문과 여자를 번갈아 쳐다보았다. 포니테일로 묶은 머리 때문인지 마흔셋으로 보이지는 않았다.

"자녀분 보내시려고요?"

"예에…… 여기 미술학원이 있었네요. 원장님이신가요?"

"예. 지난달에 개원해서 지금 행사 기간이에요. 자녀분이 몇 살이죠?"

역시 포니테일 머리 때문이었다. 자세히 보니 눈가의 잔주름과 처지기 시작한 볼살이 여자를 그와 엇비슷한 연배로 만들었다. 요섭은 여자의 시간을 삼십여 년 전으로 돌려보았다. 하지만 정작 비교할 원본 이미지가 없었다. 그날의 기억은 세세하게 되살아났건만, 웬일인지 나영이 얼굴만은 전부 지우개로 지워져 연필심에 눌린 흔적뿐이었다.

"국민학교, 5학년이오."

"'국민학교'란 말 오랜만에 듣네요."

여자가 희미하게 웃었다.

"남자앤가요 여자앤가요?"

"남자애 하나…… 여자애 하나요."

"어머, 혹시 이란성쌍둥이예요?"

요섭은 어정쩡하게 고개를 끄덕였다.

"너무 귀엽겠다. 내일이라도 한번 보내주세요. 간식 먹으며 놀다 가도 되니까."

"예, 그러죠."

"그럼, 들어가세요."

여자는 눈인사를 보내고 몸을 돌렸다.

"저기요……"

요섭은 다급하게 여자를 불렀다. 여자가 다시 돌아서서 눈을 깜박였다. 바투 다가선 요섭은 여자의 윗입술 왼쪽을 들여다보았다. 깜깜한 동굴 속에서 숨길이 돼주었던 갈대를. 하지만 수술 흔적은 찾을 수 없었다. 가로등 불빛이 침침하기도 했고, 요새 의술이 좋으니까.

"왜, 그러시죠?"

여자는 당황한 표정이었다. 요섭은 리본 밑으로 손가락을 밀어 넣어 뒷덜미를 긁었다. 속닥거리는 메달의 귀엣말이 가슴에 느껴졌다.

"실은…… 이사 온 지 얼마 안 돼서 그런데, 근처에 편의점이 있나요?"

"아, 그러시구나. 편의점은 없고, 저리로 나가서 곧장 가시면 왼편에 늦게까지 하는 슈퍼가 있어요."

여자가 손가락으로 아파트 후문을 가리켰다. 요섭은 고개를 까딱하고 그녀가 가리킨 방향으로 걸었다. 또각또각또각또각또각또각또각또각. 등 뒤에서 조금씩 작아지던 여자의 구둣발 소리가 뚝 멎었다. 등판에 갸웃한 시선이 느껴졌지만 요섭은 돌아보지 않았다. 뒤꿈치를 꾹꾹 내리누르면서 계속 걸었다. 늦게까지 하는 슈퍼를 향해. 구둣발 소리는 이내 다시 이어졌다. 또각또각또각또각또각또각……

빵빵!

승용차 한 대가 위협적으로 클랙슨을 울리며 지나갔다. 요섭은 고개를 들어 주위를 둘러보았다. 인적이 없는 국도변이었다. 길 한쪽은 허리가 뭉텅 잘린 산기슭이고 반대쪽에는 비닐하우스가 희끄무레하

게 늘어서 있었다. 아파트 단지의 불빛이 멀리 수평선에 떠 있는 고
깃배의 집어등처럼 보였다. 여자의 손가락을 따라 한참을 걸은 모양
이었다. 차가운 산바람이 겨드랑이를 파고들었다. 요섭은 재킷의 깃
을 세워 목을 감쌌다. 어디로 가나, 이제?

　요섭은 휴대폰을 꺼냈다. 배경화면에는 배트를 어깨에 걸친 유현이
를 사이에 두고 그와 하영이 양쪽에서 얼굴을 들이밀고 있었다. 작년
에 유현이가 끝내기 역전 홈런을 때린 날이었다. 시합 끝나고 바로
찍은 사진이라 셋 다 흥분이 가시지 않은 표정이었다. 렌즈를 가린
그의 손가락이 모서리에 흐릿하게 그림자를 드리우고 있었다. 화면
상단의 음성메시지 아이콘을 보자 불길한 예감이 엄습했다. 마지막
속죄의 기회마저 사라져버렸으니…… 요섭은 사서함 비밀번호를 하
나씩 꾹꾹 눌렀다. 착 가라앉은 정우의 목소리가 나왔다.

선배님, 암호 풀어서 파일들 봤습니다. 이거…… 솔직히 좀 불쾌
하네요. 장 변호사님이 여자들하고…… 이런 거 하는 사진을 왜
저한테 맡긴 겁니까? 전 장 변호사님 성적 취향에 관심 없습니다.
남의 사생활 폭로할 생각도 없고요. 〈사해〉 그만두셨단 얘긴 들었
는데, 두 분 사이에 무슨 일이 있는지 모르겠지만 전 빠지겠습니
다. 연락 주시고, 이거 가져가세요.

　요섭은 메시지를 두 번 더 듣고서야 맥락을 이해할 수 있었다. 멀
거니 서 있던 그는 비닐하우스를 향해 휴대폰을 힘껏 던졌다. 허전해
진 손을 재킷 주머니에 찔러 넣는데 손아귀에 무언가 들어왔다. '새콤
달콤'. 연정호의 딸아이에게 수임료 대신 받은 캐러멜이었다. 이게

여태 주머니에 들어 있었나? 서너 개쯤 묶음으로 주었던 것 같은데 웬일인지 캐러멜은 하나밖에 남아 있지 않았다. 요섭은 눌어붙은 포장지를 잡아떼고 캐러멜을 입에 넣었다. 오래되어 눅눅했지만 이름처럼 새콤하고 달콤했다. 젠장, 맛있네.

요섭은 차가운 공기가 양쪽 폐를 가득 채우도록 숨을 깊이 들이쉬었다. 막 탯줄이 끊기고 세상에 던져진 기분이었다. 눈에 보이는 모든 게 생경하게 다가왔다. 멀리 아파트 단지 불빛도, 밤하늘의 이지러진 달도, 산등성이에 비스듬히 뿌리를 박은 소나무도, 길가에서 한들거리는 코스모스도, 검은 아스팔트 도로도, 섹시하게 휘어지며 산기슭 너머로 사라지는 노란 중앙선도, 산기슭 너머에서 나타난 두 개의 불빛도, 불빛을 밀고 오는 묵직한 기계음도, 순식간에 육박해오는 아찔한 속도도…… 한 발을 떼는 순간 몸이 공중에 둥실 떠올랐다. 바닥에 떨어지는 것과 동시에 네 개의 바퀴가 그를 짓뭉개고 지나갔다. 몸속에서 터지고 부러지는 파열음이 뒤엉겼다. 쥐어짜는 듯한 브레이크 소리에 요섭은 얼굴을 찌푸렸다. 운전석 문이 열리고 호리호리한 그림자가 나왔다. 그림자는 차 문을 붙잡고 서서 물끄러미 요섭을 바라보았다. 요섭도 물끄러미 그림자를 바라보았다. 서로 보이지 않는 눈을 쏘아보며 눈싸움을 벌였다. 그림자가 주변을 두리번거리더니 운전석으로 들어갔다. 라이트가 꺼지고, 차는 요란한 마찰음과 함께 떠나갔다.

8

"자, 이거."

나는 메달을 나영이에게 내밀었다. 나영이는 해죽이 웃으며 메달을 받아 목에 걸었다.

"근데 선물로 준 걸 왜 돌려주는 거야?"

"음…… 설명하자면 좀 긴데, 그러니까 내가……"

"어! 요섭아, 여기 왜 이래?"

나영이가 손가락으로 내 가슴을 가리키며 말을 끊었다. 명치끝에 조그맣게 뚫린 구멍에서 피가 배어나고 있었다.

"총에 맞은 자리야."

"오오, 총."

피는 셔츠를 적시며 동그랗게 번져갔다. 나영이는 신기한 듯 입술을 오므리고 핏자국을 지켜보았다.

"와, 예쁘다. 꼭 가슴에서 장미꽃이 피어나는 것 같아."

"별게 다 예쁘다."

말꼬리에 늘어지게 하품이 나왔다. 피곤했다.

"왜 이렇게 졸리지."

"이리 누워."

나영이가 내 팔을 끌어당겼다. 나는 흙바닥으로 쓰러졌다. 움집처럼 팬 검은 구덩이에 누워 있으니 블랙커피 속에 떨어진 각설탕처럼 몸이 녹아내리는 기분이었다. 설탕을 듬뿍 넣은 뜨거운 블랙커피를 한 잔 마시고 싶었다. 나영이가 두 손으로 흙을 퍼서 내 몸 위에 뿌렸다.

"나영아."

"응."

"넌 어째 하나도 안 컸네."

"네가 많이 큰 거지."

"그런가?"

블랙커피에서 모락모락 올라오는 김이 머릿속을 채웠다.

"오랜만에 만났는데, 얘기도 못하고……"

"푹 자. 한숨 자고 일어나서 하면 되지."

나영이는 내 주위를 돌며 계속 흙을 뿌렸다. 숨을 쌕쌕 몰아쉬면서 열심히 손을 놀렸다. 검은 흙이 이불처럼 내 몸을 덮었다. 얼굴에도 흙이 훅 끼얹어졌다. 귓구멍으로 들어간 흙알갱이가 애벌레처럼 꼬물거렸다. 언젠가 내 귀에서 나비가 날아오를지도 모르겠다. 눈을 감았다. 몸이 꾸덕꾸덕 말라갔다.

"나영아."

"응."

"자장가 불러줄래?"

"자장가? 아는 게 없는데. 엄마가 불러준 적이 없거든."

"됐어, 그럼."

9

　이거 영 꼴사나운데…… 요섭은 도로 위 끈적한 피 웅덩이에 드러누워 중얼거렸다. 양팔을 일자로 활짝 펼치고 두 다리는 가지런히 모은 자세였다. 부러진 갈비뼈가 오른쪽 옆구리를 뚫고 비쭉 튀어나와 있었다. 팔다리 위치라도 슬쩍 바꿔보려 했지만 뼈가 온통 으스러졌는지 손가락 하나 까딱할 수 없었다. 자신이 저지른 선행에 대한 포상을 이런 식으로 하는 건가 싶어 그는 짜증이 났다. 융통성이 없어, 융통성이. 요섭은 별수 없이 민망한 자세로 누워 밤하늘 달만 올려다보았다. 보름달 한쪽을 강판에 대고 두어 번 석석 문지른 듯 이지러진 달을. 반짝이는 달 가루가 소금을 뿌리는 것처럼 떨어져 내렸다.

　이제 산소와 이산화탄소의 거래도 몇 차례 남지 않았다는 걸 요섭은 느낄 수 있었다. 제발 영혼이니 천국이니 지옥이니 하는 것들이 귀찮게 굴지 않기를. 여기서 깔끔하게 끝내고 싶었다. 다만 한 가지, 이왕이면 사망진단서에 사인이 '과다 출혈'로 기록되기를 바랐다. 최요섭, 과다 출혈로 사망. 뒤집어 말하면 온몸의 피를 다 짜내기 전까지 죽지 않았다는 것 아닌가. 멋지네. 요섭은 클클 웃었다. 멋지기는 한데 너무 더딘 게 문제였다. 들숨과 날숨은 끊어질 듯 끊어질 듯 계속 바통을 주고받으며 이어졌다. 그때마다 지독한 통증이 머리끝부터 발끝까지 훑고 갔다. 마치 초록색 빛을 뿜는 막대가 훑고 가며 그의 고통을 복사하는 것처럼. 요섭은 피거품을 물고 애먼 달을 향해 뇌까렸다.

"아, 씨…… 좆나게 아프네."